Heinrich Maurer

Milchsuppe und Malzkaffee

Heinrich Maurer

Milchsuppe und Malzkaffee

Ein Dorfjunge findet seinen Weg

Ulmer

Inhalt

Ein trauriger Herbst

Ein markerschütternder Schrei drang aus der Schlafstube im Obergeschoss des alten Handwerkerhauses. Der zehnjährige Bub, der vor der Türe stehen geblieben war, schrak zurück, hielt sich die Ohren zu und stürzte zu seinen zwei jüngeren Brüdern, die am Abgang der Treppe gewartet hatten. Alle drei starrten angstvoll zur Türe, hinter der sich die kranke Mutter in ihrem Bett aufbäumte und von zwei Nachbarinnen nur mit Mühe am Aufstehen gehindert werden konnte. Als sich Martha Schildweg schließlich erschöpft in das zerwühlte, schweißnasse Kissen zurückfallen ließ, öffnete eine der beiden Frauen die Kammertür, rief den Zehnjährigen zu sich und schob ihn vor sich ans Krankenbett.

Leonhard, den alle nur Leo nannten, war der Liebling der Mutter, ihr Zuckerschneck, ihr Goldstück. Vielleicht konnte er sie in ihrem Fieberwahn beruhigen und trösten.

Aber Martha erkannte ihren Zweitältesten nicht. Mit einem wilden Blick aus weit aufgerissenen Augen starrte sie ihn an, verzerrte ihr Gesicht zu einer grässlichen Fratze, schrie dann erneut wie ein Tier und warf den von wirrem, verschwitztem Haar umsäumten Kopf zur Seite. Leo wich erschrocken und verängstigt zurück, rannte aus der Stube und ohne auf seine Brüder zu achten die Treppe hinunter und aus dem Haus. Als der Vater mit seinem ältesten Sohn, dem zwölfjährigen Karl, und der neun Jahre alten Tochter Luise vom Friedhof heimkam, wo er vor zwei Tagen sein neugeborenes, lebensunfähiges sechstes Kind beerdigt hatte, fand er nur die beiden Buben Willi und Emil. Sie hatten sich unter der Küchenbank verkrochen und weinten heftig. Von Leo, der auf die kleinen Geschwister aufpassen sollte, war nichts zu sehen.

Auch am Abend, als seine Frau in einen unruhigen Schlaf gefallen war und Gottfried Schildweg notdürftig das Vieh versorgt hatte, fehlte Leo noch immer. Trotz aller Sorge um ihn ärgerte Gottfried sich auch über seinen Sohn. Leo war ein Träumer. Immer wieder entzog er sich selbstvergessen den ihm aufgegebenen Pflichten, zu denen das Holzholen, das Wasserschöpfen am Dorfbrunnen und das Kinderhüten gehörten und versteckte sich stattdessen in der Scheune oder im Schuppen, um dort seinen Fantasien nachzuhängen. Doch Karl und Luise hatten ihn auch dort nicht finden können.

Als die Krankenwärterin mit ernstem Gesicht von dem Erlebnis des Buben im Krankenzimmer berichtete und angstvoll sagte: »Er wird sich doch nichts angetan haben?«, erschrak Gottfried. Er musste seinen Sohn suchen. Während Luise den jüngeren Geschwistern das Nachtessen richtete, nahm er die zwei Stalllaternen vom Haken in der Waschküche, zündete sie an, leuchtete mit Karl in der schon dunkel gewordenen Augustnacht alle Fußwege des Dorfes aus und fragte die wenigen Bewohner, die noch unterwegs oder in den düster beleuchteten Ställen tätig waren, nach Leo. Niemand hatte ihn gesehen, doch einige erboten sich, mit zu suchen. Vom Küchenfenster aus sahen die zurückgebliebenen Kinder Luise, Willi und Emil die Laternenlichter, die sich vom Dorf aus über die Wiesen und hinunter zu dem von niederem Gebüsch und hohen Erlen gesäumten Bachlauf bewegten. Das Lichtergewimmel kam ihnen vor wie das Tanzen der Glühwürmchen in einer warmen Sommernacht.

Erst ein gutes Stück vom Dorf entfernt, unter der steinernen Brücke, über die das schmale Sträßchen zu den Äckern am Hang und zu den Bauernhöfen auf der Hochebene führte, fanden sie Leo. Weinend war er den Bach entlanggeirrt und hatte sich, von den Rufen der Suchenden aufgeschreckt, tief unter dem Brückenbogen verkrochen. Als ihm einer der Männer mit erhobener Laterne ins Gesicht leuchtete, verschränkte der Bub angstvoll die Arme vor dem Gesicht. Nach einem kurzen Moment der Erleichterung gewann der Zorn über das Verhalten seines Sohnes bei Gottfried Schildweg die Oberhand. Er zerrte Leo unter der Brücke hervor und holte zum Schlag aus. Ein Nachbar hielt ihn zurück.

»Lass ihn, Gottfried«, sagte er, »er ist ein guter Bub und hängt doch so an seiner Mutter, sei froh, dass wir ihn gefunden haben.«

An der Hand seines älteren Bruders, einige Schritte hinter dem Vater, kehrte Leo in das Elternhaus zurück. Sie sprachen kein Wort, nur hin und wieder schüttelte ein kurzes, heftiges Schluchzen den schmalen Körper des Buben. Ohne den Vater noch einmal anzusehen und ohne Nachtessen ging er sofort in die Schlafkammer, wo die jüngeren Brüder bereits zur Ruhe gegangen waren. Leo ließ die kurze Hose fallen, zog das kurze Leibchen mit den daran festgeknöpften langen Strümpfen aus und schlüpfte in Unterhemd und Unterhose ins Bett.

Karl war hinter ihm in die Schlafstube gekommen. Erst jetzt traute er sich, den Bruder anzusprechen. »Was ist denn passiert?«, fragte er flüsternd.

»Die Mutter hat so geschrien, wie wenn sie der Teufel wär. Da hab ich so Angst bekommen«, flüsterte Leo zurück.

»Nein, nein«, versuchte Karl den Bruder zu trösten, »das ist nur die Krankheit, morgen geht es ihr vielleicht schon wieder besser.«

Doch noch in derselben Nacht starb Martha Schildweg. Der noch spät aus dem acht Kilometer entfernten Städtchen gekommene Doktor hatte ihr nur noch ein starkes Beruhigungsmittel geben können. Trotzdem wurde sie immer wieder von heftigen Fieberkrämpfen geschüttelt, bis sie im Morgengrauen der Tod erlöste, und ihr Gesicht wieder den sanften Ausdruck annahm, den Gottfried ebenso wie ihre ruhige, sanfte Art so geliebt hatte. Schluchzend und von Sorge und Schlaflosigkeit erschöpft, warf er sich über die Tote und richtete sich erst wieder auf, als ihn die Nachbarin fest an der Schulter fasste.

»Komm, Gottfried«, sagte sie, »jetzt hat sie's hinter sich, sei froh, dass sie nicht länger hat leiden müssen.«

Die neue Mutter

Für die Schildwegkinder brach eine freudlose Zeit an. Martha hatte die Geldsorgen, die seit dem Ende des zweiten Weltkrieges besonders schwer auf der Familie lasteten, stets mit ihrem fröhlichen, unbekümmerten Wesen überdeckt. Wenn sie gemeinsam das aus den Abfällen der Schreinerwerkstatt und dem zugeteilten Gemeindeanteil stammende Brennholz aufschichteten, im Frühsommer auf dem Rübenacker das Unkraut aushackten und im Herbst Kartoffeln und Obst aufsammelten, lehrte die Mutter sie die alten Kinderlieder. Dann war der verträumte Leo ihr eifrigster Schüler. Wenn die Mutter abends vor dem Zubettgehen in dem traurig schönen »Heidschi Bumbeidschi« den Vers sang: »Aber Heidschi Bumbeidschi, schlaf süße, die Engelein lasse di grüsse, sie lassn di grüssn und lassn di fragn, ob sie des kla Büble umanander solln tragn«, dann wünschte sich Leo so sehr, selbst so ein Engelein zu werden, wenn da nur nicht das Sterben und das finstere Grabloch wäre.

Der Bub hatte die musikalische Ader der Mutter geerbt und konnte lange vor den Geschwistern jede Melodie nachsingen. Und als er den Vater zum ersten Mal in die Dorfkirche begleitete und das Orgelspiel einsetzte, schien es ihm, als kämen die brausenden Töne durch die gewölbte Kirchendecke direkt vom Himmel und könnten nur von Engeln selbst gemacht worden sein. Erst viele Wochen später, als er sich getraute, in der Kirche umherzuschauen, entdeckte er am Orgelpult den jungen

Lehrer, der im Takt der Töne den Kopf hob und senkte. Enttäuscht wurde ihm klar, dass die Musik nicht von Engeln, sondern von einem Menschen gemacht wurde.

Gottfried Schildweg war ein wenig geschäftstüchtiger Handwerker. In seiner Werkstatt verzettelte er sich an besonderen, kunstvoll verzierten Möbelstücken, deren Wert die Dörfler nicht zu schätzen wussten. Darüber ließ er manche von der Kundschaft als eilig bezeichnete Reparatur der gebräuchlichen kunstlosen Einrichtungsgegenstände liegen. Er klammerte sich an das seltene Lob, das die gelegentlich in seiner Werkstatt auftauchenden Kaufleute aus der Stadt seinen Einzelstücken spendeten, und fühlte sich ihnen zugehörig, ohne mit den seltenen Verkäufen die ewige Geldnot beseitigen zu können.

Schon immer hatte der Dorfschreiner davon geträumt, irgendwann zu jenen Handwerkern zu gehören, von denen die Bürgerhäuser der Städte prachtvoll ausgestattet wurden. Wenn er in seiner kleinen Werkstatt die vom vielen Aufziehen und Schließen beschädigten Schubladen der alten Bauernmöbel neu zusammenleimte, dann straffte er hin und wieder den schmerzenden Rücken, sah gedankenverloren in den Obstgarten hinaus und stellte sich vor, sonntags an den ärmlich gekleideten Kleinbauern vorbei als einer der Ersten in die Kirche zu gehen und von allen achtsam gegrüßt zu werden. Dann würde er auch dem Kirchenvorstand und dem Gemeinderat angehören und könnte endlich die kleine Landwirtschaft abwerfen, von der er nichts verstand, die ihm lästig war und die er am liebsten der Frau und den Kindern überließ. Er hasste es, auf dem dampfenden Misthaufen den Wagen zu beladen und ihn dann mit den zwei störrischen Kühen auf die meilenweit entfernten Äcker auf der Ebene zu fahren. Es war ihm ein Gräuel, in der Sommerhitze mit der Sense Getreide zu mähen und dabei immer hinter den Nachbarn zurückzubleiben, denen diese Arbeit wie von selbst von der Hand zu gehen schien.

Nun aber war seine Martha tot, die ihm so viel Arbeit abgenommen und ihm mit ihrer unbekümmerten Art über manchen Ärger hinweggeholfen hatte, die mit der Milch der Kühe, dem Fleisch vom sorgsam gemästeten Schwein, den mit viel Mühe angebauten Kartoffeln und dem Gemüse aus dem Garten die Familie ernährt und mit dem Verkauf von Butter und Eiern manche Geldnot gemindert hatte. Was sollte jetzt nur werden?

Die Verwandten vermittelten als Haushälterin eine unverheiratete ältere Frau, deren Familie froh war, die lästige Tante aus dem Haus zu haben. Dieser Sophie, die es gewohnt war, die Tage mit ein wenig Gartenarbeit, etwas Mithilfe in der Küche, im Stall und auf dem Feld zuzubringen, und lieber mit den Nachbarinnen tratschte, als eine neue Arbeit anzufangen, wuchs die neue Aufgabe schnell über den Kopf. Morgens mussten die drei großen Kinder Karl, Luise und Leo oft hungrig in die Schule gehen, weil Sophie mit dem Melken nicht fertig geworden war und die für das Morgenessen benötigte Milch fehlte. Die beiden Kleinen, Willi und Emil, spielten noch am Mittag mit ungewaschenen Gesichtern und den in der Nacht getragenen Kleidern im Hof und oft hörten die Nachbarn die keifende Stimme der Haushälterin und das Weinen der Kinder. Als Gottfried den Niedergang des Hauswesens nicht mehr ertrug und laut wurde, kündigte Sophie den Dienst. Sie sagte, sie wolle eine Verwandte im Nachbardorf besuchen, und kam nicht wieder. Ein Schulbub holte ihre wenigen Habseligkeiten.

Nachdem auch eine von Gottfried eilig herbeigeholte junge Magd bald an der dreifachen Aufgabe in der Küche, dem Stall und auf dem Acker gescheitert war, fuhr an einem Spätherbsttag Verwandtschaft der verstorbenen Martha in einer respektablen Bauernkutsche in den Hof der Schreinerei. Gottfried hatte mit der Hilfe einer Nachbarin das Haus geputzt und Werkstatt und Stall aufgeräumt. Den Kindern, die sich sauber kleiden mussten, schärfte er ein, still in der Schlafstube zu warten, bis er sie holen würde. Durch das kleine Fenster zum Hof sahen Karl, Luise und Leo, hinter dem Vorhang versteckt, wie dem noblen Gefährt zwei dunkel gekleidete Frauen und ein großer hagerer Mann entstiegen und vom Vater fast überschwänglich begrüßt wurden. Durch die dünnen Dielen der Stubendecke hörten die Kinder die etwas stockende Stimme des Vaters, den tiefen Bass des unbekannten Mannes und dazwischen das kurze, helle Lachen einer Frau. Flach auf dem Boden liegend versuchte Leo vergeblich, durch eine Dielenritze etwas von dem Besuch zu erspähen, hatte der Vater am Morgen doch angekündigt, dass heute vielleicht eine neue Mutter käme.

Die beiden großen Buben hielt es nicht länger. Karl und Leo schlichen die Treppe hinab und vor die verschlossene Türe der Wohnstube. Abwechselnd spähten sie durch das Schlüsselloch. An der schmalen Seite des Tisches saß der fremde Mann, hatte die Unterarme auf die Tischplatte gelegt, die Hände ineinander verschränkt und redete mit dem Vater, der kurze, aufgeregte Antworten gab. An der Fensterseite saßen die beiden Frauen. Die eine hatte ein breites Gesicht mit etwas wulstigen Lippen und dunklen, von starken Brauen überwölbten Augen, die ihr zusammen mit dem dunklen Haar einen finsteren Ausdruck verliehen. Die andere, etwas jüngere, hatte ein schmales Gesicht, blonde, lockige Haare und zeigte eine freundliche Miene. Sie gefiel Leo.

»Ist die rechts die neue Mutter?«, flüsterte er.

Karl schüttelte den Kopf. »Nein, die links soll zu uns kommen.«

Leo war enttäuscht. »Aber warum die?«, fragte er und richtete sich auf, »die andere ist doch viel schöner.«

»Die ist doch schon verheiratet«, gab Karl zurück.

Als das Gespräch in der Wohnstube beendet schien, schlichen die Brüder schnell wieder die Treppe hinauf zu den Geschwistern.

Kurz darauf wurden sie vom Vater heruntergerufen und dem Besuch vorgestellt. Nacheinander gaben sie dem großen

Mann, den der Vater als Onkel Albert vorstellte, und den beiden Tanten Klara und Anne die Hand.

»So, da seid ihr ja alle fünf«, sagte Anne, die schöne, lächelnd und strich den Kindern über die Köpfe.

»Seid ihr auch immer brav und helft dem Vater?«, fragte Klara und Leo erschrak über ihre tiefe Stimme.

Klara war die Schwester von Onkel Albert. Sie war mit einem Bauern aus einem Nachbardorf verlobt gewesen, der aber kurz vor der Ehe, als für die Braut schon das Hochzeitskleid genäht war, das Fest absagte. Noch während der Verlobungszeit hatte er ein heimliches Liebesverhältnis mit einer Kleinbauerntochter angefangen, deren Schwangerschaft schließlich nicht mehr zu verleugnen war. Er stand zu dieser Vaterschaft und heiratete die andere, was in der ganzen Umgegend für viel Aufsehen und Gerede sorgte. Klara blieb tief verletzt zurück. Nie mehr sollte sie ein Mann so demütigen dürfen! Dieser feste Wille und der Groll gruben sich in ihr Gesicht, machten es hart und kalt. Ihr Bruder Albert schien froh zu sein, dass der verwitwete Schreiner sie zur Frau nehmen wollte. Auf seinem Hof war mit ihr und ihrer zänkischen Art kein Auskommen mehr gewesen.

Die Hochzeit, bei der die Braut in einem schwarzen statt im üblichen weißen Kleid und ohne Schleier neben Gottfried Schildweg in der Kirche stand, war, wie die Kinder später sagten, gar kein richtiges Fest. Nach dem Kirchgang kam die engere Verwandtschaft zum Essen im Schreinerhaus zusammen, wo die Nachbarin Klößchensuppe und Schweinebraten mit Nudeln gekocht hatte. Das Brautpaar redete wenig miteinander und auch kaum mit den Gästen. Gottfried ärgerte sich über den Schwager Albert, der ihm immer wieder seine Missbilligung deutlich machte. Der Bauer fühlte sich mit seinem großen Hof recht erhaben über den neuen Schwager, dessen kümmerliches Anwesen deutlich genug die wirtschaftliche Enge vor Augen führte. Noch vor dem Essen hatte ihm Gottfried in seiner Werkstatt einen neuen Schreibtisch aus

Kirschbaumholz gezeigt, an dem er seit Wochen arbeitete und der mit seinen vielen seitlichen Schubladen und den kleinen aufgesetzten Schubfächern durchaus etwas Besonderes war. Albert hatte beifällig genickt, dann aber, als Gottfried zugeben musste, dafür noch keinen Käufer zu haben, nur geringschätzig gelacht.

Auch das finstere Gesicht der neuen Schreinersfrau hellte sich an diesem Tag, der eigentlich ein Freudentag sein sollte, kaum auf. Nur hin und wieder war ihre raue, tiefe Stimme zu hören.

Die Schildwegkinder saßen zusammen mit den beiden Söhnen und der Tochter von Albert und Anne an einem zweiten, kleineren Tisch. Auch hier herrschte keine fröhliche Stimmung. Die drei Kinder führten sich ähnlich überheblich auf wie ihr Vater, und Luise schämte sich für ihr altes, inzwischen fast zu klein gewordenes Sonntagskleid, in dem sie sich neben der neuen Base so ärmlich vorkam.

Schon am Hochzeitsabend kehrte der Alltag zurück. Noch bevor der Novembertag dunkel wurde, waren die Gäste wieder abgefahren. Obwohl Gottfried seine neue Frau davon abhalten wollte, hatte Klara bald darauf ihr schwarzes Festtagskleid ausgezogen und gegen die Alltagskluft getauscht. Sie hatte sich vorgenommen, die heruntergekommene kleine Landwirtschaft wieder in die Höhe zu bringen und wollte sofort damit anfangen. Die Nachbarin, die angeboten hatte, am Hochzeitstag auch die Stallarbeit zu übernehmen, schickte sie barsch nach Hause und ging stattdessen selbst in den Stall, um die beiden Kühe zu melken. Den Kindern hatte sie mit herrischer Stimme eigene Aufgaben zugeteilt: Luise musste die Tische abräumen und das Geschirr spülen, Leo Holz aus dem Schuppen holen.

Weil es nur im Haus eine eigene Wasserleitung gab, musste Karl für das Vieh Wasser vom Dorfbrunnen holen und schämte sich, als ihm dabei ein Schulkamerad begegnete und lachend fragte: »Ist eure Hochzeit denn schon vorbei?«

Auch Gottfried hatte sich einen Neuanfang und neue lichte Tage versprochen. Seine Erwartungen wurden ebenso enttäuscht wie die der Kinder. Er fütterte die Tiere und karrte ihren Mist aus dem Stall. Dabei hörte er immer wieder seine neue Frau mit den Kühen schelten, die bei der neuen Melkerin unruhig wurden.

Im Schreinerhaus herrschte von nun an ein anderer Ton. Wo früher die fröhliche Stimme Marthas zu hören war, die den Kindern Geschichten aus der eigenen Jugend erzählt hatte, die sich von den Kindern aus der Schule berichten ließ und die Kleinen die alten Kinderlieder lehrte, herrschte jetzt die harte Stimme von Klara. Kamen Karl, Luise und Leo von der Schule, wurde ihnen sofort eine Arbeit in Haus, Stall oder Scheune angewiesen, die sie bis zum Abend erledigen mussten. Luise musste in der Küche helfen, die kleinen Geschwister, die gerne beim Vater in der Werkstatt spielten, ins Haus holen, ihre Nasen putzen und Gesichter waschen. Karl und Leo mussten in der Scheune das Futter für die Rinder aus Heu und Stroh herrichten, Futterrüben aus dem dunklen Scheunenkeller tragen und für den Stall eimerweise Wasser vom Dorfbrunnen holen.

Als Karl und Leo eines Nachmittags in der Scheune das Heu aus dem dicht gelagerten Stapel zerrten und mit Getreidespreu und Stroh vermischten, stützen sie sich hin und wieder auf ihre Gabeln und sprachen leise über ihr neues Los.

»Die andern dürfen spielen, nur wir müssen immerzu schaffen«, jammerte Leo. »Ständig kommandiert die Klara uns herum. Wenn doch die Mutter noch da wär …« Er ließ den Kopf sinken.

»Wenn ich aus der Schule bin, dann geh ich gleich fort«, pflichtete Karl ihm bei.

Leo hob den Kopf. »Dann will ich auch nicht mehr daheimbleiben.«

Nebenan ging die Scheunentüre. Sofort verstummten die beiden Buben und fassten ihre Gabeln.

»Wie weit seid ihr?«, rief Klara mit unverkennbarem Unmut in der Stimme zu ihnen herüber. »Ihr müsst nachher dem Vater helfen und einen Schrank wegbringen, also macht endlich vorwärts.«

Karl blickte finster zur Scheunentenne. »Wir sind gleich fertig«, antwortete er.

Schweigend machten sie sich wieder an die Arbeit.

Auch für Gottfried Schildweg wurde das Leben nicht einfacher. Er war zwar froh, dass im Haus wieder Ordnung herrschte, jeden Tag ein anständiges Essen auf dem Tisch stand und die Kinder sauber angezogen zur Schule gingen. Doch die vertraulichen Gespräche beim Essen, am Abend in der Stube und vor dem Zubettgehen gab es nicht mehr. Gottfried war kein großer Redner, in die Gespräche anderer mischte er sich selten ein. Aber er war ein guter Zuhörer. Früher hatte er Martha und den Kindern oft am Abend berichtet, was am Sonntag nach der Kirche oder später im Wirtshaus gesprochen wurde. Martha hatte ihm stets aufmerksam zugehört und ihn als Mann und als Handwerker immer geachtet, auch wenn sie mit seinen Geldgeschäften oft unzufrieden war. Kam sie in die Werkstatt, dann bewunderte sie seine aufwendig hergestellten Stücke, obwohl sie später darüber seufzte, dass sich dafür lange keine Käufer fanden.

Seit Klara im Haus war, erzählte Gottfried immer weniger. Seine neue Frau kannte die Dorfbewohner nicht, von denen er sprach, und zeigte auch keinerlei Interesse. An seiner Arbeit in der Werkstatt war für sie nur wichtig, wie damit Geld zu verdienen war. Für die Kostbarkeit seiner Stücke hatte sie keinen Blick, und als eine schöne Kommode lange stehen geblieben war, sagte sie nur spöttisch: »Mit dem Holz hätten wir lange schüren können.«

Wenn früher Kundschaft aus der Stadt gekommen war, hatte Martha sie stets bewirtet. Klara nahm sich dafür keine Zeit, und als sich Gottfried darüber beklagte, antwortete sie nur: »Die wollen sich hier bloß satt essen und kaufen dann doch nichts.«

Klaras Interesse galt allein der Landwirtschaft. Darüber sprach sie gerne und ausführlich, aber dafür hatte wiederum Gottfried nicht viel übrig. Anfangs hatte er sich noch bemüht, Interesse zu zeigen, aber später hörte er immer weniger zu, wenn Klara stolz vom Hof des Bruders erzählte, wie dort dies und jenes getan wurde, wie groß die Ernten, wie reichlich die Milch und wie fett die Schweine waren. Immer schwang in diesen Berichten auch eine Missbilligung der einfachen Verhältnisse hier im Tal mit, wo man nur mit Kühen kutschierte und nebenher Handwerker oder Tagelöhner sein musste, um leben zu können.

Still litten auch die kleinen Buben Willi und Emil. Die neue Mutter sorgte zwar dafür, dass sie immer zu essen und saubere Kleidung hatten, aber nie wurden sie liebevoll auf den Schoß genommen oder getröstet, wenn sie sich beim Spielen wehgetan hatten. Klara versorgte sie, wie man den Tieren im Stall genug Futter und eine trockene Streu gibt. Manchmal weinten sie sich am Abend in den Schlaf, und wenn Klara sie dann verständnislos fragte, was sie denn hätten, konnten sie es ihr nicht sagen. Als der dreijährige Emil aus Kummer und Not wieder in die Hose und ins Bett machte, reagierte sie erbost und zerrte ihn in die Küche, um ihn dort mit kaltem Wasser zu waschen.

Kaum war im März der Schnee von Wiesen und Äckern getaut, trieb es Klara hinaus. Gottfried musste mit ihr am Sonntag alle Grundstücke aufsuchen, auch die kilometerweit entfernten Äcker auf der Ebene. Seine neue Frau hatte Einiges daran auszusetzen. Dass ein Feld noch die Stoppeln der vorjährigen Getreideernte zeigte, war ihr vollkommen unverständlich. »Mein Gott«, entrüstete sie sich, »warum hast du im Herbst nicht geackert? Man kann doch die Äcker nicht einfach liegen lassen. Was sollen wir denn jetzt im Frühjahr damit anfangen?«

Gottfried versuchte sich vor seiner Frau zu rechtfertigen: »Du weißt doch, wie es bei uns war. Erst ist das Kind gestorben und dann die Martha. Wie hätt ich das denn alles schaffen sollen?«

Klara schüttelte den Kopf. »Aber du hast doch eine Haushälterin und eine Magd gehabt und die großen Kinder hätten auch viel mehr machen können. Jetzt kann ich sehen, wie ich mit dieser Wirtschaft fertig werde!«

Schweigend senkte Gottfried den Kopf.

Schon am nächsten Tag musste er die Kühe anspannen und mit dem verspäteten Pflügen beginnen. Klara führte die Tiere am Halfter und zerrte sie, wenn sie vor Erschöpfung stehen bleiben wollten, unter Schimpfworten unnachgiebig vorwärts.

»Was für eine elende Schinderei«, zeterte sie, als die Kühe einfach nicht mehr weiterwollten. »Bei meinem Bruder mit seinen Gäulen hätt es so was nicht gegeben!«

Gottfried wollte ihr antworten: »Dann geh halt wieder zu deinen Gäulen«, aber er war zu erschöpft um zu streiten und blieb lieber still.

Am Nachmittag wollte Gottfried in seine Werkstatt. Er habe dringende Reparaturen zu erledigen und Karl müsse ihm helfen. Jetzt musste Leo mit aufs Feld und die Kühe führen, während Klara hinter dem Pflug ging. Die Tiere waren müde und blieben immer öfter stehen. Leo, der nach dem Vormittag in der Schule ebenfalls müde war, trieb sie nur halbherzig an. Nun ließ die neue Mutter ihren Zorn nicht mehr nur an den Tieren, sondern auch an dem Buben aus: »Ihr seid alle gleich«, schimpfte sie, »mit euch kommt man doch zu nichts. Hätt ich das nur vorher gewusst.«

Leo blickte finster zurück, der Hass in ihm wuchs.

Am Abend, als die Kinder schon im Bett waren, redete Klara so lang auf Gottfried ein, bis er sich bereiterklärte, am nächsten Tag zum Müller zu gehen und ihn zu bitten, mit seinen

Pferden die Äcker fertigzupflügen. Dafür gab ihm der Schreiner den Schreibtisch, den er eigentlich in der Stadt teuer verkaufen wollte. Der Müller wollte das kostbare Stück zunächst nicht annehmen, aber Gottfried wollte nicht in seiner Schuld stehen.

Nach dem harten Winter lockten die ersten warmen Sonnenstrahlen die Dorfkinder unwiderstehlich nach draußen. In allen Gassen in den Höfen und auf dem Kirchplatz tobten sie herum. Eines Abends war auch Leo dabei und spielte mit den Nachbarskindern Fangen und Verstecken. Dass er eigentlich Wasser holen und die Kleinen heimbringen sollte, hatte er ganz vergessen. Erst als Karl gelaufen kam und berichtete, dass daheim die Kühe vor Durst brüllten und beim Melken unruhig waren, beeilte er sich, das Versäumte nachzuholen. Im Stall wurde er von der verärgerten Klara am Ohr genommen und durch den Stallgang gezogen. »Hab ich dir nicht gesagt, du sollst gleich wieder da sein!«, schrie sie ihn an. »Mach, dass du ins Haus kommst.«

Weinend rannte Leo aus dem Stall, aber nicht ins Haus, sondern in den Schuppen. In seinem schon oft aufgesuchten Versteck ließ er den Tränen freien Lauf. Er kauerte sich hinter die aufgestapelten Bretter und träumte davon, wie schön es gewesen war, als die Mutter noch lebte.

Als es Zeit für das Nachtessen wurde, wusste niemand, wo Leo war. Gottfried, der sich noch gut an den Abend vor Marthas Tod erinnerte, machte sich selbst auf die Suche. In den Gärten und den schmalen Fußwegen dazwischen rief er nach dem Sohn.

Sein Rufen schreckte Leo im Schuppen auf. Schnell kroch er aus seinem Versteck und wollte zum Haus, aber Gottfried entdeckte ihn. In seinem Ärger packte er den Sohn am Arm. »Was fällt dir ein, so einfach zu verschwinden? Warum bist du nur so ein ungezogenes Kind, niemand hat dir doch etwas getan!«

Trotzig erwiderte Leo: »Die Klara hat mir so weh getan, dabei ist sie doch gar nicht meine Mutter.«

»Doch, sie ist jetzt deine Mutter und du musst ihr folgen«, erwiderte Gottfried matt. Auch er hätte sich so gerne seine Martha zurückgewünscht.

Die Geldschwierigkeiten der Familie Schildweg besserten sich nicht. Gottfried hatte gehofft, die neue Frau, die von einem großen Bauernhof kam, werde nicht nur eine Aussteuer aus Wäsche, Kleidung und Einrichtung, sondern auch ein ordentliches Stück Geld mitbringen. Als er damals mit ihrem Bruder die Heirat abmachte, hatte der noch großspurig dahergeredet. Die Klara bringe eine Aussteuer mit, aber keine Möbel. »Ich kann doch in ein Schreinerhaus keine fremden Möbel stellen!«, hatte er gelacht und dröhnend hinzugefügt: »Das wär ja grad so, als würd ich einem Müller Mehl bringen.«

Als Gottfried schüchtern etwas von Geld murmelte, entgegnete der zukünftige Schwager: »Jaja, sie kriegt was, aber jetzt ist es gerade etwas schwierig. Die Viehpreise sind schlecht, und dann ist mir vor ein paar Wochen ein Gaul kaputtgegangen. Und für die Klara brauch ich eine neue Magd, und du weißt ja, was die Dienstboten heutzutag verlangen.« Eine Summe hatte er für das Heiratsgut nicht genannt, und Gottfried wagte auch nicht, danach zu fragen.

Da die kleine Landwirtschaft nicht alles hergab, was die Familie zum Leben brauchte, musste im Dorfladen dies und jenes zugekauft werden. Seit Martha gestorben war und er sich weniger um sein Handwerk kümmern konnte, musste Gottfried dort immer wieder anschreiben lassen. Die Besitzerin, eine runde, gemütliche Frau, wusste um die schwierigen Verhältnisse und ließ das zu. Gottfried wollte nicht, dass Klara von seinen Schulden erfuhr, und schickte deshalb immer die großen Kinder zum Einkaufen. Heimlich hatte er ihnen eingeschärft, der Stiefmutter nichts vom Anschreiben zu erzählen.

Es ging nicht lange gut. Als eines Morgens die großen Kinder in der Schule waren und die kleinen beim Vater in der Werkstatt, wollte Klara selbst zum Einkaufen gehen. Gottfried wehrte ab: »Lass das doch die Kinder machen, wenn sie nachher heimkommen.«

Doch wie immer, wenn sie sich etwas in den Kopf gesetzt hatte, ließ sich Klara nicht abhalten, und ging ins Dorf. Als sie bezahlen wollte, merkte Klara, dass sie ihren Geldbeutel vergessen hatte.

»Das macht doch nichts«, sagte die Ladnerin, »schreiben wir's halt an.« Sie griff nach ihrem rot eingeschlagenen Buch.

Klara wurde misstrauisch: »Haben wir denn schon öfter anschreiben lassen?«

Die Frau schlug im Buch nach und Klara, die sich neugierig über die Ladentheke beugte, entdeckte die lange Zahlenreihe. »Mein Gott«, rief sie entsetzt, »das ist ja recht viel, so geht das doch nicht.«

»Ist doch nicht so schlimm«, sagte die Frau begütigend. »Der Gottfried hat sonst immer alles bezahlt, aber er hat es doch wirklich schwer gehabt in der letzten Zeit.«

Klara schüttelte den Kopf. »Nein, nein, so geht das nicht weiter. Ich hol jetzt gleich das Geld, so etwas gibt's bei mir nicht.«

Aufgebracht riss sie daheim die Werkstatttüre auf. »Also nein«, rief sie Gottfried entgegen, »so geht das nicht! Wie steht man denn vor den Leuten da? Wieso gibst du den Kindern zum Einkaufen kein Geld mit?«

Der Schreiner legte den Hobel weg. »Ganz einfach«, antwortete er resigniert, »weil ich kein Geld hab. Im letzten halben Jahr ist ja fast nichts reingekommen. Die Kunden zahlen schlecht, und der schöne Schreibtisch, den ich verkaufen wollte, der steht jetzt beim Müller.«

»Herrgott noch mal«, rief Klara zornig, »wo bin ich da bloß hin gekommen: nichts im Stall, nichts auf den Äckern und nichts in der Kasse. Ein schöner Hausvater bist du mir.«

Jetzt wurde auch Gottfried wütend: »Und du, du kannst nur schimpfen. Du weißt doch, was hier die letzte Zeit los war. Zwei Beerdigungen zahlen, Geld für Dienstboten ausgeben und immer weniger einnehmen. Und wo ist dein Geld? Dein Bruder hat mir als Heiratsgut Geld versprochen – wo ist es denn?«

Klara stemmte die Arme in die Hüften. »Aha, jetzt geht's gegen mich. Ich sag dir eins: Jetzt gleich geh ich in den Laden und bezahl die Schulden von meinem Geld. Aber das muss aufhören, dass du's nur weißt.«

Bevor Gottfried etwas entgegnen konnte, drehte sie sich um und schlug die Werkstatttüre hinter sich zu.

Im Sommer wurde es besser. Mit unnachgiebigem Willen bestellte Klara die Äcker. Dort stand das Getreide dann auch viel schöner als früher und der Kleeacker lieferte den Tieren gutes Futter. Die Kühe dankten es mit viel Milch. Die Schreinerin, wie Klara inzwischen von allen genannt wurde, konnte an die Molkerei liefern und hatte jeden Monat ein ordentliches Milchgeld. Auch der Feldertrag konnte sich sehen lassen. Stolz zeigte Klara ihrem Mann am Sonntag die kerzengerade gezogenen Kartoffel- und Rübenreihen, in denen kein Unkraut wuchs. Gottfried war froh, dass er die Sorge um die Landwirtschaft los war.

Aber die Kinder murrten. Schon im Frühjahr hatten sie mit Klara die Steine von den Äckern lesen, im April Kartoffeln legen, im Mai die Rüben vereinzeln und immer wieder Unkraut aushacken müssen. Als die anderen Kinder in den Juniferien schon am Vormittag in dem kleinen Fluss planschten, mussten Karl und Leo mit dem Kuhfuhrwerk auf den Kleeacker oder die Baumwiesen fahren, wo Klara das Grünfutter für den Tag gemäht hatte.

Bei der Heuernte stand Klara auf dem Wagen, Gottfried reichte ihr das Heu mit der langen Gabel und sie stapelte es zu einer exakt rechteckigen Ladung. Die Kinder hatten ihre eigenen Aufgaben. Luise hatte auf die Kleinen aufzupassen, die auf der Wiese spielten. Leo musste die Kühe am Halfter nehmen, immer wieder ein Stück vorfahren und die blutgierigen Bremsen abwehren, von denen auch er immer wieder gestochen wurde. Karl musste mit dem hölzernen Rechen nachrechen. Kein Halm durfte auf der Wiese liegen bleiben.

Am Abend waren alle müde. Nur Klara schienen die Hitze und die Arbeit nichts auszumachen. Sie stemmte die Arme in die Hüften und betrachtete stolz den vollen Wagen. »Na bitte«, sagte sie hochmütig, »kann ein Mann vielleicht besser laden?«

Gottfried schüttelte nur stumm den Kopf, und die Kinder schauten ohne Regung zu Boden. Früher war das Heumachen lustiger gewesen. Freilich hatten Vater und Mutter von der gleichen Wiese nur einen Wagen geholt, während es jetzt zwei waren. Aber was kümmerte die Kinder der bessere Ertrag?

Auch bei der Getreideernte übernahm Klara das Kommando. Anfänglich überließ sie Gottfried die Sense mit dem stoffbezogenen Bügel, aber der Schreiner war ein schlechter Mäher. Immer wieder hielt er inne, um den schmerzenden Rücken aufzurichten und sich den Schweiß von der Stirn zu wischen.

Klara, die hinter ihm die Halme mit der Sichel aufnahm und zu Garben ablegte, konnte nach einiger Zeit nicht mehr an sich halten. »So kommen wir nicht vorwärts«, sagte sie schroff, »ich steh die ganze Zeit nur rum, heut Mittag mäh ich.«

Für Gottfried war das eine Demütigung: Sollte er etwa hinter seiner Frau die Weiberarbeit machen? Zum Glück kam am Mittag ein Nachbar, dem die Sense zerbrochen war und der sie sofort repariert haben wollte. So hatte er einen Grund, sich in seine Werkstatt zurückzuziehen.

Während Klara am Nachmittag wie ein Mann die Sense schwang, musste Karl mit der Sichel die Halme aufnehmen und Leo die Strohbänder legen, mit denen die Garben später gebunden wurden. Die beiden kamen ihrer neuen Mutter nicht nach.

»Was ist mit euch?«, rief sie nach einiger Zeit. »Ihr seid ja so langsam wie euer Vater!«

Die beiden entgegneten nichts, sondern arbeiteten stumm weiter.

»Wenn ich aus der Schule komm, geh ich weg«, sagte Karl halblaut zum Bruder.

»Und ich geh schon vorher«, fügte Leo trotzig hinzu.

Karl geht

Über die Frage, was aus den beiden älteren Söhnen einmal werden sollte, kam es im Schreinerhaus immer wieder zu Auseinandersetzungen. Karl wurde bald vierzehn und kam dann aus der Schule.

Klara hätte den Buben gerne zu ihrem Bruder auf den Hof gegeben. »Dort lernt er, was zu einem richtigen Bauern gehört«, sagte sie.

Für Karl war das eine fürchterliche Vorstellung. Er konnte den großkotzigen Onkel nicht leiden, und die neue Mutter hatte ihm das Bauerngeschäft längst gründlich verleidet. »Ich will aber kein Bauer werden«, sagte er und sah zu Boden.

»Dann musst du halt auch ein Schreiner werden«, höhnte Klara, »da verdient man ja so gut.«

Gottfried wurde wütend: »Jaja«, gab er zurück, »und die Bauern, die reden viel vom großen Geld, haben aber anscheinend auch keins.« Er hätte seinen Ältesten schon gern zu einem Schreiner gemacht, der einmal sein Handwerk weiterführen könnte.

Aber auch das wollte Karl nicht. Er wollte lieber ein Kaufmann werden. Auch dem Lehrer war aufgefallen, dass Karl ein guter Rechner war, und so hatte er dem Schreiner ein halbes Jahr vor der Schulentlassung empfohlen, seinen Ältesten in eine Kaufmannslehre zu schicken. Bei seinen Stadtkunden, die gelegentlich kamen, erkundigte sich Gottfried Schildweg nach Lehrstellen. Ein Eisenwarenhändler war bereit, Karl nach einer

Probezeit aufzunehmen. Der rotgesichtige, stiernackige Mann, der im Winter mit einem pelzbesetzten Mantel und einem runden Hut in die Schreinerwerkstatt kam, nahm den Buben in Augenschein.

»Soso«, sagte er mit seiner lauten Stimme und legte Karl die schwere Hand auf die Schulter, »du willst also ein Kaufmann werden. Hast wohl den Spruch gehört ›Lieber fingerlang handeln als armlang schaffen‹?« Dabei lachte er dröhnend.

Karl bekam einen roten Kopf und sagte nichts. Er musste sein Schulzeugnis zeigen und der Mann nickte beifällig. Am 1. April des Folgejahres sollte Karl bei ihm als Lehrling eintreten. »Lehrgeld will ich keins«, sagte der Kaufmann zu Gottfried, »aber du musst mir den gleichen Schreibtisch machen, wie ihn der Müller bekommen hat.«

Karl war glücklich. Endlich konnte er dem Kommando und der ständigen Nörgelei der neuen Mutter entkommen. Endlich musste er nicht mehr jeden Tag die schweren Wassereimer schleppen, Mist aus dem Stall karren und die störrischen Kühe am Halfter zerren.

Kurz nach der Abmachung war er mit dem Vater im Geschäft seines neuen Lehrherrn und staunte über den großen Laden, die lange Theke und die hohen Regale mit den vielen Fächern für Nägel, Schrauben und Beschläge. Daheim erzählte er Leo davon. Karl sah sich schon in einem hellgrauen Arbeitsmantel hinter der Theke stehen und den Kunden die verlangten Waren hinlegen und an der verzierten Registrierkasse mit der großen Kurbel das Geld kassieren. Er würde in dem großen Haus an der Hauptstraße wohnen und käme nur noch zum Sonntag heim.

Leo konnte sich nicht mitfreuen. »Dann bin ich hier ganz allein«, jammerte er. »Dann muss ich noch mehr schaffen und mich noch mehr kommandieren lassen.«

»Du darfst dir nur nicht alles gefallen lassen«, versuchte Karl, ihm Mut zu machen. »Und wenn ich heimkomm, dann helf ich dir schon.«

Dass Lehrjahre keine Herrenjahre sind, bekam Karl schnell zu spüren. Anstatt hinter der Ladentheke zu stehen, musste er früh um fünf aufstehen, noch vor dem Morgenessen der Küchenmagd Holz aus dem Schuppen hinten im Hof holen, die Asche aus dem großen Herd hinuntertragen und, solange es noch kühl war, den großen Ofen im Laden anheizen. Nach dem Morgenessen mit einem zweiten, älteren Lehrling, den beiden Lagerarbeitern und dem Hausmädchen galt es, in dem zugigen Schuppen Eisenteile zu sortieren, in schweren Körben ins Lager zu tragen und den Lageristen beim Aufbewahren zu helfen. Zwischendurch musste er für den Lehrherrn oder seine Frau Botengänge erledigen, wobei er sich anfänglich in den engen Gassen der Stadt oft verirrte. Weil er sich niemanden zu fragen traute, kam er einmal zu spät in das Geschäft zurück und wurde vom Meister grob ausgeschimpft und vom Ladengehilfen für seine Ungeschicklichkeit verspottet. Als er ein anderes Mal die Adresse verwechselte und ein Paket falsch zustellte, das dann mit einer Beschwerde zurückkam, gab ihm der Lehrherr mit den Worten »Kannst du Bauerndepp nicht besser aufpassen?« eine schallende Ohrfeige.

Am Abend kam er oft todmüde auf seine Stube, wo er sich mit dem zweiten Lehrling ein hartes Bett teilte. Der schikanierte ihn; er freute sich, dass er jetzt jemanden hatte, den er so treten konnte, wie er vorher selbst getreten worden war.

Oft sehnte sich Karl nach dem Vater und den Geschwistern. Wenn er am Samstagabend nach fast zweistündigem Fußmarsch heimkam, wollte er nicht über seinen Kummer reden und gab auf die Fragen nach seinem Tagesablauf nur knappe Antworten.

Dem Vater entging jedoch nicht, wie mager und blass sein Ältester geworden war. Er dachte an seine eigene schwere Lehrzeit in einem fremden Haus. Bevor Karl am Sonntagabend wieder ging, richtete er ihm in der Küche ein Esspaket mit Wurst, einem Viertellaib Brot und einem breiten Streifen Rauchfleisch. Als Klara dazukam und protestierte, der Bub werde doch in der Stadt gut verköstigt, erwiderte er nur: »Du bist wohl noch nie in fremden Häusern gewesen und weißt nicht, wie es dort zugeht. Schau doch den Buben an, wie mager er geworden ist!«

Leo musste nun allein oder zusammen mit Luise die lauten Befehle von Klara ausführen. Nun hatte er die schweren Arbeiten wie das Ausmisten oder das Aufladen des schweren Grünfutters zu erledigen, die vorher Karl übernommen hatte. Er war öfter allein als früher und flüchtete sich häufig in seine Traumwelt. So auch einmal, als er mit den Kühen auf eine entfernte Baumwiese fahren musste, auf die Klara zum Grasmähen vorausgegangen war. Die Kühe kannten den Weg, Leo ließ sie trotten und träumte vor sich hin.

Plötzlich gab es einen Ruck und er schreckte auf. Vom saftigen Grün angezogen waren die Kühe vom Weg zu einem Kleeacker abgebogen. Dabei hatte der Wagen einen Baum gestreift und war hängen geblieben. Eine der Stützen für das Seitenbrett war abgebrochen. Das Brett hatte keinen Halt mehr und lag auf dem Boden.

Hilflos stand Leo daneben. Wie sollte er das bloß dem Vater und Klara erklären? »Hätt ich doch besser aufgepasst«, jammerte der Bub und fing an zu weinen.

Jemand kam den Weg entlang. Es war der Nachbar Fritz, der Leo damals unter der Brücke vor dem Vater in Schutz genommen hatte. »Na Leo«, sagte er, »was ist denn passiert?«

Leo wischte sich die Tränen aus dem Gesicht und sah hilfesuchend zu dem Mann auf. »Die Kühe sind einfach vom Weg runter und dann ist der Wagen hängen geblieben.«

Der Nachbar besah sich den Schaden: »So kannst du nicht weiterfahren«, sagte er ruhig, »aber ich glaub, wir kriegen das schon wieder hin.« Mit seiner Hacke klopfte er den Rest der Stütze aus dem Zapfenloch und steckte sie dann mit dem umgedrehten dünneren Teil wieder hinein. »So«, sagte er und legte dem immer noch leise schluchzenden Buben die Hand auf die Schulter, »jetzt kannst du wieder weiterfahren. Dein Vater wird das dann schon wieder richten.«

Als Leo verspätet auf der Baumwiese ankam, war Klara längst mit dem Mähen fertig. »Warum kommst du so spät?«, rief sie ärgerlich. »Wo hast du dich wieder rumgetrieben?«

»Die Kühe sind heut so langsam«, log Leo, »und dann kam auch noch der Fritz und wollte was wissen.«

»Ach der«, Klara machte eine wegwerfende Handbewegung, »der hat immer Zeit zum Schwätzen.«

Leo nahm schnell die Gabel vom Wagen und lud Gras auf. Die Stiefmutter sollte die beschädigte Stelle nicht sehen und sie bemerkte auch nichts.

Daheim, als er den Wagen vor dem Stalleingang abgeladen hatte, ging Leo in die Werkstatt zum Vater und beichtete kleinlaut den Schaden. Oft ärgerte sich Gottfried, wenn die Kinder etwas angestellt hatten. Aber da er wusste, wie sehr Leo nach dem Weggang von Karl unter Klara zu leiden hatte, war er gegenüber seinem Zweitgeborenen nachsichtig. Gemeinsam gingen sie zum Wagen. Gottfried staunte über die gelungene Reparatur. »Hast du das selber gemacht?«, fragte er.

»Nein«, gestand Leo, »der Fritz ist gekommen und hat mir geholfen.«

»Hast du es der Mutter gesagt?«, fragte der Schreiner weiter.

Leo schüttelte den Kopf. »Sie hat auch nichts gemerkt.«

»Dann lassen wir es auch dabei«, beschloss Gottfried.

Am Nachmittag, als Klara mit den Kindern auf dem Rübenfeld war, fertigte der Schreiner eine neue Stütze.

Am meisten und am längsten litt der kleine Emil unter der neuen Mutter. Ihre herrische und lieblose Art machte ihn zu einem schreckhaften Angstbündel. Weit mehr als seinen Geschwistern setzten dem jüngsten der Schildwegkinder ihr Spott und ihre Schläge zu.

Wohl sah Gottfried, wie die Kinder litten, aber er fand nicht die Kraft, ihnen beizustehen. Wuchsen ihm die beruflichen

Misserfolge, die Existenznot und der Ärger über seine neue Frau über den Kopf, dann ließ er im Gegenteil seinen Unmut selbst an ihnen aus. Oft genug stimmte er dann schon bei den kleinen Verfehlungen in die Schimpftiraden seiner Frau ein und erhob manches Mal die Hand gegen die Kinder. Hinterher tat es ihm dann leid und er versuchte wieder, ein guter Vater zu sein, doch das alte Familienglück konnte er nicht wiederherstellen.

Für Leo und Luise wurde die Schule ein Ort der Erholung. Beiden fiel das Lernen leicht. Im Gegensatz zu Klara, die nie ein Wort der Anerkennung für ihre Stiefkinder fand, sparte der Lehrer nicht mit Lob.

Luise war in ihrer stillen Art bei den anderen Mädchen wohlgelitten. In den kurzen Arbeitspausen, die ihr die Stiefmutter ließ, half sie anderen bereitwillig bei den Hausaufgaben und in der Schule ließ sie ihre Nebensitzerinnen beim Diktat und den Klassenarbeiten abschreiben. Bei den Handarbeiten, dem Häkeln, Stricken und Nähen, war sie geschickt und wurde von der Lehrerin gelobt. Sie träumte davon, später einmal Näherin zu werden.

Leo war anders, sprunghaft in seinem Wesen. Mal träumerisch in sich versunken, dann bei den Spielkameraden wieder laut, aufbrausend und altklug. Im Inneren unsicher und ängstlich, tat er sich schwer, Freunde zu finden. Wenn andere Buben sich mutig auf das Wehr der Mühle trauten, um von dort mit einem Kopfsprung in die tieferen Stellen des Flusses zu tauchen, blieb er im flachen Wasser oder am Ufer oder gab an, dem Vater in der Werkstatt oder der Mutter im Stall helfen zu müssen. Stattdessen saß er dann wieder in seinem Schuppenversteck und träumte von einem besseren Leben.

An einem solchen Tag, als Leo sich wieder einmal hinter dem Bretterstapel verkrochen hatte, ging knarrend die Schuppentüre. Es war der Vater. Er suchte nach einem geeigneten Holz für einen beschädigten Tisch. Der Bub duckte sich tief in sein Versteck und wagte nicht zu atmen. Endlich hatte der Vater ein geeignetes Brett gefunden, zog es mühsam aus dem Stapel und verließ den Schuppen. Draußen war die laute, ärgerliche Stimme der Stiefmutter zu hören. Ob er den Leo gesehen habe, fragte sie ihren Mann. Der nichtsnutzige Bub sei wieder einmal verschwunden. Es sei längst Zeit fürs Wasserholen. »Du musst ihn endlich einmal schärfer anfassen«, sagte sie, »sonst wird aus dem Kerl nie etwas.«

Als Klara und Gottfried endlich in der Werkstatt und im Haus verschwunden waren, verließ Leo den Schuppen. Durch den Obstgarten schlich er zur Scheune und von dort in den Stall. So leise wie möglich nahm er die beiden Wassereimer, stellte sie in den flachen Handkarren, fasste die kurze Deichsel und bog mit dem Gefährt ungesehen um die Hausecke Richtung Brunnen.

Dort waren einige Kinder und Frauen ebenfalls beim Wasserholen. Schweigend tauchte Leo den Eimer in den Brunnentrog und zog ihn gefüllt wieder heraus. Dabei stieß er an den Trogrand, Wasser schwappte aus dem Eimer und einer Nachbarin, die gerade in der Nähe stand, über die Füße. »Kannst du nicht aufpassen«, fuhr sie ihn an, »jetzt bin ich patschnass.«

Aber Leo hatte es eilig. Ohne eine Reaktion stellte er den Eimer auf seinen Karren.

»He, ich red mit dir«, empörte sich die Frau und zog ihn schmerzhaft am Ohr. »Kannst du dich nicht wenigstens entschuldigen?!«

Vor Schmerz riss Leo den Kopf zurück, stolperte dabei über den gut gefüllten Eimer und warf ihn um. Ein zweiter Wasserschwall schwappte der Nachbarin über die Füße. Einige der Umstehenden lachten, was die Bäuerin noch wütender machte. Bevor sich Leo versah, hatte er eine schallende Ohrfeige im Gesicht. Um ihn herum wurde noch mehr gelacht.

Vor Schmerz und Wut über die Demütigung stiegen Leo Tränen in die Augen. Er packte die Karrendeichsel und rannte mit klappernden Eimern heim.

Vor der Scheunentüre stand die Stiefmutter mit dem Melkeimer in der Hand.

»Da bist du ja endlich«, empfing sie ihn. »Aber wo hast du das Wasser?« Leo gab keine Antwort. Er wollte sich an ihr vorbeidrücken, aber Klara packte ihn fest am Arm: »Kannst du mir keine Antwort geben?«, schrie sie ihn an.

Im Stall hörte Gottfried die laute Stimme seiner Frau. Mit ärgerlicher Miene kam er aus der Tür, um nachzusehen.

»Da hast du deinen fleißigen Sohn«, schrie Klara ihm entgegen. »Er hat wieder irgendetwas angestellt, und wenn ich ihn frag, gibt er keine Antwort.«

Gottfried stellte sich vor Leo: »Was ist und warum kommst du ohne Wasser heim?«

Noch bevor Leo antworten konnte, kam die Nachbarin vom Brunnen in den Hof. »Einen feinen Sohn hast du, Gottfried«, rief sie, »schüttet der mir doch zweimal Wasser über die Füße und kann sich nicht mal entschuldigen.« Sie zeigte auf ihren nassen Rocksaum: »Schau nur, wie ich ausseh.«

Der Schreiner verlor die Beherrschung. Wütend riss er Leo am Arm und schlug mit der anderen Hand auf ihn ein. »Jetzt reicht es mir! Mit dir muss man sich vor allen Leuten schämen. Sofort entschuldigst du dich!«

Leo hatte die Arme schützend über den Kopf gehoben, um die schlimmsten Schläge abzuhalten. Trotzdem trafen ihn die prasselnden Hiebe. Laut heulte er auf.

Das wurde selbst der verärgerten Bäuerin zu viel. »Komm Gottfried«, wiegelte sie ab, »so schlimm ist es auch nicht.«

Der Schreiner hielt inne und richtete sich auf: »Das bei dir, Nachbarin, das muss er wieder gutmachen.« Er zog Leo, der mit gesenktem Kopf und schluchzend neben ihm stand, am Arm. »Sofort gehst du mit der Base zum Brunnen und hilfst ihr beim Wasserholen.«

Leo hörte auf zu weinen. Mit einem schrägen, hasserfüllten Blick sah er zum Vater auf und nickte. Ohne noch etwas zu sagen, ging er mit dem Handwagen zum Brunnen.

Die Bäuerin folgte ihm. »Komm, Leo«, sagte sie begütigend, »das hab ich doch nicht gewollt. Du brauchst mir nicht zu helfen. Bring du nur dein eigenes Wasser heim.«

Wortlos füllte er seine beiden Wassereimer, stellte sie auf den Handkarren und zog davon.

Als er das Wasser daheim in den Stall tragen wollte, kam ihm der Vater entgegen. Ohne etwas zu sagen, nahm er beide Eimer, trug sie in den Stall und goss den Inhalt in den vorher gesäuberten Futtertrog. Gierig schlürften die beiden Kühe das Wasser. Nur kurz sah Gottfried seinen Sohn an. »Du kannst ins Haus gehen. Ich mach im Stall allein fertig.« Er hätte die harten Schläge gern wieder zurückgenommen.

Als Leo in die Küche kam, stand Klara am Spülstein und säuberte das Melkgeschirr. »So«, empfing sie den Buben, »hast du jetzt endlich Wasser geholt und das mit der Nachbarin wieder gutgemacht? Geh und wasch dir die Hände, wenn der Vater kommt, wird gegessen. Auch wenn du heut eigentlich kein Nachtessen verdient hast.« Luise, die Geschirr abgetrocknet hatte, deckte den Tisch.

»Ich hab keinen Hunger«, sagte Leo kurz. Immer noch steckte ihm das Weinen im Hals, aber er schluckte es tapfer hinunter. Vor der Stiefmutter wollte er keine Schwäche zeigen. »Mir tut der Kopf so weh, ich geh gleich in die Kammer.«

Klara nickte. »Das glaub ich, dass dir der Kopf weh tut, aber daran bist du selber schuld.«

In der Schlafkammer warf Leo sich in den Kleidern aufs Bett, drückte das Gesicht ins Kissen und ließ den Tränen freien Lauf. Das Schluchzen schüttelte den mageren Körper. Niemand liebte ihn! Seine Mutter war tot und der Vater schlug ihn wegen der kleinsten Kleinigkeit. Dabei wäre das alles gar nicht passiert, wenn er nicht solche Angst vor der Stiefmutter haben müsste.

Von unten hörte er plötzlich Schritte. Der Vater kam mit seinen schweren Stiefeln die Treppe herauf. Als er in die Kammer trat, stellte sich Leo schlafend.

»Leo, warum kommst du nicht zum Essen?«, fragte Gottfried halblaut. Der Sohn reagierte nicht. Vorsichtig fasste ihn der Vater an der Schulter. »Komm, du musst doch Hunger haben, wir warten auf dich. Es wird alles wieder gut. Du musst halt der Mutter besser gehorchen.«

Leo drehte sich ruckartig um. »Sie ist nicht meine Mutter!«, sagte er trotzig mit tränenverschmiertem Gesicht. Dann warf er sich wieder in das Kissen und schluchzte erneut.

»Doch, sie ist jetzt deine Mutter«, entgegnete der Vater mit neuem Ärger in der Stimme. »Wenn du das nicht einsehen willst, dann bleibst du am besten gleich im Bett.« Er schlug die Kammertüre hinter sich zu. Eigentlich hatte er mit dem Sohn wieder alles gutmachen wollen. Aber es schien, als könnte nichts mehr gut werden.

Als die Tränen endlich versiegt waren, zog sich Leo aus und legte sich unter die Decke. Gleich mussten die Brüder Willi und Emil kommen. Er wollte nicht zeigen, dass er geweint hatte.

Als die beiden leise die Kammertür öffneten, stellte Leo sich schlafend. Auch als der sechsjährige Willi schüchtern fragte: »Leo, tut dir der Kopf immer noch weh?«, gab er keine Antwort.

Noch lange lag Leo wach. Seine Verzweiflung und das Gefühl, von niemandem geliebt zu werden, wichen einem entschlossenen, finsteren Zorn. In seinem Kopf wechselten die abenteuerlichsten Fluchtpläne. Mit solch finsteren Gedanken schlief er schließlich ein.

Am nächsten Morgen weckte ihn Luise: »Komm Leo, wir müssen in die Schule.« Mühsam erhob sich der Bub. Die Sonne schien durch das kleine Dachfenster und zauberte auf dem Dielenboden seltsame Schattenspiele. »Heut Mittag dürfen wir mit dem Vater in die Stadt«, plauderte die Schwester weiter, »er muss den Schreibtisch hinbringen und dann besuchen wir den Karl. Komm, zieh dich schnell an, das Morgenessen steht auf dem Tisch.«

In der Küche saßen die beiden Brüder schon vor ihrer Milchsuppe. Leo setzte sich wortlos zu ihnen. Die Stiefmutter und der Vater waren wie jeden Morgen noch im Stall. Luise schöpfte vorsichtig die Milchsuppe in den tiefen irdenen Teller und goss den Malzkaffee in die Tasse, auf der das vom vielen Abwaschen ausgebleichte Bild einer Katze zu sehen war. Leo löffelte stumm seine Suppe und die Brüder schwatzten von der Fahrt in die Stadt.

Als die Kinder sich auf den Weg zur Schule machten, kam der Vater über den Hof. »Leo«, sagte er zu seinem Sohn und legte ihm die Hand auf die Schulter, »du musst mir heut Mittag helfen, den schweren Schreibtisch auf den Wagen zu heben und in der Stadt wieder abzuladen, allein schaff ich das nicht.«

Leo nickte stumm. Die Nacht hatte seinen Zorn auf den Vater ausgelöscht. Gottfried Schildweg zog ihn kurz an sich und strich ihm leicht über den Kopf. Das hatte der Vater zuletzt nicht oft getan. Glücklich blickte Leo zu ihm auf.

Noch vor dem Mittagessen sollte der neue Schreibtisch für den Eisenwarenhändler auf den großen vierrädrigen Handwagen mit der ebenen Pritsche und der kurzen Deichsel aufgeladen werden. Als sie das auf Holzböcke abgestellte Möbelstück betrachteten, wiegte Gottfried bedenklich den Kopf. »Meinst du, wir zwei schaffen das, oder sollen wir doch lieber den Fritz holen?«

Leo fühlte sich herausgefordert: »Das kann ich schon«, sagte er mit einem Kopfnicken. Er wollte dem Vater zeigen, dass er stark genug war.

Gottfried hatte für das Aufladen bereits zwei Bretter bereitgelegt. Er hob den schweren Tisch jeweils an einer Seite an, während Leo die Bretter unterschob. Auf dieser Unterlage ruckten Vater und Sohn die schwere Last Stück um Stück auf den Wagen. Als sie fertig waren, nahm Gottfried die Mütze ab und trocknete sich den Schweiß von der Stirn. Leo stand mit vor Anstrengung gerötetem Gesicht daneben. »Ich hab nicht geglaubt, dass du das kannst«, sagte der Vater und klopfte seinem Sohn auf die Schulter. »Vielleicht wirst du doch mal ein Schreiner.«

Leo zuckte mit den Schultern. »Ich komm ja erst im nächsten Jahr aus der Schule«, sagte er. Er wollte die Entscheidung hinauszögern.

Beim Mittagessen wollte Klara nicht zulassen, dass Luise in das Städtchen mitging. Sie müsse ihr daheim in der Küche und dann im Garten helfen. »Ihr wollt spazieren fahren und ich soll mir daheim den Buckel krumm arbeiten, das tät euch so gefallen.«

Luise, die schon ihr gutes Kleid angezogen hatte, fing an zu weinen.

»Nichts da«, fuhr Gottfried auf, »Luise kommt mit! Willst du dem Kind jede Freude nehmen? Sie kann dir morgen wieder im Garten helfen.«

Der Ausflug wurde für die Kinder ein Fest. Der Vater und Leo zogen den Handwagen und die anderen drei trabten fröhlich nebenher. Die Dörfler, die ihnen begegneten, wunderten sich. So gut aufgelegt hatten sie den Schreiner und seine Kinder schon lange nicht mehr gesehen.

Als der Wagen die schmalen, steingepflasterten Gassen des Städtchens entlangrumpelte und ihnen die vielen fremden Menschen entgegenkamen, hielten sich Luise und die kleinen Brüder furchtsam nahe beim Vater. Aber Leo bewunderte diese neue Welt. Er staunte über die vornehm gekleideten Bürgerfrauen, die ihnen allein oder am Arm ihres Mannes entgegenkamen. Dass die Männer beim Grüßen kurz den Hut lüpften, das hatte er daheim noch nie gesehen.

Eine Gruppe älterer Schulkinder kam ihnen entgegen. Die Buben hatten sauber gebügelte kurze Hosen und dunkle Jacken an, auf deren Kragen das helle Hemd ausgelegt war. Sie trugen blankgeputzte dunkle Schuhe und weiße Kniestrümpfe. So vornehm waren die Dorfkinder nicht mal am Sonntag angezogen. Die Schüler hatten auch keine Schulranzen auf dem

Rücken, sondern trugen braune Ledertaschen, wie sie daheim nur der Bürgermeister und der Ratschreiber hatten.

Im Hof der Eisenwarenhandlung kam einer der Lagerarbeiter aus dem offenen Schuppen. Ihm sagte Gottfried Schildweg, dass er den vom Chef bestellten Schreibtisch bringe und dass im Übrigen der Lehrling Karl sein Sohn sei.

»Soso«, erwiderte der Arbeiter und gab dem Schreiner die Hand, »da wird sich der Karl aber freuen. Und ihr«, fuhr er an die Kinder gewandt fort, »ihr seid wohl seine Geschwister und habt heut mit dürfen.« Die Kleinen nickten, aber Leo verzog keine Miene. Der Mann verschwand durch eine Hintertür in das große Haus und kam kurz darauf mit dem Eisenwarenhändler zurück.

»So, Herr Schildweg«, sagte der Kaufmann mit seiner kräftigen Stimme, »da sind Sie ja mit der ganzen Mannschaft. Lasst mal sehen, was ihr auf eurem schweren Fuhrwerk habt.« Er klopfte Gottfried auf die Schulter und lachte dröhnend.

Eilfertig löste der Schreiner die Stricke, mit denen das Möbelstück auf dem Handwagen befestigt war, und zog die darübergebreitete Decke ab. Erwartungsvoll blickte er den Kaufmann an. Der trat dazu und betrachtete den Schreibtisch von allen Seiten.

»Ja«, sagte er schließlich, »so hab ich mir das gute Stück vorgestellt. Meister, das ist eine saubere Arbeit, ich bin zufrieden. Jetzt kommt ins Haus, ihr seid nach dem langen Weg bestimmt durstig.«

Er führte die Dörfler durch den Hintereingang in die große Küche mit dem langen Esstisch für die Angestellten. Das Dienstmädchen wies er an, dem Schreiner eine Flasche Bier zu bringen und den Kindern Wasser einzuschenken. »Setzt euch hin und stärkt euch«, sagte er, »dann will ich den Karl holen.«

Karl hatte im Laden zusammen mit dem älteren Lehrling Eisenbeschläge eingeräumt. Als der Jüngere musste er die teilweise schweren Teile aus dem großen Weidenkorb nehmen und in die Regalfächer einsortieren. Der ältere Lehrling lehnte lässig an der Verkaufstheke und trug die Waren in eine Bestandsliste ein.

Vom vielen Bücken tat dem Buben der Rücken weh. Mit steifem Oberkörper und hängenden Armen kam er hinter seinem Chef in die Küche. Er hatte auch nicht, wie sich Leo vorgestellt hatte, so einen schönen Arbeitskittel an, wie ihn die Leute in den Läden trugen, sondern eine blaue, einige Male geflickte Schürze, fast so, wie sie der Vater daheim in der Werkstatt trug.

Als er den Vater und die Geschwister sah, hellte sich Karls müdes Gesicht auf. »Ihr seid ja alle mitgekommen«, sagte er überrascht und gab ihnen die Hand. Dann blieb er unschlüssig stehen und sah auf seinen Chef.

»Setz dich nur auch dazu«, sagte der, »ihr habt euch doch Einiges zu erzählen. Ich zeige derweil meiner Frau den neuen Schreibtisch.«

Als er gegangen war, scharten sich die kleinen Geschwister um den Bruder. »Du Karl«, drängte Willi, »dürfen wir auch mal in den großen Laden? Ich will doch sehen, wo du schaffst.«

Karl zuckte die Schultern. »Ich weiß nicht, ob das geht, wenn gerade Kundschaft da ist, da muss ich den Chef fragen.«

Gottfried Schildweg sah, dass sein Sohn müde war. »Was hast du heut gemacht?«, fragte er.

Karl erzählte und Leo hörte aufmerksam zu. »Musst du auch schon verkaufen?«, fragte er.

Karl schüttelte den Kopf. »Ich muss immer nur die Dreckarbeit machen und das schwere Zeug hin und her tragen.« Finster blickte er vor sich hin.

»Im zweiten Jahr wird das besser«, tröstete ihn der Vater. »Das erste Lehrjahr ist immer das schwerste.«

In diesem Moment kam der Kaufmann mit seiner Frau in die Küche zurück. »Herr Schildweg«, sagte die kleine, rundliche Kaufmannsgattin, »Sie sind ja ein richtiger Künstler! Das ist ein sehr schöner Schreibtisch. Den müssen wir unseren Bekannten zeigen, denen werden solche Möbel bestimmt auch gefallen. Und Ihr Karl, das muss ich Ihnen sagen, das ist ein fleißiger Bub.« Sie gab auch den anderen Kindern die Hand, und Luise machte einen Knicks, so wie es ihr die Mutter beigebracht hatte. »Aber ihr seid doch sicher auch hungrig«, sagte sie zu den Kindern, »ihr braucht etwas zu essen, damit ihr den langen Weg zurück auch schafft.« Sie wies das Dienstmädchen an, den Kindern Marmeladenbrote und den Männern – sie sah auf den Schreiner, Karl und Leo – ein richtiges Vesper zu richten.

Der Kaufmann verzog das Gesicht wegen der Großzügigkeit seiner Frau, sagte aber nur: »Wenn ihr fertig seid, dann kommt in den Laden, ihr wollt doch sehen, wo der Karl arbeitet.«

Im Laden staunten die Kinder über die lange Verkaufstheke und die hohen Regale, auf deren Fächern die einzelnen Beschläge als Hinweis auf den Inhalt angebracht waren.

Bald darauf verabschiedeten sich Gottfried und die Kinder. Als sie im Hof den Wagen zurechtmachten, kam die Kaufmannsfrau aus der Hintertür und gab den Kindern mit den Worten »Damit ihr etwas für den Heimweg habt« eine Tüte Bonbons. Sie bedankten sich artig.

Gottfried gab seinem Sohn Karl die Hand und sagte: »Also, bleib fleißig und tu, was dir der Meister sagt.«

Für die Kinder war das ein fröhlicher Tag, der sie die Mühsal daheim für einen kurzen Moment vergessen ließ. Auch der Vater war auf dem Heimweg froh gestimmt. Das Lob der Kaufmannsfrau gab ihm Auftrieb.

Was wird aus Leo?

Als Leo eines Tages im Herbst nach dem Konfirmandenunterricht noch eine Weile mit den Kameraden Fußball spielte und deshalb erst am späten Nachmittag zum Acker kam, wo er Klara und den Geschwistern bei der Kartoffelernte helfen sollte, schimpfte sie ihn einen Faulenzer.

»Andere müssen nach der Schule gar nichts mehr machen«, maulte Leo zurück, »und bei der Mutter haben wir auch nicht so viel schaffen müssen.«

»Jaja«, fuhr sie ihn an, »das glaub ich dir, so sah es bei euch auch aus. Damit du freches Bürschchen es endlich einmal weißt: Jetzt bin ich deine Mutter und bei mir gibt es keinen Schlendrian.«

Leo, der zu den Geschwistern gehen wollte, drehte sich um: »Du bist nicht meine Mutter«, sagte er hasserfüllt.

Mit einem Schritt war Klara bei ihm und schlug ihm die flache Hand ins Gesicht. Leo taumelte zurück. Er wollte sich umdrehen und davonlaufen, aber die Stiefmutter riss ihn am Arm zurück: »Willst du schon wieder davon? Nichts da, diesmal bleibst du hier!«

Wütend nahm er die Kartoffeln auf und warf sie mit zornigem Schwung in den Korb.

Am Abend, als die Kinder auf ihre Kammer gegangen waren, sprach Klara den Schreiner auf den Vorfall an. Leo sei ein frecher, unverschämter Lümmel, mit dem sie bald nicht mehr fertig werde. »Und du«, sagte sie vorwurfsvoll zu Gottfried,

»du gehst auch viel zu sanft mit ihm um. Wenn er nächstes Jahr mit der Schule fertig ist, wird es Zeit, dass er in andere Hände kommt. Bei meinem Bruder würde er schon lernen, wie man auf einem Bauernhof gehorcht und arbeitet.«

Gottfried Schildweg hatte mit seinem Zweitgeborenen anderes vor. Er wollte ihn zu seinem Nachfolger in der Schreinerei machen. Mit Leo zusammen könnte er viele solcher Möbelstücke wie den beim Eisenwarenhändler auf Gefallen gestoßenen Schreibtisch machen. Dann müsste er auch nicht jeden Tag selbst in der Werkstatt stehen, sondern könnte sich hauptsächlich um den Verkauf und die städtische Kundschaft kümmern. Er hatte immer noch den Satz der Kaufmannsfrau im Ohr und klammerte sich an ihre Aussage, sicher würden auch andere Kaufleute solch schöne Möbelstücke haben wollen.

Mit Klara sprach er nicht über seine Pläne. Sie würde nur wieder abfällig über sein Handwerk reden, dessen Ertrag nicht zum Leben und nicht zum Sterben reiche. Aber er würde ihr schon noch das Gegenteil beweisen. Immer häufiger nahm er Leo in die Werkstatt mit, damit er am Handwerk Gefallen finde. Er zeigte ihm den Umgang mit Richtscheit, Winkelmaß, Hobel, Stecheisen und Säge. Er erklärte ihm den Wert und die Eignung der verschiedenen Holzarten und ließ ihn an der erst kurz vor Marthas Tod angeschafften elektrischen Hobelmaschine arbeiten, die sein ganzer Stolz war.

Leo versuchte, Interesse zu zeigen. Er hörte dem Vater aufmerksam zu, wenn er ihm die Besonderheiten seines Handwerks erklärte, und spürte, wenn Gottfried mit zarter Hand über die gehobelten und geschliffenen Werkstücke strich, wie sehr der Vater seinen Beruf liebte. Er verstand dann seine Abneigung gegen die grobschlächtigen, niederen Arbeiten in der Landwirtschaft.

In diesen gemeinsamen Stunden in der Werkstatt liebte Leo seinen Vater, dann verzieh er ihm all die groben Worte, die Schläge und die Demütigungen. Aber die tiefe Liebe des Vaters zum Schreinerberuf konnte Leo nicht teilen. Für ihn waren die Hölzer, an denen sich Gottfried abmühte, tote Gegenstände. Das stundenlange Hobeln, Schleifen und Polieren in gebückter Haltung, mit schmerzenden Armen und Händen war für ihn eine abstumpfende Tätigkeit. Die Kaufmannsfrau in der Stadt hatte den Vater einen Künstler genannt und darauf war Leo stolz. Er wusste aber auch, dass es bei der Schreinerarbeit die meiste Zeit nicht um Kunstwerke ging, sondern um die kunstlose Reparatur von beschädigten Truhen, durchgesessenen Bänken, ausgeleierten Schubladen, durchgebrochenen Stubenböden und angefaulten Fensterbänken.

In seinen Zukunftsträumen sah sich Leo nicht in dem oft geflickten blauen Kittel und der grünen oder braunen Schürze des Handwerkers, sondern in einem eleganten hellen Sommeranzug, wie ihn die Kaufleute auf den Bürgersteigen der Stadt getragen hatten. Statt in gebückter Haltung an der Hobelbank zu stehen, wollte er lieber hinter einem Schreibtisch sitzen, wurde er doch vom Lehrer oft für seine guten Aufsätze, seine meistens fehlerlosen Diktate und seine Schönschreibung gelobt.

Wie viele seiner Zunft hatte der junge Dorflehrer den Ehrgeiz, wenigstens alle paar Jahre einen Schüler auf eine höhere Lehranstalt zu bringen. Aus dem kommenden Abschlussjahrgang hatte er Leo ins Auge gefasst. Er wusste um die Fähigkeiten des jungen Schildweg und kannte zugleich den schwierigen Umgang der Schreinerskinder mit ihrer Stiefmutter.

An einem Sonntag Anfang Januar nahm er Gottfried nach dem Kirchgang auf die Seite und bat ihn kurz, doch an einem der nächsten Abende zu ihm ins Schulhaus zu kommen, um über Leos Zukunft zu reden. Der Schreiner erwartete nichts Gutes. Er fürchtete, der Sohn sei in der Schule womöglich genauso widerspenstig wie daheim. Weil Klara seine Befürchtungen um eine Lehrerrüge nur noch bekräftigt hätte, sagte er ihr nur, es gehe wohl um eine Reparatur.

Das Gespräch fand in der dürftig eingerichteten Küche der an das Schulhaus angebauten Lehrerwohnung statt. Der einfache Herd spendete nur eine spärliche Wärme. Gekocht wurde auf ihm nie. Der Lehrer machte dort lediglich seine Milch für das Morgenessen warm. Mittags wurde er von den Eltern seiner Schüler versorgt und jeden Tag von Haus zu Haus weitergereicht.

Auf die Frage, was denn aus dem Leo werden solle, wenn er im nächsten Frühjahr aus der Schule komme, antwortete Gottfried stockend: »Er soll halt auch ein Schreiner werden wie ich. Dann könnt er mir in der Werkstatt helfen und später das Geschäft übernehmen. Aber ich muss ihm eine Lehrstelle außerhalb suchen. Daheim tut er nicht gut.«

»Ja, ich glaub auch, dass es besser wäre, er käme nach der Schule woanders hin«, antwortete der Lehrer. »Aber soll er denn unbedingt ein Handwerker werden? Für die Schreinerei haben Sie doch noch zwei Buben daheim. Der Leo lernt gut, aus dem kann man mehr machen.« Lebhaft breitete der Pädagoge die Fähigkeiten des Buben aus: Er habe eine lebhafte Fantasie, schreibe deshalb die besten Aufsätze, sei sicher in der Rechtschreibung, könne ganz ordentlich rechnen und begreife auch schwierige Zusammenhänge sehr schnell. »Wissen Sie, Herr Schildweg«, schloss er, »ich meine, aus dem Leo könnte ein guter Lehrer werden. Ich habe auch erst nach der Volksschule mit der Ausbildung angefangen.«

Ausführlich erläuterte er den Ausbildungsgang am Aufbaugymnasium mit anschließendem Pädagogischen Institut in der etwa dreißig Kilometer entfernten Hauptstadt des Nachbarkreises. Nach einer Aufnahmeprüfung müsse Leo die Fächer nachlernen, die auf der Volksschule nicht gelehrt werden, beispielsweise die höhere Mathematik, Physik, Biologie und Englisch oder Französisch. Erst nach der Abschlussprüfung, die dem Abitur auf den Gymnasien gleichkäme, würde er dann in die eigentliche Lehrerausbildung am Pädagogischen Institut überwechseln und könnte dann bereits nach zwei Jahren die erste Staatsprüfung zum Junglehrer oder Lehramtskandidaten ablegen. Eilfertig erbot sich der Lehrer, Leo an zwei Nachmittagen in der Woche auf die Aufnahmeprüfung vorzubereiten.

Als Gottfried Schildweg das Lehrerhaus verließ, schwirrten widerstrebende Gefühle und Gedanken durch seinen Kopf. Auf der einen Seite war er stolz, dass sein Sohn als erster im Dorf eine höhere Bildung bekommen sollte, was wohl auch sein eigenes Ansehen in der Gemeinde heben würde. Gleichzeitig war er aber auch traurig, dass Leo ihm dann doch nicht in der Schreinerwerkstatt helfen würde. Nun musste er wohl doch noch viele Jahre die schwere Bürde der Existenz alleine tragen, bevor Willi oder Emil eine Hilfe sein konnten. Noch schwerer aber lastete die Sorge auf ihm, wie er das Schulgeld für Leo aufbringen sollte. Von Klaras Heiratsgeld hatte er immer noch nichts gesehen.

Als er gedankenversunken die Wohnstube betrat, empfing ihn Klara, die mit ihrem Nähzeug am Tisch saß, misstrauisch mit der Frage, ob er etwa mitten in der Woche noch im Wirtshaus gewesen wäre, weil es so spät geworden sei? Dafür hätten sie nun wirklich kein Geld.

»Ach was«, antwortete Gottfried verärgert, »immer kannst du nur Schlechtes denken! Es geht doch um etwas ganz anderes. Der Lehrer hat mir vorgeschlagen, wir sollten den Leo in das Aufbaugymnasium schicken und einen Lehrer aus ihm machen, der Bub sei dazu gescheit genug.«

Klara ließ das Nähzeug sinken und richtete sich energisch auf. »Was, ein Studierter soll der werden, damit er noch frecher wird und sich noch mehr einbildet? Der soll richtig schaffen lernen und bald Geld heimbringen, damit wir endlich einmal aus der Not herauskommen.«

Dass die Lehrerausbildung umgekehrt erst einmal Geld kostete, wagte Gottfried schon gar nicht mehr zu sagen. Aber Klara kam von selbst darauf: »Ja«, sagte sie plötzlich entrüstet, »dieses Aufbaugymnasium kostet doch Schulgeld, wo willst du das hernehmen? Was du in deiner Werkstatt verdienst, reicht ja jetzt schon kaum zum Leben. Ich racker mich doch nicht auf den Äckern ab, damit sich dieser Lausbub in der Stadt ein schönes Leben machen kann!«

Sie hatte Gottfrieds empfindlichste Stelle getroffen. »So«, schleuderte er seiner Frau ins Gesicht, »wer hat denn den Müller für das Ackern bezahlt und wer bezahlt mit dem schönen Schreibtisch das Lehrgeld für den Karl? Ich schind mich in der Werkstatt ab und muss meine schönsten Stücke für nichts hergeben und von dir hör ich nur Vorwürfe. Was glaubst du eigentlich, wie du mit mir und mit den Kindern umgehen kannst?« Ganz gegen seine sonstige Art stampfte er mit dem Fuß auf, drehte sich um, schlug die Stubentür hinter sich zu, stieg in die Kammer hinauf und legte sich ins Bett. Als Klara später nachkam, stellte er sich schlafend und wälzte den Rest der Nacht die Gedanken, woher er wohl das Geld für Leos Ausbildung nehmen sollte.

Am darauffolgenden Sonntag wartete Gottfried an der Kirchentüre, bis der Lehrer nach dem Gottesdienst von seinem Orgelpodest herabgestiegen war und mit den Noten unter dem Arm das Gotteshaus verlassen wollte.

»Na, Herr Schildweg«, sagte er, als er den Schreiner in etwas verlegener Haltung warten sah, »haben Sie sich entschieden, was aus dem Leo werden soll?«

»Es ist nicht einfach«, entgegnete Gottfried und senkte den Blick. »Mir wär es schon recht mit dem Lehrer, aber meine Frau möchte den Leo lieber zu ihrem Bruder auf den Bauernhof geben und«, er stockte, »da ist noch etwas: Ich weiß auch gar nicht, wie ich das Schulgeld aufbringen soll. Mein Handwerk wirft in der letzten Zeit recht wenig ab.«

Dem mageren, hoch aufgeschossenen Lehrer war nicht nach einer langen Diskussion. »Wissen Sie was«, sagte er deshalb, »kommen Sie doch morgen zu mir heim, dann können wir in aller Ruhe nochmals über alles reden.«

Als Gottfried den Lehrer am nächsten Tag in seiner schlecht geheizten Stube aufsuchte, hatte der einen eigenen Plan parat:

»Mit mir waren auch einige Buben im Seminar, deren Eltern das Schulgeld nicht bezahlen konnten. Die haben dann von der Gemeinde ein Darlehen bekommen. So etwas müsste doch auch bei uns gehen. Ich kann gerne einmal mit dem Bürgermeister reden.«

Gottfried erschrak. Über einen solchen Kredit müsste der Gemeinderat entscheiden, und dann wäre seine Notlage, die er stets zu verbergen versucht hatte, bald im ganzen Dorf bekannt. »Nein«, sagte er deshalb, »bei der Gemeinde möchte ich eigentlich keine Schulden machen.«

Der Lehrer aber blieb bei seinem Vorschlag: »Das sind doch gar keine richtigen Schulden, Herr Schildweg. Wenn der Leo mit seiner Ausbildung fertig ist, kann er das Geld von seinem ersten Verdienst an stückweise zurückzahlen. Und es wäre doch eine Ehre für die Gemeinde, wenn einer der ihren als Lehrer aus dem Dorf hinausgeht. Lassen Sie mich einfach mit dem Bürgermeister reden. Da ist noch lange nichts ausgemacht.«

Schon am nächsten Tag sprach der Lehrer beim Bürgermeister vor. Der war, wie damals auf dem Lande üblich, kein ausgebildeter Verwaltungsfachmann, sondern ein angesehener Bürger. Hier im Dorf war es der Müller.

Über den Vorschlag, Leos Lehrerausbildung aus der Gemeindekasse vorzuschießen, wiegte der mächtigste Mann des Dorfes nachdenklich den Kopf. Für so etwas hatte die Gemeinde noch nie Geld ausgegeben. Er sah schon jetzt die ablehnenden Gesichter der Ratsmitglieder. »Ja, Sie haben schon recht«, sagte er nach kurzem Nachdenken, »unsere Kinder müssen nicht alle nur Bauern, Handwerker oder Arbeiter werden. Ich will selbst einmal mit dem Schreiner reden, vielleicht finden wir einen anderen Weg.«

Die große Stube des Müllers war gleichzeitig das Amtszimmer des Bürgermeisters. Dort prangte auch der schöne Schreibtisch, mit dem Gottfried Schildweg das verspätete Ackern seiner Felder bezahlt hatte. Hinter diesem Schreibtisch saß der Müller, als er eine Woche später mit Gottfried Schildweg sprach.

»Der Lehrer sagt, aus deinem Leo könnte mal was Besseres werden«, sagte der schwergewichtige Mann mit über dem gewaltigen Bauch gefalteten Händen. Erwartungsvoll lehnte er sich in seinem Stuhl zurück.

»Mit dem Handwerk tut sich der Bub halt etwas schwer«, begann Gottfried stockend, »das Lernen in der Schule fällt ihm leichter. Und nach der Konfirmation muss er auch woanders hin, daheim tut er schon jetzt nicht mehr gut.«

Der Müller wusste wie viele aus dem Dorf, dass die neue Schreinerin nicht gut mit ihren Stiefkindern umging, und er sah auch, wie schwer es Gottfried fiel, über seine häuslichen Schwierigkeiten zu reden, aber er entgegnete nichts.

»Aber wenn er dann auf dieses Aufbaugymnasium geht«, fuhr der Schreiner fort und sah am Müller vorbei aus dem Fenster, »dann kostet das Geld und das hab ich im Moment einfach nicht.«

Der Müller nickte. »Ja, Gottfried, der Lehrer hat schon vorgeschlagen, dass die Gemeinde dir das Geld auslegen soll.«

»Aber«, sagte Gottfried etwas verschämt, »ich möchte nicht, dass man im Dorf darüber spricht.«

Der Müller nickte erneut. »Ja, das müssen nicht alle wissen. Deshalb machen wir das anders und dazu brauchen wir auch keinen Gemeinderat. Ich geb dir das Geld und der Leo zahlt es mir zurück, wenn er ein fertiger Lehrer ist. Zins will ich keinen, es reicht, wenn du mir hin und wieder etwas in deiner Werkstatt machst. Du weißt doch, in der Mühle geht immer etwas kaputt.«

Gottfried atmete tief durch. Die Furcht vor dem Gemeinderat und dem Gerede im Dorf hatte ihm zugesetzt. Deshalb war der Vorschlag des Müllers eine große Erleichterung. Jetzt quälte ihn nur noch der Gedanke an seine Frau. »Ja«, sagte er deshalb zum Müller, »ich dank dir schön, dass du mir helfen willst, ich bitt dich aber auch, dass das unter uns bleibt. Ich will nicht, dass meine Frau davon erfährt. Sie will nämlich, dass der Leo zu ihrem Bruder geht und ein Bauer wird, aber da will der Leo überhaupt nicht hin.«

»Das glaub ich gern«, lachte der Müller, der die Bauern weitum kannte und auch Klaras Bruder zu seinen Kunden zählte, »dem Albert sein Maul ist größer als alles andere auf seinem Hof und mit seinen Dienstboten geht der nicht so fein um. Es ist schon in Ordnung, Gottfried, wir zwei machen das unter uns aus, und weil deine neue Frau ja nicht die Mutter vom Leo ist, geht sie das Ganze auch gar nichts an. Wenn der Leo in das Gymnasium aufgenommen wird, dann kommst du zu mir und wir machen alles schriftlich, ohne dass deine Klara das weiß.«

Also verschwieg Gottfried Schildweg das Geldgeschäft mit dem Müller vor seiner Frau. Er sagte ihr nur, dass er mit dem Lehrer einig geworden sei, Leo zur Lehrerausbildung anzumelden, und als sie ihn ärgerlich fragte, wie er das bezahlen wolle, sagte er nur: »Lass das meine Sorge sein. Erst einmal muss der Bub die Aufnahmeprüfung bestehen.«

Am nächsten Nachmittag, als Leo die Holzreste aus der Werkstatt in den Schuppen räumte, rief ihn der Vater zu sich: »Der Lehrer meint«, sagte er und legte seinem Sohn die Hand auf die Schulter, »du könntest einmal wie er in den Schuldienst gehen. Willst du das?«

Leo sah ihn mit großen Augen an. Er konnte kaum glauben, was der Vater gerade gesagt hatte. Er hatte so große Angst davor gehabt, irgendwo in der Fremde zu einem Schreiner in die Lehre gehen zu müssen und es genauso hart zu haben wie sein Bruder Karl. Immer wenn es um seine Zukunft gegangen war, hatte er das traurige Gesicht seines Bruders vor Augen gehabt, wie der im Sommer müde und enttäuscht aus dem Lager des Eisenwarenhändlers gekommen war. Stumm nickte er.

»Aber«, fuhr Gottfried fort, »wenn du Lehrer werden willst, dann musst du für die Aufnahmeprüfung in das Gymnasium fleißig lernen und dich auch nachher recht anstrengen. Meinst du, du kannst das?«

Mit vor Freude roten Wangen sah er seinen Vater an: »Wenn der Lehrer mir das zutraut, dann schaff ich das schon«, erwiderte er selbstsicher.

Schon im März, in nicht einmal drei Monaten, sollte die Aufnahmeprüfung für das Aufbaugymnasium stattfinden. Der Schulmeister machte Leo eindringlich klar, dass er bis dahin im Aufsatzschreiben, im Rechnen, in Geschichte und Erdkunde noch viel dazulernen müsse. Dienstags und donnerstags musste er am Nachmittag zum Lehrer, der ihm Rechenaufgaben stellte und aus seinem kleinen Bücherbestand einen schmalen Band über den dreißigjährigen Krieg gab, über dessen Inhalt er einige Aufsätze schreiben musste.

Daheim hatte ihm der Vater einen kleinen Tisch in die schlecht geheizte Bubenkammer gestellt, an dem er mit klammen Fingern und kalten Füßen saß, rechnete und schrieb, während seine Geschwister und seine Schulkameraden an den Talhängen Schlitten fuhren.

Die Stiefmutter achtete streng darauf, dass er über der Lernerei seine üblichen Pflichten nicht vernachlässigte. In der Erwartung, bald davon erlöst zu werden, nahm er das ständige Kommandieren ohne Widerspruch hin.

Willi und Emil, die stolz darauf waren, dass ihr Bruder ein Lehrer werden sollte, halfen ihm manchmal beim Futterherrichten oder dem Holzstapeln, und dann erzählte er ihnen großspurig, wie schwer es sei, das alles zu verstehen, was er jetzt lernen müsse, und dass sein Kopf manchmal dabei fast zerspringe.

In der Dorfschule war es Leo leichtgefallen, den bescheidenen Ansprüchen gerecht zu werden. Ohne besondere Mühe gehörte er zu den Klassenbesten. Bei manchen Mitschülern war er deshalb als Streber verschrien. Als seine Anmeldung zur Lehrerausbildung bekannt wurde, rückten einige noch mehr von ihm ab. In ihre Spiele wurde er nur noch selten einbezogen. Den Schmerz darüber versuchte er mit den Gedanken an seinen zukünftigen Ruhm zu überdecken.

Die Selbstsicherheit, mit der Leo die neue Herausforderung zu Beginn angenommen hatte, schwand jedoch bald dahin, als der Lehrer in den schwierig gewordenen Rechenaufgaben manchen Fehler entdeckte, die Aufsätze als zu oberflächlich kritisierte und ihm neue Wörter diktierte, die Leo nicht kannte und deshalb falsch schrieb. Der anfängliche Lerntrieb verflachte, wenn Leo die anderen Kinder draußen lärmen hörte. Dann legte er den Bleistift zur Seite und wandte den Blick träumerisch vom Buch zur sonnenbeschienenen Dorfstraße.

Drei Wochen nach der Konfirmation war der große Tag der Aufnahmeprüfung da. Mit dem sonntäglich gekleideten Vater bestieg Leo das Postauto, um in die zwei Täler weiter gelegene Kreisstadt zu fahren. Als die beiden Dörfler nach halbstündigem Fußmarsch das auf einer Anhöhe gelegene, schlossähnliche Gebäude erreichten, in dem das Aufbaugymnasium untergebracht war, schwand bei Vater und Sohn gleichermaßen der Mut. In dem von einer großen Linde beschatteten Hof drängten sich die angehenden Gymnasiasten mit ihren Eltern. Den meisten von ihnen war an ihrer guten Kleidung und dem städtischen Auftreten anzumerken, dass sie aus wohlhabenden Häusern kamen. Nur wenige andere, die an Kleidung und Haarschnitt als Landkinder zu erkennen waren, standen bescheiden etwas abseits.

Von einem hochgewachsenen, energisch dreinblickenden Lehrer wurden die Jungen und ihre Eltern in den großen Festsaal gerufen. Die hohe Decke, die zur Hälfte mit dunklem Holz getäfelten Wände und die großformatigen Bilder streng blickender Männer, die überall an den Wänden hingen, gaben dem Raum etwas Ehrfurchterweckendes, ja beinahe Angsteinflößendes. Ganz von selbst wurden die Kinder still und die Erwachsenen sprachen nur noch im Flüsterton.

Dann trat der Direktor des Seminars, ein grauhaariger, beleibter Mann mittleren Alters, hinter das auf der kleinen Bühne aufgestellte Rednerpult und begrüßte die Neuankömmlinge. Mit scharfer Fistelstimme nannte er die Aufgaben seiner Anstalt. Mit dem Aufbaugymnasium wolle die Regierung des Landes auch jenen Kindern die Möglichkeit des Lehrerberufes eröffnen, denen der übliche Weg zu einem pädagogischen Studium verwehrt sei. Am heutigen Tag gelte es, mit der Aufnahmeprüfung die erste Hürde zu nehmen. Dann wies der Direktor die Eltern an, ihre Kinder allein zu lassen. Sie könnten zu der einstündigen Mittagspause wiederkommen und ihre Kinder dann am Abend zur Heimfahrt abholen.

Von dem Lehrer, der sie bereits draußen in Empfang genommen hatte, wurden die Schüler in eines der Unterrichtszimmer gerufen, wo sie jeweils einzeln in die zweisitzigen Bänke mit den aufklappbaren, schrägen Schreibplatten und den eingebauten Tintenfässern verteilt und schließlich angewiesen wurden, ihr Schreibzeug bereitzulegen.

Die erste Prüfungsaufgabe war ein Aufsatz, dessen Thema der Lehrer in großer Schrift an die Tafel schrieb: *Ein Sommersonntag in meinem Dorf oder meiner Stadt*. In einer Stunde musste das Werk fertig sein.

Was gibt es denn Besonders an einem Sonntag?, überlegte Leo. Ihm fiel nur ein, dass er und die Geschwister immer mit den Eltern in die Kirche gehen mussten. Im Sommer bestand die Stiefmutter am Nachmittag darauf, einen Spaziergang durch die Wiesen und Felder zu machen, um ihrem Mann die von ihr so gut bestellten Äcker zu zeigen. Für Leo waren das langweilige Sonntagnachmittage. Früher, als die Mutter noch lebte, hatten sie bei solchen Spaziergängen Lieder gesungen und Martha hatte den Kindern am Wegrand und in den Wiesen die Blumen und Kräuter benannt. Einen solchen Spaziergang beschrieb Leo dann in seinem Aufsatz. Je mehr er sich an das sorglose Leben mit der Mutter zurückerinnerte, umso leichter fiel ihm das Schreiben. Als der Lehrer sie fünf Minuten vor Ende der Zeit mahnte, bald zum Ende zu kommen, hatte Leo fast drei Seiten geschrieben und war doch nicht ganz fertig geworden.

Nach dem Aufsatz kam das Rechnen, das nie Leos große Stärke gewesen war. Es galt, die Einwohner einer Stadt in Kinder und Erwachsene aufzuteilen und für einen Bäcker gemäß dieser Aufteilung den täglichen Brotbedarf zu errechnen. Die Einteilung in Kinder und Erwachsene hatte er schnell gelöst, aber bei der Berechnung des Brotbedarfs verzettelte er sich. Als der Lehrer ihn zum Abgeben aufforderte, war er nicht fertig und deshalb der Verzweiflung nahe.

Am Nachmittag folgte die mündliche Prüfung in Geschichte, Erdkunde und Religion. Ein anderer, jüngerer, rothaariger Lehrer mit bleichen, eingefallenen Zügen stellte Fragen zur Geschichte und zu den Ländern auf einer großen an der Tafel aufgehängten Weltkarte. Einzeln rief er die Schüler zu Antworten und Erklärungen auf. Jetzt war Leo in seinem Element. Geschichte war sowieso sein Lieblingsfach und auch in fremden Ländern kannte er sich aus. Sehnlichst wartete er jetzt darauf, aufgerufen zu werden. Der Lehrer musste ihm förmlich das Wort abschneiden.

Auch die Religionsprüfung verlief ohne größere Probleme. Als ihn sein Vater am späten Nachmittag abholte, war das Selbstvertrauen des Buben, das durch die Rechenaufgabe am Vormittag einen gewaltigen Riss bekommen hatte, wiederhergestellt. Aufgeregt erzählte er auch daheim von seinem Aufsatz und den mündlichen Prüfungen, die missglückte Mathematikprüfung aber verschwieg er.

»Der Leo ist aufgenommen«, rief der Dorflehrer eine Woche später Gottfried Schildweg entgegen, als er in dessen Werkstatt trat. Er zeigte dem Schreiner den Staatsanzeiger, in dem die Namen der in das Aufbaugymnasium aufgenommenen Zöglinge abgedruckt waren, und er erzählte es auch seinen Schülern.

Die folgenden drei Wochen waren ganz von den Vorbereitungen für Leos Eintritt in das Gymnasium geprägt. Vom Sattler ließ Gottfried eine lederne Schultasche für seinen Sohn fertigen und vom Schuster bekam der angehende Zögling neue Schuhe.

Doch als Gottfried auch von neuen Kleidern sprach, um den Sohn richtig herauszustaffieren, protestierte Klara. Wo denn das Geld herkommen solle? Es gebe noch genug Sachen von Karl, die dem zu klein geworden waren. Die solle Leo anziehen.

Freundschaften

Am 1. April trat Leo Schildweg in das Gymnasium ein. Mit dem von Klara gepackten Handkoffer und einem großen Rucksack, der die benötigte Bettwäsche enthielt, bestieg er mit seinem Vater wieder das Postauto.

Die Begrüßungsfeier fand wieder im Festsaal satt. In seiner Empfangsrede mahnte der Direktor die neuen Zöglinge, sich für die Chance, die ihnen hier geboten werde, durch fleißiges Lernen dankbar zu erweisen.

Die Worte des Direktors legten sich wie eine schwere Last auf die Schultern der neuen Schüler. Unwillkürlich duckten sie sich auf ihren Stühlen. Auch Leo senkte den Kopf, hatte der Vater ihm doch schon während der Autofahrt gesagt, dass die neue Schule viel Geld koste, und er sich deshalb besonders viel Mühe geben müsse.

Nach der Begrüßung sang ein Chor aus älteren Schülern einige weniger bekannte Volkslieder, dann wurden den neuen Zöglingen ihre Behausungen unter dem Dach des Gebäudes zugewiesen. Jeweils acht Buben teilten sich eine Stube. Die Zuordnung erfolgte nach dem Alphabet. Leos neue Unterkunft lag am Ende eines langen Ganges, der die Stuben in zwei Reihen teilte. Durch zwei Dachfenster schien die nachmittägliche Sonne in den Raum. Vor diesen Fenstern standen zwei Tische mit jeweils vier Stühlen. Links und rechts des Mittelganges befanden sich vier zu zweit übereinander aufgebaute Betten. Davor, gleich am Eingang, standen beidseitig zwei Schränke.

Als Leo und sein Vater die Stube betraten, drängten sich dort bereits die anderen Buben mit ihren Eltern. Zwei Mütter, die sich offensichtlich kannten, hatten, noch bevor sich die anderen entscheiden konnten, für ihre Söhne die beiden oberen Betten an der Fensterfront belegt. Weil sich Gottfried Schildweg in seiner schweigsamen Art zurückhielt, blieb für Leo schließlich nur das untere Bett links der Türe. Leo fügte sich, obwohl er, der noch nie ein Stockbett gesehen hatte, einen der oberen Liegeplätze vorgezogen hätte.

Zum Abschiednehmen blieb keine Zeit. Um rechtzeitig das Postauto für die Rückfahrt zu erreichen, musste Gottfried seinem Sohn das Einräumen der wenigen Sachen selbst überlassen. Die beiden gaben sich kurz die Hand, und der Vater mahnte Leo nochmals, brav zu sein und fleißig zu lernen. Als Leo aus dem Fenster in den Hof sah, war Gottfried bereits verschwunden. Die anderen Kinder wurden von ihren Eltern ausgiebig im Hof verabschiedet. Leo aber saß allein auf seinem Bett und starrte traurig vor sich hin. Ihm war, als hätte er nicht nur die Mutter, sondern jetzt auch den Vater verloren.

Von einer Glocke, die der Hausmeister im Treppenhaus läutete, wurden die neuen Schüler zum ersten Abendessen gerufen. Von der Küchenleiterin, einer gütig aussehenden, rundlichen Frau, wurden ihnen die Tische zugewiesen und jeweils zwei Kinder von jedem Tisch dazu bestimmt, das Essen aus Grießbrei, Marmeladenbrot und Pfefferminztee aufzutragen. Während sich die älteren Schüler beim Essen halblaut unterhielten, wurde unter den Neulingen kaum ein Wort gesprochen.

Schnell stellte sich der Alltag ein. Die Schüler mussten früh um sechs Uhr aufstehen, sich im großen Waschsaal am langen Emailletrog waschen und um sieben Uhr zum Frühstück aus Pfefferminztee und Marmeladenbrot erscheinen. Dann hatten sie jeden Tag von acht bis zwölf und dreimal in der Woche auch von halb zwei bis vier Uhr Unterricht. So viel Zeit hatte Leo noch nie in der Schule zugebracht. Manchen Nachmittag saß er traurig in seiner Bank und dachte an daheim, wo jetzt die anderen Kinder auf dem Dorfplatz spielten oder in der Sommerhitze am Fluss planschten.

Weil er Fahrgeld sparen musste, konnte Leo erst nach drei Wochen das erste Mal heim. Müde, hungrig und mit blassem Gesicht kam er am Nachmittag zum Schreinerhaus. Die Haustüre war verschlossen, aber aus der Werkstatt hörte er Hammerschläge. Dort klopfte der Vater die Schubladen für eine einfache Kommode zusammen.

Erst als er den schmerzenden Rücken aufrichtete, bemerkte Gottfried Schildweg seinen Sohn, der an der Türe stehen geblieben war. »Leo«, rief er, »da bist du ja, wir haben schon auf dich gewartet.« Er gab ihm die Hand und legte ihm die andere auf die Schulter. »Schmal bist du geworden, ist das Essen nicht gut?«

Leo nickte. »Doch doch, es ist schon in Ordnung, aber ich hab schon vor dem Mittagessen fort müssen und bin jetzt recht hungrig.«

»Ach herrje«, entgegnete der Vater, »da müssen wir sehen, was für dich noch da ist, die andern sind alle auf dem Feld.« Er schüttelte das Sägemehl von seiner Schürze und ging mit seinem Sohn ins Haus.

Leo war enttäuscht. Er hatte damit gerechnet, von seinen Geschwistern und dem Vater empfangen zu werden und ihnen beim Essen von der neuen Schule erzählen zu können. Jetzt aber saß er allein am kahlen Küchentisch, während sein Vater in der Speisekammer nach etwas Essbarem suchte. Schließlich schnitt Gottfried vom großen Brotlaib zwei Scheiben ab und stellte das Marmeladenglas daneben. »Was zu trinken kannst du dir selbst holen«, sagte er, »in der Kammer ist noch ein wenig Milch. Ich muss gleich wieder in die Werkstatt, die Kommode wird gleich abgeholt. Wenn du fertig bist, kommst du zu mir und erzählst von der neuen Schule.«

Missmutig kaute Leo das trockene Schwarzbrot, das es auch im Seminar jeden Morgen und jeden Abend gab. Alle Heimkommensfreude war dahin. Als er später in die Werkstatt kam, hämmerte der Vater immer noch an der Kommode. Daneben stand ungeduldig der Bauer, der sie mit seinem großen hölzernen Handkarren abholen wollte. Erst als das Möbelstück mit viel Hauruck aus der Werkstatt getragen und verladen war, hatte der Schreiner Zeit für seinen Sohn.

»Na, wie ist es in der Schule, kommst du gut mit?«, fragte er und setzte gleich hinzu: »Du weißt doch, dass wir viel Geld für dich ausgeben müssen, und deshalb musst du dich anstrengen.«

Die Enttäuschung über den kühlen Empfang mischte sich mit dem Ärger über den Hinweis auf seine Lernpflicht und so gab Leo nur verstockt Auskunft. »Ja«, sagte er leise und blickte vor sich auf den Boden, »es geht ganz gut.«

»Hast du auch schon Freunde? Und wie ist das Essen? Erzähl doch!«, drängte Gottfried weiter.

Jetzt erst hob Leo den Kopf. »Mit den meisten komm ich ganz gut aus, aber es sind auch ein paar aus der Stadt dabei, die gehen an jedem Samstag heim und bringen dann große Esspakete mit. Aber sie geben fast nie etwas ab.«

»Aber das Essen ist doch nicht schlecht?«, fragte der Vater besorgt.

»Es gibt halt immer das gleiche, mittags Kartoffeln und morgens und abends immer bloß Brot.« Leo senkte wieder den Kopf.

Jetzt erst fiel Gottfried auf, dass auch er dem Sohn nur Brot vorgesetzt hatte. »Nachher, wenn die Mutter heimkommt, bekommst du ein richtiges Essen. Wir wollen dich doch nicht verhungern lassen!« Der Schreiner zog seinen Sohn kurz an sich. »Ich bin schon froh, dass du wieder da bist, du hast mir in der Werkstatt gefehlt. Aber jetzt gehst du rüber zum Lehrer, der will doch auch wissen, wie es dir geht.«

Leo schluckte seinen Kummer hinunter. Noch eine Weile hätte er so beim Vater stehen können, dessen Kleider so gut nach frischem Holz rochen.

Als er auf der Dorfstraße einigen seiner früheren Schulkameraden begegnete, hatte er seine Selbstsicherheit wiedergewonnen und brüstete sich auf die Frage, was er im Gymnasium alles lernen müsse, mit Ausdrücken wie *Geographie*, *Algebra* und *Biologie*, die man in der Dorfschule nicht kannte.

Dem Lehrer gegenüber musste er auf dessen eindringliche Nachfrage jedoch zugeben, im Rechnen einige Schwierigkeiten zu haben und dass er auch in der Rechtschreibung längst nicht mehr so fehlerlos war wie daheim. Der Lehrer wollte wissen, welche Rechnungen genau ihm Schwierigkeiten machten, aber Leo wollte nicht schon wieder üben und gab vor, er müsse schnell heim und dem Vater in der Werkstatt helfen.

Daheim waren die Geschwister und die Stiefmutter inzwischen vom Rübenhacken zurück. Luise werkelte in der Küche, der Vater fuhr den Mist aus dem Stall, die Brüder Emil und Willi stellten die Wassereimer auf den Handkarren, und aus dem Stall hörte Leo die harte Stimme seiner Stiefmutter, die beim Melken mit den unruhigen Kühen schalt. Die beiden Buben ließen ihre Wassereimer stehen und drängten sich um den Bruder. »Leo, wie ist es in der neuen Schule, musst du viel lernen?«, wollte der ältere Willi wissen und der kleine Emil fragte: »Wirst du dann bald schon ein Lehrer?«

Als sich die ganze Familie zum Abendessen in der Küche traf, lag wieder nur der Brotlaib, allerdings zusammen mit Käse und Wurst auf dem Tisch. Als sich Klara am Spülstein die Hände gewaschen hatte und sich zu den anderen umdrehte, sagte der Schreiner: »Der Leo hat heut nichts Warmes zu Mittag gehabt, schlag ihm doch zwei Eier in die Pfanne.«

Klara stemmte die Arme in die Hüften. »Dann muss ich ja extra Feuer machen. Es ist doch genug Anderes da, morgen bekommt er wieder ein richtiges Mittagessen.«

»Ich kann doch schnell Feuer machen«, erbot sich Luise.

»Nichts da«, erwiderte die Stiefmutter, »ich will die Eier am Montag verkaufen und man kann sich auch an Brot und dem anderen satt essen, hier ist noch niemand verhungert.«

Der Schreiner sagte nichts mehr und so musste sich Leo wieder mit dem Brot zufrieden geben. Der Groll gegen die Stiefmutter verfolgte ihn bis zum Einschlafen.

Die vorlaute Art, mit der er bei den Schulkameraden in der Dorfschule oft auf Ablehnung gestoßen war, hatte Leo schon am Tor zum Gymnasium verloren. Er fühlte sich den Buben, die aus städtischen Handwerkerfamilien, Beamtenhäusern oder von großen Bauernhöfen kamen und oft genug mit ihrer Herkunft und ihrer besseren Kleidung protzten, unterlegen und schwieg, wenn sie von daheim erzählten.

Ähnlich still wie er verhielt sich ein schmaler Arbeitersohn, der wie Leo aus einer kleinen Landgemeinde stammte und dessen rauer Dialekt und dessen tiefe Stimme nicht recht zu seiner schmächtigen Gestalt zu passen schienen.

Dieser Friedrich war ähnlich wie Leo durch seine guten Schulleistungen aufgefallen und vom Lehrer gegen den Widerstand seiner Eltern in das Aufbaugymnasium gedrängt worden. Er hatte oft Heimweh und Leo, der sein Bett unter dem von Friedrich hatte, hörte ihn manchmal nachts schluchzen.

Die beiden wurden Freunde. Friedrich war ein guter Rechner und half Leo oft bei der Lösung schwieriger Hausaufgaben. Umgekehrt verbesserte Leo Friedrichs Aufsätze und half ihm bei der Rechtschreibung. Wenn die anderen, die von daheim Taschengeld erhielten, an freien Nachmittagen in die Stadt gingen, um sich Süßigkeiten zu kaufen, ins Kino zu gehen oder im Schwimmbad die Mädchen zu ärgern, dann blieben die beiden auf ihrer Stube, setzten sich hinter dem Schulgebäude auf die Bänke oder wanderten durch den hinter dem Haus ansteigenden Wald bis auf eine Anhöhe, auf der sich Felder und Wiesen dehnten. In einer von dicht gewachsenen Hainbuchen abgeschirmten Mulde bauten sie sich mit abgestorbenen Ästen und Reisigwedeln ein Lager, von dem niemand etwas wusste. Dort saßen sie oft, und der schwermütige Friedrich ließ sich dann von Leo in dessen Fantasiewelt hinaufheben.

Doch schon im zweiten Jahr war dem unruhigen Leo das Zusammensein mit dem stillen Friedrich zu wenig. Immer öfter schloss er sich einer Gruppe von Buben an, die von einem großmäuligen Handwerkersohn geführt wurde. Dieser Paul, der die Aufnahmeprüfung in das Gymnasium nur knapp bestanden hatte, wies erhebliche Mängel in der Rechtschreibung auf und hatte beim Diktat oft die meisten Fehler. Wurde er deshalb gerügt, lachte er in der Pause darüber und äffte die Lehrer nach, was sich sonst keiner getraute.

An einem regnerischen Nachmittag, als die meisten Schüler im Aufenthaltsraum über ihren Schularbeiten gesessen hatten, war Paul in die Stube gekommen, in der Leo und Friedrich am Tisch saßen und in einem aus der Bibliothek ausgeliehenen Weltatlas blätterten.

»Du, Schildweg, du Stubenhocker«, sagte er grob zu Leo, »komm mal mit, ich muss dir was zeigen.« Erstaunt sah Leo auf. »Los komm«, drängte Paul und fasste ihn am Arm, »ich hab's eilig und ich brauch dich.«

Nach einem kurzen Seitenblick auf Friedrich folgte Leo Paul in dessen Stube. Dort saß bereits ein anderer bei seinen Hausaufgaben und hatte seine Hefte ausgebreitet.

»Komm, mach Platz«, sagte Paul zu ihm und schob die Papiere rücksichtslos zur Seite. Er holte sein eigenes Aufsatzheft. »Du bist doch gut in Rechtschreibung«, sagte er zu Leo. »Schau dir doch mal meine Hausaufgabe an, ob da Fehler drin sind. Ich will nicht, dass der Pauker mir noch mal so dumm kommt. Los, setzt dich her.«

Leo fühlte sich geehrt. Mit einem Bleistift korrigierte er den schlecht geschriebenen Aufsatz und Paul übernahm anschließend die Verbesserungen.

»In Ordnung, Schildweg«, sagte er anerkennend, als sie fertig waren. »Gehst du morgen mit ins Kino? Ich zahl dir den Eintritt.«

Von da an gehörte Leo zu der Gruppe um Paul. Immer häufiger zog er mit ihnen lärmend durchs Städtchen. Als Tribut für die Zugehörigkeit musste er Paul bei den Hausaufgaben helfen und ihm sogar den einen oder anderen Aufsatz schreiben. Für Friedrich hatte er kaum noch Zeit. Er merkte wohl, dass sein Freund darüber traurig war und immer mehr zum Außenseiter wurde. Aber weil er selbst kein Außenseiter sein wollte, ließ er es zu. Längst war ihr Lager im Wald mit Unkraut zugewachsen.

Oft genug aber ließ jener Paul Leo spüren, dass er von ihm abhängig war. Er konnte nur mit ins Schwimmbad oder ins Kino, wenn Paul den Eintritt zahlte. Es wurde zur Regel, dass er ihm bei den Hausaufgaben half und seine Aufsätze schrieb. »Mach dich bloß nicht so groß, Schildweg, du bist nur mein kleiner Knecht«, sagte Paul einmal, als die andern über seine Ungeschicklichkeit beim Fußballspiel spotteten und Leo laut mitlachte.

Weil er jetzt viel mit den anderen im Städtchen unterwegs war und für Paul die Schularbeiten mitmachen musste, hatte Leo Mühe, seine eigenen Aufgaben sorgfältig zu erledigen. Seine Leistungen wurden schlechter und immer wieder wurde er von den Lehrern gerügt. Statt eines *Gut* stand jetzt öfter ein *Befriedigend* oder gar ein *Ausreichend* unter seinen Diktaten und Aufsätzen. Für eine Klassenarbeit in Mathematik bekam er sogar nur ein *Mangelhaft*, eine Fünf.

Bei der folgenden Heimfahrt konnte er dem Vater und dem Dorflehrer diese Misserfolge nicht verheimlichen. Die Klassenarbeiten mussten von den Eltern unterschrieben werden, und der Lehrer hatte sich von Gottfried Schildweg ausbedungen, über Leos Leistungsstand auf dem Laufenden gehalten zu werden. Den Vater konnte Leo noch mit der Behauptung beruhigen, seine Fünf sei ein einmaliger Ausrutscher gewesen, der Lehrer aber ließ sich nicht täuschen. Er kannte den Lehrplan des Gymnasiums und stieß beim Abfragen schnell auf die entstandenen Lücken. »Wenn du so weitermachst«, rügte er Leo heftig, »dann fällst du durch, und was glaubst du, was dann dein Vater sagt, der für dich das Schulgeld zahlt?«

Leo erschrak. Dass er die Prüfungen am Ende des Schuljahrs nicht bestehen könnte, war ihm bisher noch gar nicht in den Sinn gekommen. Das würde der Vater ihm nie verzeihen, wenn er ihn vor der Dorfgemeinschaft so bloßstellte.

Von da an verzichtete er im Gymnasium auf die Freizeitvergnügungen und saß oft bis zum Abendessen über den Büchern und Heften. Als Paul das nächste Mal einen Aufsatz von ihm verlangte, lehnte er mit der Begründung ab, er müsse sich mehr um seine eigenen Aufgaben kümmern.

»Was bildest du dir ein, Schildweg?«, entgegnete Paul grob. »Meinst du, ich hab die ganze Zeit umsonst für dich gezahlt? Damit du's weißt, du hast Schulden bei mir, und wenn du die nicht zahlst, dann weiß es bald die ganze Schule.«

Tatsächlich sagte Paul am nächsten Tag in der großen Pause seinen Kameraden so laut, dass es auch andere hören konnten: »Mit dem Schildweg will ich nichts mehr zu tun haben, dem habe ich Geld gegeben und jetzt will er nichts mehr davon wissen. Der gehört nicht mehr zu uns!«

Das Gerede von Leos angeblichen Schulden machte unter den Schülern schnell die Runde, und obwohl viele den hochmütigen Paul nicht leiden konnten, wurde Leo von einigen schräg angesehen. Zuletzt drang das Gerede sogar bis zu den Lehrern. Wenig später wurde Leo in der Mittagspause zum Direktor gerufen. Bebend vor Angst stand er vor dem großen Schreibtisch, hinter dem der mächtige Schulleiter saß und ihn mit strengem Blick maß. »Wie ich höre, hast du bei einem Kameraden Geld geliehen und willst es nicht zurückzahlen«, sagte er ohne Begrüßung.

»Das stimmt gar nicht«, sagte Leo stockend und so leise, dass der Direktor es nur halb verstand.

»Wie bitte?«, donnerte er. »Sprich gefälligst lauter!«

Leo nahm seinen ganzen Mut zusammen: »Ich hab keine Schulden gemacht, Herr Direktor. Ich hab dem Paul öfter bei den Hausaufgaben geholfen und dafür hat er mir den Eintritt ins Kino bezahlt.«

Der Schulleiter wollte sich damit nicht zufriedengeben. Vom Schuldiener ließ er Paul zu sich rufen, um ihm Leos Aussage gegenüberzustellen. Vor dem Direktor wurde der großsprecherische Bursche klein. Weil er fürchtete, Leo könne auch noch erzählen, dass er ihm nicht nur bei den Hausaufgaben geholfen, sondern ganze Aufsätze für ihn geschrieben habe, gab er schnell zu, dass das Geschäft mit Leo eigentlich eines auf Gegenseitigkeit gewesen war und von Schulden daher keine Rede sein konnte.

»Ich will davon nichts mehr hören«, schloss der Direktor die Unterredung. »Geldgeschäfte gibt es an unserem Gymnasium nicht! Wenn einer dem anderen hilft, dann macht er es unentgeltlich. Und wenn der ihn dann ins Kino einlädt, dann macht er das aus Freundlichkeit und nicht als Geschäft.«

Um Leo wurde es einsam. Von der Gruppe um Paul wurde er geschnitten und auf dem Schulhof manchmal mit heimlichen Püffen bedacht. Bei den anderen, auf die Leo nach dem Vorbild von Paul hochnäsig herabgesehen hatte, überwog die Schadenfreude. Wie damals, als der Vater ihn wegen seines Missgeschicks am Brunnen geschlagen hatte, fühlte er sich von aller Welt verlassen. Traurig und manchmal den Tränen nahe saß er, während die andern hinter dem Haus Fußball spielten oder im Städtchen unterwegs waren, allein in seiner Stube und starrte mit leerem Blick auf seine Bücher.

Nach einer Woche aber packte ihn der Ehrgeiz. Niemand sollte ihn kleinmachen dürfen, daheim nicht die Stiefmutter und in der Schule nicht die Lehrer und auch kein Schüler. Er würde es ihnen allen schon zeigen! In nahezu jeder freien Minute brütete er über dem Mathematikbuch und der deutschen Grammatik, lernte die Daten der deutschen Geschichte auswendig und prägte sich alle Länder, Fürstentümer und Königreiche der Erde ein. Als neues Fach war Französisch hinzugekommen, das ihm, der im ländlichen Dialekt aufgewachsen war, besonders bei der Aussprache große Schwierigkeiten machte. Wenn die anderen über sein dialektgefärbtes Französisch lachten, dann wurde er rot bis unter die Haarwurzeln, setzte sich krachend in seine Bank und ballte unter dem Tisch die Fäuste.

Zaghaft suchte er wieder die Nähe seines alten Freundes Friedrich. Als er mit einer schwierigen Rechenaufgabe nicht zurechtkam und nicht mehr weiterwusste, setzte er sich beim Abendessen wie zufällig neben ihn. »Hast du verstanden, wie das mit der Gleichung geht?«, fragte er ihn leise. »Ich hab es heut Nachmittag immer wieder probiert, aber sie ist einfach nicht aufgegangen.«

Der kleine, dunkelhaarige Friedrich, der sich mit seinem Alleinsein abgefunden hatte, sah erstaunt zu Leo auf. Seit Wochen hatten sie kaum miteinander gesprochen. »Bei mir ist die Rechnung aufgegangen«, sagte er mit seiner tiefen Stimme. »Wenn du willst, kann ich es dir nachher zeigen.«

Von da an saßen die beiden wieder häufig zusammen. Leo war erleichtert, dass ihm der andere sein unkameradschaftliches Verhalten nicht nachtrug, und Friedrich, dem es so schwer fiel, mit anderen Menschen in Kontakt zu kommen, war froh, wieder einen Freund zu haben. Wie früher saßen sie wieder oft für sich zusammen, übten gemeinsam, fragten sich gegenseitig ab und erzählten sich von daheim. Friedrich war seit den Sommerferien erst einmal daheim gewesen, er konnte nur berichten, dass er bald ein neues Geschwister bekommen würde und dann noch mehr sparen müsse, weil seine Mutter dann nicht mehr so viel für andere arbeiten könne. Leo wiederum erzählte von der Ferienarbeit daheim, dass er viel helfen musste und kaum aus dem Dorf heraus gekommen sei. Von der Missstimmung mit der Stiefmutter sagte er nichts.

Leos neuer Schuleifer trug Früchte. Als er Anfang Dezember das nächste Mal heimfuhr, konnte er dem Vater und dem Lehrer gut benotete Klassenarbeiten vorweisen. Dank Friedrichs Hilfe hatte er sogar in Mathematik eine Drei geschrieben.

Gottfried, der sich bereits Sorgen gemacht hatte, war stolz auf seinen Sohn, der als erster im Dorf mit einer höheren Bildung hinausgehen würde. Am Abend, als die Kinder schon im Bett waren, zeigte er die guten Noten auch seiner Frau, hatte sie doch eine Niederlage vorausgesagt. Klara blickte nur kurz auf die Papiere mit den rot geschriebenen Zensuren. »Na und?«, sagte sie mit ihrer rauen Stimme. »Du tust ja gerade so, als wär er schon ein fertiger Lehrer. Wer sagt denn, dass er das durchhält?«

Am nächsten Tag, dem Sonntag, kam auch Karl heim. Er hatte seine Lehre fast abgeschlossen und fand sich inzwischen in der Eisenwarenhandlung leidlich zurecht. Nachdem der erste Lehrling ausgeschieden war, war er nicht mehr fortwährend dessen Schikanen ausgesetzt. Der ältere Lagerarbeiter, mit dem er nun viel zu tun hatte, mochte seine ruhige, willige Art. Zu leiden hatte er unter den jähzornigen Ausfällen des Chefs, der seine Wut über missglückte Geschäfte und unzufriedene Kunden gerne an seinen Angestellten ausließ. Besonders schlimm war es, wenn der Eisenwarenhändler angetrunken aus dem Wirtshaus kam, nachdem er dort beim Kartenspiel verloren hatte.

Am Sonntagnachmittag gingen die Brüder in der noch milden Frühwintersonne spazieren. Leo berichtete von der falschen Freundschaft seines Schulkameraden Paul und dessen Anschuldigungen, von denen er dem Vater nichts erzählt hatte. An der Art, wie Leo davon erzählte, erkannte Karl, wie tief den Bruder die Erniedrigung durch die anderen Schüler getroffen hatte, deren Freundschaft er sich so mühsam erkauft hatte. »Ich hab geglaubt, der Paul sei mein Freund, aber ich war nur sein Knecht und von den anderen ist auch keiner zu mir gestanden«, schloss Leo leise.

Karl hatte Mitleid mit dem Bruder, der ebenso wie er geglaubt hatte, mit dem Weggang von daheim ein neues, besseres Leben beginnen zu können. Wie Leo hatte auch er erst lernen müssen, dass Menschenliebe und wahre Freundschaft seltene Güter sind. Trotzdem beneidete er den Bruder aber auch um die Möglichkeit, eines Tages als Lehrer eine übergeordnete Stellung einzunehmen. Er selbst sah für sich keine großen Möglichkeiten, dem Los eines Kaufmannsgehilfen unter einem despotischen Chef zu entkommen. »Wenn ich mit der Lehre fertig bin«, sagte er zu Leo, »dann würde ich am liebsten in eine größere Stadt gehen und bei einer großen Firma weitermachen. Bei dem jetzigen Meister kann ich nicht vorwärtskommen. Aber der Vater will, dass ich da bleib, damit ich daheim weiter helfen kann.«

Der Winter verging für Leo mit den Vorbereitungen für die nächste Prüfung wie im Flug. An den Wintervergnügungen der Schüler, dem Schlittenfahren auf der Hangwiese hinter der Schule und dem Schlittschuhlaufen auf dem Stadtsee, nahm er so gut wie nicht teil. Diese Zwischenprüfung bestand er mit einer guten Durchschnittsnote, und hätte ihn nicht die Vier in Französisch heruntergezogen, dann hätte er zum ersten Drittel gehört. Sein Freund Friedrich, dem die mangelnde Sprachbegabung auch in Deutsch zu schaffen machte, glänzte zwar in Mathematik, erreichte aber insgesamt nur den Durchschnitt. Der hochmütige Paul bestand die Prüfung nicht und kam nach den Ferien nicht wieder.

Wieder allein

Schon im ersten Jahr auf dem Gymnasium waren dem Musiklehrer Leos gute Stimme und sein musikalisches Talent aufgefallen. Nach Möglichkeit sollten alle Schüler des Gymnasiums auch ein Instrument spielen. Bei den meisten war es der Einfachheit halber die Flöte. Leo aber durfte im Musikzimmer das Klavierspiel erlernen und war stolz darauf. Als nach den Ferien die neuen Schüler aufgenommen wurden, sang er zum ersten Mal im Begrüßungschor mit. Jetzt sah er belustigt, wie ängstlich die Neulinge mit ihren Eltern auf den Stühlen saßen und angespannt der Ansprache des Direktors lauschten. Gegenüber den nur wenig Jüngeren kam er sich vor wie ein Erwachsener, dem die Stürme des Lebens nichts mehr anhaben können.

Aber diese Stürme wurden nicht schwächer, sondern änderten nur die Richtung. Nach bestandener Zwischenprüfung wurde der Zwang streng geregelter Tagesabläufe milder, dafür nahmen aber die Anforderungen an die eigene Verantwortung zu. Die Schüler konnten einige Fächer neu wählen, nach Belieben an verschiedenen Gruppenübungen teilnehmen und durften von nun an bis abends um neun in der Stadt bleiben und dort auch in die Wirtshäuser gehen. Leo genoss dieses neue Leben und fiel in den alten Schlendrian zurück. Er lernte nur das Notwendigste für die fälligen Klausuren und bekam dafür mit manch unzureichender Note die entsprechende Quittung.

Seit er die Zwischenprüfung bestanden hatte, erhielt er vom Vater ein kleines Taschengeld, mit dem er manchmal an Ausflügen in die benachbarten Dörfer teilnehmen konnte. Dort saßen die Gymnasiasten dann in den Biergärten und mokierten sich über die mit ihren Kuhfuhrwerken vorbeifahrenden oder mit schwerem Arbeitsgerät beladenen Bauern. An diesem Spott beteiligte sich Leo nicht. Er dachte daran, wie er selbst noch vor wenigen Jahren mit den Kühen gefahren war. Dann wurde er für kurze Zeit still.

Die Freundschaft mit Friedrich hatte Bestand, auch wenn der Freund still und in sich gekehrt blieb, nur an wenigen Vergnügungen teilnehmen konnte und deshalb als Stubenhocker verspottet wurde. Leo sagte nichts dazu, warf sich aber hinterher vor, er hätte den Freund verteidigen müssen.

In den sechswöchigen Sommerferien kehrte Leo wie auch in den vorigen Jahren ins Schreinerhaus zurück. Doch er wurde wieder nicht als Ferienkind, sondern als Helfer empfangen. Der Vater erwartete von ihm Unterstützung in seiner Werkstatt, die Stiefmutter einen, der den Kuhstall mistet, mit ihr das Getreide mäht, Grünfutter holt und den Rübenacker hackt. Die beiden kleinen Brüder wollten einen Spielkameraden und einen, der sie bei ihren täglichen Pflichten entlastet.

Es wurden freudlose Wochen, jedoch nicht nur wegen der Arbeit, sondern noch mehr wegen der Enge im Haus und auch im Dorf. Zum ersten Mal fiel Leo auf, wie klein und von unausgesprochenen Verboten und alten Gebräuchen begrenzt diese Welt war. Es gehörte sich, jeden Sonntag in die Kirche zu gehen, auch wenn man dem Pfarrer gar nicht zuhörte und der tägliche Umgang mit den Nachbarn, den Ehefrauen, den Kindern und dem Vieh alles andere als gottesgerecht war. Es war verboten, im Freien laut zu singen, in der Umgebung der Kirche zu lachen und sich in die Gespräche der Honoratioren einzumischen. Wenn eine Nachbarin starb, trugen die Frauen vier Wochen lang die schwarze Trauerschürze, obwohl sie nicht selten heimlich über die Verstorbene herzogen.

Während auf den größeren Bauernhöfen auf der Ebene das Korn bereits mit pferdegezogenen Bindemähern und teilweise sogar schon mithilfe von Traktoren geerntet wurde, mussten die Kleinbauern im Tal ihr Getreide noch in Handarbeit mähen. So war die Ernte für Gottfried Schildweg aufgrund seiner mangelnden Eignung als Mäher weiterhin eine Tortur. Wenn es ging, schützte er dringende Werkstattarbeit vor und ließ seine Frau mit den Kindern auf dem Feld allein. Leo sollte ihn ersetzen. Er war zwar schon öfter im Grasgarten, auf dem Kleeacker und auch im Getreide mit der Sense umgegangen, hatte es aber nie zu großer Fertigkeit gebracht und auch keinen großen Ehrgeiz entwickelt. Jetzt forderte ihn die Stiefmutter heraus. »Bald wirst du siebzehn, in deinem Alter müssen schon viele kleine Knechte mähen, also zeig, was du kannst.«

Widerwillig griff Leo nach der Sense, die Klara zuvor mit dem Wetzstein geschärft hatte, und spannte den schmalen Rücken. Er wollte vor der Stiefmutter nicht als Versager dastehen. Hieb um Hieb arbeitete er sich vorwärts. Hinter ihm nahm Klara mit der Sichel die gemähten Halme auf. Der so oft gerügte Stiefsohn gewann ihre Achtung. Nach einer halben Stunde richtete Leo sich schwer atmend auf. Sein Rücken schmerzte und die Arme brannten.

»Du kannst ja bald besser mähen wie dein Vater«, sagte Klara anerkennend. Es waren seit langer Zeit die ersten versöhnlichen Worte an den Stiefsohn. »Ruh dich ein wenig aus«, fügte sie hinzu, »jetzt mäh ich ein Stück und dann kannst du mich wieder ablösen.« Bereitwillig überließ ihr Leo die Sense und nahm dafür die Sichel.

»Der Leo kann schon richtig mähen«, rief Willi, der auf dem Feld die Garbenbänder gelegt hatte, am Mittag dem Vater entgegen und sah stolz zu seinem Bruder auf.

»Mit dem geht es bald besser wie mit dir«, setzte Klara mit einem geringschätzigen Blick auf ihren Mann hinzu, »wir kommen heut ein gutes Stück vorwärts.«

Leo hatte gehofft, nach dem Essen vom Vater abgelöst zu werden und einen freien Feriennachmittag zu haben. Weil der Schreiner aber in der Werkstatt zu tun hatte, musste er wieder mit hinaus. Am Abend hatte er Blasen an den Händen und Schmerzen in jedem Muskel.

»Morgen geh ich mit hinaus«, sagte Gottfried, als er die wunden Hände seines Sohnes sah. Luise kühlte die Hände mit feuchten Umschlägen.

Die beiden jüngeren Brüder kamen mit dem freudlosen Leben im Elternhaus unterschiedlich zurecht. Der seit Leos Weggang ein gutes Stück gewachsene zwölfjährige Willi hatte ähnlich wie sein Bruder Leo ein schmales Gesicht, das aber durch die schmalen Lippen, die etwas zu lange, leicht hakenförmige Nase und die eng stehenden, immer etwas zusammengekniffenen Augen einen lauernden, fast verschlagenen Ausdruck hatte. Die Schimpftiraden der Stiefmutter machten ihm nichts aus, wandte sie ihm den Rücken zu, äffte er sie tonlos nach. Den alltäglichen Pflichten entzog er sich nicht selten durch kleine Lügen und das Vortäuschen irgendwelcher Gebrechen. Wenn er am Nachmittag auf den Rübenacker sollte, konnte er ohne Mühe mit verdrehten Augen und kläglicher Stimme schlimmste Kopfschmerzen vortäuschen, bis ihm der Vater erlaubte, sich mit einem feuchten Handtuch um den Kopf auf das Sofa in der guten Stube zu legen. Kaum waren die andern aus dem Haus, legte er das Handtuch ab, schaltete das mit Klaras Einzug ins Haus gekommene Radio ein und hörte die neuesten Schlager. Bisweilen schlich er sich aus dem Haus und zum Bach, um dann Kieselsteine nach den Enten zu werfen und mit seiner Spucke Fische anzulocken. Kurz bevor die andern vom Feld zurückkamen, machte er sich daran, Holz in die Küche zu tragen oder Wasser vom Brunnen zu holen, das er dann mit mitleidheischender Leidensmiene in den Stall schleppte. Lobte ihn dann der Vater, ärgerte sich Luise, die das Ränkespiel durchschaute.

Ganz anders der achtjährige Emil. Er war von gedrungenem Wuchs und hatte ein rundes, fast noch kleinkindliches Gesicht. Auch in seinem Wesen war er ein kleines Kind geblieben, ängstlich, leichtgläubig und unbedarft. Anders als seinen Brüdern gelang es ihm nicht, sich mit eigenem Willen und innerem Widerstand über die Härte und Lieblosigkeit der Stiefmutter hinwegzusetzen. Er hatte kaum noch etwas von der Liebe der leiblichen Mutter erfahren und dürstete deshalb unendlich danach. Seit er in die Schule ging, kam zu der Angst vor der Stiefmutter noch die Angst vor dem Lehrer und den Mitschülern hinzu, die ihn oft hänselten. Einzig seine Schwester Luise vermochte ihm ein wenig das zu geben, was er bei den Großen vermisste. An ihr hing er, an sie drängte er sich so oft es ging, was ihm dann wieder den Spott und die Häme der Stiefmutter eintrug. Von ihren fünf Stiefkindern mochte Klara ihn am wenigsten. Ihr hartes Wesen konnte sein weiches nicht ertragen.

Schönere Tage erlebte Emil, wenn Karl und manchmal auch Leo aus der Stadt kamen. Dann ließ ihn die Stiefmutter in Ruhe und die großen Brüder schützten ihn auch vor dem Gespött und den Hänseleien der Dorfkinder. Emil bewunderte seine beiden großen Brüder und wich nicht von ihrer Seite. Er konnte nicht genug von ihren Berichten aus dem Geschäft und der Schule hören. Auch deshalb waren die Sommerferien für ihn die schönste Zeit des Jahres.

Nach der Arbeit auf den Feldern musste Leo regelmäßig zum Lehrer, der sich selbst ein Bild vom Leistungsstand seines ehemaligen Zöglings machen wollte. Leo waren diese Zusammenkünfte lästig. Es war ihm unangenehm, ständig nach dem Lernstoff gefragt zu werden und dann Wissenslücken offenbaren zu müssen.

Auch der Müller fragte Leo nach seinem Fortkommen auf dem Gymnasium. Als ihn der Vater einmal in die Mühle schickte, um ein repariertes Werkzeug abzuliefern, rief ihn der

Müller in seine Amtsstube. »Na, Leo«, sagte er und lehnte sich weit in seinem Armstuhl zurück, »du bist ja schon ein richtiger Herr geworden und weißt wahrscheinlich schon viel mehr wie wir alle.« Mit vorgestrecktem Kopf fragte er dann: »Wann bist du denn ein fertiger Lehrer?«

»Vier Jahre dauert es schon noch«, sagte Leo schüchtern, »ich bin ja jetzt erst im dritten Jahr.«

»Ja, dann lern nur fleißig weiter, damit dein Vater stolz auf dich sein kann.«

In Wahrheit wusste der Müller längst, wie es um Leo stand. Oft genug hatte er sich bei Gottfried Schildweg danach erkundigt, wenn er ihm das Geld für die nächsten Monatsbeiträge ausgehändigt hatte.

Geld war im Schreinerhaus weiterhin Mangelware. Die Werkstatt brachte mit den Reparaturen für die Gerätschaften und Möbel des Dorfes nur wenig ein, und aus der Stadt, auf die Gottfried so große Hoffnungen gesetzt hatte, kam nur selten eine Bestellung. Mit dem geringen Verdienst konnte er die kurz vor Marthas Tod angeschafften Hobel- und Fräsmaschinen nur mühsam abzahlen. Für das Leben der Familie blieb kaum etwas übrig. Hätte nicht Klara mit ihrer erfolgreichen kleinen Landwirtschaft und dem Hausgarten den Grundbedarf gesichert, wäre die blanke Armut im Schreinerhaus eingekehrt.

Oft genug bekam Gottfried die Genugtuung zu spüren, die es ihr bereitete, wenn er sie um etwas Geld aus der von ihr streng verwahrten Haushaltskasse bat. Dann höhnte sie zum wiederholten Male über die schlechten Erträge seiner Werkstatt und die ausbleibenden städtischen Kunden.

Erleichtert kehrte Leo nach den Ferien in das Aufbaugymnasium zurück. Der Geruch von Bohnerwachs, der in jeder neuen Woche das Schulgebäude durchwogte, erschien ihm so viel vornehmer, zukunftsträchtiger und vielversprechender als der Duft von trockenem Stroh und der strenge Geruch von frisch ausgebrachtem Mist, der daheim durch die Dorfgassen und über die abgeernteten Felder zog. Aber er vermisste den kleinen Friedrich, der ihm über manche mathematische Hürde hinweggeholfen hatte und mit dem er über all das hatte sprechen können, was er sonst niemandem im Gymnasium anvertraute. Der Freund war nach den Ferien nicht ins Gymnasium zurückgekehrt. Er könne die Ausbildung leider nicht fortführen, hatte der Direktor lapidar mitgeteilt, seine Mutter sei gestorben.

Häufiger als früher beteiligte sich Leo nun an den harmlosen Freizeitvergnügungen seiner Mitschüler. An manchen Abenden schlichen sie sich in die Obstwiesen der städtischen Kleinbauern, um dort Pflaumen, Pfirsiche und Äpfel zu stehlen, oder gingen in den kleinen Park und beobachteten die Kindermädchen, die dort die Kinder ihrer Herrschaft auf der Schaukel oder im Sandkasten beaufsichtigten. Während manche seiner Kameraden mit diesen Arbeiter- oder Kleinbauerntöchtern erste Kontakte knüpften, fiel Leo der unbefangene Umgang mit Mädchen schwer. Mit einem Mädchen genauso zu reden wie mit einem Kameraden, schien ihm unmöglich. Dabei beneidete er seine Mitschüler, wenn sie nach einem Kinobesuch von engem Zusammenrücken und ersten Zärtlichkeiten berichteten. Er ertrug es nicht, anderen bei ihren leichten Eroberungen zuzusehen und von ihren Erfolgen zu hören. Dann wurde er wieder zum Einzelgänger.

Als Leo an einem warmen Spätherbsttag in sein Geschichtsbuch vertieft allein auf einer der Bänke saß, die von der Stadtverwaltung erst vor kurzem am Waldrand hinter dem Schulgebäude aufgestellt worden waren, kamen zwei Mädchen mit ihren Kinderwagen den Weg herauf. Der einsame Leser machte die beiden neugierig.

»Musst du nachsitzen oder warum hockst du so allein hier rum?«, fragte die erste keck.

»Hast wohl eine Strafarbeit auf?«, fiel die zweite ein. Noch bevor Leo antworten konnte, brachen die beiden in ein kicherndes Gelächter aus.

»Nein, nein«, sagte Leo schnell und wurde rot bis hinter die Ohren, »ich les nur.«

»Ja, was denn?«, fragte die Kecke und steckte ihren blonden Kopf mit den Ringellocken ohne Scheu an Leos Gesicht vorbei, um einen Blick in sein Buch zu werfen. Er konnte ihren feinen Duft nach Lavendelseife und Jungmädchenparfüm riechen.

»Das ist nur ein Geschichtsbuch«, stotterte er.

»Ach herrje, wie langweilig«, sagte der Lockenkopf, »ich les viel lieber Romane.«

»Wo kommst du denn her?«, fragte die andere neugierig. Leo nannte den Namen seines Dorfes. Die beiden Mädchen zuckten bloß die Schultern.

»Und was machst du hier?«

Bereitwillig beantwortete Leo ihre Fragen, doch als er begann, über den Tagesablauf im Gymnasium zu berichten, verloren die Mädchen schnell das Interesse. Mit einem knappen Gruß ließen sie den verdatterten Leo zurück.

Erst hinterher wurde ihm klar, dass die beiden ihn beinahe verhört hatten, während er überhaupt nichts von ihnen wusste. Auf dem Heimweg ärgerte er sich über sich selbst und über eine verpasste Gelegenheit, Mädchen kennenzulernen. Er stellte sich vor, wie einer seiner erfahreneren Kameraden reagiert hätte und wahrscheinlich schon am nächsten Sonntag mit einer der beiden ins Kino gegangen wäre. Er aber fühlte sich als armseliger Nichtskönner und schmählicher Versager.

Doch nicht nur in Mädchenangelegenheiten blieb Leo hinter vielen seiner Mitschüler zurück, die bereits anfingen, eine eigene Persönlichkeit zu entwickeln. Gerne wollte Leo zu denen gehören, die schon früh ein eigenes Lebensbild vor Augen haben, in dem das Gymnasium nur ein erster Pinselstrich ist. Er wollte zu den Freiheitsliebenden gehören, die den Zwang verachten. Er wollte zu denen gehören, für die das Gymnasium im Grunde nur ein Gefängnis mit täglichem Ausgang ist und in dem die Lehrer in Zivil verkleidete Wärter sind. Seine ewige Geldnot hinderte ihn aber daran, diese Unabhängigkeit nach außen zu leben, und wenn er dabei war, dann gelang es ihm doch nicht, sich so unbefangen jung, lustig und überlegen zu geben, wie er eigentlich sein wollte.

Als die letzten sonnigen Herbsttage von einem nassen nebligen Frühwinter abgelöst wurden, war es für die Schüler kaum noch möglich, mit dem anderen Geschlecht in Kontakt zu treten. Die angehenden Lehrer blieben lieber im Aufenthaltsraum, um dort Schach zu spielen, Bücher zu lesen oder einfach zu lernen. Die Leichtigkeit des Sommers war dem strengen Ernst des richtigen Lebens gewichen, denn schon rückten auch die Prüfungen am Schuljahresende wieder in greifbare Nähe.

Als Leo an einem nasskalten Dezembertag allein in die Stadt ging, um Schreibzeug zu kaufen, begegnete ihm in einer der schmalen, von Schneematsch bedeckten Gassen eine kleine, in einen geflickten Arbeitsmantel und eine tief über die Ohren gezogene Schirmmütze gehüllte Gestalt, die einen klappernden Handwagen hinter sich herzog. Als Leo an ihm vorbeiwollte, hob dieser schmächtige Arbeiter das Gesicht und Leo erkannte seinen Freund Friedrich.

Leo fasste ihn am Arm: »He, Friedrich, du bist es, wo kommst du denn her?«

Friedrich blieb stehen, sein Gesicht war noch schmaler gewordenen und erschien im Winterlicht erschreckend blass. »Grüß Gott, Leo«, sagte er leise, »bist du nicht im Gymnasium?«

»Doch doch, ich muss nur etwas besorgen, aber was ist mit dir? Warum bist du nicht mehr gekommen?«

Friedrich klappte die Deichsel seines Handwagens hoch. »Meine Mutter ist im Sommer bei der Geburt des Geschwisterchens gestorben und mein Vater kann das Schulgeld nicht mehr bezahlen. Ich arbeite jetzt in der Seifenfabrik und muss Ware ausliefern.«

Schwer atmend zog Friedrich das Gefährt und erzählte dabei, dass er im Lehrlingsheim der Fabrik wohne und alle zwei Wochen mit dem Omnibus heimfahre. »Ich verdien noch nicht viel«, sagte er wie entschuldigend, »aber ein wenig Geld kann ich doch heimbringen und dem Vater helfen. Wir haben immer noch Schulden.«

Als sie den Schreibwarenladen erreicht hatten und sich ihre Wege trennten, fragte Friedrich schüchtern, ob sie vielleicht wieder einmal zusammenkommen könnten, Leo müsse ihm von der Schule erzählen.

»Komm doch einfach mal nach Feierabend ins Schloss, dann können wir auf meiner Stube reden«, schlug Leo vor, aber Friedrich wollte nicht.

»Dann sind doch auch die andern da, die mich noch kennen, und ich bin doch jetzt bloß ein Arbeiter.«

Sie vereinbarten, sich im Lehrlingsheim am anderen Ende der Stadt zu treffen, und einige Tage später ging Leo dort hin.

In dem niedrigen, langgestreckten Gebäude, das im Grunde eine aufgefrischte Baracke war, wohnte Friedrich mit zwei älteren Arbeitern zusammen, die nach ihrer Schicht meistens in der Stadt unterwegs waren. Leo klagte über die viele Arbeit in den Sommerferien daheim und berichtete nur kurz über den Schulalltag, der gerade jetzt von den vielen anstehenden Klausuren geprägt sei. Von seinen missglückten Versuchen, Mädchen kennenzulernen, sagte er nichts. Friedrich wiederum ging nur kurz auf die schweren Tage ein, die er daheim beim Sterben der Mutter durchlebt hatte. Der Schmerz über ihren Verlust und der Schrecken über die Hilflosigkeit des Vaters und der Geschwister schnürte ihm immer noch die Kehle zu. Mehr erzählte er über seine Arbeit in der Seifenfabrik, wo er den Älteren beim Abladen des vom Schlachthof gebrachten Rindertalgs und der in großen Fässern angelieferten Chemikalien helfen musste. Seine liebste Tätigkeit war das Ausliefern von Seifen und anderen Kosmetikartikeln in die kleinen Läden der Stadt. Dabei konnte er seinen Gedanken nachhängen und an bescheidenen Zukunftsträumen stricken.

Gerne hätte Friedrich mehr aus dem Gymnasium erfahren. Er vermisste den Unterricht und das Lernen, das ihn noch vor einem halben Jahr ganz ausgefüllt hatte. »Kannst du mir nicht einmal deine Hefte zeigen?«, fragte er schüchtern. »Ich hätt so gerne gewusst, woran ihr gerade seid.«

Leo versprach es und brachte eine Woche darauf die Mappe mit seinen Schulsachen mit.

Sofort vertiefte sich Friedrich in den Lernstoff und saß mit roten Ohren über den Heften und Büchern. Er vergaß die Welt um sich herum und sogar den Freund, der mit ihm am Tisch saß. Sein besonderes Interesse galt der Mathematik, die schon immer ein liebstes Fach gewesen war. Schnell stellte er in Leos Heft einige Fehler fest und machte den Freund darauf aufmerksam. Dem war die Entdeckung zunächst peinlich, dann aber kam ihm die praktische Seite in den Sinn.

»Weißt du was«, sagte er zu Friedrich, »wenn ich wieder eine so schwierige Hausaufgabe hab, dann komm ich zu dir und wir machen das gemeinsam.«

So geschah es. An manchem Abend saßen die beiden Freunde in Friedrichs kalter Stube und lösten schwierige Rechenaufgaben.

»Du kannst so gut rechnen«, sagte Leo einmal. »Warum machst du keine Kaufmannslehre wie mein Bruder Karl?«

Traurig sah ihn Friedrich an. »Das würde ich schon gern machen, aber wir brauchen daheim das Geld, das ich jetzt verdiene.«

Auf seinen Bruder Karl war Leo stolz. Der hatte seine Lehre im Frühjahr abgeschlossen und im großen Saal des Rathauses aus der Hand des Handwerkskammerpräsidenten den Gesellenbrief und als einer der besten seines Jahrgangs eine Belobigung erhalten, die sein Meister mit stolzgeschwellter Brust und großer Gestik mehr auf sich bezog. »Jaja, bei mir lernt man nicht nur fürs Geschäft, sondern auch fürs Leben«, hatte er großspurig gesagt. »Ich weiß, wie man mit den jungen Leuten umgehen muss, und bei mir gehört jeder zur Familie.«

Mit einem schiefen Lächeln entzog sich Karl damals dem falschen Pathos und setzte sich zu den anderen neuen Gesellen. Hinten im Saal saß schmal und bescheiden der Vater und nahm die Glückwünsche der neben ihm sitzenden Handwerksmeister entgegen. Während viele der anderen frisch gebackenen Gesellen von beiden Eltern und teilweise sogar den Geschwistern begleitet wurden, war Gottfried Schildweg allein gekommen. Klara war das Bestellen der Äcker wichtiger gewesen, und sie duldete auch nicht, dass Luise mitging.

Als Lohn für seinen guten Abschluss bekam Karl drei Tage frei und fuhr mit dem Vater im Postauto heim. »Dein Chef hält viel von dir«, sagte Gottfried während der Fahrt, »und er ist doch kaum noch im Geschäft, da musst du sowieso das meiste machen, vielleicht macht er dich ja zum Prokuristen.«

Karl schüttelte den Kopf. »Nein, das glaub ich nicht. Ich darf zwar die Arbeit machen, aber er gibt nichts aus der Hand. Ich such mir bald eine andere Stelle.«

Überrascht sah Gottfried seinen Sohn an. »Warum willst du denn weg, du hast es doch gut dort und du bekommst jetzt auch einen anständigen Lohn. Woanders ist es bestimmt auch nicht besser.«

Weil das Postauto angekommen war, blieb keine Zeit, das Gespräch noch weiter fortzuführen, und auch in den nächsten Tagen sprach keiner von beiden das Thema an. Karl blieb als Geselle beim Eisenwarenhändler, ohne aber seinen Plan von einem Stellenwechsel aufzugeben.

Karl macht Karriere

Als Leo für die Weihnachtstage heimkehrte, war Karl bereits da. Er erzählte dem Bruder von seinen Plänen: »Der Meister ist nicht so gut, wie er tut, von dem kann ich nichts mehr lernen und dann schikaniert er mich auch noch die ganze Zeit. Immer soll ich schuld sein, wenn er etwas verbockt hat. Am liebsten möchte ich in ein großes Handelsgeschäft gehen, wo man es auch mit dem Ausland zu tun hat.«

In Leo erwachte ein leiser Neid. Karl verdiente jetzt schon sein eigenes Geld, während er immer noch vom Vater abhängig war. Mit seinem guten Abschluss schien dem Bruder die ganze Welt offenzustehen, seine dagegen war immer noch verschlossen.

Der Wunsch des Sohnes nach einem Stellenwechsel ließ auch Gottfried keine Ruhe. »Ist es dir immer noch ernst mit einer neuen Stelle?«, fragte er vorsichtig, als er Karl am Vormittag des Heiligen Abends in der Werkstatt ein neu angefangenes Möbelstück zeigte.

Der nickte. »Ich möchte weiterkommen und woanders noch etwas vom Großhandel dazulernen.«

Gottfried sah seinen Sohn mit traurigen Augen an. »Aber dann musst du in eine größere Stadt und bist weit fort, dann kannst du nicht mehr so oft heimkommen und uns helfen. Der Leo kommt auch immer seltener.«

In Karl wuchs das Mitleid. »Ich komm doch auch dann immer wieder, und wenn ich erst richtig verdiene, dann kann ich euch auch Geld geben.« Außerdem sei doch der Willi schon groß genug und könne bei vielen Arbeiten helfen.

Gottfried gab keine Antwort. Nach der Gesellenfeier hatte er sich für kurze Zeit ausgemalt, wie Karl mit dem gewonnenen Renommee für ihn zum Möbelverkäufer werden könnte. Er hatte gehofft, der Sohn mit seinem guten Geschäftssinn würde sein eigenes Unvermögen in diesem Bereich ausgleichen. Nun blieb er weiterhin auf sich alleingestellt und dem wirtschaftlichen Misserfolg und dem Spott seiner Frau ausgeliefert.

Zu Beginn des neuen Jahres holte sich Karl heimlich das von seinem Meister abonnierte Wirtschaftsblatt auf seine Stube und studierte die dort ausgeschriebenen Stellenangebote. Wie man ein Bewerbungsschreiben aufsetzt, hatte er in der Berufsschule gelernt. Ein solches Schreiben mit einem beigefügten Lebenslauf schickte er an eine Import-/Exportfirma und an ein Großhandelshaus in der Landeshauptstadt. Beide hatten Stellen für Jungkaufleute ausgeschrieben. Als eigene Adresse gab er das Haus des Vaters an.

Als er zwei Wochen später am Samstag heimkam, waren tatsächlich zwei Briefe für ihn da. Er öffnete sie nicht in der Wohnung, sondern in der Werkstatt. Der Vater stand neben ihm, als er die Schreiben las. Im ersten bedauerte die Import-/Exportfirma, dass die ausgeschriebene Stelle leider schon besetzt sei, aber es stehe ihm frei, sich in einem Jahr erneut zu bewerben. Dem Gesicht des Sohnes war die Enttäuschung abzulesen, aber der Vater atmete auf. Umgekehrt war die Reaktion auf den zweiten Brief. Dort teilte das Großhandelshaus Walter für Eisenwaren und Sanitätsbedarf dem Herrn Karl Schildweg mit, dass man an seiner Einstellung interessiert sei und er sich am darauffolgenden Mittwoch vorstellen möge.

»Gehst du hin?«, fragte Gottfried leise.

»Natürlich geh ich hin«, antwortete Karl und sah seinen Vater überrascht an. »Denk doch, in so einem großen Geschäft hab ich ganz andere Möglichkeiten und ganz sicher verdien ich auch mehr.«

Am Sonntagmorgen erkundigte sich Karl nach dem Kirchgang bei einem älteren Schulkameraden, der bei der Bahn untergekommen war, nach den Zugverbindungen in die Hauptstadt und am Montagmorgen bat er seinen Meister für den Mittwoch um einen Tag Urlaub. Er müsse seinen Vater bei einem Geschäftstermin in der Hauptstadt begleiten. Karl wunderte sich über sich selbst, wie leicht ihm diese Lüge über die Lippen ging.

Mit den Worten »Das hättest du auch schon letzte Woche sagen können« stimmte der Chef widerwillig zu.

Mit dem frühesten Zug trat Karl am Mittwochmorgen seine Reise an. Er war froh, am Bahnhof keine Bekannten zu treffen und nicht erneut lügen zu müssen. Obwohl er schon einige Male in der großen Stadt gewesen war, fand er sich in dem Gewirr von Straßen und Gassen nicht zurecht. Mit der Mappe unter dem Arm, in der sich sein Gesellenbrief, die Schulzeugnisse und die Jahreszeugnisse seines Meisters befanden, stand er unschlüssig unter dem großen Bahnhofsportal.

Ein Botenjunge, der mit seinem Handwagen auf Ware wartete, beobachtete ihn und erkannte an dem nicht mehr zeitgemäßen Anzug, den Karl schon zur Konfirmation getragen hatte, und dem unsicheren Auftreten den Landbewohner. »Du kennst dich wohl nicht aus, wo willst du denn hin?«, fragte er mit einem abschätzigen Blick. Karl nannte die Adresse der Firma Walter. »Ach, du meinst den Eisenwalter«, sagte der Junge, »das ist nicht weit.«

Wenig später stand Karl eine Stunde zu früh vor dem schmucklosen, dreigeschossigen Geschäftsgebäude mit der glatten Marmorfassade und der großformatigen Aufschrift *Walter – Eisenwaren und Sanitärbedarf*.

Weil er von dort nicht gesehen werden wollte, sich aber aus Angst, den Weg nicht wiederzufinden, auch nicht getraute, allzu weit wegzugehen, betrachtete er in einer Seitenstraße ausgiebig die Auslagen der kleinen Geschäfte, las aufmerksam vor einer Buchhandlung die Titel der ausgelegten Bücher und setzte sich schließlich unter einem Baum auf eine Bank, kramte seine Unterlagen aus der Mappe und tat, als müsse er wichtige Texte lesen. Die wenigen Passanten, die die kleine Straße entlangkamen, beachteten ihn kaum.

Eine Viertelstunde vor dem angesetzten Termin packte er seine Unterlagen vorsichtig zurück in die Mappe, strich sich Jacke und Hose glatt und drückte kurz darauf die große schmiedeeiserne Klinke der mächtigen Tür mit der Aufschrift *Anmeldung*. Drinnen saßen hinter einer schmalen Theke zwei Frauen und klapperten auf ihren Schreibmaschinen. Die ältere von ihnen hob den Kopf und stand auf. »Sie wünschen?«

Karl erklärte, zu einem Vorstellungsgespräch bestellt worden zu sein und legte das zugehörige Schreiben vor.

Die Sekretärin blickte kurz darauf, sagte: »Einen Augenblick, bitte«, und griff zum Telefon. »Der nächste Kandidat, der Herr Schildweg ist da.« Damit wusste Karl, dass er nicht der einzige Bewerber war. Die Sekretärin führte ihn zu einer Tür, klopfte kurz und öffnete, ohne ein »Herein« abzuwarten.

Hinter einem mächtigen Schreibtisch aus dunklem Holz saß ein schlanker Mann mit schmalem Gesicht und vollem, braunem Haar. Er stand auf und ging Karl entgegen: »Sie sind also der Herr Schildweg und wollen bei uns anfangen. Mein Name ist Berner, bitte setzen Sie sich.« Er wies auf einen runden Tisch mit vier Stühlen seitlich seines Schreibtisches. Dann bat er die Sekretärin, Herrn Holzer zu holen. »Der Herr Holzer ist unser Chefbuchhalter, und ich möchte, dass er bei unserem Gespräch dabei ist«, erklärte er.

Holzer war das Gegenstück zu seinem Geschäftsführer: klein, rundlich und mit breiter Glatze.

Das Vorstellungsgespräch dauerte eine knappe Stunde. Direktor Berner führte das Wort, Holzer hörte meist nur zu und machte sich kurze Notizen. Karl legte seine Zeugnisse vor, die von beiden Herren ausgiebig und mit anerkennendem Kopfnicken studiert wurden. Dann fragte ihn Berner detailliert nach seiner Herkunft, seiner Familie und seiner bisherigen Tätigkeit. Dass er in seiner freien Zeit daheim mithalf, gefiel den beiden Herren. Sie nickten wieder zustimmend.

Als Karl von seiner Lehrstelle berichtete, sagte Berner: »Ja, wir kennen die Firma und Ihren Chef, dort kann man schon einiges lernen.« Sein Buchhalter Holzer lächelte dazu etwas geringschätzig. Der Eisenwarenhändler war auch in der Hauptstadt als cholerischer Wichtigtuer bekannt.

Zum Abschied gaben beide Männer Karl die Hand. »Es freut uns, dass Sie bei uns anfangen wollen, es sind aber noch mehrere Bewerber da. Wir werden uns nächste Woche bei Ihnen melden und Ihnen unsere Entscheidung mitteilen.« Mit leerem Kopf und ungutem Gefühl verließ Karl die Firma.

Als er anderthalb Wochen später heimkam, führte ihn sein erster Weg nicht ins Haus, sondern in die Werkstatt. Doch der Vater war nicht da und es lag auch keine Post vor. Enttäuscht ging Karl ins Haus.

In der Küche richtete Luise gerade das Abendessen. »Du hast einen Brief bekommen«, empfing sie den Bruder, »ich hab ihn in der Werkstatt gesehen, der Vater hat ihn gleich weggelegt.« Karl atmete auf, doch gleichzeitig wuchs in ihm die Angst, es könne doch nur eine Absage sein.

Kurz darauf kamen die Eltern mit den beiden Brüdern und dem Kuhgespann vom Feld. Sie hatten das Sonntagsfutter für die Kühe geholt. Karl, der sich bereits umgezogen hatte, half beim Abladen. Als sie fertig waren und Klara zum Melken in den Stall gegangen war, sagte der Vater: »Komm mit in die Werkstatt, ich muss dir was zeigen.«

Aus einer seiner Werkzeugschubladen zog Gottfried den bereits geöffneten Briefumschlag. »Ich hab ihn schon aufgemacht«, sagte er entschuldigend, »ich hab es einfach nicht mehr ausgehalten.«

Wortlos faltete Karl das Schreiben auf. *Wir freuen uns*, las er, *Ihnen mitteilen zu können, dass wir Sie zum 1. März als neuen*

Mitarbeiter in unserer Firma begrüßen möchten. Mit leuchtenden Augen drehte sich Karl zu seinem Vater um. Gottfried konnte sich nicht mitfreuen. Jetzt war es wohl endgültig, dass er und sein Ältester keine Geschäftspartner würden. »Jetzt musst du dir in der Stadt ein Zimmer suchen und dann bist du so weit fort«, sagte er bitter.

Der Sohn legte ihm die Hand auf den Arm. »Aber ich komm doch immer wieder.«

Am Montag früh nahm Karl all seinen Mut zusammen, klopfte an der Tür des Meisters, der verdrossen und verkatert hinter seinem Schreibtisch saß, und kündigte.

»Soso«, fuhr der Chef seinen Gesellen an, »jetzt, wo ich dir alles beigebracht hab und wir dich über Jahre durchgefüttert haben, jetzt willst du gehen. Das ist also der Dank, aber dass du's weißt, ich will das schriftlich, und Urlaub bekommst du auch keinen mehr.«

Bescheiden protestierte Karl: »Aber ich hab noch eine Woche Urlaub gut, ich muss mir doch in der Stadt ein Zimmer suchen.«

Rot vor Wut stemmte sich der Meister aus seinem Sessel hoch. »Das ist mir egal. Bis zum letzten Februartag musst du für mich arbeiten! Was glaubst du denn? Wenn ich damals geahnt hätt, dass du so undankbar bist, dann hätt ich dich überhaupt nicht genommen. Ich wollt deinem Vater nur einen Gefallen tun und das ist jetzt der Dank. Sag ihm, er braucht gar nicht mehr bei mir anzuklopfen. Da gibt's keine Geschäfte mehr.«

Noch am selben Abend schrieb Karl seine Kündigung und gab sie dem Büromädchen, das sie dem Chef auf den Schreibtisch legte. Die eine Woche Urlaub, die ihm noch zustand, nahm er die Woche darauf. Nur der Frau des Meisters gab er Bescheid.

»Ist schon gut Karl«, sagte sie, »du musst dich doch für die neue Stelle einrichten, aber schad ist es schon, dass du bei uns weggehst, ich hab dich gerngehabt.«

Bei seinem neuen Arbeitgeber bedankte sich Karl schriftlich für die Einstellung und fragte auf Anraten eines Arbeitskollegen, ob ihm die Firma bei der Suche nach einer Unterkunft behilflich sein könne. Im Lehrlingswohnheim der Firma Walter wurde ihm für eine Übergangszeit ein Zimmer zugesagt. In seiner Urlaubswoche wurden ihm diese Kammer, die er mit einem Lehrling teilen musste, und auch sein neuer Arbeitsplatz in dem großen Büro der Verkaufsabteilung gezeigt.

In den letzten beiden Februarwochen arbeitete er in der Eisenwarenhandlung so gründlich und zuverlässig wie alle Tage vorher. Der Meister war klug genug, dem mittlerweile abgegoltenen Urlaubsanspruch nicht mehr zu widersprechen. Tauchte er im Geschäft auf, würdigte er Karl mit keinem Blick. Am Mittag des letzten Tages verabschiedete sich Karl von allen, nur nicht von seinem Meister. Der war wie jeden Samstagvormittag zum Frühschoppen in der Wirtschaft. Als er der Meisterin die Hand gab, nahm ihn die rundliche Frau in den Arm und drückte ihn an ihren gewaltigen Busen: »Ich wünsch dir viel Glück, Karl! Ich hätt so gern einen eigenen Buben wie dich gehabt.«

In der ersten Zeit kam Karl jeden dritten Samstag mit dem Zug und dem Omnibus heim. Weil er erst am späten Abend ankam, blieb nicht mehr viel Zeit für die Mithilfe. Manchmal half er dem Vater am Sonntagvormittag bei unaufschiebbaren Tätigkeiten. Von der Hälfte seines ersten Lohnes kaufte er sich in der Stadt einige neue Kleider und die zweite Hälfte gab er dem Vater. Verschämt nahm Gottfried Schildweg die Scheine. »Ich leg sie für dich auf die Seite«, sagte er, bezahlte dann aber damit die fällige Rate für seine Maschinenkäufe.

Die Schulden beim Müller

Auf dem Gymnasium ging das Leben seinen gewohnten Gang. Für Leo verging die Zeit mit mäßigem Lernen und in den meisten Fächern recht passablen Noten. Nur in Französisch hatte er weiterhin große Schwierigkeiten. Beinahe jede Woche traf er sich mit Friedrich, der ihm dann über die mathematischen Klippen hinweghalf. Für Leo stand die Erledigung schwieriger Mathematikaufgaben im Vordergrund dieser Begegnungen. Friedrich hingegen dürstete nach den Abenden mit dem Freund. Er sah zu Leo auf, weil der für ihn das Leben verkörperte, das für ihn selbst unerreichbar geworden war. Von den groben Arbeitskollegen in der Seifenfabrik wurde er wegen seiner schwächlichen Gestalt und unbeholfenen Art gehänselt und ausgenutzt. Auch für manche der in der Packabteilung beschäftigten Mädchen war er die Zielscheibe des Spottes. Besser verstand er sich mit den älteren Frauen, bei denen er verschüttete Mutterinstinkte weckte.

Seit einiger Zeit war das elterliche Haus, in das er noch vor Kurzem regelmäßig heimgekehrt war, keine Heimat mehr. Immer öfter hatte er einen unordentlich geführten oft verdreckten Haushalt und eine überforderte Schwester vorgefunden, die mit der von der Mutter hinterlassenen Arbeit nicht zurechtkam und sie einfach liegen ließ. Die beiden sieben- und neunjährigen Brüder trieben sich im Dorf herum und entzogen sich so ihren kleinen Pflichten. Der Vater konnte das wachsende Elend nicht mehr ertragen. An vielen Tagen zog es ihn nach der Arbeit in die Wirtschaft, aus der er erst spät und nicht selten betrunken heimkam. Als es Friedrich schließlich zu viel wurde, er die Schwester als faul beschimpfte und dem Vater seine Trinkerei vorwarf, schlug der ihn so heftig, dass die blauen Male in seinem Gesicht eine Woche lang zu sehen waren. So laut, dass die ganze Nachbarschaft es mitbekam, warf der betrunkene Arbeiter seinen Sohn aus dem Haus und verbot ihm, es jemals wieder zu betreten.

Leo hatte er davon nichts erzählt. Wenn Friedrich mit ihm über das Geschehen im Gymnasium reden konnte, der Freund ihm in seiner fantasiereichen Erzählweise die Ereignisse der europäischen und griechischen Geschichte wiedergab und ihm die grundlegenden Zusammenhänge von Chemie und Physik erklärte, dann fühlte sich Friedrich aus seiner finsteren Gegenwart herausgehoben.

Mehr als zu seinem Freund fühlte sich Leo dagegen an den wärmer werdenden Sommertagen in einem unbestimmten Sehnen zum anderen Geschlecht hingezogen. Wenn er mit seinen Mitschülern durch das Städtchen streifte oder sich in dem kleinen Park an ihren unsinnigen Balgereien beteiligte, dann hätte er doch viel lieber zu denen gehört, die ganz ungezwungen und überlegen mit den Mädchen plaudern konnten. Es gelang ihm aber nicht, aus seinem von angeborener Scheu und anerzogener Zurückhaltung geprägten Wesen auszubrechen. Wie früher als Kind hätte er sich dann gerne im väterlichen Schuppen hinter dem Bretterstapel verkrochen, um in seine Fantasiewelt abzutauchen. Aber der Faden von damals war gerissen.

Bevor die Sommerferien begannen, traf sich Leo noch einmal mit Friedrich. Während die heißen Sommertage die jungen Leute in die Eiscafés oder die Parks lockten, waren sie für Friedrich eine Qual. In den niederen Hallen der Seifenfabrik, wo die Lauge und der Rindertalg zu Seife gekocht wurden und die großen Kessel auch im Sommer viel Wärme verströmten, war es in der Sommerhitze unerträglich. Er war der harten

Arbeit ohnehin kaum gewachsen, aber jetzt drohte er unter ihr zu zerbrechen. Als Leo zu ihm kam, lag der schmächtige Junge teilnahmslos und schwer atmend auf dem Bett. Er war kaum in der Lage, die paar hundert Schritte zum Park zu gehen, um sich dort im Schatten der großen Bäume auf eine Bank zu setzen. Sein Gesicht war schmal, spitz und grau geworden. Die Wangenknochen traten hervor und die Augen lagen tief in den Höhlen.

Leo, der sich in den Wochen zuvor nicht um den Freund gekümmert hatte, erschrak über dessen Aussehen und die matt gewordene Stimme. »Du musst zum Arzt gehen«, mahnte er, als Friedrich erzählte, er habe seit einigen Wochen einen Husten und könne manchmal nachts kaum schlafen. »Der Doktor muss dich krankschreiben, damit du wieder richtig gesund wirst.«

Friedrich schüttelte den Kopf. »Ich kann nicht krank machen, dann entlassen die mich.«

Leo ließ nicht locker: »Dann nimm einfach Urlaub, dann kannst du dich daheim erholen.«

Friedrich verzog das Gesicht zu einer schmerzlichen Grimasse. »Für mich gibt es kein Daheim mehr«, sagte er leise.

Als er Leo nun von der schlimmen Situation zuhause und dem Rauswurf erzählte, entgegnete der kurz entschlossen: »Dann kommst du zu mir heim. Bei uns kommt es auf einen Esser mehr oder weniger nicht an und außerdem helfe ich in den Ferien daheim ja auch mit. Ich werd mit meinem Vater reden.«

Als er am folgenden Samstag heimkam, fragte er den Vater, ob er seinen Freund in den Ferien mitbringen könne, der sei krank, könne nicht mehr heim und müsse aus der Fabrik heraus.

Gottfried Schildweg wiegte bedenklich den Kopf. »Da müssen wir erst die Mutter fragen, ob es ihr recht ist.«

Wie immer, wenn es um einen Wunsch von Leo ging, hatte Klara Einwände: »Warum sollen wir den Buben mitfüttern? Der kann doch auch heimgehen.«

»Nein«, erwiderte Leo heftig, »der kann halt nicht heim, und für das, was der Friedrich isst, für das arbeite ich und er hilft ganz bestimmt auch mit.«

Jetzt mischte sich auch der Schreiner ein: »Für so einen mutterlosen Buben haben wir doch noch Platz«, sagte er begütigend. Widerwillig stimmte seine Frau schließlich zu.

Friedrich musste nicht einmal um Urlaub bitten, er ergab sich von selbst: Im August wurde die Seifenfabrik für zwei Wochen geschlossen. Blass und müde kam er mit dem Postauto an.

Klara kümmerte sich wenig um ihn, aber Luise hatte Mitleid mit dem neuen, stillen Hausgenossen. Sie ermunterte ihn bei jedem Essen, kräftig zuzulangen, auch wenn die Stiefmutter darüber verärgert das Gesicht verzog. Nach wenigen Tagen hatte sich Friedrich eingelebt. Er half bereitwillig im Stall und auf dem Feld, holte an den Abenden mit Willi und Emil das Wasser für das Vieh vom Brunnen, und wenn Leo wie im Vorjahr das Getreide mähte und Klara die Garben zusammenraffte, legte er die Strohbänder. Die Sommersonne verdrängte die fahle Gesichtsfarbe und aus seinen Augen verschwand der Ausdruck von Angst und Verzweiflung. Sogar Klara fand zuletzt Gefallen an dem stillen Buben, der ihr nie widersprach, sondern ihr ohne Aufforderung zur Hand ging, im Stall immer darauf achtete, dass die Kühe genug Futter hatten, nach dem Melken die Milchkanne zum Kühlen in den Brunnentrog im Dorf stellte und abends mit dem kleinen Emil allein im Hof Fußball spielte, während Leo und Willi noch im Dorf unterwegs waren.

Als Leo wie üblich zum Lehrer ging, um über sein Fortkommen im Gymnasium zu berichten, nahm er Friedrich mit. Der Lehrer zeigte großes Interesse an Leos Freund. Ausführlich erkundigte er sich nach Friedrichs Herkunft und erkannte aus dessen Erzählungen rasch, welch schwere Kindheit und jugendliche Not sich hinter dem ernsten Gesicht verbargen. Einfühlsam wie kaum jemand in Friedrichs bisherigem

Leben ging der junge Lehrer auf den Buben ein und öffnete dessen verschlossenes Wesen. Und Friedrich erzählte und erzählte.

Als sie das Lehrerhaus verließen, war Friedrich ganz berauscht von dem Gespräch und redselig wie selten. »Wann gehen wir wieder hin?«, fragte er Leo noch auf dem Heimweg.

Etwas verärgert, dass er selbst an diesem Abend nur eine unbedeutende Nebenrolle gespielt hatte, antwortete Leo: »Ich hab's nicht eilig, aber mit dir kann er's gut, du kannst ruhig auch mal allein hingehen.«

Von da an sah Leo seinen Freund, außer bei der Feldarbeit, nur noch selten. Fast täglich war Friedrich mit dem Lehrer zusammen. Er begleitete ihn auf seinen Streifzügen durch die Natur, um seltene Pflanzen ausfindig zu machen, sie anhand eines Botanikbuches zu bestimmen und Käfer und Schmetterlinge zu sammeln, und abends zeigte der Lehrer ihm die wissenschaftliche Zeitschrift über sein Lieblingsfach, die Biologie, und erläuterte ihm manche Zusammenhänge. Leo konnte diesen Unternehmungen nichts abgewinnen, wohl aber Luise, die Friedrichs Erzählungen begierig zuhörte.

Als Friedrichs Urlaub im Schreinerhaus zu Ende ging, hatte er sein krankes Aussehen und seine geduckte, unterwürfige Haltung verloren. Zuletzt war er stark genug, um wie Leo die von Hand gebundenen Garben mit der zweizinkigen Gabel aufzunehmen und sie der auf dem Wagen stehenden Klara zu reichen. Die Schreinerin, die an ihren Stiefkindern immer viel auszusetzen hatte und der ein Lob nur selten über die Lippen kam, bedankte sich sogar bei seinem Abschied für die Hilfe und gab ihm gegen ihre sonstige Art ein umfangreiches Esspaket mit.

Der Lehrer, der den großen Wissensdurst des Buben entdeckt hatte, mahnte ihn, sich in der Seifenfabrik nicht verderben zu lassen. »Du kannst viel mehr, du musst kein Arbeiter bleiben«, sagte er. »Du kannst so gut rechnen, du gehörst nicht in eine Fabrik.«

Auch Luise war traurig über Friedrichs Abschied. Mit niemandem im Haus konnte sie so reden wie mit ihm, weder mit dem Vater noch mit den Brüdern und schon gar nicht mit der Stiefmutter. Bei den Gesprächen mit ihnen ging es immer nur um das Naheliegende, um die tägliche Arbeit, die Sorgen um das Vieh, um das Wetter und um das Ansehen bei den anderen Dorfbewohnern. Das bescheidene, stille Mädchen, das, obwohl es hübsch war, nichts aus sich machte, hatte in Friedrich einen Gefährten gefunden, der wie sie, von Angst und Ungewissheit erfüllt, nicht wagte, in der umgebenden Gesellschaft einen eigenen Platz einzufordern.

Nachdem Friedrich abgefahren war, fand auch Leo keinen Gefallen mehr an der Feldarbeit und widersetzte sich wieder öfter Klaras Kommandogewalt. Schon an einem der nächsten Abende kam es zum Streit, weil ihn Klara am nächsten Tag zum Mistfahren verpflichten wollte, er aber mit einigen Dorfkameraden eine Fahrt ins Städtchen verabredet hatte. »Du willst hier den feinen Herrn spielen und wir andern sollen arbeiten«, schimpfte sie. »Was glaubst du, wo das Geld herkommt, das du in deiner Schule vertust?«

»Das Geld für das Gymnasium kommt nicht von dir«, antwortete Leo frech, »das zahlt der Vater.«

Klara stemmte die Arme in die Hüften und lachte: »Ha ha, vom Vater! Wenn wir von dem leben müssten, was der in seiner Werkstatt verdient, dann wären wir schon längst verhungert. Geh doch hin und frag ihn, wie groß die Einnahmen der Schreinerei sind.«

Vom Hof aus hatte Gottfried den Streit gehört und kam zornbebend in die Küche. »Geht das wegen dem Geld schon wieder los! Ich schaff dir nicht genug, ich verdien dir nicht genug und bin dir überhaupt nicht gut genug. Aber damit du's weißt, das Geld für den Leo kommt nicht von dir, das kommt vom Müller, der hat es geliehen, und wenn der Leo ein Lehrer ist, dann zahlt er es zurück. Von dir braucht er nichts!«

Erschrocken hielt Gottfried inne. Nun war das, was er vor seiner Frau und auch vor Leo geheim halten wollte, doch heraus. Wütend über seine eigene Unbedachtheit drehte er sich um, ging in seine Werkstatt und schlug die Türe hinter sich zu. Wie erschlagen setzte er sich auf einen seiner Holzböcke und verbarg den Kopf in den Händen. Was war das doch für ein Luderleben.

An diesem Abend war es still im Schreinerhaus. Niemand wagte nach dem Streit zu reden. Alle erledigten still ihre Alltagspflichten. Klara molk die Kühe, Leo fuhr den Mist aus dem Stall und warf Futter in die Tröge. Willi und Emil, die den Streit mitbekommen hatten, holten still das Wasser vom Brunnen, und Luise richtete wortlos wie immer das Abendessen. Erst als die andern schon am Tisch saßen, kam der Vater aus seiner Werkstatt. Schweigend und mit verbittertem Gesicht aß er nur wenig. »Ich muss noch einmal in die Werkstatt«, sagte er schließlich, »Komm mit, Leo, ich brauche deine Hilfe.« Ohne weitere Worte stand er auf und ging.

Leo beeilte sich, dem Vater zu folgen. Als er in die Werkstatt kam, saß Gottfried untätig auf seinem Holzbock und starrte vor sich hin. Erst als der Sohn vor ihm stand, hob er den Kopf. »Leo«, sagte er fast bittend, »ich wollt eigentlich nicht sagen, wie ich das mit dem Schulgeld mach, aber jetzt ist es halt doch heraus. Ich will doch auch, dass aus dir mal mehr wird, aber ich hab das Geld einfach nicht, deshalb hab ich es vom Müller geliehen. Wenn du ein fertiger Lehrer bist, dann verdienst du so viel, dass du es leicht zurückzahlen kannst. Du musst nur fleißig lernen.«

Leo ließ die Arme hängen. Er sagte nichts, sondern nickte nur. Die Nachricht, dass er mit Schulden in sein Berufsleben starten würde, legte sich wie eine schwere Last auf seine Schultern.

Friedrichs Unglück

Erst einen Monat nach Ferienende ging Leo wieder zur Seifenfabrik, um Friedrich zu besuchen. Doch der Freund war nicht auf seiner Stube. Von einem Arbeitskollegen, der sich vor Hitze, Lärm und Anstrengungen erschöpft auf sein Bett geworfen hatte, erfuhr er, dass Friedrich seit einer Woche im Krankenhaus lag. Beim Abgießen der heißen Seifenlauge war die Schwenkeinrichtung gebrochen und ein großer Schwall der heißen Flüssigkeit über Friedrich und noch einen zweiten Arbeiter geschwappt. Während sich der andere durch einen Sprung zur Seite vor schlimmeren Verbrennungen retten konnte, war Friedrich gestürzt und schwer an den Armen, der Schulter und den Beinen verbrüht worden. Leo erschrak zutiefst. Längst hätte er sich um den Freund kümmern müssen.

Am nächsten Nachmittag ging er quer durch die Stadt zu dem auf einer Anhöhe neugebauten Krankenhaus. Die Schwester am Empfang schickte ihn in ein Zimmer im zweiten Stock. Zaghaft klopfte Leo an die Türe und öffnete sie auf ein von fern gerufenes »Herein« vorsichtig. Der Geruch von Medikamenten, Schweiß und schlechtem Atem schlug ihm entgegen. In dem mittelgroßen Zimmer standen sechs Betten. Zwei von ihnen waren zwar im Augenblick leer, aber, wie die unordentlich zurückgeschlagenen Decken zeigten, doch belegt. Aus zwei anderen Betten blickten ihn die auf ihre Ellenbogen gestützten Kranken erwartungsvoll an. Leo nannte Friedrichs Namen. Einer der beiden wies wortlos auf eines der Betten am

Fenster. Dort waren nur ein schwarzhaariger Kopf und ein dick verbundener Arm zu sehen. Von einer an einem Ständer hängenden Infusionsflasche führte ein dünner Schlauch zu der Nadel im Handrücken des anderen Armes.

Erst als er näher trat, erkannte Leo seinen Freund. Mit fiebrigen Augen starrte er geradeaus zur Decke. »Hallo, Friedrich«, sagte Leo halblaut.

Weil sein Kopf mit einem Gestell an der ebenfalls verbundenen Schulter fixiert war, konnte Friedrich ihn nicht drehen. Nur seine Augen wandten sich zum Besucher. »Ach Leo, du bist es«, antwortete er schwach. »Siehst du, jetzt hab ich noch einmal Urlaub.« Ein schwaches Lächeln huschte über sein Gesicht.

»Ich hab gestern erst erfahren, was dir passiert ist«, entschuldigte sich Leo, »sonst wär ich schon früher gekommen.«

»Ach, das macht nichts«, entgegnete Friedrich, »ich hab doch drei Tage geschlafen.«

Die Ärzte hatten ihn in einen künstlichen Schlaf versetzt, um ihn vor den fürchterlichen Schmerzen zu bewahren. Auch jetzt war er von den starken Schmerzmitteln ganz benommen und schloss immer wieder die Augen. Leo fürchtete schon, er nehme ihn womöglich gar nicht mehr wahr. Aber dann öffnete Friedrich wieder die Augen und bat seinen Freund, sich ans Fußende zu stellen: »Damit ich dich leichter anschauen kann, ich kann doch den Kopf nicht drehen. Jetzt musst du mir von dir daheim und vom Gymnasium erzählen.«

Froh, damit einen unverfänglichen Gesprächsstoff zu haben, erzählte Leo weitschweifig von den letzten Ferientagen, dass sie bei dem warmen Wetter bereits die ersten Kartoffeln geerntet und den zweiten Heuschnitt eingebracht hätten und dass an einem Sonntag auch sein Bruder Karl dagewesen sei. Vom Streit über das Schulgeld und seinen Schulden erzählte er nichts. Umso ausführlicher berichtete er über den Unterricht und von einzelnen Schülern, die Friedrich noch aus seiner eigenen Zeit am Gymnasium kannte.

Immer wieder schloss der Kranke für kurze Zeit die Augen, sodass Leo gar nicht wusste, ob er ihm überhaupt zuhörte. Unterbrach er aber seinen Redefluss, dann wachte Friedrich sofort aus seinem Halbschlaf auf und bat: »Erzähl doch weiter.«

Schließlich kam eine in hellgraue Tracht mit weißer Haube gekleidete Schwester und forderte Leo auf, seinen Besuch zu beenden. Der Kranke brauche viele Ruhe.

Von Friedrichs Zustand und der gesamten Krankenhausatmosphäre verwirrt, trat Leo den Rückweg an. Erst als er wieder unten in der Stadt war, wurde ihm bewusst, dass er fast nichts über Friedrichs Verletzungen und den voraussichtlichen Heilungsverlauf wusste. Er hätte mit der Schwester oder gar einem Arzt reden müssen, warf er sich vor.

Schon drei Tage später besuchte er seinen Freund erneut. Friedrich ging es kaum besser. Immer noch stand er unter dem Einfluss starker Schmerzmittel und schlief, während Leo wie beim letzten Mal vom Gymnasium erzählte, immer wieder ein. Immerhin konnte er berichten, wie der schlimme Unfall geschehen war und dass er schwere Brandverletzungen und zusätzlich Verätzungen durch die Seifenlauge davongetragen habe.

Als die Schwester wieder zum Aufbruch mahnte und Leo zur Türe begleitete, fragte er sie leise, wie schlimm Friedrichs Verletzungen seien und wie lange er wohl im Krankenhaus sein müsse. Bevor sie antworten konnte, kam auf dem Gang ein Arzt hinzu, der Leo fragte, ob er Friedrichs Bruder sei. Auf die Klarstellung, er sei nur ein Freund, beklagte sich der Arzt, dass noch niemand von der Familie dagewesen sei: »Wieso schaut von denen niemand nach dem Buben?«

Leo klärte ihn darüber auf, dass Leos Mutter gestorben sei und sein Vater den Sohn daheim nicht mehr sehen wolle.

»Aber jemand muss sich doch um ihn kümmern«, entrüstete sich der Arzt, »er ist immer noch nicht ganz über den Berg!« Als er Leos erschreckten Blick bemerkte, milderte er seine

Aussage: »Die schlimmsten Tage sind zwar vorbei, aber es kann immer noch zu einem Nierenversagen kommen. Wir tun alles, damit er es übersteht.«

Leo versprach, öfter wiederzukommen und der Doktor pflichtete ihm bei: »Ja, er braucht jemanden, der ihn aufmuntert, wenn er schon keine Familie mehr hat.«

Noch am selben Abend schrieb Leo einen Brief an den Dorflehrer und schilderte ihm Friedrichs schlimmes Unglück. Ob er nicht auch einmal zu Besuch kommen wolle, fragte er. Er habe sich doch so gut mit dem Freund verstanden und der brauche jetzt jede mögliche Unterstützung. Eine Woche später folgte der Lehrer dieser Aufforderung und stand mit Leo zusammen am Krankenbett. Auch er erschrak über Friedrichs Zustand, war aber erleichtert, als der Kranke schließlich aus seinem Halbschlaf erwachte und sich sichtlich über den Besuch freute. Sie haben doch gemeint«, sagte er mit dünnem Lächeln, »ich sollte kein Fabrikarbeiter bleiben, und sehen Sie, jetzt bin ich schon draußen.«

Dem Lehrer, der ein empfindsames Gemüt hatte, traten Tränen in die Augen: »Aber so hätte es doch nicht kommen müssen! Aber wenn du wieder gesund bist, dann finden wir für dich ganz bestimmt etwas anderes.«

Später ließ sich der Lehrer von einem der Ärzte ausführlich über die Verletzungen und deren Heilung informieren. Es sei sicher, hörte er, dass Friedrich nie mehr richtig arbeiten könne. Selbst wenn die Verbrennungen gut verheilten, werde er durch die entstehenden Narben seinen Arm nicht mehr richtig bewegen können und auch sein Bein wäre stark beeinträchtigt. »Er wird ein Krüppel bleiben«, schloss der durch den täglichen Umgang mit Kranken unsentimental gewordene Mediziner.

Auch daheim berichtete Leo von Friedrichs Unfall. Sogar Klara, die sonst kaum Anteil am Ergehen ihrer Mitmenschen nahm, bedauerte den ehemaligen Feriengast. Am meisten aber erschrak Luise. Leo musste ausführlich erzählen, wie es um den Freund stand.

»Ich tät ihn so gern einmal besuchen«, seufzte sie, »meinst du, er würde sich darüber freuen?«

»Natürlich freut er sich«, sagte Leo. »Außer uns und dem Lehrer hat er doch niemanden. Geh doch einfach mit, wenn der Lehrer wieder ins Krankenhaus fährt.«

Luise schüttelte den Kopf. »Das erlaubt die Mutter ja doch nicht, die lässt mich nie aus dem Haus.«

Beim Morgenessen des Sonntags sprach Leo Luises Wunsch an: »Eigentlich müsste auch jemand von euch den Friedrich besuchen«, begann er diplomatisch, »schließlich hat der in den Ferien auch hier gearbeitet. Ich glaub, wenn die Luise einmal käme, würde er sich besonders freuen. Sie könnte doch mitgehen, wenn der Lehrer wieder ins Krankenhaus fährt.«

»Ja, sonst noch was! Als hätten wir hier nichts zu tun«, fuhr Klara auf. »Dann wär sie ja einen ganzen Tag weg und ich darf hier wieder alles allein machen.«

Luise senkte traurig den Kopf, aber Leo fühlte sich herausgefordert: »Warum soll die Luise nicht einmal einen Tag weg können? Ihr könnt sie doch nicht wie eine Magd daheim einsperren!«

Es wurde wie so oft ein lauter Streit: »Was weißt du denn?«, gab Klara zurück. »Du sitzt faul in deinem Gymnasium, lässt dich aushalten und willst hier auch noch das große Wort führen, darauf hab ich grad noch gewartet.«

Nun wurde es auch Gottfried, der bis dahin schweigend zugehört hatte, zu viel. »Ich will von dem Ganzen nichts mehr hören!«, sagte er heftig. »Wenn der Lehrer wieder in die Stadt fährt, dann geht die Luise mit.«

Als in der folgenden Woche der doppelte Besuch kam, hatte Friedrich die kritischen Tage überstanden. Die von den Ärzten auf seine Brandwunden übertragene Haut begann anzuwachsen, und seine Nieren, die mit den aus den Brandwunden ausgeschwemmten Stoffwechselprodukten und den Medikamenten kaum fertig geworden waren, hatten sich wieder erholt. Auch die Schmerzen waren abgeklungen. Mit fieberfreiem Blick begrüßte er den Lehrer und entdeckte erst dann die schüchtern hinter dem Mann stehengebliebene Luise. Jetzt hatte er nur noch Augen für das Mädchen: »Luise, du bist mitgekommen! Mein Gott, da freu ich mich aber. Wie geht es dir?« Mühsam streckte er ihr seine unverletzt gebliebene rechte Hand entgegen.

Vorsichtig griff Luise danach: »Mir geht es gut, aber was ist mit dir?«

Friedrich stützte sich auf seinem gesunden Arm ein wenig in die Höhe und stöhnte dabei leise, aber er wollte sich die Schmerzen nicht anmerken lassen. »Mir geht es wieder ganz gut«, sagte er tapfer, »die Schmerzen sind schon viel besser geworden, aber ich muss halt doch noch eine ganze Weile hier bleiben.«

Auf seinen Wunsch musste sich Luise den Besucherstuhl ganz nahe ans Bett stellen. Dann erzählte er ihr, wie es zu dem Unfall gekommen war, und Luise musste von daheim und vom Dorf berichten. Der Lehrer, der die stille Zuneigung der beiden erkannte, erklärte, noch etwas in der Stadt erledigen zu müssen. Er würde dann am Eingang des Krankenhauses auf Luise warten.

Als eine Krankenschwester das Ende der Besuchszeit verkündete, stand Luise erschrocken auf. Sie hatte die Zeit vollkommen vergessen. Die Besuchsstunde war wie im Fluge vergangen.

Als Leo zwei Wochen später wieder ins Krankenhaus kam, waren die Verbände an Friedrichs Schulter und Bein endgültig abgenommen. Nur sein Hals war noch mit einem großen Pflaster bedeckt. Die Brandwunden waren verheilt, aber durch die Narben war Friedrichs Beweglichkeit stark eingeschränkt. Er konnte den Kopf nur mit Mühe und auch nur unvollständig drehen. Die Narbenstränge, die sich über die Schulter und den Oberarm entlang zogen, machten auch den Arm fast unbeweglich. Mit Massagen und therapeutischen Übungen versuchten die Ärzte, die Beweglichkeit so weit wie möglich wiederherzustellen. Sie erreichten einiges, zuletzt bestätigte sich aber doch, was einer von ihnen vorausgesagt hatte: Friedrich blieb behindert.

In dieser Zeit, es war schon Mitte November und die Herbststürme hatten den Sommer endgültig hinweggefegt, konnte ihn Luise zusammen mit Leo noch einmal besuchen. Sie hatte erst nicht gewagt, das Thema daheim anzusprechen. Aber als Leo berichtete, dass Friedrich demnächst aus dem Krankenhaus entlassen werde und nach Luise gefragt habe, bat sie, mitgehen zu dürfen, und diesmal wagte Klara nicht zu widersprechen.

Als die beiden ins Krankenhaus kamen, saß Friedrich in einer zu einem offenen Aufenthaltsraum umgestalteten Nische des Krankenhausganges. Sein verbranntes Bein war unverbunden, aber unter einer viel zu großen blauen Trainingshose versteckt. Das Pflaster an seinem Hals war abgenommen worden, die von hässlichen Striemen durchzogenen Narben am Hals ragten aus dem Kragen der Trainingsjacke heraus und reichten bis zum Ohr.

Luise erschrak, als sie die Verstümmelung sah. Auch Leo hatte sich die Verunstaltung nicht so schlimm vorgestellt. Auf die Armlehne gestützt, stand Friedrich mühsam auf und gab den beiden die Hand: »Ich freu mich, dass ihr noch einmal gekommen seid, lange bin ich nicht mehr hier.«

Dann erzählte er, dass er in zwei Tagen zur weiteren Behandlung in ein etwa fünzig Kilometer entferntes Kurbad komme und dort vier bis sechs Wochen bleiben müsse.

Luise hörte aufmerksam zu, aber Leo musste immer auf die hässlichen Striemen am Hals des Freundes starren. Dann aber fragte er, vom Lehrer beauftragt, nach der weiteren Entwicklung.

Friedrich berichtete, dass er zunächst Krankengeld bekomme und auch schon jemand von der Unfallversicherung bei ihm gewesen sei und sich nach seiner Arbeitsfähigkeit erkundigt habe. »Aber was soll ich denn arbeiten? Ich hab doch nichts gelernt und mit dem Arm«, er zeigte mit der rechten Hand auf seine Schulter, »kann ich doch nichts Rechtes mehr anfangen.«

»Aber die müssen dir doch helfen«, sagte Leo ungläubig. »Du könntest doch ein Kaufmann werden wie der Karl und dann in einem Büro arbeiten.« Er war aufgesprungen und ging rastlos im Gang auf und ab.

»Ja«, sagte Friedrich nach einigem Schweigen, »schön wär das schon, aber wer stellt denn einen ein mit so einem hässlichen Hals und einem halblahmen Bein? Ich hab doch sonst nichts.« Traurig sah er auf Luise.

Sie überwand ihre Scheu und fasste nach seiner Hand: »Das mit deinem Bein, das wird doch wieder gut und die Narben sieht man doch bald nicht mehr. Und dass du nichts hast, das stimmt doch auch nicht, du hast dich und du bist gescheit, und«, setzte sie leise, damit Leo, der am Fenster stehen geblieben war, es nicht hörte, hinzu, »du hast auch mich.«

Gegen die Sperre in seinem linken Arm umfasste Friedrich ihre Hand mit seinen beiden und drückte sie. Am liebsten hätte er Luise in den Arm genommen, aber das getraute er sich hier im Krankenhaus nicht.

Von Leo unterrichtet, nahm der Lehrer die Sache in die Hand. Bei der Unfallversicherung erfuhr er, dass Friedrich sehr wohl Anspruch auf eine Umschulung zu einem für ihn geeigneten Beruf habe. Das käme die Gesellschaft sogar billiger, sagte der Angestellte augenzwinkernd, als wenn sie ihm eine Rente wegen Arbeitsunfähigkeit zahlen müsse. Infrage käme eine Tätigkeit, bei der Friedrich nicht viel stehen und gehen müsse, beispielsweise in einer Verwaltung. Als der Lehrer darauf hinwies, dass Friedrich fast zwei Jahre im Aufbaugymnasium gewesen sei und nur wegen des Todes seiner Mutter nicht weitermachen konnte, sagte der Angestellte: »Das ist doch schon eine gute Voraussetzung«, und setzte lachend hinzu: »Damit kann er sogar bei uns anfangen.«

Der Lehrer hakte sofort nach: »Ich nehm Sie beim Wort, wenn der Junge aus der Kur zurückkommt, dann steh ich mit ihm vor Ihrem Schreibtisch.«

So geschah es. Als Friedrich nach vier Wochen Kur kurz vor Weihnachten zurückkam und seinen Arm und das verletzte Bein wieder recht gut bewegen konnte, erschien er mit dem Dorflehrer bei jenem Versicherungsangestellten und sie besprachen die Einzelheiten einer Ausbildung. An den Abteilungsleiter weiterempfohlen, legte Friedrich dort seine Zeugnisse vor. Der Mann war sichtlich angetan, forderte aber die Teilnahme an einem Test, den am Schuljahresende im März alle Ausbildungswilligen ablegen müssten.

Wo aber sollte Friedrich bis dahin wohnen? Kurzerhand fragte der Lehrer Leo, ob sein Freund vielleicht wie ein halbes Jahr zuvor in den Sommerferien einige Wochen im Schreinerhaus unterkommen könne. Wieder wollte der Vater nicht ohne seine Frau entscheiden.

»Das kommt gar nicht in Frage!«, schnitt ihm Klara das Wort ab. »Es reicht, dass wir ihn im Sommer zwei Wochen durchgefüttert haben, und wenn er jetzt ein Krüppel ist, dann kann er ja auch nichts arbeiten, wir sind doch kein Erholungsheim.«

Luise, die den Disput der Eltern mitgehört hatte, war traurig. Seit ihrem letzten Besuch im Krankenhaus drehten sich ihre Gedanken nur noch um Friedrich, und sie sehnte sich danach, ihn wiederzusehen.

Als Leo dem Lehrer die abschlägige Antwort brachte, schüttelte der den Kopf. »Ich hab gemeint, der Friedrich ist dein Freund, und ihr habt doch Platz daheim. Aber wenn es nicht geht, dann kommt der Friedrich halt zu mir, ich werd ihn schon irgendwie durchbringen.« Leo zuckte hilflos mit der Schulter.

So zog Friedrich drei Tage vor Weihnachten beim Dorflehrer ein. Er schlief in der Stube auf dem alten Sofa. Morgens aßen beide das magere Frühstück aus Brot und Marmelade und tranken dazu die auf dem alten Küchenherd aufgewärmte Milch. An den zwei Tagen, an denen der Lehrer noch unterrichten musste und von den Dorfbewohnern verköstigt wurde, fiel für seinen Gast das Mittagessen aus.

Normalerweise verbrachte der unverheiratete Lehrer die Weihnachtsfeiertage bei Verwandten in seiner fast hundert Kilometer entfernten Heimat. Dieses Jahr blieb er im Dorf und wurde über die Festtage vom Müller und dem Wirt eingeladen. Als er dem Müller eröffnete, dass er den Freund vom Schreinerleo zu Gast habe, und von dessen schlimmem Schicksal erzählte, wunderte sich der Müller nicht wenig, dass dieser Freund nicht vom Schreiner aufgenommen wurde. Er schüttelte den Kopf und sagte dann: »Ich weiß schon, es ist nicht der Gottfried, sondern seine Frau.« Selbstverständlich könne er den Buben mitbringen.

Einen Tag später war auch Leo daheim. Unter dem Vorwand, ihn besuchen zu wollen, machte sich Friedrich am Abend zu einem Besuch ins Schreinerhaus auf, in Wirklichkeit aber ging es ihm um Luise. Er hatte bewusst einen Pullover mit hohem Kragen angezogen, damit man seine Narben weniger sah. Trotzdem starrten die beiden Buben Willi und Emil, die ihm öffneten, unausgesetzt auf seinen Hals. Als nach Leo auch Luise dazukam, gaben sich die beiden förmlich die Hand und wussten nur wenig zu reden. Auch der Schreiner gab sich wortkarg. Es war ihm unangenehm, dass seine Frau Friedrichs Aufnahme verweigert hatte.

Nur Klara war von solchen Hemmnissen frei. Sie fragte ausführlich nach dem Unfallhergang, den Verletzungen und der langwierigen Behandlung. »Was willst du denn jetzt machen?«, fragte sie ohne Skrupel. »Als Krüppel kannst du doch nicht mehr in der Fabrik arbeiten.«

Bei dem Wort *Krüppel* zuckte Luise zusammen und blickte finster auf die Stiefmutter, die Friedrich gespannt ansah.

Auch Leo ärgerte sich über Klaras Taktlosigkeit. Obwohl es nicht abgesprochen war, sagte er laut zu Friedrich: »Am Weihnachtstag kommst du zum Essen zu uns, dann ist auch der Karl da, der freut sich bestimmt, wenn er dich wieder sieht.« Weil Friedrich aber bereits vom Müller eingeladen war, musste er absagen.

Als Friedrich ging, wollte ihn Luise mit der Ausrede, noch einen Korb Holz holen zu müssen, zur Haustüre begleiten, aber Willi und Emil drängten sich dazu, um zu sehen, wie stark Friedrich hinkte. So blieb den beiden nur ein kurzer Händedruck.

Leo versprach sich von den Weihnachtsfeiertagen daheim nicht viel. Die düstere Winterstimmung, der Unfall des Freundes und seine Außenseiterstellung im Internat hatten ihn schon vorher in eine trübsinnige Stimmung versetzt. Dazu war ihm das elterliche Haus schon lange kein Zufluchtsort mehr. Die Zeit der stillen Fluchten in sein Schuppenversteck und in die dort gesponnenen Träume von großartigen Abenteuern war vorbei. Die Kindheit war einer unsicheren, ungefestigten Jugend gewichen.

Manchmal erfassten ihn eine wilde Lebenslust und der Drang, alles, was ihn hemmte und bedrückte, abzuwerfen und ganz woanders ein neues, starkes Leben zu beginnen. Dann aber überfiel ihn wieder eine lähmende Angst: Angst vor dem Abitur, dem anschließenden Studium und vor allem vor den Erwartungen seiner Mitmenschen, die wie eine drohende Gewitterwolke über ihm standen. Manchmal, wenn er mitten in der Nacht in seinem schmalen Seminarbett aufwachte, brach diese Angst wie eine heiße Welle über ihn herein. Dann wünschte er sich in seine Kindertage zurück, als ihn seine Mutter in den Arm oder auf den Schoß genommen hatte.

Nach solchen Nächten war er am Morgen so mutlos und erschlagen wie nach einem harten Arbeitstag auf dem Acker des Vaters.

Über die Weihnachtstage war Karl der einzige, der Leos düstere Stimmung aufhellen konnte. Als sie am Heiligabend in der

Scheunentenne gemeinsam das Futter für die Kühe herrichteten, erzählte der Bruder auf seine Gabel gestützt von seiner neuen Firma und wie viel interessanter und angenehmer die Arbeit dort sei. In den ersten Monaten hatte er die wichtigsten Abteilungen nacheinander durchlaufen und dann in der Buchhaltung einen festen Platz zugewiesen bekommen. Am interessantesten, hörte Leo, sei aber der Einkauf, weil es dort viele Kontakte mit anderen Firmen und auch ausländischen Lieferanten gebe. »Aber«, setzte Karl mit bedauerndem Kopfnicken dazu, »dort komm ich mit meiner Volksschulbildung nicht weiter.« Er müsse unbedingt Englisch lernen und habe eigentlich an eine Sprachschule gedacht, die auch Abendkurse abhält. »Du hast doch schon Englisch, was meinst du?«, frage er Leo.

Leo dachte an sein wenig alltagstaugliches Schulenglisch: »Na ja, ich glaub, du brauchst doch wahrscheinlich ein spezielles Wirtschaftsenglisch. Ob du das in einer solchen Sprachschule lernen kannst, das weiß ich nicht«, sagte er.

Lebhaft stieß Karl seine Gabel auf den Tennenboden. Genau das habe sein Vorgesetzter, Chefbuchhalter Holzer, auch gesagt. Mit einem solchen Sprachkurs könne er gut im Ausland Urlaub machen, aber im Geschäftsleben nütze das nicht viel. »Stell dir vor«, sagte er zu Leo, »was der mir geraten hat: Ich solle doch gleich Nägel mit Köpfen machen und in einem zweijährigen Abend- und Wochenendkurs an der Industrie- und Handelskammer den kaufmännischen Betriebswirt nachholen.«

Leo staunte: »Mensch Karl, das musst du machen, dann kommst du endlich einmal ganz von diesem Elend hier fort! Was glaubst du, wie froh ich bin, wenn ich in drei Jahren auch wegkomm.«

»Ich weiß schon«, sagte Karl und sein Blick verfinsterte sich. »Aber wir können doch den Vater nicht alleinlassen. Wenn das so weitergeht, dann macht ihn der Ärger hier vollends kaputt.«

Leo schwieg einen Moment. Er wusste, dass der Bruder recht hatte. »Aber der Willi kommt doch in einem Jahr aus der

Schule und dann kann er dem Vater helfen«, suchte er halbherzig einen Ausweg.

»Ach was, der!« Karl machte eine wegwerfende Geste. »Wenn der was tun soll, tut ihm der Kopf weh und sonst treibt er sich im Dorf herum. An dem hat der Vater keine Hilfe.«

Am Nachmittag berichtete Karl auch dem Vater von seinen Plänen. Obwohl Gottfried nicht wusste, wie er ohne die Hilfe seines Ältesten zurechtkommen sollte, versuchte er, sich nichts anmerken zu lassen. »Ach was«, entgegnete er auf Karls Versprechen, weiterhin so oft wie möglich heimzukommen, »du musst doch dann so viel lernen, das wird doch nichts. Ich muss halt schauen, wie ich allein durchkomm.«

Am Abend gingen sie alle zusammen in die Christmette. Als sie vor Mitternacht die Kirche verließen, trafen sie auf dem nur vom Schein eines großen Christbaums beleuchteten Vorplatz Friedrich. Er hatte mit Absicht gewartet, um Luise frohe Weihnachten zu wünschen. Wie es sich gehörte, begrüßte er zunächst den Schreiner und seine Frau, dann die vier Söhne und ganz zuletzt Luise.

»Karl«, sagte Luise mit einem schüchternen Blick auf Friedrich zu ihrem Bruder, »der Friedrich fängt wahrscheinlich bald eine Ausbildung als Kaufmann bei einer Versicherung an.«

»Tatsächlich? Das sind ja gute Neuigkeiten«, erwiderte Karl. »Komm doch morgen Nachmittag zu uns, dann kannst du mir alles erzählen.«

Friedrich kam erst um vier, als es bereits wieder dunkel wurde. Beim Müller hatte er nach dem üppigen Essen mit dem Sohn und der Tochter die neuen Brettspiele, die beide zu Weihnachten geschenkt bekommen hatten, der Reihe nach durchspielen müssen. Vor lauter Anspannung und Zweifel, ob er überhaupt noch wegkomme, unterliefen ihm dabei einige grobe Fehler, weshalb ihn die Kinder laut auslachten.

Während der Lehrer gemütlich an der reich gedeckten Kaffeetafel sitzen blieb, verabschiedete sich Friedrich mit einem höflichen Dank für Mittagessen und Kaffee.

Im Schreinerhaus gab es wie an den Werktagen vor der Stallarbeit ein Essen aus Brot, Marmelade, Käse und Wurst. Als Friedrich anklopfte, öffnete ihm Emil. Luise war gerade dabei, das Essen vorzubereiten. Im Beisein des Buben begrüßte Friedrich sie lediglich mit einem besonders festen Händedruck. Auch später wartete Luise vergebens auf eine Gelegenheit, mit Friedrich allein zu sein. Karl, der bisher nur beiläufig von Friedrichs Unfall und der Wendung in dessen Leben gehört hatte, wollte nun alles über den Unfall und die mögliche Ausbildung hören und erzählte seinerseits von der Zeit beim Eisenwarenhändler und der Berufsschule. Leo, der nach dem Essen noch mit am Tisch sitzen geblieben war, zog sich schließlich mit einem Buch in die Sofaecke zurück.

Als Gottfried und Klara nach der Stallarbeit wieder ins Haus zurückkamen, meinte Friedrich, jetzt sei es auch für ihn Zeit, ins Lehrerhaus heimzugehen. Noch bevor er aus der Stube in den dunklen Flur hinaustrat, war Luise aus der Küche und zum Hauseingang gehuscht. Als Friedrich die Haustüre hinter sich zuzog, schlangen sich zwei Mädchenarme um seinen Hals.

»Endlich sind wir allein«, flüsterte Luise. »Darauf hab ich schon den ganzen Tag gewartet.« Eng presste sie sich an Friedrich, der sie fest in die Arme nahm und dann ungeschickt küsste.

Am zweiten Feiertag gingen die Schildwegkinder ohne die Eltern zum Gottesdienst. Es kam, wie es sich Luise erhofft hatte: Vor der Kirche gesellte sich Friedrich zu ihnen. Er war allein, der Lehrer musste seinen Weihnachtsrausch ausschlafen. Freudig lächelte ihn Luise an.

Das Weitere nahm ihr Leo ab: »Komm doch heut Nachmittag wieder zu uns, bei dem schönen Wetter können wir spazieren gehen«, sagte er zu Friedrich.

Der nickte. »Ich komm gern, ich hoffe nur, dass mich der Wirt früher gehen lässt als gestern der Müller.«

Schon bald nach dem Mittagessen kam er ins Schreinerhaus. Der Lehrer hatte ihm für den winterlichen Spaziergang seine warme Jacke geliehen. Die Familie saß noch am Tisch, nur Klara war gleich nach dem Essen aus dem Haus gegangen. Kurz angebunden hatte sie verkündet, eine Base in einem wenige Kilometer entfernten Weiler besuchen zu wollen. Nachdem Luise das Geschirr abgeräumt hatte, zog sich Gottfried zu einem Mittagsschlaf zurück. Willi behauptete, er habe Kopfschmerzen, und verzog sich ebenfalls in seine Kammer.

Zu fünft wanderte die kleine Gruppe über die schmale Bachbrücke zu den Obstgärten, die das Dorf ringförmig umgaben. Vor den Weihnachtstagen war die Mitte Dezember gefallene dünne Schneedecke weggetaut. Karl und Leo gingen voraus, Luise, Friedrich und Emil folgten in kurzem Abstand. Gerne wäre Luise mit dem Freund allein gewesen, aber der kleine Bruder ließ sich nicht abschütteln. Nur hin und wieder wagte Friedrich nach Luises Hand zu fassen.

Als Emil wissen wollte, wann Karl und Leo wieder abfahren würden, sagte Luise, er könne doch die vorausgehenden Brüder selbst fragen. Friedrich nutzte die kurze Zweisamkeit, um Luise beim Gehen den Arm um die Schulter zu legen und sie fest an sich zu drücken. Als er fragte, ob sie ihn einmal in der Stadt besuchen würde, zuckte Luise mit den Schultern: Es sei so schwer, daheim wegzukommen, und allein traue sie sich auch gar nicht in die Stadt. Es sei einfacher, er käme ins Dorf.

»Aber deine Mutter mag mich nicht mehr«, entgegnete Friedrich, »und wenn der Leo auch nicht da ist, dann hab ich doch auch gar keinen Grund, zu euch zu kommen.« Rasch, bevor der kleine Bruder dazwischenkam, vereinbarten die beiden, sich wenigstens zu schreiben.

Obwohl Leo bis kurz nach Neujahr Ferien hatte, kehrte er schon zwei Tage nach Weihnachten in die Stadt zurück. Friedrich begleitete ihn. Obwohl auch er bis zu der auf Mitte März angesetzten Eignungsprüfung noch viel Zeit hatte, wollte er dem Lehrer nicht länger zur Last fallen. Die Versicherung hatte ihm in der Vorstadt ein billiges Zimmer vermittelt. Mit dem

Übergangsgeld, das ihm die Krankenkasse gewährte, konnte er die Miete und sein Essen bezahlen. Am letzten Abend vor der Abreise war er noch einmal im Schreinerhaus gewesen, offiziell, um sich für die Gastfreundschaft zu bedanken, aber in Wirklichkeit, um sich von Luise zu verabschieden.

Als Luise mit geröteten Wangen in die Küche zurückkam, sah Klara sie misstrauisch. »Was ist mit dir?«, fragte sie, »hast du Fieber?«

Luise schüttelte den Kopf. »Nein, nein, das ist nur die Kälte, ich hab noch mal einen Korb Holz geholt.«

Als Luise auf ihr Zimmer gegangen war, fragte Klara ihren Mann: »Die Luise ist so anders geworden in der letzten Zeit, hat sie womöglich was mit dem Friedrich?«

Gottfried sah sie überrascht an. »Nein, das glaub ich nicht.« Nach kurzem Nachdenken fügte er hinzu: »Und wenn es so wär? Es sind halt junge Leute.«

Seine Frau lachte: »Aber was will sie denn mit dem Krüppel, der stellt nichts dar und kann doch auch nicht mal mehr richtig arbeiten.«

»Du siehst natürlich immer nur das Schlechte«, sagte Gottfried verärgert. »Wart nur ab, aus dem wird schon noch was, er macht jetzt eine Ausbildung bei der Versicherung und geht dann bestimmt seinen Weg. Der hat's einmal besser wie wir.«

»Dazu gehört nicht viel«, entgegnete Klara sarkastisch.

Der Schreiner schwieg. Er hatte es satt, von seiner Frau gedemütigt zu werden.

Die engen Grenzen

In den ersten Monaten des neuen Jahres warfen die Prüfungen am Schuljahresende bereits wieder ihre Schatten voraus. Leo saß wieder manchen Abend bei Friedrich in dessen karg eingerichteter Kammer, um mit seiner Hilfe die Mathematik zu bewältigen. Manchmal ärgerte ihn dessen ausgeprägtes Pflichtbewusstsein und sein kleinliches Beharren auf auferlegten Pflichten. Nur selten konnte er Friedrich zu einem Kinogang oder Wirtshausbesuch verleiten. Das Zusammentreffen mit den früheren Klassenkameraden war Friedrich wegen der unübersehbaren Folgen seines Unfalls peinlich, und wenn die anderen über den Schulbetrieb sprachen und mit ihren Mädchenerfolgen prahlten, fühlte er sich als Außenseiter. Es blieb ihm auch nicht verborgen, dass einige der Gymnasiasten heimlich über seinen hinkenden Gang und seinen hässlich vernarbten Hals spotteten, und es schmerzte ihn, dass auch Leo dann von ihm abrückte.

So blieb Friedrich wieder an vielen Abenden allein, ohne sich dabei aber einsam zu fühlen. Dann schrieb er lange Briefe an Luise, die er manchmal, wenn seine Liebesbeteuerungen zu schwärmerisch ausgefallen waren, gar nicht abschickte. Daneben beschäftigte er sich mit den Unterlagen für die kaufmännische Berufsausbildung, die ihm Karl überlassen hatte. So vorbereitet war es ihm ein Leichtes, Ende März die Aufnahmeprüfung für die Ausbildung zu bestehen. Am 1. April trat er als kaufmännischer Lehrling in die Versicherungsgesellschaft ein und konnte von seinem dürftigen Zimmer in das geradezu komfortable Lehrlingsheim umziehen.

Das oft unklare, wechselhafte und zerrissene Verhalten von Leo Schildweg änderte sich auch im letzten Schuljahr vor dem Abitur nicht. Er verstand sich mit vielen Mitschülern recht gut, hatte aber keine echten Freunde. Um seine Verletzlichkeit zu verbergen, gefiel er sich darin, über den Schulbetrieb zu lästern und so zu tun, als seien ihm die Bewertungen und Noten einerlei. Wurden die Arbeiten zurückgegeben, gab er sich bewusst desinteressiert, obwohl er bei der Entgegennahme das nervöse Zittern seiner Hand kaum verbergen konnte. In Wahrheit geriet er bei schlechten Noten in innere Panik. Dann standen sein kummervoller Vater, der anspruchsvolle Dorflehrer und der geldgebende Müller vor seinem inneren Auge und starrten ihn fordernd an.

Trotzdem brachte er es nur selten fertig, wie andere ganze Nachmittage und Abende über den Büchern und Heften zu sitzen, um sich Jahreszahlen, Städtenamen und Grammatikregeln in den Kopf zu hämmern. Lieber spielte er mit ähnlich lernfaulen Schülern Tischtennis, Fußball oder Schach, streunte manchmal allein durch den Wald, an dem längst zugewachsenen Lagerplatz vorbei auf die Hochebene. Kam er dann abends zurück auf sein Zimmer und sah die anderen beim Lernen, hatte er wieder ein schlechtes Gewissen.

Im letzten Schuljahr mussten die Gymnasiasten ihre Klausuren nicht mehr von den Eltern abzeichnen lassen. Seitdem wies Leo daheim keine Ergebnisse mehr vor und erstattete auch dem Lehrer nur noch mündlich Bericht. Er hatte allerdings nicht daran gedacht, dass der Lehrer aus seiner eigenen Ausbildungszeit einige Dozenten des Gymnasiums kannte und sich bei ihnen nach der Tätigkeit des jungen Schildweg erkundigte.

Als Leo an den freien Pfingsttagen ins Dorf kam, passte ihn der Lehrer nach dem Sonntagsgottesdienst ab und forderte ihn auf, am Abend in seine Wohnung zu kommen. Arglos zog Leo abends die Glocke am Schulhaus und wunderte sich über das finstere Gesicht, mit dem ihn der Lehrer empfing. Noch bevor er sich in dem schlichten Zimmer auf die schmale Bank setzen konnte, begann die Strafpredigt: »Mein lieber Leo«, sagte der Pädagoge scharf, »du hast zu mir gesagt, bei dir sei alles in Ordnung, aber du hast mich angelogen, in Wahrheit ist nichts in Ordnung!« Leo wollte widersprechen, aber sein Mentor schnitt ihm das Wort ab: »Nein, Leo, ich kenn inzwischen die Noten der letzten Arbeiten und die sind miserabel. Wenn du so weitermachst, dann bestehst du das Abitur nicht! Willst du alles, was du bisher erreicht hast, aufs Spiel setzen?«

Schuldbewusst senkte Leo den Blick. Der Lehrer fasste ihn an der Schulter. »Mensch, Leo, nimm dich noch mal richtig zusammen, jetzt im letzten Jahr kommt es drauf an. Du bist doch gescheit, aber ohne Lernen geht's halt nicht.« Er solle sich an Friedrich ein Bespiel nehmen, der von seinen Vorgesetzten hoch gelobt werde. Seit sich der Lehrer bei der Versicherung für ihn eingesetzt und ihn über die Weihnachtstage aufgenommen hatte, standen sie regelmäßig in Kontakt. »Warum lernst du eigentlich nicht mehr mit ihm?«, wollte der Lehrer wissen.

Leo gab keine Antwort. Er konnte doch nicht erzählen, dass ihm der Freund mit seiner sturen Lernerei auf die Nerven ging. Jetzt schämte er sich dafür.

Mit schlechtem Gewissen und voller guter Vorsätze ging Leo in diesen wenigen Tagen liebevoll mit dem Vater und den Geschwistern um. Er half bei der Stallarbeit, fuhr bereitwillig mit dem Kuhfuhrwerk zum Grünfutterholen und erbot sich zur Überraschung der Stiefmutter sogar freiwillig, beim Rübenhacken zu helfen. Er half dem Vater auch in der Werkstatt. Es blieb ihm dabei nicht verborgen, dass Gottfried das Schreinern längst nicht mehr so leicht von der Hand ging wie in früheren Jahren.

Wie geläutert kam Leo vom Dorf in das Internat zurück. Er gab sein im Frühjahr angewöhntes Lotterleben auf und beugte sich wie andere über seine Bücher und Hefte. Gleich am übernächsten Tag besuchte er Friedrich und vereinbarte mit ihm wieder regelmäßige Treffen. Aber Friedrich hatte nicht mehr so viel Zeit, er hatte selbst einiges zu lernen und nahm das sehr ernst.

Auch die letzten großen Ferien im Gymnasium verbrachte Leo im heimischen Dorf. Ferienfahrten ans Meer, Jugendfreizeiten im Gebirge oder Kulturfahrten in fremde Städte, von denen andere schon Wochen vorher schwärmten, konnte er sich nicht leisten. Als Beweis für sein geläutertes Wesen legte er dem Lehrer noch am Abend seiner Heimkehr die neuesten Noten vor. Der Pädagoge war überrascht und erleichtert.

Da die Schulferien in der Dorfschule erst eine Woche später begannen, bot er Leo an, in dieser Woche am Unterricht der einklassigen Dorfschule teilzunehmen, um den üblichen Schulbetrieb und die neuen, von der Verwaltung geänderten Unterrichtsmethoden kennenzulernen.

Während er einkaufen ging, ließ er Leo Diktate diktieren, die Lesestunde durchführen und in der großen Pause im Schulhof für Ordnung sorgen. Die meisten Schüler kannten Leo als Sohn des Schreiners und sahen ihn als einen der Ihren an. Mit den älteren Jahrgängen war er sogar noch zusammen in die Schule gegangen. Für sie war er keine Autorität und entsprechend führten sie sich auch auf. In den ersten Stunden konnte er sich nur mit Mühe Anerkennung verschaffen. Sein erster Eindruck vom Schulbetrieb löschte einige Illusionen, die er sich in seiner Fantasie ausgemalt hatte.

Auch sein Bruder Emil war unter den Schülern. Er war besonders stolz auf den neuen Aushilfslehrer. Mit Erschrecken stellte Leo in dieser Woche aber fest, dass Emil kein guter Schüler war, in der Rechtschreibung große Lücken aufwies und auch im Rechnen deutliche Schwächen hatte. Außerdem war nicht zu übersehen, dass Emil in der Hierarchie der Schüler weit unten stand. Er wurde gehänselt, herumgeschubst und beim Spielen im Schulhof wegen seiner tollpatschigen Art oft ausgelacht. Das mit ansehen zu müssen, tat Leo weh. Er wusste, wie streng und hart die Stiefmutter den Buben behandelte und sah darin den Grund für Emils Schwächen. Sein Groll gegen die Stiefmutter erhielt neue Nahrung.

Mit nie gekanntem Eifer beteiligte sich Leo nach der Woche in der Dorfschule auch wieder an der bäuerlichen Arbeit. Überrascht stellte er fest, dass sie ihm anders als in früheren Jahren Freude machte. Der Vater war froh darüber, so musste er nicht mit hinaus. Leo mähte das Getreide, lud die trockenen Garben auf den Wagen und daheim in der Scheunentenne wieder ab und fuhr mit den Kühen den Mist auf die abgeernteten Felder. Oft genug ärgerte er sich zwar über das herrische Gehabe der Stiefmutter, die ihn genauso herablassend behandelte wie ihren Mann, verkniff sich aber die Widerrede.

In der dritten Ferienwoche wurde Leo die Enge des Dorfes jedoch zu viel. Um davon wegzukommen, wollte er seinen Bruder Karl in der Hauptstadt besuchen. Vom öffentlichen Telefon, das beim Schuster, der gleichzeitig Postbote war, in der Wohnstube hing, rief er in der Firma Walter an und wurde zu Karl durchgestellt. Der Bruder zögerte mit einer Zustimmung zum Besuch. Seit er zweimal in der Woche abends und am Samstagnachmittag die Zusatzausbildung der Handelskammer absolvierte, hatte er kaum noch Freizeit, aber dann wollte er dem Bruder den Wunsch doch nicht abschlagen.

Mit dem Zug kam Leo am Nachmittag in der Stadt an und fand sich, wie damals Karl, kaum zurecht. Auch er musste sich von Passanten den Weg zu Karls Arbeitsstelle zeigen lassen. Dort angekommen, staunte er über das respektable Gebäude. Einzutreten wagte er nicht. Da der Bruder erst um fünf Uhr Feierabend hatte, blieb ihm bis dahin noch über eine Stunde Zeit. Ebenso wie Karl wagte er aus Angst, nicht mehr zurückzufinden, keine großen Unternehmungen, sondern hielt sich in den Nachbarstraßen auf, die in den letzten Teil der großen, zentralen Geschäftsstraße mündeten. Staunend betrachtete er dort die Auslagen der großen Geschäfte, mit denen sich die kleinen, teilweise schäbigen Schaufenster der Kreisstadt nicht messen konnten. Als Kind hatte er sich das Treiben in den großen Städten oft vorgestellt und gut gekleidete, fröhliche Menschen vor seinem inneren Auge gesehen. Die Realität aber sah anders aus: Abgehetzt und mit müdem, stumpfem Blick drängten sich die Menschen auf der Einkaufsstraße und manche bahnten sich schimpfend einen Weg durch die Menge.

Bald kehrte er um und war erneut zu früh an Karls Arbeitsstelle. Zwar kamen bereits einige Angestellte und Arbeiter durch das große Portal, aber Karl war nicht dabei. Um nicht aufzufallen, stellte sich Leo auf die andere Straßenseite und ging dort wenige Schritte hin und her. Endlich sah er Karl aus dem Gebäude kommen. Freudig ging Leo auf ihn zu.

»Hast du schon lange gewartet?«, fragte der Bruder.

Leo schüttelte den Kopf. »Nein, nein«, log er, »ich bin erst kurz da. Ich hab mir die Geschäfte an der Hauptstraße angeschaut, das ist schon was anderes als daheim.«

Karl ging nicht darauf ein. »Wir müssen schnell zur Straßenbahn«, drängte er, »sonst müssen wir eine Viertelstunde warten, und ich muss noch einkaufen.«

Er war müde, Leo sah es an seinen hängenden Schultern und dem schweren Gang. An der Haltestelle drängten sich die Menschen.

Die schmalen Wagen der Bahn, die wenig später einfuhr, waren bereits voll, trotzdem schoben sich Männer und Frauen hinein. Karl zog Leo mit sich durch eine der engen Türen. Es gab nur noch Stehplätze. Als die Bahn über die Weichen rumpelte, wurden die Körper gegeneinander geworfen, es roch nach Schweiß, feuchten Kleidern und Tabak. Niemand sagte ein Wort. Alle starrten ausdruckslos vor sich hin.

Nach ein paar Stationen sagte Karl dicht an Leos Ohr: »An der nächsten Haltestelle müssen wir raus.« Sie drängten sich durch die anderen Fahrgäste, und Leo atmete auf, als er wieder festen Boden unter den Füßen hatte.

Sie waren in der Vorstadt angekommen, in der sich Karls Unterkunft befand, und hatten noch ein gutes Stück zu gehen. Der schmucklose Stadtteil war geprägt von zweistöckigen Mehrfamilienhäusern mit winzigen Vorgärten und grauen Fassaden. Dazwischen lagen kleine Geschäfte. In einem kaufte Karl Brot, etwas Käse und einen Ring Fleischwurst für den Abend und den nächsten Morgen.

Das Wohnheim unterschied sich äußerlich kaum von den Mietshäusern, nur der Eingang war deutlich breiter. Schweigend gingen die beiden hinein und in den ersten Stock hinauf in Karls Zimmer. Schwer ließ sich Karl dort auf den Stuhl fallen und wies Leo den anderen an. Außer dem kleinen Tisch, einem Kleiderschrank und einem Schränkchen neben dem Waschbecken gab es ansonsten kein Mobiliar.

»Wie geht es daheim?«, fragte Karl endlich. »Ich bin schon vier Wochen nicht mehr dort gewesen. Seid ihr mit der Getreideernte schon fertig?«

Während Leo Bericht erstattete, räumte Karl die eingekauften Lebensmittel in das Schränkchen, legte seine Schreibsachen auf den Boden und deckte das kleine Tischchen mit zwei Tellern, Gläsern, Besteck, aufgeschnittenem Brot, Wurst, etwas Käse und zwei Tomaten. Beim Erzählen stand Leo auf und sah zum Fenster in den Garten hinaus, wo auf einem sauber gemähten Rasenstück eine einbetonierte Tischtennisplatte stand. »Spielst du hier manchmal?«, fragte er.

Karl schüttelte den Kopf. »Dazu hab ich keine Zeit. Wenn ich heimkomm, dann muss ich lernen.«

Während sie das einfache Mahl verzehrten, erklärte er dem Bruder, was alles zu der Ausbildung zum Betriebswirt gehörte: Nicht nur das kaufmännische Fach, sondern auch Deutsch, Handelsrecht und Englisch, was ihm, wie er zugab, am meisten Probleme bereitete. »Aber wenn ich fertig bin, kann ich in jede große Firma eintreten und sogar ins Ausland gehen«, fügte er stolz hinzu. »Am liebsten würde ich dann in ein großes Handelshaus, vielleicht in Hamburg oder auch im Ausland, gehen. Dort sitzen die großen Import- und Exportfirmen.«

»Du hast's gut«, antwortete Leo. »Dann musst du dir das Elend daheim nicht länger anschauen. Immer wieder gibt es Streit wegen dem Geld und dann muss sich der Vater von Klara anhören, dass er nicht genug verdient. Die Schreinerei läuft einfach nicht gut.«

»Ja«, entgegnete Karl heftig, »ich weiß schon, wie es daheim ist, aber deshalb kann ich doch nicht auch noch ewig dort hocken bleiben. Und was das Geld angeht: Ich geb dem Vater ja schon immer wieder was. Er sagt zwar, dass er's für mich aufheben will, aber ich glaub das nicht so recht. Wahrscheinlich zahlt er damit seine eigenen Schulden.«

Leo sah überrascht auf. »Verdient er denn so wenig in seiner Werkstatt? Er ist doch eigentlich ein guter Schreiner.«

»Ja«, gab Karl zurück, »er ist ein guter Schreiner, aber halt gar kein Geschäftsmann. Er verkünstelt sich an hochwertigen Möbeln, die er nachher nicht verkaufen kann, und lässt dabei das andere, was wirklich Geld bringen würde, einfach liegen.«

Die Misswirtschaft daheim war Leo noch nie so deutlich in den Sinn gekommen, dazu fehlte ihm der geschulte Kaufmannsblick des Bruders. »Dann wär's ja bald besser«, sagte er, »der Vater würde die Werkstatt zumachen.«

Karl schüttelte energisch den Kopf. »Was denkst du, das macht ihn dann vollends kaputt. Die Werkstatt ist doch der einzige Platz, wo er noch für sich sein kann und wo er sich nicht von der Klara herumkommandieren lassen muss. Nein, die Werkstatt dürfen wir ihm nicht wegnehmen. Lieber geb ich was von meinem Geld dazu.«

Nach einer unruhigen Nacht in Karls schmalem Bett standen die Brüder früh auf und fuhren mit der Straßenbahn wieder zu Karls Arbeitsstelle. Beim Abschied mahnte Karl den Bruder, den Vater recht oft zu unterstützen und dabei auf die Stiefmutter wenig Rücksicht zu nehmen.

Bevor er heimfuhr, wollte Leo noch mehr von der Hauptstadt sehen. Über die bekannte Querstraße erreichte er wieder die lange Einkaufspassage, die sich bis zur Stadtmitte mit dem großen Platz vor dem im Renaissancestil erbauten Schloss erstreckte.

Am Morgen dieses sonnigen Sommertages zeigte die große Stadt ein weit freundlicheres Gesicht als am vorangegangenen Abend. Die Straßen waren nicht mehr von den vielen vom Tagesgeschäft ermüdeten Frauen und Männern verstopft. Jetzt schlenderten gut gekleidete Damen mit eleganten Handtaschen und einfache Hausfrauen mit ihren Einkaufstaschen durch die Straßen, standen vor den Schaufenstern oder gingen in die Geschäfte. Am Schlossplatz saßen einige Rentner mit Strohhüten auf dem Kopf, plauderten miteinander, rauchten und fütterten die Tauben. Zwei Polizisten gingen schwatzend über den Platz, die Finger lässig in die Gürtelschlaufen ihrer Hosen gehakt. Einige Kindermädchen schoben den Nachwuchs ihrer Herrschaft gemächlich in Richtung des nahen Parks. Hin und wieder durchquerten Angestellte mit ihren Aktentaschen eilig den großen Platz, um zu ihren Büros in den angrenzenden Geschäftshäusern zu gelangen.

Über eine schmale Straße erreichte Leo den quadratisch angelegten Marktplatz, dessen Erscheinungsbild ganz von dem mächtigen Rathaus mit dem gedrungenen Uhrturm und einer breiten Arkade beherrscht war. Auf dem Platz war der wöchentliche Markt im Gange. Durch die engen Gassen zwischen den Buden und Ständen drängten sich die Menschen. Dralle Bäuerinnen und braungebrannte Gärtnerburschen standen hinter den Kisten mit Salat, Kartoffeln, Karotten und riesigen Kohlköpfen, turmartig aufgebauten Eierkartons und an den Beinen aufgehängtem Geflügel und boten lautstark ihre Waren an.

Das kannte Leo auch von der Kreisstadt, doch hier war alles zehnmal größer, lauter und geschäftiger. Er ließ sich durch die Marktgassen schieben, bog am anderen Ende des Marktes in eine Straße ein, dann in eine andere und wusste plötzlich nicht mehr, wo er war. Die hohen Häuser der im Bogen angelegten Straße versperrten ihm den Ausblick und er sah weder den Turm der Kirche noch den des Rathauses, an denen er sich hätte orientieren können. Beim Betreten des Marktplatzes hatte er auf der Rathausuhr noch gesehen, dass ihm bis zur Abfahrt seines Zuges nur noch eine Dreiviertelstunde Zeit blieb, und jetzt wusste er nicht, in welcher Richtung der Bahnhof lag. Heiß wurde ihm bewusst, dass er sich vertrödelt hatte. Hastig bog er in eine andere Gasse ab, in der Hoffnung, hier eine neue Orientierung zu finden. Aber auch dort sah er nur Häusergiebel und Fensterfronten.

Schließlich wagte er eine gütig aussehende Frau, die einen schweren Einkaufskorb über dem Arm trug, nach dem Weg zu fragen. Sie lachte, als sie seine Aufregung sah, und fragte, woher er komme und wohin er wolle. Leo nannte seinen Heimatort und erklärte, dass in etwa zwanzig Minuten sein Zug gehe.

»Dann müssen Sie sich aber beeilen«, sagte die Frau, beschrieb ihm den Weg zum Schlossplatz und gab ihm den Rat, dort die Straßenbahn zu nehmen. Hastig bedankte sich Leo und eilte los. Den Rat, die Straßenbahn zu nehmen, befolgte er nicht, denn er wusste nicht, wie die Fahrkarte zu lösen war und was sie kostete. So hetzte er die Einkaufspassage entlang, auf der bereits wieder das Nachmittagsgedränge eingesetzt hatte.

Völlig verschwitzt kam er schließlich am Bahnhof an. Sein Zug war schon eingefahren. Abgekämpft und außer Atem ließ er sich auf die hölzerne Bank im Abteil fallen und war froh, als er am Abend nach dem Umsteigen in den Bus das heimatliche Dorf erreichte. Nach dem Gedränge in der Stadt erfasste ihn beim Überqueren des kleinen Dorfplatzes zwischen Kirche, Schule und Brunnen, wo sich spielende Kinder, schwatzende Bäuerinnen und kichernde junge Mädchen aufhielten, ein Gefühl der Geborgenheit.

Doch im Schreinerhaus wurde er schnell wieder von der Wirklichkeit eingeholt. Im Hof rüstete sich Emil für das Wasserholen. Er stellte die leeren Eimer auf den Handkarren und wollte gerade abziehen, als er Leo entdeckte. Freudig ließ er den Karren stehen und lief zum Bruder. »Hallo Leo, wie war es in der Stadt, hast du mir etwas mitgebracht?«

Bevor Leo antworten konnte, öffnete sich die Stalltüre und Klara kam heraus. »Was ist?«, herrschte sie Emil an, »bist du immer noch da, soll ich womöglich das Wasser auch noch selber holen?« Dann wandte sie sich an Leo: »Spätestens heut Mittag hättst du wieder da sein können! Glaubst du, die Kartoffeln kommen allein aus dem Boden?«

Während Emil den Handkarren gepackt hatte und eilig in Richtung Dorfbrunnen verschwand, nahm Leo wortlos seinen kleinen kunstledernen Handkoffer und ging ins Haus. »Alte Hexe«, murmelte er wütend vor sich hin, »hol doch deine Kartoffeln selber.« Aber dann ging er doch rasch hinunter und half Emil, die schweren Eimer in den Stall zu tragen und in die Futtertröge zu leeren.

Der Vater war gerade dabei, das Grünfutter von der Tenne in den Stall zu ziehen. »Na, wie war's in der Stadt?«, begrüßte er den Sohn. »Wie geht's dem Karl?«

Erst draußen in der Futtertenne gab Leo Antwort. Er wollte nicht, dass die Stiefmutter mithörte. »Dem Karl geht's gut, aber das mit dem Betriebswirt, das nimmt ihn schon arg mit. Gestern Abend war er todmüd.«

Gottfried stützte sich auf die Gabel. »Jaja, das glaub ich, hoffentlich wird es ihm nicht zu viel, zwei Jahre sind schon eine lange Zeit und heim kommt er auch kaum noch.«

In Gedanken an das Gespräch mit Karl über die Mängel in der Schreinerei ging Leo am nächsten Morgen, als der Vater mit dem Einfahren von Grünfutter beschäftigt war, in die Werkstatt. Dort standen wieder zwei halbfertige Möbelstücke herum und viele reparaturbedürftige Haushaltsgegenstände. Die früher so sauber aufgeräumte Werkstatt machte einen unordentlichen Eindruck. Offensichtlich fiel es dem Vater tatsächlich immer schwerer, mit seiner Arbeit zurechtzukommen und Wichtiges von Unwichtigem zu trennen. Später, als der Vater dazugekommen war, fragte Leo, ob er für die halbfertigen Stücke schon einen Käufer habe, aber Gottfried schüttelte verschämt den Kopf. Er müsse die Möbel erst fertig machen und werde sie dann im Städtchen ausstellen. »Wenn sie erst mal fertig sind, dann gefallen sie den Leuten«, sagte er, »und dann werden sie auch gekauft, so etwas Schönes und Solides aus massivem Holz findet man in keiner Fabrik.«

Er verschwieg, dass er seit Karls Kündigung beim Eisenwarenhändler kaum noch Kunden im nahen Städtchen hatte. Der erboste Kaufmann hatte überall Stimmung gegen Gottfried Schildweg gemacht. Gleichzeitig kamen immer häufiger verärgerte Dörfler in die Werkstatt und fragten nach der längst in Auftrag gegebenen Reparatur ihrer Gegenstände. Dem Schreiner kam zusehends der Überblick abhanden. Immer öfter unterbrach er seine Arbeit und sah abwesend in den Obstgarten hinaus oder saß erschöpft auf dem Werkstattschemel und starrte ausdruckslos vor sich hin. Nicht nur der tägliche Ärger mit seiner Frau, sondern auch die früher so gern erledigte Arbeit in der Werkstatt wurden ihm zuwider. Oft standen die teuren, mühsam abbezahlten Maschinen still.

In der restlichen Ferienzeit half Leo, die Kartoffeln einzubringen und den zweiten Heuschnitt zu ernten. Als er wieder ins Internat zurückfahren wollte, fragte ihn Luise, ob sie vielleicht mitkommen könne, um Friedrich zu besuchen, allein lasse sie die Stiefmutter nicht weg. Leo wusste das, und allein aus dem Vorhaben heraus, gegen Klara zu rebellieren und ihren Willen zu brechen, wollte er der Schwester den Wunsch erfüllen. Am Abend, als er seinen Entschluss mitteilte, am übernächsten Tag abfahren und Luise mitnehmen zu wollen, kam es zu dem erwarteten Streit.

»Nichts da!«, fuhr Klara wütend auf. »Was soll sie denn in der Stadt? Es reicht, dass du dich wieder davonmachst. Die

Luise bleibt hier. Wir haben keine Zeit für solche Ausflüge.«

»Aber ich bin doch nur einen Tag weg«, wandte Luise schüchtern ein, »und wir haben draußen doch schon alles Wichtige erledigt.«

Klara gab nicht nach. »Jeder Tag ist wichtig und ums Haus gibt es noch genug zu tun. Schau doch nur, wie der Hausgarten aussieht! Und«, setzte sie fragend hinzu, »was willst du überhaupt in der Stadt?«

Luise wurde rot und zögerte. »Ich will halt auch einmal sehen, wo der Leo ist«, sagte sie leise. »Und ich hätt mir auch gern ein Kleid gekauft.«

»Ha«, lachte Klara, »das Fräulein wird plötzlich eitel! Du hast genug zum Anziehen, und wenn du etwas Neues brauchst, dann kann man das bestellen. Ich glaub, du willst nur zu dem kleinen Krüppel, dem Friedrich, mit seinem lahmen Fuß und dem hässlichen Hals. Ich weiß gar nicht, was du von dem willst, so einen findest du bei uns noch lang.«

Luises Gesicht färbte sich noch eine Spur dunkler, in ihren Augen blitzte der Zorn. Bevor sie antworten konnte, mischte sich Gottfried ein: »Jetzt hört's aber auf, dass du alle Leut immer nur schlechtmachen kannst! Der Friedrich ist ein anständiger Kerl und für sein Unglück kann er nichts. Die Luise fährt übermorgen mit und basta! Ich hab genug von der ewigen Streiterei, mit dir kann niemand in Frieden leben!« Ruckartig stand er auf und schlug die Küchentüre hinter sich zu.

Nach dem Essen räumte Luise in der Küche den Tisch ab und spülte das Geschirr. Willi war ins Dorf gegangen und den verängstigten Emil hatte Leo ins Bett geschickt. Vorsichtig fragte er die Schwester, ob ihr tatsächlich so viel an Friedrich liege, wie die Stiefmutter vermute. Luise drehte sich nicht um, sondern hantierte weiter mit dem Geschirr. »Ja«, sagte sie leise, »ich mag ihn. Er ist gut zu mir und er ist genauso allein wie ich.« Leo schwieg. Das einfache, klare Liebesbekenntnis seiner Schwester berührte ihn. Sie hatte das gefunden, wonach er selbst schon lange vergeblich suchte.

Als die beiden am übernächsten Tag in der Stadt ankamen, stieg Leo mit Luise den steilen Fußweg zum Gymnasium hinauf. Hin und wieder blieben sie stehen und schauten auf die in der Mittagssonne liegende Stadt hinab. Leo zeigte der Schwester die wichtigsten Gebäude, das auf dem gegenüberliegenden Hügel stehende Krankenhaus, das Luise schon kannte, Friedrichs Seifenfabrik und zuletzt das große Gebäude der Versicherung, wo Friedrich jetzt arbeitete. Im Gymnasium erklärte er ihr vom Hof aus die Funktion der verschiedenen Gebäude. Nur wenige Schüler waren schon aus den Ferien zurück. Einige spielten im Garten Fußball und andere im Lesesaal Schach. Sie begrüßten Leo und sahen neugierig auf Luise, die in ihrem blaugemusterten Sommerkleid mit der roten Strickjacke und ihren zum Pferdeschwanz gebundenen Haaren recht hübsch aussah.

Auf der Bank am Waldrand verzehrten sie die mitgebrachten Brote und tranken dazu das im Gymnasium abgefüllte Wasser. Für den halben Nachmittag war der Besuch bei Friedrich vorgesehen, der zugesagt hatte, zwei Stunden früher im Büro aufzuhören.

Während sie das harte Bauernbrot kauten, sprachen sie nur wenig. Erst als sie sich wieder auf den Rückweg machten, fragte Leo vorsichtig, ob Luise immer noch den Wunsch nach einer Schneiderinnenlehre habe.

»Eigentlich schon«, antwortete Luise, »aber das wird wohl doch nichts mehr, die Stiefmutter lässt mich nicht weg und ich kann doch auch den Vater nicht alleinlassen. Du weißt doch, wie die Klara mit ihm umgeht.«

Leo nickte. »Ja, schon, aber du kannst doch nicht ewig daheimbleiben, du musst doch auch an dich selbst denken, du willst doch auch mal ein eigenes Leben führen.«

Luise drehte sich zum Bruder und sah ihm offen ins Gesicht. »Ja, das will ich und das werd ich auch. Wenn der Friedrich mit seiner Ausbildung fertig ist, dann heiraten wir und dann, wenn auch Willi und Emil einen Beruf haben, dann nehmen wir den Vater zu uns, damit er es noch einmal richtig gut hat.«

Diese einfache, klare Aussage überraschte Leo. Eine solche Vorausschau hätte er seiner Schwester nicht zugetraut. Es erstaunte ihn, wie sicher sie ihren Weg vor sich sah, der aus seiner Sicht noch mit einigen Unwägbarkeiten gepflastert war. Einen solch festen Glauben an die Zukunft besaß er nicht.

Am Nachmittag schlenderten die beiden durch die Stadt und Luise kaufte sich tatsächlich ein neues Kleid und sogar noch ein Paar Schuhe. Das Geld dazu hatte sie teilweise vom Vater bekommen, der ihr von seinen wenigen erfolgreichen Geschäften immer etwas zusteckte, und auch Karl hatte ihr hin und wieder einen Schein in die Schürzentasche gesteckt, wenn er mit seiner frisch gewaschenen Wäsche in die Hauptstadt zurückfuhr.

Noch bevor es drei Uhr wurde, standen sie vor dem Portal der Versicherung und warteten auf Friedrich. Pünktlich kam er, klein, leicht hinkend und mit etwas schief gehaltenem Kopf. Im Stillen wunderte sich Leo erneut, dass der unscheinbare Freund die hingebungsvolle Liebe seiner Schwester gefunden hatte.

Sie begrüßten sich nur mit einem Handschlag, aber Luises Gesicht glühte vor Freude und auch Friedrich strahlte. Zu dritt gingen sie zum Lehrlingsheim, und auf dem Zimmer, das er zusammen mit einem weiteren Lehrling bewohnte, nahm Friedrich Luises Hände in seine und ließ sie lange nicht los. Tief schauten sich die beiden in die Augen, während Leo verlegen dabeistand. So redselig wie sonst nie erzählte Friedrich von seiner Arbeit und wie gut er sich mit den Arbeitskollegen verstand. Luise hörte gespannt zu. Leo, der am Fenster stand, kam sich ganz überflüssig vor. Schon bald verabschiedete er sich unter dem Vorwand, lernen zu müssen. Friedrich versprach, Luise rechtzeitig zur Bushaltestelle zu bringen.

Als Luise am Abend daheim ankam, war niemand im Haus. Schnell zog sie sich um, probierte vor dem Spiegel noch einmal ihr neues Kleid und ging in die Küche. Dort standen nur drei Teller mit Besteck ungespült auf der Ablage und auf dem Tisch der Brotkorb mit drei leeren Gläsern. Luise wunderte sich: War Besuch da gewesen? Sie räumte den Brotkorb in die Speisekammer und spülte das Geschirr. Dann schaute sie sich in der Werkstatt und im Garten um. Auch dort war niemand zu sehen. Als sie die Stalltüre öffnete, brüllten die Kühe vor Hunger, es war längst Stallzeit. Luise nahm die Gabel und warf ihnen Futter vor.

Als sie den Stall verließ, kam Emil in den Hof. Er hatte im Dorf mit anderen Kindern gespielt. »Warum ist niemand da, wo sind die anderen?«, fragte Luise.

Emil zuckte nur mit den Schultern. Am Vormittag hatte es noch einmal Streit gegeben, berichtete er. »Die Klara hat geschrien, dass sie jetzt auch nichts mehr arbeitet, wenn die andern alle weggehen, und dann ist sie einfach fort. Der Vater, Willi und ich, wir haben heut Mittag nur Brot gegessen und ich bin jetzt so hungrig.«

Luise ging mit ihm in die Küche, schnitt eine große Scheibe vom Brotlaib ab, bestrich sie mit Butter und gab sie dem Bruder. Er müsse nachher Wasser holen, erinnerte sie ihn und Emil nickte. Dann ging sie wieder hinunter, um den Kühen Futter nachzulegen.

Als sie gerade angefangen hatte, kam Gottfried mit der Mistkarre in den Stall. »Da bist du ja wieder und hast schon mit dem Füttern angefangen, das ist gut. Ich glaub, wir müssen den Stall heut allein machen.« Von Klaras Verschwinden sagte er nichts.

Luise holte das Melkgeschirr aus Kanne, Eimer und Ausgussfilter und setzte sich unter die Kühe. Sie hatte noch nicht oft gemolken und bald schmerzten ihr die Hände und Unterarme.

Währenddessen scharrte der Vater den Mist von der Liegefläche und lud ihn auf den Karren. »Wie war's denn in der Stadt?«, fragte er, als Luise mit der ersten Kuh fertig war, und Luise erzählte von Leos Gymnasium und von ihrem Kleiderkauf.

»Aber du bist du doch nicht nur wegen dem Leo dort gewesen«, bohrte der Vater weiter. »Mir kannst du das ruhig sagen.«

»Ja«, sagte Luise und lächelte ihn an, »ich bin auch beim Friedrich gewesen und soll dir einen schönen Gruß ausrichten.«

Gottfried bedankte sich. »Gelt, er ist dein Freund, das hab ich mir schon gedacht.« Luise wurde rot und nickte. »Das gefällt mir«, redete der Vater weiter, »der Friedrich ist in Ordnung, der hat schon so viel durchgemacht und alles überstanden. Der bringt es zu was.«

In stillem Einverständnis verrichteten die beiden ihre Arbeit. Als Emil mit dem Wasser kam, wechselte Gottfried auch mit ihm freundliche Worte. So friedlich war es auf dem Schreineranwesen schon lange nicht mehr zugegangen. Erst als die drei schon beim Nachtessen saßen und auch Willi, der sich im Dorf herumgetrieben hatte, wieder daheim war, kam Klara nachhause. Sie hatte ihr Sonntagskleid an und das dunkle Haar, das ihr sonst in die Stirn fiel, straff nach hinten zu einem Knoten gekämmt. »Ihr seid ja schon mit allem fertig«, sagte sie leichthin, »es geht also auch einmal ohne mich.« Wo sie gewesen war, sagte sie nicht, und es fragte auch niemand danach.

Außer über Weihnachten kam Leo vor dem Anfang März beginnenden Abitur kaum noch heim. Er hatte viel zu lernen und nahm den häufigen Ärger daheim, die Enttäuschung des Vaters und die Schimpferei Klaras nur noch halb wahr. Am engsten fühlte er sich in dieser Zeit mit Luise verbunden. Sie war die einzige, die sich für den Fortgang im Gymnasium interessierte und der er seine Sorgen über die schwierigen Fächer Mathematik, Physik, Geometrie und Französisch mitteilen konnte. Der Vater zog sich immer mehr zurück und sein Mentor, der Lehrer, war mitten im Schuljahr an eine große Schule in einer entfernten Stadt versetzt worden.

Die dreitägige Abiturprüfung fand in der zweiten Märzwoche statt, in der der Winter noch einmal zurückgekehrt war und mit nassem Schnee und kaltem Regen die Kindermädchen von den Parkbänken jagte. Die Gymnasiasten bekamen wenig davon mit. Sie hockten in ihren Stuben über Hefte und Bücher gebeugt und versuchten, sich Formeln, Merksätze und Daten einzuprägen. Gute Freunde fragten sich gegenseitig noch einmal ab. Am ersten Prüfungstag hatten die meisten beim Frühstück Mühe, zum lauwarmen Pfefferminztee auch noch einige Bissen Marmeladenbrot hinunterzuwürgen. Blass und nur im Flüsterton redend standen sie vor der Tür des Festsaales und warteten auf den Einlass.

Im Saal waren die Tische einzeln und mit einigem Abstand aufgestellt, an jedem durfte jeweils nur einer der Prüflinge Platz nehmen. Im schwarzen Anzug und damit die Bedeutung des Tages unterstreichend, hielt der Direktor eine kurze Begrüßungsrede, in der er noch einmal darauf hinwies, welche große Möglichkeit ihnen die Schule geboten habe, um in relativ kurzer Zeit in die gehobene Stellung des Lehrerberufes aufzusteigen. Dann wurde die zusammengeklappte Wandtafel aufgeschlagen, an der die Aufgaben abzulesen waren.

Einige der Prüflinge beugten sich sofort über die ausgeteilten Prüfungsbögen und begannen eifrig zu schreiben, andere ließen sich mehr Zeit. Als nach vier Stunden die Glocke auf dem zierlichen Seminartürmchen läutete, blickten einige verzweifelt auf, weil sie nicht fertig geworden waren. Beim Mittagessen im Speisesaal wurde heftig über die geschriebene Arbeit, aber auch über die noch folgenden Prüfungen diskutiert.

Nur wenige der Seminaristen folgten dem Rat des aufsichtführenden Lehrers, die freien Nachmittagsstunden nicht über den Büchern und Heften, sondern an der frischen Luft zu verbringen.

Nach den schriftlichen Prüfungen folgten drei Tage später die mündlichen. Einzeln wurden die Prüflinge in den Saal gerufen, um dem Lehrerkollegium Rede und Antwort zu stehen. Bis zuletzt wussten sie nicht, in welchen Fächern sie geprüft würden. Bei Leo waren es Geographie und Französisch. Neben Geschichte war die Geographie schon immer Leos Lieblingsfach gewesen, sodass er die meisten Fragen mühelos beantworten konnte. In Französisch hatte er wesentlich mehr Schwierigkeiten und verhaspelte sich immer wieder.

Die Tage bis zur Bekanntgabe der Ergebnisse verbrachten die Schüler in nervöser Unruhe. Diejenigen, die sich auf der sicheren Seite wähnten, diskutierten eifrig über die kleinen Fehler, die ihnen unterlaufen waren, und was sie heute anders machen würden. Sie schimpften auf die unklare Formulierung der Prüfungsfragen und gaben unbeliebten Lehrern die Schuld. Leo, der insgesamt mit seinen Leistungen zufrieden war, beteiligte sich kaum an dem Prüfungsgerede.

Die Urkunden für das bestandene Abitur wurden bei der festlich gestalteten Abschlussfeier ausgehändigt. Fast alle der Seminaristen hatten ihre Eltern und Geschwister dabei. Leo saß allein in einer der vorderen Reihen, die für Absolventen und Lehrer reserviert waren. Wie schon bei Karls Gesellenfeier hatte Klara die Teilnahme der Familie verhindert. »Was«, hatte sie gesagt, »jetzt, in der Saatzeit wollt ihr in die Stadt, soll ich denn wieder alles allein machen? Andere sind schon mit dem Säen fertig!«

Resigniert hatte Gottfried abgewinkt und war wie so oft wortlos in der Werkstatt verschwunden.

Fast am Ziel

Mit dem Übertritt in das pädagogische Institut änderte sich für Leo wenig. Er musste innerhalb des Schlosses, wie die Ausbildungsstätte von den Stadtbewohnern genannt wurde, nur in den Seitenflügel umziehen, in dem das pädagogische Institut untergebracht war. Jetzt galt er nicht mehr als Schüler, sondern als Student, und entsprechend erhöhte sich auch das Selbstwertgefühl. In ihrem zweijährigen Studium erhielten die Absolventen der Aufbaugymnasien das pädagogische Rüstzeug für den Lehrerberuf. Erfahrene Dozenten vermittelten in ihren Vorlesungen, worauf es ankam, um gegenüber den Schülern den richtigen Ton zu finden, ein gewisses Vertrauensverhältnis zu schaffen, aber auch als Respektsperson zu gelten.

Dabei waren die Aussagen je nach Charakter und Temperament dieser Dozenten unterschiedlich: Die einen gaben den Rat, gegenüber widerspenstigen Schülern hart durchzugreifen, andere dagegen rieten, auf die Kraft der Überzeugung zu setzen, schwierige Schüler durch besondere Aufgaben stärker einzubinden und bei entsprechenden Erfolgen auch bewusst zu loben.

Zwischen den Studenten kam es außerhalb des Unterrichts zu langen, teilweise hitzigen Disputen. Leo beteiligte sich besonders eifrig daran. Er stand ganz auf der Seite jener Dozenten, die den überzogen autoritären Umgang mit den Kindern ablehnten. Er habe es selbst erlebt, wie ängstliche Kinder durch die Härte der Erwachsenen regelrecht kaputtgemacht würden und hatte dabei seinen Bruder Emil vor Augen. Das beginne in der Familie und dürfe in der Schule nicht auch noch fortgesetzt werden, sagte er leidenschaftlich und erregt.

Hinterher war Leo über sich selbst wütend, weil er, ohne es zu merken, seine eigenen leidvollen Erfahrungen preisgegeben hatte. Aber einige seiner Mitstudenten, denen sein Ausbruch nahegegangen war, und auch manche Dozenten bewunderten sein Engagement für einen respektvollen Umgang mit Kindern. Die frühere Zerrissenheit und Unbeständigkeit seiner Persönlichkeit waren einem fragilen Selbstbewusstsein gewichen.

Weil die meisten wussten, wie wichtig gute Noten bei der abschließenden Staatsprüfung waren, wurde in diesen zwei Jahren nochmals eifrig gelernt und studiert. Die einzigen Freizeitvergnügen, die sich Leo gönnte, waren das Schachspiel und lange Spaziergänge. An einigen Wochenenden besuchte ihn Friedrich und begleitete ihn auf seinen Streifzügen. Weil ihm aber das lange Gehen schwerfiel und Leo sein langsames Tempo nicht mochte, wurde nur selten etwas daraus.

Bei diesen Wanderungen sprachen die beiden Freunde viel über ihre Zukunft. Oftmals beneidete Leo Friedrich um dessen klares, fest umrissenes Zukunftsbild. Wenn er seine Ausbildung zum Versicherungskaufmann abgeschlossen habe, legte sich Friedrich fest, dann wolle er in irgendeiner Abteilung am jetzigen Ort weiterarbeiten, vielleicht auch für einige Zeit in die Zentrale der Gesellschaft in der Landeshauptstadt gehen und dann anschließend am liebsten eine Agentur in einer der kleinen Städte der Umgebung übernehmen.

»Aber du willst doch sicher auch einmal heiraten?«, fragte Leo einmal. »Vielleicht will deine Frau ja etwas ganz anderes, vielleicht will sie gar nicht aufs Land?«

Friedrich war stehen geblieben. »Ja, heiraten, das möchte ich schon, aber schau mich doch an: Welches Mädchen will denn schon einen wie mich, so einen Kleinen mit einem schiefen Hals, einem halblahmen Bein und arm wie eine Kirchenmaus?«

Das negative Bild, das Friedrich von sich selbst zeichnete, überraschte Leo. Anscheinend wusste er nichts von Luises Hochzeitsplänen. »Komm«, sagte er, »mach dich nur nicht kleiner, als du bist. Wenn du erst einmal fertig bist, dann hast du eine feste Anstellung und verdienst gut, das gefällt doch den Mädchen. Und außerdem«, er sah den Freund verschmitzt an, »ich kenne eine, die mag dich schon jetzt so, wie du bist.«

Friedrich wurde rot und schaute verlegen zu Boden. »Du meinst die Luise ... Ich weiß schon, dass sie mich mag, und ich mag sie ja auch, aber ich hab halt immer Angst, dass das schnell wieder vorbei ist, wenn irgendein anderer kommt. Sie ist so schön und gefällt bestimmt vielen bei euch daheim und das sind keine Krüppel wie ich.«

Leo lachte: »Da kennst du meine Schwester aber schlecht. Bei mir, da hat sie schon vom Heiraten gesprochen und da hat sie dich gemeint, du Trottel! Schau nur, dass du schnell fertig wirst, damit es bald eine Hochzeit gibt.«

»Ist das wahr?« Friedrichs Augen strahlten vor Freude. »Mir hat sie nichts vom Heiraten gesagt.«

Leo schaute den Freund gespielt empört an. »Ja, was denkst du denn, soll sie dir etwa einen Heiratsantrag machen?« Dann fiel ihm ein, was Luise über den Vater gesagt hatte. »Die Luise hat übrigens schon feste Vorstellungen, wie das einmal mit euch beiden wird, wenn ihr verheiratet seid. Sie sagt, dann würdet ihr unseren Vater zu euch nehmen, damit er endlich einmal von der Klara wegkommt. Was meinst du dazu?«

»Warum nicht«, entgegnete Friedrich, »euer Vater ist ein guter Mensch, mit dem kommt jeder gut aus. Aber wie soll es dann mit der Schreinerei weitergehen?«

Leo zuckte mit den Schultern. »Eigentlich soll der Willi dort weitermachen, aber wenn du mich fragst, daraus wird nichts. Der will eigentlich gar kein Schreiner werden und tut jetzt schon nur das, was er will.«

Tatsächlich war Willi nach der Schulentlassung fast ein Jahr daheimgesessen. Die vom Vater vorgeschlagene Schreinerlehre hatte er abgelehnt. Er wollte lieber in eine Fabrik, aber dort hatten sie ihn nicht genommen. Weil er immer aufsässiger wurde und sich ihren Anweisungen immer häufiger widersetzte, bestand Klara schließlich drauf, dass der Bursche aus dem Haus käme. Als sie ihn wie damals Karl zu ihrem Bruder schicken wollte, war Willi plötzlich doch bereit, Schreiner zu werden. Bei einem Kollegen fand Gottfried eine Lehrstelle, doch Willi legte auch dort sein aufsässiges, faules Wesen nicht ab, spielte wie daheim immer wieder den Kranken und drückte sich, wo er nur konnte. Nach zwei Monaten schickte ihn sein Meister fort und gab ihm einen Brief für den Vater mit, den Willi daheim aber nicht abgab. Er habe vom Legen eines Holzbodens so starke Rückenschmerzen, log er, dass er nicht weitermachen könne.

Als ihn der Vater nach einer Woche mahnte, wieder an seine Lehrstelle zurückzukehren, weigerte er sich. Er gehe da nicht mehr hin, schrie er den Vater an und stampfte mit dem Fuß. Er werde dort nur kaputtgemacht und außerdem wolle er gar kein Schreiner werden. Das sei nur eine einzige Schinderei.

»Aber du musst doch Schreiner lernen, wenn du das Geschäft hier übernehmen willst«, entgegnete Gottfried erregt, »ich kann das doch nicht ewig allein machen.«

»Ich will das Geschäft gar nicht«, sagte Willi trotzig. »Das läuft doch schon jetzt nicht mehr richtig, das weiß doch jeder.« Ohne den Vater noch einmal anzusehen, ging er aus der Werkstatt und ins Haus.

Willis Lehrherr wunderte sich, dass er von seinem Kollegen keine Reaktion auf die abgebrochene Lehre seines Sohnes erhielt. Hätte sich Gottfried bei ihm gemeldet, dann hätte er es wohl noch einmal mit dem aufsässigen Burschen versucht. Gottfried aber brachte den Mut dazu nicht auf. Die erniedrigenden Worte des Sohnes hatten ihn hart getroffen und lähmten ihn.

Willi wurde Hilfsarbeiter. Vom Arbeitsamt, in das ihn der Vater nach zweiwöchigem Herumlungern schickte, wurde ihm eine Stelle in einer Druckerei vermittelt. Hinter der großen, lauten Druckmaschine, die unausgesetzt farbige Werbeprospekte, Hauszeitschriften großer Firmen, gefaltete Plakate oder einfache Flugblätter ausspuckte, musste er das bedruckte Papier in Transportkisten stapeln, zwischendurch den Druckern beim Putzen und Einrichten der Maschinen helfen, und, wenn sonst nichts zu tun war, die große Halle sauber machen. Schnell verlegte er sich wieder aufs Kranksein. Beim Arzt im Städtchen fiel es ihm mit seinem schauspielerischen Talent leicht, ein echtes Rückenleiden vorzutäuschen und eine mindestens einwöchige Krankschreibung herauszuschlagen. Nach einem halben Jahr hatte die Druckerei genug von seinen häufigen Fehlzeiten und entließ ihn.

Als Leo an einem Samstagnachmittag heimkam, gab es darüber erneut Streit. Auch er warf Willi sein untätiges Herumlungern vor, aber der zeigte sich uneinsichtig.

»Du musst mir gerade sagen, was ich zu tun hab!«, gab er zurück, »du hockst schon seit Jahren in diesem Seminar herum und lässt dich von daheim aushalten. Wann verdienst du denn endlich dein eigenes Geld?«

Für eine Lösung sorgte Karl, dem der häufige Streit über Willis Zukunft unerträglich war. Im Amtsblatt des Kreises, das in seiner Firma auslag, las er von der Suche der Kreisverwaltung nach einem Büroboten. Er half Willi bei der Abfassung einer Bewerbung und schärfte ihm ein, wie er sich bei der persönlichen Vorstellung zu verhalten habe. Sich anderen gegenüber in ein gutes Licht zu rücken, das hatte Willi schon immer verstanden und so wurde er tatsächlich genommen. Die Arbeit war leicht, durch den Umgang mit den vielen Angestellten unterhaltsam, und dass in den Amtsstuben samstags bereits nicht mehr gearbeitet wurde, gefiel ihm besonders.

Gottfried Schildweg gab die Hoffnung auf die Fortführung seines Geschäfts durch einen seiner Söhne endgültig auf. Er sah nicht nur sein Lebenswerk, sondern auch seine Reputation im Dorf zerstört. Er gab sich keine Mühe mehr, den Anschein eines gewissen Wohlstandes aufrechtzuerhalten und im Dorf und außerhalb als Geschäftsmann zu gelten. Er ließ sich gehen. Er, der immer auf saubere Kleidung, gut gebügelte Hemden, eine saubere Jacke und einen gebürsteten Hut geachtet hatte, ging jetzt in seiner fleckigen Werkstattjacke und mit einer alten Mütze auf dem Kopf durchs Dorf.

Oft stand Gottfried gedankenverloren in seiner Werkstatt, in der sich die Unordnung ausbreitete, und starrte ausdruckslos vor sich hin. Seine sorgfältig gezeichneten Pläne für neue Möbelstücke und die aus Zeitschriften ausgeschnittenen Vorlagen verstaubten in der Schublade. Wann immer es ging, versuchten Leo und Karl, dem Vater zu helfen und die Schreinerei notdürftig aufrechtzuerhalten.

Wäre nicht die kleine Landwirtschaft gewesen, hätten sie kaum leben können. Mit eiserner Energie hatte Klara die vernachlässigten Äcker und Wiesen in einen guten Kulturzustand gebracht. Ihre Getreidefelder, ihre Rüben- und Kartoffeläcker stachen auf der Gemarkung heraus und konnten sich mit denen des Müllers oder der größeren Bauern auf der Ebene messen. Im Stall standen statt vorher zwei nun vier Kühe und ebenso viele Jungrinder, und in den hinteren Verschlägen grunzten zwei Schweine, von denen eines an den Metzger verkauft werden konnte. Manchmal hatte sich die Schreinerin sogar mit dem Gedanken getragen, ein Pferd anzuschaffen, um wie die richtigen Bauern kutschieren zu können. Das Kuhfuhrwerk war für sie ein Zeichen von Armut. Nur der fehlende Pferdestall hielt sie von dieser Anschaffung ab.

Als einige der Dorfbewohner in den Jahren des Wiederaufbaus auf den Baustellen oder in den neuen Fabriken mehr verdienten und ihre jungen Frauen auch lieber arbeiten gingen, als daheim Kühe zu melken und den Acker zu hacken, gaben manche die Landwirtschaft ganz auf und verpachteten ihre Felder an den Müller oder die Bauern auf der Ebene. Nur zu gerne hätte auch Klara weitere Felder übernommen, aber ihr war klar, dass sie von ihrem Mann und dessen Kindern keine Unterstützung erwarten konnte, und allein hätte sie die Mehrarbeit nicht bewältigen können. Dann haderte sie mit dem Schicksal, an diesen untüchtigen Mann gebunden zu sein. Die Veränderung in Gottfrieds Wesen, seine Niedergeschlagenheit, Enttäuschung und Lebensunlust blieben ihr nicht verborgen und manchmal hatte sie sogar Mitleid mit ihm. Stärker war aber ihr Gefühl der Überlegenheit. Dieser Mann war zu schwach, um an ihrer Seite zu bestehen.

Eine kleine Hoffnung knüpfte sie an den Jüngsten der Familie, den kleinen Emil, den sie noch am deutlichsten in der Hand hatte und von dem sie glaubte, ihn nach ihren Wünschen biegen zu können. In seiner nachgiebigen, ängstlichen Art war er ihr noch am ehesten zu Willen. Er fürchtete ihren Zorn und gehorchte ihren Befehlen. Er freute sich, wenn er von ihr gelobt wurde, und seit Klara gemerkt hatte, dass sie ihn damit auf ihre Seite ziehen konnte, sparte sie bei ihm nicht mit diesem Lob. Hatte sie ihn früher am wenigsten leiden können, empfand sie nun beinahe etwas wie Zuneigung zu ihrem jüngsten Stiefsohn.

Nach der erfolgreich abgeschlossenen ersten Staatsprüfung verließ Leo als Junglehrer das Internat, das ihm über sieben Jahre zu einer zwiespältigen Heimat geworden war. Mit seinen im Pappkoffer verwahrten Habseligkeiten, der zu einem Bündel geschnürten Wäsche und dem alten Rucksack voller Bücher und Hefte kam er daheim an. Niemand holte ihn an der Haltestelle des Omnibusses ab. An diesem Frühlingsnachmittag, an dem es so viel auf Feldern und Wiesen zu tun gab, war das Dorf nahezu verwaist. Stolz sah er hinüber zur Mühle. Jetzt hatte er erreicht, worauf sein Gläubiger so lange gewartet hatte. Aber bald würde der die erste Rückzahlung fordern.

Auch im Hof der Schreinerei war niemand zu sehen. Die Werkstatttür stand offen, aber als er einen Blick hineinwarf, war auch hier niemand. Leo stellte sein Gepäck ab und sah im Holzschuppen nach. Als er eintrat, erhob sich sein Vater erschrocken von einem niedrigen Bretterstapel. Er hatte sich für einen Moment hingesetzt und war tatsächlich eingeschlafen.

»Ach Gott, Leo, du bist schon da, warum hast du nicht geschrieben?«, sagte er mit heiserer Stimme, »jetzt ist gar niemand daheim, die andern sind alle auf dem Acker, und du bist bestimmt hungrig.«

Leo erschrak über das Aussehen des Vaters. Sein Gesicht war eingefallen und von Bartstoppeln bedeckt, mager war er geworden und sah mit seinen hängenden Schultern aus wie ein alter Mann.

»Nein, nein«, antwortete Leo schnell, »ich bin nicht hungrig, ich kann warten, bis die anderen heimkommen. Aber wie geht es dir, warum bist du nicht zur Abschlussfeier gekommen?«

Gottfried sah ihn an: »Glaub mir, ich wär schon gern hingegangen, aber der Klara war das Hafersäen wichtiger und dann bin ich halt auch dageblieben. Weißt du, ich halte diese Streitereien bald nicht mehr aus.«

Es war das erste Mal, dass er seinem Sohn gegenüber so offen seine Gefühle zeigte. Leo übermannte das Mitleid. Er, der sonst jede engere Berührung mit anderen Menschen scheute, nahm seinen Vater in die Arme. Der alt gewordene Mann ließ seinen Kopf an die Schulter des Sohnes fallen und weinte. Minutenlang standen sie so in dem dämmrigen Schuppen. Dann löste sich Gottfried aus der Umarmung, wischte sich die Tränen ab und setzte sich wieder erschöpft auf den Bretterstapel. »Seit es so viel Streit wegen dem Willi gab, ist es nicht mehr schön bei uns. Ich weiß nicht, wie es mit dem Geschäft weitergehen soll, und es wird sowieso immer weniger. Die Leut kaufen ihre Möbel in der Fabrik. Zu mir kommen sie nur, wenn ihr altes Zeug kaputt ist. Davon kann man doch nicht leben.«

»Aber es ist doch noch der Emil da«, versuchte ihn Leo zu trösten, »der kommt doch bald aus der Schule und kann dann Schreiner werden.«

Gottfried winkte ab. »Ach was, der Emil, der hat doch genauso wenig Interesse an der Werkstatt wie ihr und er hat auch gar kein Geschick dazu. Der fährt lieber mit den Kühen. Ich mach halt noch ein wenig weiter und irgendwann hört dieses Leben sowieso auf.« Bevor Leo etwas erwidern konnte, stand Gottfried auf. »Komm, wir gehen ins Haus.«

Leo ging still hinterher. Der letzte Satz des Vaters hatte ihn erschreckt, so enttäuscht und resigniert hatte er ihn noch nie erlebt. Er machte sich Vorwürfe, in der letzten Zeit so wenig heimgekommen zu sein. »Ich räum nur schnell meine Sachen weg«, sagte er, als sie an der Werkstatt angekommen waren, »dann helf ich dir.«

»Lass dir Zeit«, entgegnete der Vater müde, »es ist nicht viel zu tun.« Ohne ein weiteres Wort verschwand er in der Schcune.

Leo schulterte seinen Rucksack, nahm den Koffer in die Hand, das Wäschebündel unter den Arm und stieg im Haus die steile Treppe zu den beiden Bubenkammern hinauf. In der einen hatte sich Willi breitgemacht. Seine Alltagskleider lagen unordentlich auf einem Stuhl, im Schrank hing neben den alten Sonntagskleidern ein neuer Anzug. Auf dem kleinen Nachtkästchen lagen ein Feuerzeug und eine angebrochene Zigarettenschachtel.

Leo stellte seine Habseligkeiten in Emils Zimmer ab. Rasch zog er seine Alltagskleider an, um dem Vater zu helfen. Als er über den Hof gehen wollte, kamen die anderen mit dem Kuhfuhrwerk vom Feld heim. Emil hielt die Zügel in der Hand und kommandierte, als er den Bruder sah, stolz und lautstark die beiden Zugtiere. Luise sprang rasch vom Wagen und eilte zu Leo, während Klara, ohne sich um Leo zu kümmern, die Körbe, mit denen sie die Steine vom Acker aufgelesen hatten, vom Wagen nahm und in die Scheune trug.

»Leo«, sagte Luise strahlend und gab ihm die Hand, »herzlichen Glückwunsch, jetzt bist du ein fertiger Lehrer und schon ein großer Herr! Ich wär so gern zur Verabschiedung gegangen«, setzte sie mit trauriger Miene hinzu, »aber die Mutter hat mich nicht fortgelassen. Aber jetzt bist du ja da.«

Auch Emil gab dem Bruder die Hand. »Kommst du jetzt an unsere Schule?«, fragte er, doch ehe Leo antworten konnte, war er schon wieder zum Wagen gelaufen. »Ich muss nur schnell die Kühe ausspannen.«

Als Klara wieder aus der Scheune kam, gab auch sie dem Stiefsohn die Hand. »Ich gratuliere dir«, sagte sie und fügte hinzu: »Ich bin schon froh, dass du jetzt fertig bist und dir selber dein Geld verdienen kannst. Mit der Schreinerei geht fast nichts mehr.«

Leo ärgerte sich, dass sie schon wieder davon anfing und den Vater schlecht machte. »Wenn ich bald selber verdiene, dann kann ich vielleicht auch dem Vater helfen«, entgegnete er. Aber Klara sagte nur trocken: »Zahl nur zuerst deine Schulden beim Müller.«

Als er am nächsten Morgen in die Küche kam, saß Emil schon am Tisch und löffelte seine Milchsuppe. Er musste ja noch ein Jahr zur Schule. Als Leo mit Luise allein war, fragte die Schwester: »Warst du in der Stadt noch einmal beim Friedrich? Ich hab die letzte Woche gar nichts von ihm gehört.«

»Nein«, musste Leo zugeben, »ich hatte noch so viel zu tun, bis alles erledigt war. Aber du kannst doch auch einmal allein hinfahren.«

Luise lächelte versonnen. »Das wär schön, aber die Mutter lässt mich doch nicht fort, sie weiß inzwischen das mit Friedrich, und sie mag nicht, dass ich einen Freund hab. Ich soll immer nur daheimbleiben, damit sie mich ganz in der Hand hat.«

Leo erwiderte sehr energisch: »Na ja, das müssen wir erst einmal sehen, schließlich hat der Vater auch noch etwas zu sagen.«

»Ach«, erwiderte die Schwester traurig, »der Vater, der sagt inzwischen fast gar nichts mehr. Seit der Willi das Geschäft nicht mehr will, ist er immer stiller und trauriger geworden. Ich hab manchmal schon Angst, er tut sich was an.«

Leo erschrak. »Luise«, sagte er, »so etwas darfst du nicht einmal denken. Der Vater lässt uns doch nicht allein mit der Klara!«

Luise zuckte mit den Schultern.

Am nächsten Tag ging Leo zum Müller. Die Türe zum stattlichen Wohnhaus war weit offen. In dem breiten Gang traf Leo auf eine Magd, die den gekachelten Boden wischte. Sie kannte den Schreinerssohn. »Na, Leo, bist du wieder einmal daheim? Wenn du zum Müller willst, der sitzt in der Küche, geh nur hinein.«

In der großen Küche mit dem gewaltigen Herd saß der mächtigste Mann des Dorfes beim zweiten Frühstück. »Schau an, der Leo«, sagte er jovial. »Ich hab in der Zeitung gelesen, dass du jetzt fertig bist, herzlichen Glückwunsch!« Ohne aufzustehen gab er ihm die Hand. »Und was führt dich jetzt her?«

»Ja«, Leo zögerte, »ich hätt halt gern wegen dem Geld gesprochen.«

Der Müller sah erstaunt auf. Er hatte angenommen, der Kredit für die Seminarkosten sei ein Geheimnis zwischen ihm und dem Schreiner. »Setz dich her«, sagte er zu Leo, »ich ess schnell fertig und dann gehen wir hinauf. Magst du etwas trinken?« Er griff nach dem Mostkrug.

Leo schüttelte den Kopf. »Nein, danke schön.«

Nach ein paar Bissen stand der Müller auf und ging noch kauend Leo voraus die Treppe hinauf in seine Amtsstube. Schwer ließ er sich hinter seinen Schreibtisch in den Stuhl fallen. Mit einer Handbewegung forderte er Leo ebenfalls zum Sitzen auf. »Ja, Leo«, sagte er dann, »wie es aussieht, weißt du ja schon, dass ich deinem Vater das Geld für das Seminar geliehen hab. Aber jetzt«, er beugte sich vor und nickte Leo mit einem Lächeln zu, »jetzt bist du fertig und damit ist das Geld gut angelegt.«

»Wenn ich nach Ostern eine Stelle hab«, sagte Leo eilfertig, »dann will ich das Geld zurückzahlen.«

Der Müller winkte ab. »Das sehen wir, wenn's soweit ist. Weißt du denn schon, wo du hinkommst? Hoffentlich in die Nähe, damit du oft herkommen und daheim helfen kannst. Dein Vater braucht seine Buben, und mit dem Willi kann er, glaub ich, nicht so viel anfangen.«

Leo sagte, dass ihm von der Schulbehörde noch keine Stelle zugewiesen worden sei. Dass er eigentlich möglichst weit weg wollte, das sagte er nicht.

Der Brief von der Schulbehörde kam schon drei Tage später, als Leo mit der Stiefmutter auf dem Rübenfeld war. Als ihm Luise daheim den Umschlag mit dem amtlichem Aufdruck gab, wäre er am liebsten nach draußen gegangen, um den Inhalt dort allein zu lesen. Aber er wollte Luise, die neugierig danebenstand, nicht enttäuschen. So riss er den Brief auf, entfaltete das Schreiben und überflog es. Luise las mit.

Sehr geehrter Herr Schildweg, stand dort, *nach dem erfolgreichen Abschluss Ihrer Lehramtsausbildung werden Sie ab dem 21. April an der Schule in Kleinbergheim als Unterlehrer eingesetzt. Am 11. April haben Sie sich dort bei Schulleiter Werner Höfler vorzustellen.*

Leo war enttäuscht. Seinem Wunsch nach einer größeren Schule war also nicht entsprochen worden. Den Ort Kleinbergheim kannte er nicht, doch schon der Name ließ vermuten, dass es kein besonders großer Ort war.

»Weißt du, wo das ist?«, fragte Luise, die mitgelesen hatte. Leo schüttelte stumm den Kopf. Eilfertig holte die Schwester eine Landkarte aus der Schublade und breitete sie auf dem Küchentisch aus. Dem Schreiben zufolge lag der Ort im übernächsten Kreis, der auf der Bezirkskarte gerade noch verzeichnet war. Die Geschwister mussten lange suchen, bis sie Kleinbergheim als kleinen Punkt am Ursprung eines Flüsschens im Schwarzwald gefunden hatten.

»Das ist nur ein Dorf«, sagte Luise. Sie war ebenfalls enttäuscht, allzu gerne hätte sie den Bruder an einer städtischen Schule gesehen. »Wie kommt man überhaupt dort hin?«

Leo zuckte mit den Schultern. »Ich hab keine Ahnung, womöglich gibt es da nicht mal einen Bus.« Missmutig wandte er sich ab.

Nach langwierigem Suchen machte er im Fahrplan der Post doch eine Buslinie ausfindig, die von der Kreisstadt nach Kleinbergheim fuhr.

Als er dem Vater von seiner Stelle an der weit entfernten Schule erzählte, nahm Gottfried Schildweg das geradezu teilnahmslos auf: »Du musst sehen, wie dein Leben weitergeht. Bei uns hier ist alles schon entschieden.«

Kleinbergheim

Ebenso aufgeregt wie vor der ersten Fahrt zum Gymnasium fuhr Leo am 11. April, einem Freitag, zum ersten Mal nach Kleinbergheim. Im Zug, der an jenem Morgen nur von wenigen Fahrgästen besetzt war, sortierte er nochmals seine Zeugnisse aus der Volksschule und dem Gymnasium, denen er am Vortag noch das vom Bürgermeister ausgestellte *Amtliche Führungszeugnis* hinzugefügt hatte. »So, Leo«, hatte der Müller mit seiner lauten Stimme gesagt, »jetzt bist du ein studierter Mann, jetzt müssen wir alle zu dir aufschauen, denn du bist der erste, der es im Ort zu so etwas gebracht hat.«

Die fremde Kreisstadt, in der er in den Bus umsteigen musste, lag eingezwängt zwischen dicht bewaldeten Bergen an dem Fluss, der in der Nähe von Kleinbergheim entsprang. Bis zur Abfahrt hatte Leo noch eine knappe Stunde Zeit. Ähnlich unschlüssig und unsicher wie damals, als er Karl in der Hauptstadt besuchte, stand er vor dem Bahnhof und betrachtete die nähere Umgebung. Geprägt war die Stadt von einigen aus rotem Sandstein gebauten, wuchtigen Verwaltungsgebäuden und hohen, in den oberen Stockwerken aus Fachwerk errichteten Bürgerhäusern, die eng aneinandergedrängt die kurze Hauptstraße säumten. In den Erdgeschossen der Häuser waren Läden mit kleinen Schaufenstern und hin und wieder ein Gasthaus.

Leo folgte der Hauptstraße zum Marktplatz, in dessen Mitte ein Brunnen mit einem ebenfalls aus Sandstein gefertigten runden Trog stand.

Überragt wurde der Platz vom Rathaus, das im ersten Stock von einer breiten Galerie umgeben war. Ein etwas zurückgesetztes Gebäude mit einem stattlichen, gewölbten Tor und einer großen Fensterfront in den Obergeschossen erregte Leos Aufmerksamkeit. Das könnte eine Schule sein, dachte er und trat näher. Er hatte sich nicht getäuscht, *Hölderlin-Gymnasium* stand über dem Torbogen, und durch das schmiedeeiserne Tor reichte der Blick in einen großen Innenhof. Jetzt in den Ferien lag er verlassen da, aber Leo konnte sich vorstellen, wie munter es dort zur Pausenzeit zuging.

An einer solchen Schule möchte ich Lehrer sein, dachte er und leiser Groll stieg in ihm auf, für ihn reichte es nur zu einer Dorfschule in so einem abgelegenen Kaff, und plötzlich hatte er keine große Eile mehr, schnell dort hinzukommen. Aber die Pflicht ließ ihm keine Wahl. Deshalb kehrte er ohne weitere Umwege zum Bahnhof zurück, wo eine Viertelstunde später sein Bus nach Kleinbergheim abfuhr.

Nachdem der Bus aus der Kreisstadt herausgefahren war, wurde das Tal immer enger. Nur einige kleine, ärmliche Gehöfte zeigten, dass die Gegend noch bewohnt war. Plötzlich aber öffnete sich das Tal wieder, breit flutete das Sonnenlicht über grüne, sauber gemähte Wiesen am sanft geneigten Gegenhang, Obstgärten umfassten ringförmig eine aus mittelgroßen Höfen und Wohnhäusern bestehende Ansiedlung. Aus der Dorfmitte ragte ein spitzer Kirchturm hervor.

Bevor der Bus in den Ort einfuhr, hörte Leo das stoßartige Geräusch eines nahen Sägewerks. Vor und hinter der Säge hantierten Männer mit ihren langen Kanthaken und wuchteten mächtige Fichtenstämme auf schienengeführte, schmale Karren, während andere hinter dem Gatter die zugesägten Balken und Bretter zur Seite räumten. Ein mächtiges, mehrstöckiges Haus erinnerte an die Mühle daheim.

Der Bus hielt in der Dorfmitte, wo sich die Straße zu einem kleinen Dorfplatz verbreiterte. Neugierig betrachteten die wenigen Fahrgäste, die mit Leo ausgestiegen waren, den jungen Mann, den sie hier noch nie gesehen hatten, und gingen dann ihrer Wege.

Leo sah sich um. Gegenüber der Haltestelle überragte ein im Untergeschoss aus Stein und darüber zweistöckig aus Fachwerk errichtetes Gebäude die übrigen Häuser. Über dem breiten Eingang hing an einem schmiedeeisernen Gestänge das Wirtshauschild, das einen recht kunstvoll ausgeführten Adler zeigte. Auf der anderen Straßenseite stand die breite, klobige Tür zu einer etwas zurückgesetzten Schmiedewerkstatt offen. Aus dem Inneren drangen helle Hammerschläge. Vor der Werkstatt stand ein Bauer, dessen Pferde zum Beschlagen an einen Ring angekettet waren.

Bevor der Schmied mit dem zurechtgehämmerten Hufeisen zurückkam, fragte Leo den Bauern nach dem Schulhaus.

Der große Mann nahm seine Pfeife aus dem Mund und wies damit auf einen Hang hinter der Kirche. »Was wollen Sie denn dort?«, fragte er und sah abschätzig auf den jungen Mann.

»Ich möchte zu Schulleiter Höfler«, antwortete Leo. Dass er der neue Lehrer war, mochte er nicht sagen, aber der Bauer kam ihm zuvor.

»Sind Sie ein neuer Lehrer?« Leo nickte. »Da müssen Sie sich aber beeilen«, sagte der Mann nach einem Blick auf die Kirchturmuhr, »gleich ist Mittag und dann treffen Sie den Höfler nur noch im Adler.«

Leo erschrak, jetzt hatte er sich doch verspätet. Kurz bedankte er sich und ging dann an der Kirche vorbei über einen steilen Fußweg zum Schulhaus hinauf. Hinter dem alten Gebäude mit den schmalen Fenstern war ein zweiter, jüngerer Bau zu sehen. Unschlüssig, zu welchem Gebäudeteil er sich wenden sollte, blieb Leo stehen.

Plötzlich öffnete sich eines der kleinen Fenster und eine Frau beugte sich heraus. »Zu wem möchten Sie denn?«, fragte sie. Leo nannte seinen Namen und sein Ziel. »Ach, Sie sind der Herr Schildweg, wir haben schon auf Sie gewartet, kommen Sie nur herein.«

Rasch öffnete Leo die schwere Eichentür und stieg die dunkle Treppe hinauf. Oben erwartete ihn die streng gekleidete Frau, offensichtlich die Schulsekretärin. »Der Herr Höfler hat nicht sehr viel Zeit, gleich ist seine Mittagspause.« Sie ging den dunklen Gang voraus und öffnete nach kurzem Klopfen die Türe zum Lehrerbüro.

Drinnen saß hinter einem dunklen Schreibtisch ein grauhaariger Mann mit rundem Gesicht und einem dichten Oberlippenbart. Buschige, dunkle Augenbrauen gaben ihm einen strengen, mürrischen Ausdruck.

»Das ist der Herr Schildweg, der für heute angekündigt wurde«, sagte die Frau und schloss die Tür hinter sich.

Der Schulleiter stand auf und gab Leo die Hand. »Wir haben schon auf Sie gewartet«, wiederholte er ohne Willkommensgruß die Aussage der Sekretärin.

Leo entschuldigte sein verspätetes Kommen mit der umständlichen Zug- und Busverbindung.

Höfler ging nicht darauf ein. »Wir haben jetzt Mittag, der Kollege ist schon gegangen und ich selbst muss auch zum Essen«, sagte er. »Am besten verschieben wir Ihre Vorstellung auf den Nachmittag. Kommen Sie in einer Stunde wieder hierher. In der Zwischenzeit können Sie sich im Dorf umschauen.«

Leo nickte, und als der Schulleiter ohne weitere Worte seine über die Stuhllehne gehängte Jacke nahm, verließ auch er das Gebäude. Weil er befürchtete, vom Schulhaus aus beobachtet zu werden, stieg er rasch den Hang zum Dorf hinab, bog dann aber in einen kleinen Weg ein, der über eine schmale Wiese zum nahen Wald führte. Dort setzte er sich auf eine alte Bank, die wohl schon vor Jahren für die seltenen Spaziergänger aufgestellt worden war.

Mutlos ließ er den Kopf hängen. Den Empfang an seiner ersten Arbeitsstelle hatte er sich freundlicher vorgestellt. Jetzt war er froh, dass ihm Luise ein Pausenbrot aufgedrängt hatte. Wenn er dem Bauern glauben durfte, saß der Schulleiter jetzt im Gasthaus und hatte wohl ein kühles Bier und einen gut gefüllten Teller vor sich, während er selbst hier sein trockenes Brot kauen musste.

Nachdem er sein mit Butter und einer dünnen Scheibe stark gesalzenem Rauchfleisch belegtes Brot verzehrt hatte, meldete sich der Durst. Er hatte seit dem Morgenessen mit dem dünnen Malzkaffee nichts mehr getrunken und ärgerte sich jetzt, dass er am Brunnen in der Stadt nicht mit der hohlen Hand Wasser geschöpft hatte. In das Dorf wagte er sich aber nicht zurück. Er fürchtete, dort von neugierigen Menschen angesprochen und womöglich vom Schulleiter aus dem Gasthaus heraus beobachtet zu werden. Den Gedanken, selbst hineinzugehen, sich dort an einen Tisch zu setzen und von der Bedienung ein Mineralwasser oder gar ein Bier bringen zu lassen, verwarf er sofort wieder. Immer wieder blickte er zur Kirchturmuhr, doch ihre Zeiger schienen stillzustehen.

Nach einer halben Stunde mit quälendem Durst wollte Leo nicht länger warten. Ohne Rücksicht auf neugierige Dorfleute ging er durch die enge Häuserzeile auf die Dorfmitte zu. Als er kurz stehen blieb, um die aus dem roten Sandstein erbaute Kirche zu betrachten, hörte er leises Wasserplätschern.

Tatsächlich war hinter der Kirche, am Eingang zum Friedhof, ein Brunnen. Leo sah sich kurz um, doch niemand war zu sehen. Er lehnte seine Mappe an den steinernen Brunnentrog, beugte sich zu der gusseisernen Röhre, hielt die hohle Hand in den Wasserstrahl und trank.

So gestärkt und mit neuem Mut überquerte er den Dorfplatz und stieg erneut den schmalen Weg zur Schule hinauf. Zwischendurch blieb er immer wieder kurz stehen und betrachtete die Umgebung. Das Dorf schien schon recht alt zu sein, abseits der Dorfmitte waren die Häuser klein und nur eingeschossig, manche Dächer waren altershalber eingesunken und mit dicken Moospolstern bedeckt. Nur das gleichmäßige Stoßen des Sägewerks drang bis hierher, ansonsten war es still.

Genau eine Stunde nach dem ersten Zusammentreffen stand Leo wieder am Eingang zur Schule. Da Ferien waren, schien das Gebäude wie ausgestorben. Weil er keine Glocke fand, drückte Leo schließlich die schwere, schmiedeeiserne Klinke. Die Türe war unverschlossen. Wie am Vormittag stieg er die Treppe hinauf und stand erneut vor der Türe zum Büro des Schulleiters, doch auf sein Klopfen bekam er keine Antwort. Unentschlossen drehte sich Leo um. Auch aus den anderen Zimmern drang kein Laut und niemand war zu sehen. Direktor Höfler war wohl noch nicht aus der Mittagspause zurück.

Missmutig, die Tasche mit beiden Händen an die Brust gedrückt, trat Leo von einem Fuß auf den anderen. Das war kein guter Anfang. Nach geschätzten zehn Minuten ging unten die Tür und jemand kam mit langsamen Schritten die Treppe herauf. Doch es war nicht der Schulleiter, sondern ein langer, schmaler Mann mit widerborstigem, nach allen Seiten abstehendem Haar und zerfurchten Gesichtszügen. »Grüß Gott«, sagte er, als er Leo erblickte, »Sie sind wohl der neue Kollege, willkommen in unserem Kaff am Ende der Welt.« Er reichte Leo seine fleischlose, faltige Hand. »Hennermann«, stellte er sich vor, »aber damit Sie's gleich wissen, für die Schüler bin ich der Hühnermann.«

Leo nannte ebenfalls seinen Namen und erklärte, am späten Vormittag schon einmal da gewesen zu sein. Da er sich aber aufgrund der schlechten Busverbindung verspätet hatte, habe der Herr Höfler ihn für die erste Nachmittagsstunde erneut herbestellt, aber er sei wohl noch nicht da.

»Jaja, unser Chef«, lachte der Lehrer, »den hat wohl der Adler wieder nicht losgelassen. Kommen Sie, wir warten nebenan auf ihn.« Er öffnete die Tür zum Schulzimmer auf der anderen Seite des Ganges und setzte sich ohne Umstände auf eine der Bänke. Mit einer Handbewegung lud er Leo ebenfalls zum Sitzen ein.

»Jetzt hat Sie's also zu uns Hinterwäldlern verschlagen. Aber nehmen Sie's leicht, es muss ja nicht wie bei mir gleich für ewig sein. Zwanzig Jahre hänge ich schon in diesem Kaff.« Hennermann nickte mehrmals versonnen.

Er fragte Leo nach seiner Herkunft, doch noch bevor er antworten konnte, wurden auf der Treppe und dem Gang schwere Schritte laut. »Aha, der Alte«, sagte der Lehrer halblaut und stand mühsam auf. In der Türe erschien Schulleiter Höfler.

»Ja, jetzt ist es doch wieder später geworden, wenn einen die Leute sehen, dann lassen sie einen nicht mehr los. Kommen Sie beide rüber zu mir in mein Büro«, sagte er schwer atmend.

Als er sich umdrehte, zeigte Hennermann ein lautloses, leicht höhnisches, schiefes Lächeln.

Höfler wies dem Lehrer einen Stuhl seitlich seines Schreibtisches und Leo den Platz ihm selbst gegenüber zu. »Ich denke, Sie beide haben sich schon gegenseitig vorgestellt. Deshalb, Schildweg, kommen wir gleich zur Sache.«

Leo ärgerte sich im Stillen schon wieder. Ihn mit »Herr« anzusprechen hielt der Schulleiter offensichtlich nicht für nötig.

Kleinbergheim sei einschließlich einiger einzelner Höfe eine Gemeinde mit achthundertfünfzig Einwohnern und etwa siebzig Schülern, hörte er dann. Zum Schulbetrieb gehörten leider nur zwei feste Lehrer, eben er, der Schulleiter, und der Kollege Hennermann. Dazu komme etwa alle paar Jahre ein Junglehrer, so wie jetzt Leo.

»Damit müssen wir auskommen«, schloss Höfler seinen kurzen Bericht, »wir werden vom Schulamt schon immer etwas vernachlässigt und müssen uns wohl damit abfinden.« Er setzte zu einem weitschweifigen Vortrag über die Ungerechtigkeiten der höheren Stellen an, von denen die Arbeit draußen auf dem Land viel zu wenig geachtet werde. »Die haben dort immer nur das städtische Publikum und die höheren Schulen im Auge, aber dass wir dafür das Fundament schaffen, das sieht niemand. Manchmal ärgert man sich darüber, aber manchmal wird man auch nur müde, oder etwa nicht, Hennermann?«

Der angesprochene Lehrer nickte und hatte wieder das seltsame Lächeln im Gesicht. Leo wusste nicht, ob es als Zustimmung oder als Belustigung über das Gesagte zu werten war.

Wieder an Leo gewandt, erklärte Höfler, dass jeder Junglehrer, wie es die Ausbildungsordnung vorschreibe, in den ersten Wochen noch ohne eigene Lehrtätigkeit am Unterricht teilnehme. »Dabei, Schildweg, lernen Sie am schnellsten, wie man mit den Schülern umgeht. Wissen Sie, es ist bei uns nicht so einfach wie in der Stadt, manche Schüler haben einen weiten Weg von ihren Höfen bis ins Dorf und schlafen dann im Unterricht ein. Und dann wird ihnen daheim auch noch eingetrichtert, dass man in der Schule nur Dummheiten lerne, aber nicht, wie man richtig arbeitet. Und so führen sich diese Bauernbengel dann bei uns auf. Da müssen wir hin und wieder schon hart durchgreifen, nicht wahr, Hennermann?«

Der nickte wieder und lächelte schief.

Nach einem weiteren Vortrag über die Unzulänglichkeiten der vorgesetzten Stellen und die Interesselosigkeit der örtlichen Bevölkerung an jedweder höheren Kultur schloss Höfler abrupt, schnaufte schwer und sagte: »Ich denke, das reicht fürs Erste. Jetzt zeigt Ihnen der Kollege die Schule und kann Ihnen dann auch bei der Suche nach einer Unterkunft im Dorf helfen.«

Hennermann und Leo standen auf, während der Schulleiter tief in seinen Sessel gelehnt sitzen blieb. Als die Tür hinter ihnen geschlossen war, sagte der Lehrer leise und wieder mit dem höhnischen Grinsen: »Jaja, jetzt braucht er wieder seinen Mittagsschlaf. Unser Chef ist nach dem Mittagessen im Adler halt immer völlig überarbeitet.«

Im alten Teil hatte die Schule lediglich das große Unterrichtszimmer, in dem Leo und Hennermann zuvor gesessen hatten. Neben dem Schulleiterbüro war noch ein kleiner Raum für die nur halbtags arbeitende Sekretärin und davor die große Lehrerwohnung, die Höfler allein bewohnte, seit ihm vor zwei Jahren die Frau gestorben war.

»Hat er denn gar niemand?«, fragte Leo.

»Nein«, entgegnete der Lehrer, »eigene Kinder hat er nicht, ihm genügt es, dass die Sekretärin seine Wohnung putzt. Für das Essen braucht er niemand, die meiste Zeit sitzt er sowieso im Adler.«

Während der Saal im Altbau mit Schulbänken ausgestattet war, an denen, wie die Spuren jahrzehntelangen Gebrauchs zeigten, bereits einige Generationen gelernt hatten, standen in den zwei Unterrichtsräumen im Anbau relativ neue Möbel und an den Wänden hingen große, aufklappbare, in der Höhe verstellbare Wandtafeln.

»Das sind unsere Festsäle«, sagte Hennermann belustigt. »Seither glauben die von der Schulbehörde und die Hinterwäldler vom Gemeinderat, genug für uns getan zu haben.«

Als sein Blick durch eines der Fenster auf die große Kirchturmuhr fiel, stellte Leo mit Erschrecken fest, dass ihm nur noch eine knappe Stunde Zeit blieb, wenn er noch am gleichen Tag wieder heimkommen wollte, und noch wusste er nicht, wo er künftig in Kleinbergheim unterkommen konnte. Er unterbrach Hennermann, der ihm gerade anhand der Aussicht die Umgebung erklären wollte, und wies auf die knappe Zeit hin.

»Ach, wissen Sie«, beruhigte ihn Hennermann, »jetzt können wir sowieso nicht mehr viel ausrichten. Kommen Sie einfach nächste Woche noch einmal her, und in der Zwischenzeit erkundige ich mich, wo Sie künftig Ihr Haupt niederlegen können. Ich denke, ein Zimmer wird Ihnen reichen und teuer soll es ja wohl auch nicht sein. Ich habe da schon ein Zimmer bei einer Handwerkerswitwe im Auge.«

Dankbar stimmte Leo zu. Bevor er mit Hennermann die Schule verließ, erklärte der ihm noch die Umgebung. Er zeigte auf die einzelnen Dächer der in den Wäldern und auf der Hochebene sichtbaren Höfe und Weiler und nannte ihre Namen. Mit dem Hinweis, den Bus nicht versäumen zu wollen, verabschiedete sich Leo, eilte den Fußweg ins Dorf hinab und hatte dort dann doch noch fast eine halbe Stunde Zeit. Er setzte sich auf die einzige Bank an der Haltestelle und wurde dort von den vorbeikommenden Dörflern neugierig betrachtet, aber anzusprechen wagte ihn niemand. Niedergeschlagen starrte er vor sich hin. Es erschien ihm unvorstellbar, hier Freunde zu finden und ein neues, aufstrebendes Leben anzufangen. Als der Bus abfuhr, meinte Leo, für Sekunden noch einmal den Schulleiter entdeckt zu haben, wie er unter dem großen Wirtshausschild durch die Türe ging, aber vielleicht hatte er sich auch getäuscht.

Die Enttäuschung über seinen künftigen Arbeitsort hielt auch während der Heimfahrt an. Wieder einmal hatte er sich alles ganz anders ausgemalt und war, wie er sich im Stillen eingestand, auf dieses Bild hereingefallen.

Auf dem Weg von der Bushaltestelle zum Schreinerhaus musste Leo am Wirtshaus vorbei. Es war für Mitte April bereits ungewöhnlich warm, einige Handwerker saßen draußen im Garten und tranken Bier. »Hallo Bruderherz«, wurde Leo von dort angerufen. Es war Willi. »Wo kommst du denn her? Komm, setz dich her.«

Auch die anderen luden ihn ein, also setzte sich Leo an den Gartentisch. »Warst du noch nicht daheim?«, fragte er den Bruder.

Willi schüttelte den Kopf. »Es reicht, wenn die mich morgen früh sehen, dann gibt's doch bloß wieder Ärger. Ich mach's bald so wie der Karl und such mir in der Stadt ein Zimmer, dann kann mich die Alte hier gern haben.« Die anderen lachten, als hätte er einen Witz gemacht.

Leo ärgerte sich über die respektlose Bezeichnung für die Stiefmutter. Obwohl er selbst schon oft so gedacht hatte, würde er doch nie vor anderen so reden, und schon am Freitag in der Wirtschaft zu sitzen, das passte nicht zur Familie Schildweg. Kein Wunder, dass der Vater nichts von seinem dritten Sohn hielt.

Als Leo heimging, blieb Willi sitzen.

Daheim in der Küche saßen der Vater, die Geschwister Luise und Emil und die Stiefmutter am Tisch und löffelten ihre Milchsuppe. Auf Luises Frage, wie es in Kleinbergheim gewesen sei, antwortete Leo nur: »Ja, das ist schon ein rechtes Kaff und die beiden Lehrer sind auch etwas seltsam.« Weitere Fragen von Emil und dem Vater beantwortete er nur einsilbig, versuchte aber, sich seine Enttäuschung nicht anmerken zu lassen.

»Jeder Anfang ist schwer«, sagte der Vater nur, und Klara schwieg.

Des Schreiners letztes Möbelstück

Am nächsten Morgen hatte Leo mit den anderen längst gegessen, als Willi verschlafen und verkatert in der Küche erschien. Der Vater sah ihn unwillig von der Seite an und schüttelte nur den Kopf.

»Mach, dass du fertig wirst«, sagte Leo, »wir müssen auf den Rübenacker.«

»Was«, gähnte Willi, »jetzt schon? Ich bin noch so müd. Ich geh erst heut Mittag mit.«

Klara, die auf das Rübenfeld vorausgegangen war, um die in Reihen gesäten Pflänzchen von Hand zu vereinzeln, wunderte sich, dass Leo alleine kam. »Was denn, ist der Willi etwa wieder daheimgeblieben?«, fragte sie. Als Leo nur stumm nickte, stemmte sie die Arme in die Hüften. »So geht das nicht weiter, er isst bei uns, er schläft bei uns, wir machen seine Wäsche und der Faulpelz nimmt das alles für selbstverständlich und tut so gut wie nichts. Und der Gottfried lässt sich alles gefallen. Wenn es nach mir ginge, dann hätte ich ihn schon lang aus dem Haus gejagt. Wenn der heut Mittag nicht mit aufs Feld mitgeht, dann gibt's Krach.«

So war es dann auch. Als Willi am Mittag vom Dorf kam und die anderen schon beim Essen saßen, hatte Klara seinen Teller weggeräumt. Verdutzt schaute Willi auf den Tisch und dann auf die Stiefmutter, die ihn herausfordernd ansah. »Wer bei uns nicht arbeitet, der braucht auch nichts zu essen«, sagte sie kalt. »Wenn dein Vater schon nichts sagt, dann muss ich dir halt klarmachen, wie das hier in Zukunft geht. Ich schind mich nicht auf dem Acker, damit du dir einen faulen Tag machen kannst! Wenn du nicht arbeiten willst, dann musst du halt zahlen! Woanders kann man auch nicht umsonst essen und schlafen.«

»Du hast mir überhaupt nichts zu sagen!«, gab Willi streitlustig zurück, »du bist nicht meine Mutter und auch nicht die Herrin hier im Haus. Das ist immer noch das Haus von meinem Vater!«

Klara stand so ruckartig auf, dass der Stuhl hinter ihr umfiel. »So sieht das also aus, jetzt wird dieses Bürschchen auch noch frech! Und du«, wandte sie sich an Gottfried, »du lässt das alles zu! Wer sorgt denn dafür, dass hier jeden Tag ein Essen auf dem Tisch steht, wer bringt das Geld rein, ohne das der ganze Krempel hier längst etwas für den Gerichtsvollzieher wär? Vom ersten Tag an hab ich hier nur geschafft und dann muss ich mir so etwas von diesem Faulenzer sagen lassen!« Mit einem Fußtritt schleuderte sie den Stuhl zur Seite und wollte zur Türe.

»Jetzt hört doch endlich auf!«, fuhr Gottfried zornbebend hoch, »Ich hab so genug von dieser Streiterei.«

Schon in der Tür stehend, drehte Klara sich noch einmal um. »Soso, wer streitet denn? Dieser Kerl doch!« Sie zeigte auf Willi. »Und du stehst ihm auch noch bei, ihr seid doch alle gleich!«

Gottfried schnitt ihr das Wort ab: »Schluss jetzt, ich weiß schon lange, dass ich für dich nichts wert bin, ich weiß, dass wir alle deiner Meinung nach nichts wert sind, dass nur du schaffst und nur du Geld verdienst. Warum gehst du nicht dahin, wo du hergekommen bist, vorher war es hier ruhig und schön.«

Erschöpft stützte er die Ellbogen auf die Tischplatte und verbarg den Kopf in den Händen. Luise legte einen Arm um ihn. Emil blickte erschrocken auf beide. Leo saß wie versteinert und Willi stand erschrocken mitten in der Küche.

Klara starrte ihren Mann einen Moment lang fassungslos an und begann dann mit unnatürlich hoher Stimme zu schreien: »Weg soll ich? Fortjagen willst du mich, du, ein verkrachter Schreiner? Ein Geschäftsmann willst du sein, aber ich sag dir, was du bist: ein Versager! Dich nimmt doch schon lang keiner mehr ernst, über dich schütteln sie doch schon lange nur die Köpfe. Nichts bist du ohne mich, ein Hungerleider, ein Niemand!« Sie stürmte durch die Tür und kurz darauf hörte man sie die Stiege hinunterpoltern und die Haustüre zuschlagen.

In der Küche saßen alle wie erstarrt, nur Willi stand noch immer wie verloren neben dem Tisch. Luise schluchzte leise.

Als Willi ebenfalls zur Tür hinaus wollte, rief Leo ihn zurück: »Du bleibst da, wegen dir gibt es doch den ganzen Ärger! Wegen dir hat die Klara den Krach angefangen und eigentlich hat sie auch recht, du treibst dich nur rum, tust nichts und redest auch noch frech. Wenn sie jetzt geht, dann können wir sehen, wie wir weiterkommen.«

»Die ist schon öfter weg gewesen«, erwiderte Willi ungerührt, »die kommt auch wieder.« Er holte einen Teller aus dem Schrank, setzte sich an den Tisch und nahm sich Suppe.

Gottfried erhob sich ungelenk und sagte tonlos: »Ich geh in die Werkstatt.«

Luise, die sich mit ihrer Schürze die Tränen abgewischt hatte, wollte den Vater nicht alleinlassen. »Wenn ich die Küche sauber gemacht hab, komm ich und helf dir.« Besorgt sah sie zu ihm auf.

»Das brauchst du nicht, es gibt sowieso nicht viel zu tun«, antwortete er unbewegt. »Bleibt ihr nur hier und kümmert euch um euch selber. Ihr müsst sehen, wie es weitergeht.«

Als Leo und Willi wenig später die Hacken aus dem Verschlag neben der Tür holten, war von Klara nichts zu sehen. Auch im Stall und in der Scheune war sie nicht. Vielleicht ist sie schon auf dem Feld, dachte Leo und hoffte es. In der Werkstatt lief die Hobelmaschine, also arbeitete der Vater, stellte er beruhigt fest.

Als Luise mit der Küchenarbeit fertig war, den Boden gefegt und den Flur gewischt hatte, trat sie in den Hof hinaus und hörte ebenfalls das Maschinengeräusch aus der Werkstatt, das dann aber plötzlich abbrach. Eigentlich wollte sie in den Hausgarten, lehnte dann aber die Gartenhacke an die Wand und ging hinüber zur Werkstatt. Das seltsam unbewegte Verhalten des Vaters ließ ihr keine Ruhe. Als sie die Türe öffnete, stand Gottfried an der Hobelbank und sägte eines der eben gehobelten Bretter zurecht.

»Was gibt das?«, fragte Luise, nur um seine Stimme zu hören.

»Ach das«, antwortete er und sah nur kurz auf, »das gibt eine Truhe für mich selber.« Als er Luises besorgten Blick sah, fügte er hinzu: »Ich will da das Werkzeug unterbringen, das immer nur herumliegt.«

Auch vom Garten aus horchte Luise immer wieder auf die Sägegeräusche und Hammerschläge aus der Werkstatt.

Als Leo und Willi am späten Nachmittag vom Feld zurückkamen, waren die Geräusche aus der Werkstatt verstummt. Leo fragte Luise, ob Klara wieder da sei.

Die Schwester schüttelte den Kopf. »Wahrscheinlich ist sie wieder zu ihrer Base und dann wird es spät. Wir müssen die Stallarbeit halt allein machen.«

Leo machte ein besorgtes Gesicht. »Hoffentlich kommt sie überhaupt wieder.« Dann, schon auf dem Weg zum Stall, fragte er: »Und wo ist der Vater?«

Luise horchte kurz. »Vorhin hab ich ihn noch in der Werkstatt gehört, ich schau nach.«

Sie lehnte ihre Hacke an den Gartenzaun und ging zur Werkstatt. Dort war niemand zu sehen. Die Truhe, an der er zuvor gearbeitet hatte, war weitgehend fertig. Luise wunderte sich über ihre lange Form, die im unteren Teil schmal auslief. Als sie wieder in den Hof trat, bemerkte sie, dass die Tür zum Holzschuppen ein wenig offen stand. Sie zog sie auf und ging hinein. Das Licht der tiefstehenden Frühlingssonne warf einen hellen Streifen auf den Schuppenboden und das locker aufgeschichtete Brennholz, der Rest des Schuppens war im Halbdunkel nur schemenhaft zu erkennen.

Halblaut rief sie nach dem Vater. Niemand gab Antwort, nur eine der Hauskatzen, die in einer Ecke geschlafen hatte, kam und rieb sich schnurrend an ihren Beinen. Luise rief lauter. Wieder nichts. Sie ging tiefer in den Schuppen hinein. Dort türmten sich die auf Querhölzer gelagerten Bretterstapel. Da konnte eigentlich niemand sein, trotzdem stieg sie vorsichtig über die klobigen Hölzer. Hinter dem äußersten Stapel bis zur Schuppenwand war eine breite Lücke. Hier war das Dunkel fast undurchdringlich. Nur durch einige Ritzen in der Bretterwand fielen dünne Lichtstreifen auf den Boden und das Holz.

Als sich Luise schon abwenden wollte, zeichnete sich ein solcher Lichtstreifen nicht nur auf den gestapelten Brettern, sondern in halber Höhe auf einem Lederschuh ab. Erschrocken wich Luise zurück, während ihr Blick an der menschlichen Gestalt, die zu dem Schuh gehörte, nach oben wanderte: Es war Gottfried Schildweg. Er war auf einen der halbhohen Bretterstapel gestiegen, hatte einen langen Strick um den oberen Querbalken geschlungen und sich daran erhängt.

Den markerschütternden Schrei, den Luise ausstieß, hörten die beiden Brüder, die gerade im Stall mit dem Füttern anfangen wollten. Leo war es, als hörte er erneut den Schrei der Mutter in ihrer Todesnacht. Er zuckte zusammen und stand wie erstarrt. Erst als Willi ihn schreckensbleich anstarrte, löste sich die Starre. Er ließ die Gabel fallen und rannte hinaus auf den Hof.

Auf dem Hof kam ihm Luise entgegen. Mit angstgeweiteten Augen starrte sie ihn an, zeigte mit ausgestrecktem Arm zum Schuppen und stammelte: »Der Vater.«

Leo fing sie im Niedersinken auf. »Luise, was ist?«

Willi, der an der Stalltür stehen geblieben war, folgte ihrer Geste und ging zum Schuppen. Totenbleich kam er zurück. »Er hat sich aufgehängt«, brachte er mühsam hervor.

Luises Schrei hatte auch der Nachbar Fritz gehört, der damals den vor Schreck davongelaufenen kleinen Leo unter dem Brückenbogen gefunden hatte. Eilig kam er gelaufen. Ihm wiederholte Willi die Todesnachricht.

»Was, der Gottfried?«, stammelte der Mann und folgte Willi in den Schuppen. Auch er konnte den mit seitlich verdrehtem Kopf hängenden Schreiner im Dunkeln nicht gleich entdecken. Dann aber sagte er leise zu Willi: »Komm, wir nehmen ihn herunter. Wir können ihn doch hier nicht hängen lassen.« Aber Willi schaute nur stumm auf den Vater und schüttelte den Kopf.

Fritz verstand seinen Schrecken, er führte ihn aus dem Schuppen zu seinen Geschwistern. Von zwei Nachbarinnen, die auf Luises Schrei hin ebenfalls herbeigeeilt waren, betreut, saßen Luise und Leo auf der Bank am Haus, hielten sich umfasst und weinten.

Während der Nachbar im Schuppen auf den niederen Holzstapel stieg, den langen Strick löste und den Schreiner langsam zu Boden gleiten ließ, hatten die Nachbarinnen die Schildwegkinder, zu denen auch der vom Spielen aus dem Dorf heimgekehrte und nun hemmungslos schluchzende Emil gekommen war, ins Haus geführt. Dort saßen sie nun erschöpft am Küchentisch. Luise hatte sich wieder gefangen und berichtete leise, wie sie den Vater gefunden hatte.

»Wo ist denn eure Mutter?«, fragte eine der Frauen leise. »Weiß sie schon, was geschehen ist?«

Leo schüttelte den Kopf. »Es hat heut Mittag Streit gegeben, da ist sie weggelaufen.«

»Ja«, setzte Luise heftig hinzu, »aber vorher hat sie den Vater beschimpft, einen Versager hat sie ihn geheißen. Sie ist schuld!«

»Aber warum haben sie denn gestritten?«, wollte die Frau wissen.

»Ach«, erklärte Leo mit einer wegwerfenden Handbewegung, »wegen dem Willi.«

Der ließ plötzlich den Kopf auf den Tisch sinken und begann hemmungslos zu weinen. »Ich bin schuld«, schluchzte er laut, »wegen mir hat er es getan.« Erst jetzt war ihm klar geworden, welch große Sorgen er dem Vater bereitet hatte. Seine Tränen waren echt, aber sie kamen zu spät.

Inzwischen hatte sich der kleine Hof der Schreinerei mit anteilnehmenden oder neugierigen Dorfbewohnern gefüllt. Als der vom Briefträger angeforderte Arzt erschien, musste er sich durch die Menschen drängen. Die Nachbarn hatten den Leichnam im Schuppen auf einige Bretter gelegt und die Türe verriegelt. Der Arzt stellte amtlich befugt den Tod fest, an dem es längst keinen Zweifel mehr gab.

Der Tote wurde auf die Krankentrage gebettet, die im Schulhaus für Notfälle aufbewahrt wurde, und ins Haus getragen. In der kühlen, nur selten genutzten Wohnstube, dort, wo Gottfried Schildweg mit so viel Hoffnung auf eine neue Zukunft seine Frau Klara erstmals empfangen hatte, wurde er aufgebahrt.

Inzwischen waren der Pfarrer und, in seiner Eigenschaft als Bürgermeister, auch der Müller erschienen, um sich um die Kinder zu kümmern. Eng zusammengerückt saßen sie auf der Küchenbank. Emil drängte sich an Luise, Leo hielt ihre Hand und Willi starrte ausdruckslos vor sich hin. Leo musste noch einmal den Streit vom Mittag erzählen: »Der Vater war eigentlich ganz ruhig, als die Mutter gegangen war, und ist wie sonst in die Werkstatt gegangen.«

Luise fiel ihm ins Wort: »Ich hab ihm noch helfen wollen, aber er hat abgelehnt. Wär ich doch nur mitgegangen!« Erneut wurde sie von heftigem Schluchzen geschüttelt.

Der Pfarrer versuchte sie zu beruhigen: »Wenn jemand so etwas vorhat, dann lässt er sich nicht aufhalten und dann ist es letztlich auch Gottes Wille.«

Der Müller blieb wie immer sachlich. Er habe schon versucht, Karl in seiner Firma zu erreichen, aber dort sei niemand mehr ans Telefon gegangen. Gleich morgen früh werde er versuchen, ihn zu erreichen. Dann fragte er, ob vielleicht die Nachbarin in der Nacht im Haus bleiben solle, aber Luise und Leo schüttelten die Köpfe.

Alle vier verbrachten die Nacht im größeren der beiden Bubenzimmer. Luise und Emil, der nicht von ihrer Seite wich, schliefen in dem großen Bett, Leo und Willi in Decken gehüllt auf dem Fußboden. Noch lange sprachen Leo und Luise im Flüsterton miteinander und kamen wie von selbst auf die glückliche Zeit, als die Mutter noch lebte. Willi stellte sich schlafend, war aber genauso lange wach wie die beiden und hörte ihnen still zu. Erst als draußen schon die ersten Vögel sangen, fielen die drei in einen kurzen Schlaf.

Am Mittag des nächsten Tages kam Karl an. Der Bürgermeister hatte die Telefonnummer von Karls Wohnheim herausgefunden und ihn früh am Morgen vom Tod des Vaters unterrichtet.

Schnell sprach sich das Unglück in den Nachbardörfern herum. Auf diesem Weg wurde auch Klara von der Todesnachricht erreicht. In ihrem Zorn hatte sie sich, wie schon öfter, zu ihrer Base geflüchtet. Noch am Abend hatte sie den festen Willen gehabt, nicht mehr zurückzukehren, doch am nächsten Morgen musste sie doch an ihre Tiere und Felder denken. Als sie schon zur Rückkehr entschlossen war, brachte die Base die Todesnachricht. Atemlos kam die Frau in die Küche gestürzt, wo Klara mit den Vorbereitungen für das Essen beschäftigt war.

»Klara«, rief sie ihr entgegen, »bei dir daheim hat es ein Unglück gegeben. Im Wirtshaus sagen sie, dein Mann hätt sich aufgehängt. Der Schuster ist grad da gewesen und hat es erzählt.«

Klara stand wie erstarrt, das Geschirrtuch in der Hand. So eine Schande, schoss es ihr durch den Kopf. Erst dann fielen ihr ihre Worte wieder ein, die sie ihm entgegengeschleudert hatte: »Nichts bist du ohne mich, ein Hungerleider, ein Niemand!« Hatte sie ihm damit etwa den Todesstoß versetzt?

Die Base rief sie in die Wirklichkeit zurück: »Klara, du musst gleich heim, du musst zu den Kindern, die brauchen dich jetzt.«

Klara nickte nur stumm. Der Schwager brachte sie in seinem Auto heim.

Als sie das Schreinerhaus betrat, standen einige Frauen im Flur und berieten, wie wohl die Beerdigung zu bewerkstelligen war, wo doch die Frau des Toten nicht da war. Erstaunt und etwas beschämt begrüßten sie Klara, sprachen ihr das Beileid aus, wagten aber nicht, auf die besonderen Umstände des Todes einzugehen.

Während der Autofahrt hatte Klara sich längst wieder gefangen. Förmlich dankte sie für die Anteilnahme und fragte dann, wo die Kinder seien. Die Frauen wiesen die Treppe hinauf und erklärten, der Pfarrer sei bei ihnen, aber das hörte Klara schon nicht mehr. Vor der Tür zur Wohnstube verharrte sie kurz, sammelte sich und drückte dann energisch die Klinke.

In der Stube standen die Kinder um die Totenbahre und beteten. Luise starrte Klara mit rotgeweinten Augen entgegen. Leo schaute kurz auf und sah dann wieder auf den Toten. Willi hatte die Augen stur auf den Boden gerichtet. Emil, der Jüngste, begann wieder heftig zu schluchzen und klammerte sich an die Hand der Schwester. Nur Karl ging ihr entgegen und gab ihr die Hand. Sie schaute ihm kurz in die Augen und senkte, als sie die Tränen spürte, den Blick.

Der alte Pfarrer begrüßte sie mit routinierten Beileidsworten. Er hatte in seiner langen Dienstzeit schon mehrere Selbstmörder beerdigt und wusste damit umzugehen. »Wir wollten gerade beten«, sagte er zu Klara. Sie stellte sich zu den Kindern und der Pfarrer betete mit leiser Stimme, bat Gott um eine gütige Aufnahme des Erdensohnes Gottfried Schildweg und um Beistand für die Hinterbliebenen.

»Frau Schildweg«, sagte er dann, als er geendet hatte, »wir müssen möglichst gleich über die Beerdigung reden.« An die Kinder gewandt fragte er: »Wollt ihr auch dabei sein?«

»Ja, das wollen wir«, sagte Luise sofort und mit ungewöhnlich scharfer Stimme, »er ist unser Vater und wir waren schon immer bei ihm.«

Klara bat nur darum, sich schnell umziehen zu dürfen. Im schwarzen, hochgeschlossenen Kleid kam sie in die Küche, wo die anderen schon am Tisch saßen. Luise hatte darauf gedrungen, das Gespräch nicht in der Wohnstube zu führen. Sie könne nicht über seine Beerdigung reden, wenn der Vater stumm daneben liege, hatte sie unter neuen Tränen gesagt.

Die Beerdigung wurde auf den dritten Tag nach dem Tod festgelegt. Bis dahin gingen die Kinder und ihre Stiefmutter still ihren täglichen Verrichtungen nach. Über den Selbstmord des Vaters und dessen Hintergründe wurde kein Wort gesprochen. Klara stand früh auf, fütterte die Tiere und molk die Kühe. Ihr folgten Leo und Karl, der wie auch Willi für drei Tage beurlaubt worden war, als er in seiner Firma angerufen und vom Tod des Vaters berichtete hatte, und verrichteten die Arbeiten, die vorher der Vater jeden Morgen erledigt hatte. Emil war völlig verstört und wich seiner Schwester nicht von der Seite.

Wie im Dorf üblich, kümmerten sich die nächsten Nachbarn um den Ablauf der Beerdigung. Da bisher Gottfried selbst die Särge für die verstorbenen Dorfbewohner gefertigt hatte, musste nun für ihn ein Schreiner aus einer Nachbargemeinde beauftragt werden.

Als der Mann kam, um für seinen Kollegen den Sarg anzumessen, und der Witwe kondoliert hatte, sagte Klara in ihrem praktischen Sinn: »Wenn du Holz brauchst, kannst du es von uns nehmen, wir haben ja genug, schau nur in der Werkstatt und im Schuppen nach.«

Leo öffnete ihm die Türe, die Gottfried, als er die Werkstatt zum letzten Mal verließ, nicht mehr abgeschlossen hatte.

In dem hellen Raum, in dem es nach frischem Holz und nach Leim roch, wo Gottfried Schildweg die meiste Zeit seines

Lebens zugebracht hatte, wo er ohne Geschäftssinn herrliche Möbelstücke gefertigt und dann für wenig Geld abgegeben hatte, wo er von seinem Aufstieg zu einem der angesehensten Bürger des Dorfes geträumt hatte und wo er schließlich seine Träume nacheinander hatte aufgeben müssen, dort stieß der fremde Schreiner auf die angebliche Truhe, die Gottfried seiner Tochter gezeigt hatte, um kurz darauf seinem Leben ein Ende zu setzen.

»Mein Gott«, sagte der Schreiner und schrak zurück, »da ist ja schon ein Sarg, hat er den noch für einen anderen gemacht?« Leo schüttelte den Kopf.

Entgegen seinem sonstigen Anspruch war Gottfrieds letztes Möbelstück etwas grob ausgefallen. Für andere hätte er es so nie aus der Hand gegeben.

Der fremde Schreiner sah Leo fragend an. »Sollen wir den nehmen?«

»Ja, den nehmen wir«, entgegnete der, ohne lange zu überlegen. »Der Vater wollte das so, er soll in seinem eigenen Sarg liegen. Aber das braucht niemand zu wissen«, fügte er mit Blick auf den Handwerker hinzu. Der nickte.

Vom Rest der Familie und den Nachbarn unbemerkt lud der Schreiner den Sarg in seinen Lieferwagen und fertigte daheim den Deckel, zu dem Gottfried nicht mehr gekommen war. Noch am selben Abend brachte er den kompletten Sarg ins Haus. Die Nachbarinnen wuschen den Toten, kleideten ihn in seinen besten Anzug und falteten die bleichen Hände auf der Brust. Der Striemen, den der Strick um seinen Hals hinterlassen hatte, wurde sorgfältig mit dem Hemdkragen verdeckt.

Es wurde eine große Beerdigung. Der Dorffriedhof hinter der Kirche war mit schwarz gekleideten Menschen gefüllt. Auch aus den Nachbargemeinden waren viele gekommen, die Gottfried Schildweg gekannt und mit ihm zu tun gehabt hatten. Sogar einige Geschäftsleute aus dem Städtchen waren da, für die der Schreiner schöne Möbelstücke gefertigt oder von denen er seine Waren bezogen hatte. Der Eisenwarenhändler, bei dem Karl seine Lehre absolviert hatte, war nicht darunter.

Mit gesenkten Köpfen und ernsten Gesichtern, manche aber auch mit heimlicher Neugier, verfolgten die Trauergäste das übliche Ritual. Als der Geistliche nach seiner Fürbitte für den Toten und seinem Segensspruch drei Schäufelchen Erde auf den Sarg geworfen hatte, kam es zu einer kurzen Verzögerung. Der Tradition entsprechend wollte Klara zusammen mit einem der Kinder an das Grab treten. Doch erst als sie schon einen Schritt vorgetreten war und sich auffordernd zu ihnen umdrehte, löste sich Karl von den Geschwistern und ging mit der Stiefmutter an den Rand der Grube, um dort kurz zu verharren und einige Blumen auf den Sarg zu werfen. Es folgten Leo und Willi und danach Luise mit Emil an der Hand und Friedrich, der zur Überraschung der Trauergäste am Mittag gekommen war, um seinem ehemaligen Gastgeber die Ehre zu erweisen. Emil schluchzte hemmungslos. Er war nicht in der Lage, das Blumensträußchen, das ihm eine Nachbarin in die Hand gedrückt hatte, auf den Sarg zu werfen. Luise musste ihm helfen.

Nach der Beerdigung saß die Familie mit den nächsten Verwandten in der Stube des Schreinerhauses zusammen. Auch der Pfarrer und der Müller waren auf Karls Einladung dabei. Wie schon beim ersten Mal, als er im Schreinerhaus zu Gast war, führte Klaras Bruder, der Großbauer Albert, das Wort. Er meinte, bestimmen zu müssen, wie es im Haus weitergehen solle. »Es ist am besten, Klara, wenn du die Schreinerei verpachtest, ich werde schon jemand finden«, sagte er großspurig. »Mit dem Pachtgeld und der Landwirtschaft kommst du dann gut aus.«

Ruckartig stand Karl auf. »Kaum ist der Vater unter dem Boden, da willst du schon sein Geschäft verschachern!«, sagte er scharf zu dem Onkel. »Aber du hast hier nicht zu bestimmen. Wie es bei uns weitergeht, das regeln wir allein.«

Die Stiefmutter zuckte zusammen. Doch bevor sie etwas sagen konnte, erhob sich der Müller. »Ich meine«, sagte er begütigend, »es ist jetzt nicht die richtige Zeit, schon über die Zukunft zu reden. Wir müssen alle zunächst mit unserer Trauer fertig werden. Euer Vater war ein guter Mensch und ein guter Handwerker. Er wollte immer nur das Beste für seine Familie und das wollen wir achten. Als Bürgermeister ist es meine Pflicht, allen Gemeindemitgliedern zu helfen, und das gilt auch für euch. Ihr könnt euch auf die Hilfe der Gemeinde verlassen. Wir werden darüber in aller Ruhe reden.«

Auch der Pfarrer fühlte sich bemüßigt, etwas zu sagen. »Wir haben nicht das Recht, über andere oder darüber zu richten, wie der Gottfried sein Leben beendet hat. Dieses Recht hat allein unser Herrgott. Er wird euch die Kraft geben, damit fertigzuwerden, und auch ich werde euch beistehen. Lasst uns noch einmal beten, dass euer Vater im Himmel die Ruhe findet, die er vielleicht auf Erden nicht gehabt hat.«

Alle erhoben sich, falteten die Hände und die Erwachsenen schauten bei den Worten des Geistlichen stumm vor sich auf den Tisch. Nur der dreizehnjährige Emil fing wieder an zu schluchzen und fasste nach der Hand seiner Schwester.

Klaras Bruder gab bei seinem raschen Abschied nur seiner Schwester die Hand, den übrigen nickte er nur zu und Karl würdigte er mit keinem Blick. Seine Frau Anne, die Leo lange nicht mehr so reizend fand wie bei ihrem ersten Besuch, war der kurze Wortwechsel peinlich. Sie wollte sich bei den Kindern entschuldigen, aber ihr Mann drängte sie zum Auto, das er sich, wie alle besseren Bauern, bereits vor einigen Jahren angeschafft hatte.

Das Angebot der Nachbarin, für sie die Stallarbeit zu übernehmen, lehnte Klara barsch ab: »Beim Schaffen bin ich schon immer am besten über alles weggekommen, das bleibt auch so.« Sie bat nur um das Wasserholen. Den Kindern könne man nicht zumuten, an so einem Tag noch einmal ins Dorf zu gehen.

Als sie mit dem Melkzeug aus der Küche kam, stand Willi in Arbeitskleidern im Hausgang. »Ich helf dir«, sagte er kurz, als sie erstaunt zu ihm aufsah. Klara wollte schon erwidern, das hätte er früher tun sollen, aber da sie die Schuld in den Augen des Stiefsohnes sah, blieb sie still.

Als es schon dunkelte und im Dorf still geworden war, gingen die Geschwister noch einmal zum Grab des Vaters, das der Totengräber bereits zugeschaufelt und mit den Blumen und den Kränzen bedeckt hatte. Der Stiefmutter, die noch in der Küche werkelte, hatten sie nichts gesagt. Als sie den Friedhof schon wieder verlassen wollten, kam ihnen Klara wie gehetzt entgegen. »Warum habt ihr mir nichts gesagt?«, schluchzte sie und rang die Hände. »Wollt ihr mich nicht dabei haben? Gehöre ich denn nicht mehr zu euch?«

Tief erschrocken standen ihr die Kinder gegenüber und sahen sie zunächst nur stumm an. Dann aber fasste sich Karl, trat zu ihr und legte den Arm um ihre Schulter. »Natürlich gehörst du zu uns und zum Vater, komm, wir gehen noch einmal zu ihm.« Behutsam führte er die Weinende zum Grab.

Dort ließ sie der Erschütterung, die seit der Todesnachricht in ihr steckte, endlich freien Lauf. Schluchzend stammelte sie: »Ich hab es doch bloß allen recht machen wollen. Warum, warum nur haben wir es uns so schwer gemacht?«

Zusammen mit der Stiefmutter verließen die Schildwegkinder das Grab des Vaters. Es war das erste Mal, dass sie sich mit dieser Frau wie mit einer Mutter verbunden fühlten.

Das neue Gefühl der Zusammengehörigkeit hielt auch in den Tagen nach der Beerdigung an. Von den Geschwistern und auch von Klara wurde Karl stillschweigend als neues Familienoberhaupt anerkannt. Er war es auch, der Leo klar machte, dass er seine Stelle unmöglich zum vorgegebenen Termin antreten könne. »Du musst dort anrufen und den Termin um mindestens eine Woche verschieben. Wir wissen doch noch gar nicht, wann der Notar kommt und da musst du dabei sein.«

Am nächsten Morgen ging Leo zur Poststelle und telefonierte an die Schule von Kleinbergheim. Als Leo dem Schulleiter den Tod des Vaters mitteilte und um Verschiebung des Eintrittstermins bat, hörte er ihn am anderen Ende der Leitung schwer atmen.

»Das ist schon kein guter Anfang«, sagte Höfler, solche Unpünktlichkeiten mag ich gar nicht. Aber wenn es nicht anders geht, dann fangen Sie halt erst in der zweiten Maiwoche an.« Bevor sich Leo nochmals für die Verschiebung entschuldigen konnte, hatte Höfler bereits aufgelegt. Den Tod von Leos Vater zu bedauern, war ihm gar nicht in den Sinn gekommen.

Noch bevor er und Willi wieder zu ihren Arbeitsstellen in die Stadt aufbrachen, hatte Karl seinen Brüdern und auch Luise eingeschärft, sich gut mit der Stiefmutter zu vertragen. Sie seien jetzt alle noch mehr als vorher aufeinander angewiesen, und das gehe nur gut, wenn man anständig miteinander umgehe. Und als sich die beiden von Klara verabschiedeten, brach die sonst so harte Frau in Tränen aus. »Ihr dürft mich nicht allein lassen, ich hab doch sonst niemand mehr«, bat sie.

Vorher war Karl noch beim Müller gewesen, um die amtlichen Erfordernisse nach dem Tod des Vaters zu regeln. Er erfuhr, dass die zuständigen Stellen in der Kreishauptstadt bereits unterrichtet waren und in Kürze ein notarieller Termin für die Regelung des Nachlasses von Gottfried Schildweg anberaumt werde. »Das Leben muss weitergehen, auch wenn der Gottfried nicht mehr da ist«, hatte der gewichtige Mann wohlwollend gesagt und Karl die Hand auf die Schulter gelegt. »Eure Stiefmutter wird gut für euch sorgen, aber ihr Kinder müsst umgekehrt auch für sie da sein. Als Ältester hast du jetzt die Verantwortung für die Familie.«

Im Schreinerhaus wurde es still. Alle verrichteten ihre Arbeit wie an besonderen Tagen, an denen man nicht laut zu reden wagt. Auch im Hof hörte man nur das Gackern der Hühner, das Krähen der Hähne und vor dem Füttern das Muhen der Kühe. Aus der Werkstatt, aus der früher das Heulen der Hobelmaschine oder das Kreischen der Säge in den Hof drangen, kam kein Laut. Seit der Schreiner aus der Nachbargemeinde den von Gottfried Schildweg für sich selbst gefertigten Sarg abgeholt hatte, hatte niemand mehr die Türe geöffnet. Auch in den Schuppen, in dem der Schreiner sein Leben beendet hatte, wagte sich zunächst niemand. Als der Holzvorrat im Vorraum unter der Treppe zur Neige ging, sagte Luise, die sonst immer für Nachschub gesorgt hatte, mit gesenktem Kopf zu Klara: »Ich kann da nicht hinein, ich seh ihn immer noch dort hängen.«

»Komm«, versuchte die Stiefmutter, sie zu ermutigen, »dann geh ich mit.«

Aber Luise schüttelte immer noch den Kopf. »Ich fürcht mich so.«

Leo hatte auf der Treppe das Gespräch der beiden Frauen gehört. »Kommt«, sagte er entschlossen, als er in die Küche trat, »dann machen wir das alle zusammen.« Er rief Emil, der unschlüssig im Hof herumstand, und dann gingen die vier gemeinsam an der Werkstatt vorbei zum Schuppen. Leo trug den Weidenkorb für das Holz, Luise hatte wieder Emil an die Hand genommen und Klara hatte in ihrer praktischen Art einen zweiten Korb unter der Treppe geholt, um den Weg nicht nutzlos zu gehen.

Leo öffnete nicht nur die kleine Tür, sondern hakte auch das große Tor auf und ließ das Licht des hellen Frühlingstages in das Schuppeninnere strömen. Er zeigte auf das aufgeschichtete Brennholz und die Bretterstapel: »Seht ihr, da ist nur das Holz, sonst nichts.«

Klara atmete tief durch. »Ach herrje, noch so viele Bretter, was hätt der Gottfried daraus noch alles machen können.« Sie seufzte.

Am nächsten Tag kam der Amtsbote mit der Nachricht, dass der Notar in einer Woche im Gemeindebüro den Nachlass von

Gottfried Schildweg öffnen werde und dazu alle Hinterbliebenen zu erscheinen hätten. Karl und Willi mussten sich dazu wieder einen Tag frei nehmen.

In einer Reihe sitzend, Klara und Luise im schwarzen Trauerkleid und die Söhne ebenfalls dunkel gekleidet, hörte die vaterlose Familie auf die Ausführungen des Notars. Bereits vor der Zeremonie hatte er beim Müller, der in seiner Funktion als Bürgermeister ebenfalls daran teilnahm, nach den Gründen für den Freitod des Schreinermeisters gefragt. Diplomatisch hatte der Müller von einer offensichtlichen Gemütskrankheit des unglücklichen Schildweg gesprochen, die wohl durch die schlechten Geschäfte seines Handwerksbetriebes verstärkt worden sei.

Aus dem Nachlassbericht des Notars ging hervor, dass Gottfried Schildweg kein Testament hinterlassen hatte. Er sei alleiniger Besitzer der Schreinerei mit angeschlossener Landwirtschaft gewesen und nach geltendem Recht falle das Erbe seiner Witwe Klara und den Kindern Karl, Leo, Luise, Willi und Emil nach den vom Erbrecht vorgesehenen Anteilen zu. Für den unmündigen jüngsten Sohn Emil übernehme der Bürgermeister der Gemeinde die Vormundschaft. Bleibe der Besitz ungeteilt, so falle der Nutzungsertrag den Erben nach den bereits festgesetzten Anteilen zu. Gegen diese Regelung könne von allen Beteiligten innerhalb eines Monats Widerspruch eingelegt werden.

Still und einträchtig kehrten die sechs ins Schreinerhaus zurück. Niemand sprach unterwegs ein Wort. Doch in den Köpfen der Witwe und der beiden großen Söhne drehten sich die Gedanken, wie es in ihrem Elternhaus weitergehen sollte. Obwohl sich Karl, Luise und Leo erboten, die Stallarbeit allein zu übernehmen, bestand Klara darauf, wie an jedem anderen Tag die Kühe selbst zu melken. Willi, der sich immer noch schwere Vorwürfe machte, begleitete sie.

Unter dem Vorwand, der fremde Schreiner habe wohl eines seiner Werkzeuge liegen lassen, nach dem gesucht werden müsse, bat Karl Leo in die Werkstatt, aber nur, um dort ungestört mit ihm über die Zukunft der Familie und des Hofes sprechen zu können.

»Ich glaub«, sagte er zum Bruder, »wir lassen das meiste so, wie es ist. Der Albert hat ja gemeint, man könne die Schreinerei verpachten, aber das macht doch keinen Sinn. Überall hören die Schreiner auf, und die Werkstatt vom Vater ist doch viel zu klein, um daraus etwas Neues zu machen. Ich denke, es ist das Beste, wir verkaufen die Maschinen und zahlen damit die Schulden, die der Vater noch hat. Was übrig bleibt, geben wir der Klara, damit sie mit der Landwirtschaft weitermachen kann.«

Leo hörte stumm zu. Der kindliche Groll gegen die Stiefmutter saß immer noch tief in ihm und seine Gedanken wanderten zurück zu der kindlichen Vorstellung, eines Tages weise er die böse Stiefmutter rücksichtslos vom Hof. Laut aber sagte er: »Ja, meinst du denn, die Klara will überhaupt dableiben? Vielleicht will sie zu ihrer Base oder zu ihrem Bruder. Unser Leben hier war ihr doch immer zu klein.«

»Ja, was glaubst du denn?«, entgegnete Karl nüchtern. »Wo soll sie denn hin? Die Base ist recht zum Besuchmachen, aber nicht zum Dortbleiben, und zum Albert will sie bestimmt nicht zurück, sonst wär sie doch damals gar nicht erst zu uns gekommen. Nein, sie soll hierbleiben. Hier gehört sie her, und du weißt so gut wie ich, wenn sie hier nicht so gut gewirtschaftet hätte, dann hätte der Vater längst zumachen müssen. Auch wenn sie immer so viel geschimpft hat, sie sorgt für uns und vor allem für den Emil. Und wenn sie tatsächlich gehen und von uns ihr Erbteil wollte, wo sollten wir das denn hernehmen? Dann müssten wir alles verkaufen und dann könnten wir nicht mehr heimkommen.«

Leo war ernüchtert, was der Bruder sagte, stimmte ja. Aber dass Karl ihr das Geld aus dem Verkauf der Maschinen geben wollte, während er sehen musste, wie er die Schulden beim Müller abbezahlten sollte, wurmte ihn. Doch darüber wagte er jetzt nicht zu sprechen. Stattdessen sagte er zu Karl: »Ja, du hast recht. Mit der Schreinerei wird es wohl nichts mehr. Und seit der Beerdigung ist die Klara wie verwandelt. Vielleicht kommen wir jetzt besser mit ihr aus.«

Beim Nachtessen sprach Klara das Thema von sich aus an. Während des Melkens hatte sie noch einmal über die Worte des Notars nachgedacht. Den Stiefkindern gehörte jetzt die Mehrheit des Anwesens, sie konnten sie auszahlen und vom Hof weisen. Nie war ihr so bewusst wie jetzt, dass sie den Kindern bisher wenig Anlass geboten hatte, sie zu mögen oder gar wie eine Mutter zu lieben.

»Ich hab im Stall über das nachgedacht, was der Notar gesagt hat«, begann sie zögernd. »Jetzt könnt ihr über mich bestimmen, jetzt könnt ihr mich fortschicken.« Ihre Stimme zitterte. »Ich war nicht immer gut zu euch, aber ...« Sie brach ab, der Kopf sank auf die Brust und sie weinte mit bebenden Schultern. Die Kinder sagten nichts, sondern starrten stumm auf den Tisch.

»Ich bin doch jetzt hier daheim«, fuhr Klara schließlich mit leiser, tränenerstickter Stimme fort, »ich will nicht noch einmal woanders anfangen.«

Wieder war es Karl, der ihr entgegenkam. »Du musst nicht fort, du gehörst zu uns«, begann er und fuhr dann fort: »Der Emil braucht dich und wir andern brauchen dich auch. Aber wir müssen versuchen, in Zukunft besser miteinander umzugehen.«

Leo nickte kurz, Willi starrte ausdruckslos vor sich hin, Emil schaute ängstlich von einem zum andern. In Luises Gesicht aber spiegelte sich die Ablehnung. Sie konnte das vernichtende Urteil nicht vergessen, mit dem die Stiefmutter ihrer Meinung nach den Vater vollends zu seinem tödlichen Entschluss getrieben hatte. Außerdem war es für die Brüder leicht, sich versöhnlich zu zeigen, sie aber musste weiter jeden Tag mit Klara leben. Auch sie hatte in den vergangenen Tagen über die Zukunft nachgedacht und sich vorgenommen, sich nicht mehr so widerspruchslos unterzuordnen und immer nur ihre Pflicht zu tun.

»Ich hab mir auch etwas überlegt«, sagte sie mit fester Stimme. »Jetzt, wo der Vater nicht mehr da ist, will ich auch nicht mehr nur daheimbleiben. Ich möchte endlich Schneiderin lernen, so wie ich mir das schon immer gewünscht hab.«

»Aber wie soll es dann hier weitergehen?«, fragte Klara. »Was wollt ihr mit der Schreinerei machen? Wenn sie weiterlaufen soll, dann schaff ich das nicht allein. Vielleicht will ja der Emil einmal Schreiner werden, aber bis dahin müssten wir ja einen Schreiner einstellen.«

Karl schüttelte den Kopf. »Das hat doch keinen Sinn. Die Leute kaufen ihre Möbel doch heut woanders und für das, was es noch zu flicken gibt, können wir keinen fremden Schreiner bezahlen. Leo und ich haben schon darüber gesprochen. Es ist das Beste, wir geben die Schreinerei auf und verkaufen die Maschinen. Dann kann die Luise auch eine Schneiderlehre machen. Für dich allein«, er schaute Klara an, »gibt es mit der Landwirtschaft genug zu tun und der Emil kann dir dann helfen.«

Emil nickte lebhaft. Dann wäre er ja ein richtiger Bauer! Seit der Willi immer so schlecht von der Schreinerei geredet hatte, wollte auch er kein Schreiner mehr werden. Viel lieber kutschierte er.

Es wurde nicht mehr viel geredet an diesem Abend. Früh gingen alle zu Bett und dachten vor dem Einschlafen über die neue Zukunft nach. Leos Gedanken waren beim Vater. Noch einmal hielt er ihn im Arm, als er im Schuppen über die endlosen Streitereien mit seiner Frau geklagt hatte, und sah ihn, wie er nach dem letzten Streit nahezu unbeteiligt aus der Küche gegangen war. Warum bin ich nicht mitgegangen?, warf er sich vor, warum habe ich ihn so allein gelassen? Je mehr er über das Leben seines Vaters nachdachte, umso mehr wuchs sein Schuldbewusstsein. Er würde davon wohl nie loskommen können.

Doch der Müller hatte recht, das Leben musste weitergehen. Am nächsten Tag gingen Leo und Karl zum Müller, um ihm ihre Entscheidung mitzuteilen und die beschlossene Erbregelung amtlich beglaubigen zu lassen. Der erfahrene Mann begrüßte ihren Entschluss. Es sei richtig, sagte er, die Schreinerei aufzugeben und der Klara die kleine Landwirtschaft für ihre eigene Existenz zu überlassen. »So wird euch Klara die Heimat erhalten«, sagte er erleichtert. Auch er hatte einen Bruch der Familie befürchtet.

Die neue Zukunft

Mit einem vollgestopften alten Militärrucksack, für den er sich etwas schämte, einem dicht gepackten Kunstlederkoffer, einem umfangreichen Leinensack mit Federbett und seiner dicken Schultasche reiste Leo einige Tage später in sein neues Leben. Mit einer Postkarte hatte ihm Hennermann, der von Schulleiter Höfler vom Unglück im Schreinerhaus gehört hatte, mitgeteilt, dass er bei einer Frau Zeitler ein Zimmer für ihn gefunden habe. Klara hatte auf dem umfangreichen Gepäck bestanden. Auch wenn es ein möbliertes Zimmer sei, sagte sie, müsse er doch wie damals im Gymnasium ganz bestimmt Bettzeug mitbringen. Bevor sie mit dem Kofferpacken begonnen hatte, hatte Luise Klara ausdrücklich um ihren Rat gefragt, nicht nur, um keinen Fehler zu machen, sondern vor allem, um sie nicht zu übergehen.

Als sich Leo an der Bushaltestelle von Klara, Luise und Emil verabschiedete, war er einerseits erleichtert, sein Elternhaus und das Dorf als Quellen vieler Kinderschrecknisse, Enttäuschungen und zerstörter Träume verlassen zu können, auf der anderen Seite spürte er plötzlich so etwas wie Heimweh in sich aufsteigen. Nie mehr, so dachte er, als er im Bus saß, werde er je wieder ein Schuppenversteck haben und sich dort wie als kleiner Bub in eine andere Welt träumen können.

Als er von der Kreisstadt das letzte Stück nach Kleinbergheim fahren wollte, hatte er Mühe, seine sperrigen Gepäckstücke in den Bus zu bekommen, der um diese Tageszeit mit

Schülern und heimkehrenden Arbeitern besetzt war. Die anderen Fahrgäste schauten belustigt und teils auch verärgert zu, wie er Koffer, Rucksack und Bettzeug durch die schmale Tür zerrte. Der Busfahrer blieb stur auf seinem Sitz und brummte lediglich: »Wird's bald? Das ist doch kein Umzugswagen.«

Schließlich drängte sich ein rothaariger Bursche, dem Aussehen nach ein Handwerkerlehrling, an den Fahrgästen vorbei und half Leo, seine Habseligkeiten unterzubringen. Mit hochrotem Gesicht und Schweißperlen auf der Stirn bedankte sich Leo. Als der Bus mit einem Ruck anfuhr, verlor er fast den Halt und musste sich an dem Rothaarigen festhalten. Einige Fahrgäste lachten und machten Bemerkungen, aber Leo hörte das kaum. Schwer ließ er sich auf einen leeren Sitz fallen.

Beim Aussteigen in Kleinbergheim half ihm wieder der Lehrling. Als der Bus abgefahren war, fragte er ihn, wohin er denn wolle, vielleicht könne er helfen. Leo nannte die Adresse der Witwe Zeitler und der andere nickte. »Das ist nicht weit von mir, ich helf Ihnen tragen.«

Unterwegs fragte ihn der Lehrling, was er denn im Dorf zu tun habe, er sei wohl ganz neu.

»Ich bin der neue Lehrer«, entgegnete Leo. »Ab heut wohn ich hier.«

»Ach herrje«, lachte der andere, »ich bin froh, dass ich die Schule hinter mir hab. Wie heißen Sie denn?«

Leo nannte seinen Namen. »Und wie heißen Sie?«

»Wilhelm Reuschling«, lautete die Antwort, »aber Sie können ruhig Willi und du zu mir sagen, niemand sagt hier meinen ganzen Namen.« Während des Gesprächs kramte Leo seinen Geldbeutel heraus, um seinem Helfer ein Trinkgeld zu geben, aber Willi wehrte mit beiden Händen ab: »Ach, das hat mir doch nichts ausgemacht. Und wenn Sie wieder einmal Hilfe brauchen, sagen Sie Bescheid.«

Das Haus, in dem Leo zukünftig wohnen sollte, lag in einer Seitengasse, in der die Reihe der gediegenen Bürgerhäuser in die Arbeitersiedlung mit ihren niederen Behausungen überging. Das Haus der Handwerkerswitwe war bis zu dem ebenfalls ausgebauten Dach zweigeschossig. Im Erdgeschoss, rechts der Eingangstüre, hatte der verstorbene Schlosser seine Werkstatt gehabt, links davon war der kleine Laden für Eisenwaren und Haushaltsartikel.

Die Witwe hatte Leo bereits bemerkt. Sie öffnete die Haustür und begrüßte ihren Zimmergast: »Sie sind sicher der Herr Schildweg. Wenn ich gewusst hätte, dass Sie so viel Gepäck haben, dann hätten wir Sie doch am Bus abgeholt.« Ohne eine Antwort abzuwarten, drehte sie sich um und rief mit einer weichen Stimme, die gar nicht zu ihrem strengen Aussehen passte, ins Haus: »Franzi, der Herr Schildweg ist da, du musst ihm helfen, sein Gepäck zu tragen!«

Während Leo seinem Helfer kurz zunickte und dann der Witwe ins Haus folgte, kamen leichte, schnelle Schritte die Treppe herab. In dem dunklen Flur konnte Leo das Mädchen kaum erkennen. Sie gab dem neuen Gast die Hand, sagte »Grüß Gott«, und fasste ohne weitere Worte nach dem Wäschesack und der Schultasche.

Zu dritt betraten sie das Zimmer im zweiten Stock des Handwerkerhauses. Es war geräumig und hatte ein großes, nach Süden ausgerichtetes Fenster, durch das, nachdem Frau Zeitler die Gardinen geöffnet hatte, die Sonne hereinschien. Unter der Dachschräge war ein großer Schrank eingebaut und auf der anderen Seite des Fensters stand ein hölzernes Bett mit gedrechselten Pfosten und breiten Seitenteilen. Quer dazu war an der Wand ein großes Waschbecken angebracht, darüber eine Ablage und ein Spiegel. Mitten im Zimmer standen ein quadratischer Tisch mit zwei Stühlen und an der Wand ein altes Sofa mit hoher Rückenlehne und runden Seitenlehnen. Anscheinend hatten schon viele Menschen darauf gesessen oder gelegen, denn der Stoff an den Rücken- und Seitenlehnen war abgewetzt, und die die Sitzflächen waren deutlich durchgesessen. Auf dem Tisch lag eine hellgrüne Tischdecke und darauf stand ein Blumenstrauß aus Gartenblumen. Vor dem Bett lag ein breiter Läufer aus zusammengewebten Stoffresten und das Bett war fertig bezogen. Neben dem Bett standen ein kleines Schränkchen und darauf eine Nachttischlampe mit einem kleinen weißen Stoffschirm.

»Ach, das Bett ist ja fertig«, sagte Leo, »da hätt ich ja den großen Wäschesack nicht herschleppen müssen.«

Frau Zeitler sah ihn mit leicht empörter Miene an. »Ja was glauben Sie denn? Meinen Sie, wir lassen Sie auf der nackten Matratze schlafen?«

»Nein, nein«, wehrte Leo ab, »aber ich hab ja erst vor Kurzem davon erfahren, dass ich hier wohnen kann, und da hatte ich keine Zeit mehr, danach zu fragen. Und meine Schwester und meine Stiefmutter meinten, dass ich ganz sicher das Bettzeug mitbringen müsse, genauso wie im Internat.«

Die Hauswirtin schüttelte den Kopf. »Aber wir sind doch kein Internat, bei uns werden alle, die im Haus wohnen, richtig versorgt.« Ihre Miene hatte den empörten Zug noch nicht verloren, aber die Tochter lächelte, und Leo hatte den Verdacht, sie amüsiere sich über seine Unwissenheit.

Wenn er sein Gepäck versorgt habe, sagte Frau Zeitler, dann solle er nach unten kommen, um etwas zu essen, er habe doch sicher Hunger. Leo nickte. Die Hauswirtin wies ihre Tochter an, dem Herrn Schildweg zu helfen, seine Sachen in den Schrank zu räumen. Dann ging sie mit langsamen Schritten die Treppe hinab.

Franziska hatte sich auf den Boden gekniet und versuchte, den Koffer zu öffnen, kam aber mit dem altmodischen Verschlussmechanismus nicht zurecht. Leo sah es. Er kniete sich zu ihr, griff mit beiden Händen links und rechts die beiden Knöpfe und schob sie nach außen, sodass die Verschlusslaschen aufsprangen. Mit dem rechten Arm berührte er dabei den Arm des Mädchens, der ihm ganz kühl vorkam, während ihm die Hitze in den Kopf stieg. Kaum merklich rückte das Mädchen von ihm ab, sagte aber ganz unbefangen: »Ach so geht das, so einen Koffer hab ich noch nie in der Hand gehabt.«

»Ach, der ist auch schon alt«, sagte Leo, ohne sie anzusehen. Er fürchtete, Franziska könne seinen heiß gewordenen Kopf sehen und sich wieder über ihn amüsieren. Aber sie nahm ohne Umstände seine Wäsche aus dem Koffer, legte sie in die Schrankfächer und hängte seine beiden Jacken und Hosen über die Bügel. Leo packte derweil seine Tasche aus und stapelte die Bücher auf den Tisch. Dann öffnete er den Rucksack, nahm das Leinensäckchen mit dem von Klara eingepackten halben Brotlaib, dem Glas Marmelade und der Wurstdose heraus und stellte seine zwei Paar Schuhe neben das Nachtschränkchen. Er hätte gerne mit dem Mädchen gesprochen, wusste aber nicht, wie er es anfangen sollte.

Als Franziska mit dem Auspacken der Wäsche fertig war, sah sie auf die Bücher und fragte: »Haben Sie die alle gelesen?«

Leo schüttelte energisch den Kopf. »Nein, nicht alle, da sind ein paar Lehrbücher dabei, die ich mir erst gekauft hab, und so interessant ist das auch gar nicht, was da drin steht.«

»Aber als Lehrer müssen Sie das doch alles wissen«, entgegnete Franziska, »sonst können Sie es den Schülern doch gar nicht beibringen. Aber dass Lehrer auch nicht alles wissen«, fügte sie mit einem altklugen Lächeln hinzu, »das erleb ich oft genug in der Handelsschule.«

Leo war froh über das Stichwort. »Im Gymnasium haben wir uns bei einem alten Geschichtslehrer manchmal einen Spaß daraus gemacht, nach einer bestimmten Jahreszahl zu fragen, die wir vorher in einem Lexikon herausgesucht hatten«, erzählte er. »Wenn er dann nicht zugeben wollte, dass er es nicht wusste, dann hat er irgendwas anderes gesagt und das haben wir dann natürlich ausgiebig korrigiert. Meistens wollte er uns nicht glauben und dann haben wir mit ihm rumgestritten und schon war die Stunde vorbei.«

Franziska lachte und sagte: »Und was machen Sie, wenn Ihre Schüler Sie auch so ärgern?«

Leo zuckte mit den Schultern. »Das weiß ich noch nicht, ich fang ja gerade erst an. Das ist hier meine erste Stelle, und ich bin schon gespannt, wie es wird.«

Bei dem seinetwegen auf den Nachmittag vorgezogenen Abendbrot in der Wohnstube der Familie Zeitler besprach Leo mit seiner Hauswirtin die Details für das künftige Zusammenleben. Danach hatte er es eilig, sich in der Schule vorzustellen. Wieder war das kleine Zimmer der Sekretärin, in dem er sich melden wollte, verschlossen, deshalb klopfte er an das Büro des Schulleiters und hörte nach kurzer Verzögerung dessen energisches »Herein«.

Höfler saß ohne Jacke, aber im weißen Hemd und mit korrekt gebundener, aber wegen der Wärme etwas aufgezogener Krawatte hinter seinem Schreibtisch. Der mächtige Bauch ragte bis an die Schreibtischkante. Mit müden Augen blinzelte er Leo an. Ob er wohl am Schreibtisch geschlafen hatte?, überlegte Leo.

»So, Schildweg«, sagte Höfler, »sind Sie gut angekommen und gut untergebracht? Wie mir Hennermann berichtet hat, wohnen Sie bei der Frau Zeitler. Die kenne ich gut, ihr Mann ist erst vor einem halben Jahr gestorben. Sie hat die Werkstatt aufgeben müssen und jetzt wohnen Sie im Zimmer des Gesellen. Dort sind Sie richtig.«

Leo nickte. »Ja, ich hab ein schönes Zimmer.«

Höfler wollte mehr wissen: »Und wie werden Sie sich verköstigen? Ins Gasthaus zu gehen, werden Sie sich kaum leisten können.«

Leo schüttelte den Kopf. »Nein, nein, das Morgenessen bringt mir die Frau Zeitler, mittags kann ich bei ihr essen und abends versorge ich mich selbst.«

»Das machen Sie richtig«, lobte Höfler, »ein junger Lehrer wie Sie sollte nicht zu viel in der Wirtschaft sitzen. Einmal kostet es viel Geld und außerdem ist es nicht gut, wenn die Jungen zu viel mit denen zusammenkommen, die am Feierabend nichts Besseres zu tun wissen, als in der Wirtschaft zu hocken.« Dass er selbst fast seine ganze freie Zeit im Adler verbrachte, das erwähnte der Schulleiter nicht.

Als nächstes setzte Höfler wie schon bei Leos erstem Besuch in Kleinbergheim zu einer langatmigen Erklärung über das Wesen der Volksschule an, die schließlich das Fundament für die Bildung der Bevölkerung legen müsse, aber von den Schulbehörden sträflich vernachlässigt werde. »Die sehen nur die städtischen Schulen und die Gymnasien«, klagte er. »Da geht das ganze Geld hin, und sobald die jungen Lehrer bei uns Fuß gefasst haben, werden sie, wenn sie gut sind, an die großen Schulen versetzt. Bei uns bleiben nur die alten, so wie der Kollege Hennermann; die lässt man hier versauern.«

Höfler schnaufte schwer und bekräftigte mit mehrmaligem Kopfnicken seine eigenen Worte.

Leo hatte eigentlich erwartet, mehr über seinen Einsatz, die Fächer, die er unterrichten sollte und die wöchentliche Stundenzahl zu hören, aber der Schulleiter ließ sich stattdessen ausführlich über das Dorf und die Umgebung aus. »Das hier ist eine schwierige Gegend«, sagte er, »die Leute sind meistens arm und weder groß mit weltlichen noch mit geistigen Gaben gesegnet. Die wenigen, die aus diesem Sumpf herausgekommen sind, achten streng darauf, dass sich an den Verhältnissen nichts ändert. Überall, sowohl oben als auch unten, steht das Materielle ganz im Vordergrund, unten versucht man sich durch ein paar krumme Geschäfte, etwas Holzdiebstahl und manche Wilddieberei, einen Vorteil zu verschaffen und oben beutet man das Volk durch schlechte Löhne aus.«

Leo fragte, wo die meisten Leute arbeiteten.

Viele, vor allem die Frauen, würden als Tagelöhnerinnen auf den Gutshöfen der Hochebene oder bei den größeren Bauern im Tal aushelfen, die Männer seien Waldarbeiter, arbeiteten in der Sägerei oder hätten neben der kleinen Landwirtschaft ein eigenes Handwerk, antwortete Höfler.

Zum Sägewerk, das auf Leo einen großen Eindruck gemacht hatte, sagte Höfler weiter nichts, deshalb fragte er danach.

»Jaja, der Säger«, sagte Höfler mit besonderer Betonung und stemmte sich in seinem hölzernen Schreibtischstuhl hoch, »das ist einer, der hat es zu etwas gebracht. Der kam vor zwölf Jahren nur mit einem Rucksack und seiner Axt als Waldarbeiter ins Tal, und heute bestimmt er, wo es im Dorf langgeht. Das ist ein Österreicher, von dem sie sagen, er dürfe gar nicht mehr heimkommen, weil dort das Gefängnis auf ihn warte. Der hat am Anfang in einer einfachen Waldhütte gewohnt, wurde schnell Vorarbeiter und hat dann angefangen mit Holz zu handeln. Plötzlich hatte er Geld, hat die alte Mühle gekauft und daraus das Sägewerk gemacht. Die Leute sagen, er sei ein Leuteschinder, aber die, die es bei ihm aushalten, zahlt er gut.«

Höfler ließ sich wieder in seinen Stuhl zurückfallen, zog seine Taschenuhr, klappte den Deckel auf und schaute nach der Zeit. »Nun ist es schon wieder halb sechs und ich sitz immer noch hier rum.« Er erhob sich schwerfällig.

Leo fürchtete schon, gar nichts mehr über seinen zukünftigen Einsatz zu hören, da zeigte der Schulleiter auf den Stundenplan an der Wand. »Sie kommen morgen um acht Uhr zu mir in die erste Stunde in das Klassenzimmer oben im Neubau, dann lernen Sie die Schüler kennen und wie wir mit ihnen fertigwerden. Da sind ein paar Rabauken dabei, von denen man sich nichts gefallen lassen darf.« Er nahm seine Jacke vom Kleiderständer in der Ecke, zog sie an und ging mit schief gezogener Krawatte zur Tür, öffnete sie und ließ Leo mit einer Handbewegung vorbei. Statt das Büro ebenfalls zu verlassen, schloss Höfler die Tür von innen ab und Leo hörte ihn dann in das Sekretärinnenzimmer gehen. Er war froh, nicht mit ihm zusammen ins Dorf hinuntergehen zu müssen.

Als er das Schulgebäude verlassen hatte, wusste Leo nicht, was er mit der Zeit bis zum Schlafengehen anfangen sollte. Auf sein Zimmer wollte er noch nicht. Gerne hätte er mit Hennermann gesprochen, aber der war offensichtlich an diesem Nachmittag nicht in der Schule, und wo er wohnte, wusste Leo nicht. So schlug er hinter der Schule den Weg hinauf zum Wald ein und setzte sich dort wie bei seinem ersten Besuch in Kleinbergheim auf die Bank. Das Dorf lag ruhig im Abendsonnenschein. In den Gassen und auf dem Dorfplatz waren nur wenige Bewohner zu sehen. Zu ihm herauf drangen nur das stoßende Geräusch aus dem Sägewerk, helle Klänge aus einem der Hinterhöfe, wo jemand seine Sense dengelte, und hin und wieder das Brüllen hungriger Kühe.

Fast wie daheim, ging es Leo durch den Kopf, doch ein Gefühl von Heimat wollte sich nicht einstellen. Er versuchte, sich die Gesichter seiner Eltern ins Gedächtnis zu rufen, aber es gelang ihm nicht. Er sah nur den Sarg der Mutter im dunklen Loch des Grabes verschwinden und den Leichnam seines aufgebahrten Vaters, aber das Gesicht war das eines Fremden. Er war froh, ein Foto von seiner Mutter mitgenommen zu haben, das kurz nach der Heirat aufgenommen worden war und sie als lachende junge Frau mit lockigem Haar zeigte.

Sie war eine so fröhliche Frau, mit ihr waren wir so glücklich, dachte er, und wieder einmal überfielen ihn die Schwermut und das Gefühl, verlassen zu sein. Die Freude auf den ersten Tag seines Lehrerdaseins wurde von einer unbestimmten Trauer überdeckt.

Als die länger werdenden Schatten des Waldes seine Bank erreichten, stand Leo auf, ging ins Dorf hinab zum Haus der Witwe Zeitler und auf sein Zimmer hinauf.

In der ersten Nacht in Kleinbergheim schlief Leo schlecht. Im ungewohnten Bett, dessen Matratze weich durchhing, fand er keine angenehme Schlafposition, und wenn er für kurze Zeit einschlief, hatte er zerrissene, albtraumhafte Träume. Er sah seinen Vater mit einem Eifer, wie er ihn in den letzten Jahren seines Lebens längst verloren hatte, an seinem eigenen Sarg arbeiten, und schrak aus diesem Traum auf, weil der Vater, als er ihn ansprach, gar kein Gesicht hatte. Dann wieder stand er im Klassenzimmer vor den Schülern, die ihn drohend anstarrten, und fand keine Worte, während Schulleiter Höfler hinter ihm an einem riesigen Pult stand und ihn mit bellender Stimme aufforderte, endlich zu unterrichten.

Aber es war nicht der Lehrer, der bellte, sondern ein Hund in der Nachbarschaft. Die im schwachen Nachtlicht phosphoreszierenden Zeiger seines Weckers zeigten, dass Mitternacht kaum vorbei war. Lange lag Leo wach und dachte über den kommenden Tag nach. Wie sollte er ihn bewältigen, wenn er in der Nacht womöglich nur zwei Stunden geschlafen hatte?

Nach kurzem Schlummer mit neuen belastenden Träumen war er vor sechs Uhr endgültig wach. Lange läuteten die Kirchenglocken zum ersten Gottesdienst, in der Nachbarschaft bellte wieder der Hund, eine Frauenstimme rief ihn zur Ruhe und dann rumpelte ein Wagen die Gasse hinab. Um sieben Uhr wollte ihm Frau Zeitler das Frühstück bringen, deshalb stand Leo schließlich mit schmerzendem Rücken von der durchgelegenen Matratze auf, wusch und rasierte sich an dem großen altmodischen Waschbecken, zog sich an, packte Schreibzeug, Schreibblock und das Buch der deutschen Rechtschreibung in seine Mappe und setzte sich dann untätig an den Tisch. Sein Kopf war so leer wie nach einer Prüfung im Gymnasium.

Pünktlich um sieben Uhr klopfte es, und Frau Zeitler brachte auf einem großen Tablett eine Kanne mit Malzkaffee, ein Körbchen für das Brot, eine kleine Butterdose und das Glas mit Marmelade. Sie trug wieder ein dunkles Kleid und hatte eine ebenso dunkle Schürze umgebunden. Erst später wurde Leo, der sich über diese finstere Tracht wunderte, klar, dass sie noch Trauerkleidung trug, ihr Mann war schließlich erst wenige Monate tot. Ohne ein Lächeln wünschte sie ihm einen guten Morgen und fügte dann hinzu, dass sie fehlende Lebensmittel für das Frühstück für ihn kaufen und ihm diese Ausgaben mit auf die Mietrechnung schreiben werde. Als sie schon wieder an der Türe war, drehte sich Frau Zeitler noch einmal um und wünschte ihm für die Schule einen guten Anfang.

Als Leo wenig später den kurzen Hang zur Schule hinaufstieg, überholte er grußlos einige Schüler. Obwohl er ihre gemurmelte Unterhaltung nicht verstehen konnte, war er sicher, dass sie über ihn sprachen. Vor dem Eingang zur Schule blieb er stehen und wartete auf seinen Kollegen Hennermann, den er langsam den steilen Weg heraufkommen sah. Dabei fiel ihm auf, dass der Lehrer von allen Schülern, die ihn überholten, eifrig gegrüßt wurde und er sie freundlich zurückgrüßte. Peinlich wurde ihm klar, dass er dieses Grüßen unterlassen hatte und dass er deshalb womöglich bei den Schülern schon einen schlechten ersten Eindruck hinterlassen hatte.

Seitlich des Eingangs wartete er auf Hennermann, bis der ihn schwer atmend erreichte. »Guten Morgen, Herr Kollege«, grüßte Hennermann und wischte sich mit einem blauweißen Taschentuch den Schweiß von der Stirn. »Es ist ein schöner Morgen und hoffentlich für Sie auch ein guter Anfang. Wo hat Sie der Chef denn hinkommandiert?«

Leo sagte es ihm. »So so«, spöttelte der Alte, »zeigt er Ihnen gleich sein Paradezimmer, dann gehen Sie nur schnell hinauf, ich bleibe hier unten bei meinen Kleinen.«

Leo ging die kurze Treppe zum Neubau hinauf und wartete an der offenen Türe, hinter der die Schüler bereits in ihren Bänken saßen oder an den Fenstern standen. Die meisten Buben, von denen die ältesten schon fast so groß waren wie Leo, trugen noch immer kurze Hosen, so wie sie Leo von daheim kannte. Einer der älteren Schüler kam mit einem kurzen, an einer dicken Schnur getragenen Eisenstück nach draußen. Mit einem zum Griff gebogenen Rundeisen schlug er dagegen. Ein durchdringender Klang ertönte.

Mit diesem Stundenschlag kam Schulleiter Höfler aus dem Haupthaus. Mit hochgezogenen Schultern und nach unten gerichtetem Blick kam er die wenigen Stufen herauf und blickte erst im letzten Moment auf. Ohne zu grüßen sagte er mit mürrischer Stimme: »Warum gehen Sie nicht hinein, haben Sie Angst vor der Bande?«

Leo schüttelte den Kopf und ging hinter dem Lehrer her, der ohne sich umzublicken durch den Mittelgang zu seinem Pult ging, dort seine alte Aktenmappe abstellte und einige Unterlagen herausnahm. Erst jetzt sah er auf und grüßte die Klasse mit einem militärisch knappen »Guten Morgen«.

Die Schüler erwiderten seinen Gruß. Neugierig blickten sie auf Leo.

»Das ist der Herr Schildweg«, stellte Höfler ihn vor. »Er ist ab heute bei uns, kommt direkt aus dem Institut und wird deshalb nach ganz neuen Methoden unterrichten. Da werdet ihr staunen, was der alles weiß.« Einige Schüler lachten. »Da gibt's gar nichts zu lachen«, sagte Höfler streng. »Jetzt kommt ein neuer Wind auf.« Leo meinte zu sehen, dass sein Gesicht dabei einen höhnischen Zug angenommen hatte.

Der neue Lehrer werde in der ersten Zeit noch zuhören, dann aber selbst unterrichten.

Der Stundenplan sah für die erste Stunde Erdkunde vor. Es ging um die europäischen Länder. Höfler wies einen Schüler an, die große Europakarte an die Wandtafel zu hängen und fragte dann die skandinavischen Länder ab. Als eines der Mädchen mit dem Zeigestock den ganzen Schwanz des skandinavischen Hundes Finnland zuwies, wurde sie vom Lehrer zurechtgewiesen: »Du sollst die Grenzen zeigen, schau doch einmal genau hin.«

Das Mädchen fand die Grenze zwischen Finnland und Russland nicht.

»Herrgott noch mal«, polterte Höfler, »bist du blind. Setz dich hin und pass besser auf.« Er wandte sich an Leo: »Schildweg, zeigen Sie doch dem blinden Huhn, was da hinten in Skandinavien los ist.«

Leo trat an die Tafel, zeigte die Grenze und wollte dabei den Größenunterschied der beiden benachbarten Länder erläutern, aber Höfler schnitt ihm das Wort ab: »Sagen Sie lieber, wie diese Grenzziehung zustande kam.«

Leo stockte, um gedanklich von Erdkunde auf Geschichte zu wechseln. Der Schulleiter sah ihn bereits abwartend an: »Nun?«

Einige der Schüler grinsten, der Neue wusste anscheinend doch nicht alles. Leo stieg bereits die Röte ins Gesicht, bevor er sich wieder fasste und auf den finnisch-russischen Krieg hinwies.

»Und wann war der?«, hakte Höfler lauernd nach.

Jahreszahlen waren schon immer Leos Schwäche gewesen. »Ich meine, es war 1937«, sagte er zögernd.

»Falsch!«, korrigierte Höfler. Jetzt lachten einige Schüler hörbar. »Das war erst 1939 im Winterkrieg und er dauerte bis 1944.« Jetzt zeigte sich, dass Geschichte das Steckenpferd des Schulleiters war. Er verlor sich ganz in einem Vortrag über diesen Krieg und war schon dabei, auf den großen Zweiten Weltkrieg einzuschwenken, als der rustikale Gongschlag das Ende der Stunde verkündete.

»Machen Sie nachher mit Erdkunde weiter«, wies Höfler Leo an. »Ich habe noch etwas im Dorf zu erledigen und bin erst nach der großen Pause wieder zurück. Erzählen Sie denen etwas über Skandinavien, beispielsweise Bodenschätze, Wirtschaft, Klima. Als examinierter Junglehrer wissen Sie doch Bescheid und dann lassen wir die Bande in der nächsten Woche eine Klassenarbeit schreiben.«

Natürlich waren die skandinavischen Länder auch im Gymnasium durchgenommen worden, aber das war bereits über drei Jahre her. Hilflos versuchte Leo in der kurzen Pause, das damalige Wissen zurückzuholen. Hätte er früher gewusst, dass dieses Thema auf dem Lehrplan stand, dann wäre es ein Leichtes gewesen, sich auf den Unterricht vorzubereiten und die nötigen Informationen herauszusuchen. So hatte er aber nicht einmal das Erdkundebuch der Schüler zur Hand. Höfler hatte das Buch mitgenommen.

Schon spürte Leo Panik in sich aufsteigen. Kurzentschlossen griff er in der ersten Bank nach einem der Bücher und suchte nach den Seiten über Skandinavien, musste es aber unverrichteter Dinge wieder weglegen, da die Schüler bereits aus der Pause zurückkamen. So versuchte er es mit allgemeingültigen Aussagen, vergaß bei den Bodenschätzen das norwegische Erdöl, versprach sich immer wieder, und über die finnische Wirtschaft wusste er überhaupt nichts Konkretes zu sagen.

Die Schüler bemerkten seine Unsicherheit sofort, grinsten sich an und ahmten heimlich seine Versprecher nach. Mit altkluger Miene sorgte einer der Schüler mit der Frage, ob nicht auch das von Leo nicht erwähnte Dänemark zu Skandinavien gehört, für allgemeine Heiterkeit.

Als endlich der Gong zum Ende der Stunde schlug, war Leo nassgeschwitzt und vollkommen verzweifelt. Wütend auf sich selbst, weil er sich nicht nach dem Unterrichtsstoff seiner ersten Stunde erkundigt hatte, und auf den Schulleiter, der ihn anscheinend absichtlich ins offene Messer hatte laufen lassen, setzte er sich ans Lehrerpult und ließ den Kopf hängen. So entdeckte ihn Hennermann.

»Na, wie läuft es?«, fragte er mit seinem schiefen Grinsen. »Hat Sie der Chef schon alleingelassen?«

»Ja«, entgegnete Leo empört, »er hat gesagt, er müsse ins Dorf, und hat mich in der zweiten Stunde allein unterrichten lassen, ohne dass ich mich überhaupt vorbereiten konnte.«

»Ja, das sieht ihm ähnlich«, sagte Hennermann und nickte bekräftigend. »Der wirft andere gerne ins kalte Wasser und amüsiert sich darüber. Wahrscheinlich sitzt er längst schon wieder im Adler und beklagt sich, wie schwer man es als Schulleiter habe. Aber machen Sie sich nichts draus«, munterte er Leo auf, »in der nächsten Stunde kommen Sie zu mir und zu den Kleinen, das richtet Sie wieder auf.«

Zuvor aber musste Leo auf Höfler warten, der jedoch erst kam, als der Gong längst das Ende der großen Pause verkündet hatte.

»Warum haben Sie noch nicht angefangen?«, fragte der Schulleiter anklagend. »Ich wurde im Dorf natürlich wieder einmal aufgehalten, dort kann man ja keinen Schritt tun, ohne dass jemand etwas wissen will.«

Leo wies darauf hin, dass ihn Hennermann für die nächste Stunde in die Unterklasse beordert habe.

»Ja, richtig«, sagte der Schulleiter knapp, »das war so ausgemacht. Also gehen Sie zu den Kleinen, da fühlen Sie sich vielleicht wohler.«

Unten, in dem großen, düsteren Schulsaal mit seinen kleinen Fenstern und den abgewetzten Bänken unterrichtete Hennermann die Klassen eins bis vier. Der alte Lehrer, dem das lange Stehen schwerfiel, saß weit vorgereckt hinter seinem Pult. Während die Erst- und Zweitklässler einfache Worte und kurze Sätze aus ihrem Buch abschreiben mussten, diktierte er den Dritt- und Viertklässlern einen Text aus Hermann Hesses *Unterm Rad*. Mit krächzender Stimme sprach er langsam Satz für Satz und bemerkte Leo, der in der Tür stehen geblieben war, zunächst nicht. Erst als einige Schüler neugierig die Hälse reckten, unterbrach er sein Diktat, stand mühsam auf und führte Leo in den Raum.

»Kinder«, sagte er an die Schüler gewandt, »das ist unser neuer Lehrer, der Herr Schildweg. Er kommt frisch vom Pädagogischen Institut und weiß schon alles, was ihr noch lernen müsst.« An Leo gewandt sagte er: »Wissen Sie was, Sie erzählen jetzt einfach, wo Sie herkommen und wie Sie Lehrer geworden sind, dann ist der Kontakt am schnellsten hergestellt. Anschließend bringe ich mein Diktat zu Ende, und in der Zeit prüfen Sie bei den Kleinen, ob die richtig schreiben.« Ächzend nahm er wieder an seinem Pult Platz und erteilte Leo mit einer Handbewegung das Wort.

Leo erzählte, dass er aus einem Dorf, etwa so groß wie Kleinbergheim, stamme, sein Vater eine Schreinerei mit einer kleinen Landwirtschaft gehabt habe und dass er dort nach der Schule und in den Ferien immer helfen musste. Die Buben und Mädchen nickten, das kannten sie auch.

Als ein Bub in der hintersten Reihe ihn fragte, warum er kein Schreiner geworden sei, antwortete Leo: »Ganz einfach deshalb, weil unser Lehrer gemeint hat, ich könnte mit Schulbuch und Lineal besser umgehen als mit dem Hobel.« Allgemeine Heiterkeit war die Folge, und in der Pause meinten einige Schüler, der neue Lehrer sei eigentlich ganz nett.

In der letzten Vormittagsstunde stand in der Unterklasse Geschichte auf dem Stundenplan. Hennermann erzählte anschaulich von den germanischen Stämmen und Leo musste dazu einige Seiten aus einem Buch von David Friedrich Weinland vorlesen.

»Stellt euch mal vor, ihr könntet wie die germanischen Kinder in einer Höhle leben, wäre das nicht schön?«, fragte der alte Lehrer und machte ein neugieriges Gesicht.

»Ja, ja«, schallte es aus den Bubenbänken, aber die Mädchen schüttelten die Köpfe.

Hennermann versprach den Schülern, sie würden beim nächsten Schulausflug so eine Höhle besuchen, und Leo musste auf der aufgehängten Landkarte die Standorte dieser Höhlen zeigen.

So ging diese letzte Stunde vor der Mittagspause wie im Fluge vorbei, und als der Stundengong ertönte, war Leos Missstimmung nahezu verschwunden. Als er inmitten der Schüler den Hang zum Dorf hinabstieg, fragten ihn einige nochmals nach den Germanenhöhlen und er gab bereitwillig Auskunft. So ausgesöhnt betrat er das Haus der Witwe Zeitler in der Hoffnung, dort nicht nur die verschlossene Frau, sondern auch die hübsche Tochter anzutreffen.

Doch seine Erwartungen wurden enttäuscht. »Wir sind heute nur zu zweit«, sagte Frau Zeitler, als er zu ihr in die Küche trat. »Franziska hat heute Nachmittag Unterricht und isst deshalb in der Stadt. Wenn es Ihnen nichts ausmacht, Herr Schildweg, dann essen wir hier in der Küche, das ist für mich einfacher.«

»Ja, natürlich«, erwiderte Leo kopfnickend, »daheim essen wir auch immer in der Küche.«

Leo sah sich in dem hellen Raum um: Ein großer Holzofenherd mit beigestellter Elektroplatte stand im vorderen Teil, ihm gegenüber eine lange Spüle mit großer, chromblitzender Ablage und einer daneben gestellten Waschmaschine. Im hinteren Teil standen in einer abgewinkelten großen Nische eine Eckbank und ein geräumiger Tisch mit blankgeschliffener Birnbaumplatte. Seitlich davon eine große, dunkle Kommode und gegenüber der Fensterseite ein geräumiger, weiß gestrichener Küchenschrank mit gläsernen Schiebetüren.

»Ich denke«, sagte die Frau nochmals wie entschuldigend, »wir haben es auch hier ganz gemütlich. Bitte, setzen Sie sich doch.« Sie wies auf einen Stuhl an der Längsseite des mit zwei Tellern, Gläsern und einem Wasserkrug gedeckten Tisches. Sie stellte eine einfache Schüssel auf den Tisch, und während sie Leo die Suppe schöpfte, fragte sie, wie der erste Tag in der Schule gewesen sei.

»Ach, es ging ganz gut«, antwortete Leo, »die ersten zwei Stunden war ich in der Oberklasse bei Herrn Höfler und nach der Pause unten bei Herrn Hennermann.« Über den schwierigen Umgang mit dem Schulleiter mochte er nicht reden.

»Mit dem Hennermann war es sicher einfacher«, kam sie von sich aus auf das Thema. »Er ist bei den Kindern sehr beliebt, aber mit Herrn Höfler haben anscheinend manche ihre Schwierigkeiten. Franziska hat manchmal sogar geweint, wenn sie in der Oberklasse von der Schule kam – er kann wohl recht jähzornig sein. Müssen Sie denn heute Nachmittag wieder hin?«

Leo nickte. »Um halb zwei haben die siebte und die achte Klasse zwei Stunden Rechnen mit Höfler, da bin ich schon gespannt.«

Als er nach dem Essen auf sein Zimmer ging, war es dort stickig. Frau Zeitler hatte die Gardinen zugezogen. Jetzt erst bemerkte Leo, wie belastend der erste halbe Schultag gewesen war. Am liebsten hätte er sich, wie oft im Gymnasium, auf sein Bett geworfen, um zu schlafen. Seine gute Stimmung nach dem Unterricht in der Unterklasse war verflogen. Mutlos setzte er sich an den Tisch und ließ sich die deprimierenden ersten beiden Schulstunden noch einmal wie einen Film durch den Kopf gehen.

Er ärgerte sich nicht nur über Höflers Verhalten, sondern vor allem über sein eigenes. Er hätte sich einfach am Vortag nach dem Unterrichtsstoff erkundigen und sich gezielt vorbereiten sollen, dann hätte ihn Höfler auch nicht so kleinmachen können. Wieder einmal fühlte er sich als Versager, dem nicht einmal die einfachsten Dinge in den Kopf kamen. Jetzt hatte er sich vor den Schülern bereits lächerlich gemacht, und er wusste aus eigener Erfahrung nur zu gut, wie schwer so ein Eindruck wieder aus den Schülerköpfen herauszubringen war.

Plötzlich fiel ihm siedend heiß ein, dass er nicht einmal das gültige Rechenbuch für die Oberklasse zur Hand hatte, um sich wenigstens auf den Nachmittagsunterricht vorzubereiten. Hastig suchte er in den mitgebrachten Schulunterlagen nach seinen Rechenheften. Er hatte nur die Hefte aus dem Gymnasium dabei, die aus seiner Schulzeit in der Dorfschule lagen in der Bubenkammer der Schreinerei. Krampfhaft versuchte er, sich daran zu erinnern, welcher Unterrichtsstoff in der siebten und achten Klasse durchgenommen wurde, aber es war schon zu lange her. So blätterte er ohne großen Erfolg die Hefte aus dem ersten Gymnasialjahr durch, um wenigstens halbwegs auf dem Laufenden zu sein.

Als er eine Viertelstunde vor Unterrichtsbeginn wieder auf dem Schulberg ankam, spielten einige Schüler auf dem Sportplatz hinter dem Neubau Fußball, andere saßen im Schatten des breiten Vordachs und dösten vor sich hin. Manche schienen ihn gar nicht zu bemerken. Nur drei oder vier Mädchen hatten ihn entdeckt, tuschelten und kicherten. Leo wollte sich unbefangen geben und ging zu ihnen herüber. Warum sie denn schon so früh aus der Mittagspause zurück seien, wollte er wissen.

»Wir sind über den ganzen Mittag da«, antwortete eines der Mädchen. »Wenn wir Nachmittagsschule haben, können wir nicht heim.«

Leo erinnerte sich, dass Höfler gesagt hatte, einige der Schüler kämen von entlegenen Höfen oder Weilern. »Wie weit habt ihr denn heim?«, fragte er.

»Bei mir sind's drei Kilometer«, antwortete dasselbe Mädchen, »aber bei anderen ist es noch viel weiter.«

»Wir haben sogar fünf Kilometer und das über den Berg«, mischte sich eine andere ein und ihre Freundin nickte lebhaft.

»Da braucht ihr ja fast eine Stunde«, stellte Leo fest.

»Und im Winter sogar noch länger, oft ist morgens der Weg noch gar nicht geräumt«, hörte er. Um ihn herum entstand plötzlich ein lebhaftes Gespräch über Schulwege, Höhenunterschiede und Wegezeiten und er fühlte sich einbezogen.

Erst als der Gong ertönte, ging er mit den Schülern in den Klassenraum, hatte aber immer noch kein Rechenbuch. Von einem der Mädchen ließ er es sich zeigen und auch erklären, wo sie in der letzten Stunde angelangt waren. Es waren die Verhältnisrechnungen. Nach kurzem Überlegen war der Rechengang Leo wieder gegenwärtig.

Um nicht wieder von Höfler gerügt zu werden, warum er noch nicht angefangen habe, begann Leo den Unterricht.

»Haben alle den Stoff von der letzten Stunde verstanden?«, fragte er laut. Die meisten nickten, nur einige schüttelten schüchtern den Kopf.

Noch bevor Leo nach der Ursache fragen konnte, wurde die Tür aufgerissen und Schulleiter Höfler stürmte in den Raum. Ohne Gruß ging er nach vorn, packte seine Aktentasche aus und wandte sich mit herrischer Stimme an Leo: »Ich wurde aufgehalten, mit was haben Sie angefangen?«

Leo sagte ihm, dass von der letzten Stunde offenbar noch einige Lücken geblieben seien. »

Was für Lücken?«, empörte sich Höfler.

»Bei mir gibt es keine Lücken. Wer etwas nicht versteht, der kann gleich in der Stunde nachfragen oder im Buch nachschauen. Wir haben keine Zeit, um den letzten Trödlern den Rest einzupauken. Darauf lassen wir uns gar nicht ein, verstehen Sie, das muss Ihnen ab sofort klar sein! – Wer hat etwas nicht verstanden?«, fragte er scharf in die Runde. Niemand wagte sich zu melden.

Erneut wandte sich Höfler an Leo: »Sie können sich ruhig hinten in die Klasse setzen und zuhören, damit Sie lernen, wie ich das mache.«

Leo gab das Rechenbuch der Schülerin zurück und setzte sich in eine der hinteren Bänke. Wie schon am Vormittag fühlte er sich von seinem Schulleiter bloßgestellt.

Während der ganzen Stunde richtete Höfler kein einziges Wort mehr an ihn.

In der Pause ging Leo nach vorn, um den Schulleiter nach den benötigten Schulbüchern zu fragen. Der hatte sich schwer atmend an seinem Pult niedergelassen und beschäftigte sich mit einigen Schriftstücken. »Was, Sie haben noch keine Bücher?«, fuhr er ihn an. »Die hätten Sie sich schon lange im Sekretariat besorgen können, aber jetzt ist die Frau Maier nicht mehr da. Gehen Sie morgen in der großen Pause hin!«

Niedergeschlagen verzog sich Leo wieder in seine Bank und wurde auch in der zweiten Stunde nicht in den Unterricht einbezogen.

Als er später am Nachmittag auf seine Stube kam, war es dort dunkel und wieder stickig. Er öffnete die Gardinen und das Fenster. Das Rattern des Sägewerks erschien ihm lauter als am Vortag. Er schloss das Fenster wieder und warf sich in den Kleidern auf das Bett, aber schlafen konnte er nicht, zu viele Gedanken gingen ihm durch den Kopf.

Wie ausgemacht wollte er um halb sechs sein Brot, die von daheim mitgebrachte Wurst und die Marmelade in Frau Zeitlers Küche abholen. Auf sein Klopfen öffnete die Tochter. Sie trug einen kurzen blauen Rock und eine ärmellose weiße Bluse. Das Haar hatte sie zum Pferdeschwanz gebunden. »Grüß Gott, Herr Schildweg«, sagte sie lächelnd.

Leo, der zwar gehofft hatte, das Mädchen zu sehen, war nun doch überrascht, als sie so plötzlich vor ihm stand. »Grüß

Gott, Fräulein Zeitler«, stotterte er. »Ich wollte nur mein Essen holen.«

Aus der hinteren Küchentüre, die zum Garten führte, tauchte die Mutter auf. »Der Herr Schildweg hat sein Essen bei uns im Kühlschrank«, erklärte sie der Tochter und nahm ein Tablett aus dem Küchenschrank, um Leos Sachen daraufzustellen.

»Aber oben ist es doch sicher schon recht warm«, sagte Franziska, »der Herr Schildweg kann doch auch mit uns zusammen im Garten essen.«

Frau Zeitler nickte. »Natürlich, wenn ihm das recht ist.«

Leo stotterte schon wieder: »Jaja, sehr gern, ich will Ihnen aber keine Umstände machen.«

Frau Zeitler winkte ab. »Sie machen doch keine Umstände! Kommen Sie nur.«

In dem kleinen Garten hatte die Frühlingssonne die von alten, noch kahlen Rebstöcken überwachsene Laube aufgewärmt. Auf dem Tisch standen eine große Kaffeekanne mit zwei geblümten, altmodischen Tassen und zwei Gedecke aus Holzbrettchen und Besteck. »Ich brauch am Nachmittag immer einen Kaffee, um noch ein wenig schaffen zu können«, erklärte Frau Zeitler. Sie wies auf die Kanne: »Ich glaube, es ist noch einer drin, wenn Sie auch einen möchten.«

Leo setzte sich und schüttelte den Kopf. »Ich nehm lieber Wasser, der Nachmittag hat mich durstig gemacht.«

»Ja, wie war es denn am ersten Tag?«, fragte Franziska neugierig. »Haben Sie schon richtig unterrichtet?«

Wieder schüttelte Leo den Kopf. »Heut morgen nur ein wenig und am Nachmittag gar nicht.«

»Ach, dann waren Sie sicher beim Höfler, der meint doch, er wäre der einzige richtige Lehrer und wisse alles am besten. Mit dem hat es niemand einfach und den kann doch niemand leiden.«

»Aber Kind«, wiegelte die Mutter ab, »so kannst du doch nicht über andere Leute reden, schließlich ist der Herr Höfler Schulleiter, und wenn er kein guter Lehrer wäre, dann wär er das doch gar nicht geworden. Du machst ja dem Herrn Schildweg richtig Angst.«

»Dass es nicht einfach wird, das hab ich schon gemerkt«, bekannte Leo. »Morgen Vormittag komm ich wieder zu Herrn Hennermann in die Unterklasse, da wird es besser.« Einzelheiten von seinem ersten Tag als Lehrer wollte er nicht nennen. Er fürchtete, damit vor dem Mädchen als Tölpel und Versager dazustehen. Außerdem war ihnen im Institut zum Abschluss eingeschärft worden, mit Unbeteiligten nicht über den Schulbetrieb zu reden. Er war deshalb froh, dass Franziska nicht weiter nachfragte, sondern ausgiebig den Jungmädchenklatsch aus der Handelsschule erzählte. Wie sie eifrig ihre Worte mit Kopfbewegungen und dem Spiel ihrer Hände bekräftigte und ihm dabei immer wieder eindringlich ins Gesicht sah, das gefiel Leo. So wurde es für ihn noch ein versöhnlicher Nachmittag.

Als Frau Zeitler aufstand, um den Tisch abzuräumen, beendete auch Franziska ihren Schulbericht und half der Mutter beim Geschirr.

In seinem Zimmer sah sich Leo noch einmal den Stundenplan des nächsten Tages durch und versuchte, sich mit den mitgebrachten Büchern auch auf die Fächer Schreiben, Lesen und Naturkunde in der Unterklasse vorzubereiten. In der Oberklasse standen Rechnen, Naturlehre und Geschichte auf dem Plan, aber Höfler hatte ihn ja in die Unterklasse beordert. Und am Nachmittag würde kein Unterricht stattfinden.

Hennermann ließ ihn am nächsten Vormittag nahezu beliebig gewähren. Leo teilte die korrigierten Diktathefte aus und ließ die Verbesserungen schreiben. Wie Hennermann ihm geraten hatte, schrieb er die am häufigsten falsch geschriebenen Wörter an die Tafel und erklärte die Besonderheiten ihrer Schreibweise. Nebenher ließ er die Kleinen neue Wörter aus dem Buch in ihre Hefte abschreiben. Für alle vier Klassen erläuterte er in der letzten Stunde im Fach Naturkunde die durch die

Eiszeit hervorgerufenen Besonderheiten der süddeutschen Landschaft.

In der großen Pause sprach er bei Schulsekretärin Maier um die noch nicht abgeholten Schulbücher vor. Die Türe zum Zimmer des Schulleiters war offen, Höfler war also nicht da. Saß er an seinem Schreibtisch, dann musste die Türe zur Sekretärin stets geschlossen bleiben. Vielleicht war seine Abwesenheit auch der Grund, dass die bei seinem ersten Besuch so reservierte Sekretärin nun gesprächig war. »Jetzt haben Sie schon bald den zweiten Tag hinter sich«, sagte sie zu Leo, »und wissen schon ein wenig, wie es an unserer Schule zugeht. Mit Herrn Hennermann ist es bestimmt leicht, er ist so ein lieber, umgänglicher Mensch. Aber mit dem Chef ist es schon schwieriger, er ist manchmal so aufbrausend, das dürfen Sie sich nicht zu Herzen nehmen.« Nach einer kurzen Pause fügte sie mit einem verschmitzten Lächeln hinzu: »Ich tu's auch nicht, sonst wäre ich schon längst nicht mehr da.«

Franziska

Als Leo am nächsten Tag nach den Nachmittagsstunden mit seinem Kollegen Hennermann die Schule verließ, sagte der: »Ich hab noch nicht zu Mittag gegessen. Wissen Sie was, jetzt gehen wir in den Adler.«

Langsam, weil der alte Lehrer auf seine beschädigte Hüfte achten musste – »ein altes Kriegsleiden«, erklärte er mit seinem schiefen Lachen – stiegen sie ins Dorf hinab, und traten in das Wirtshaus.

Die Gaststube war größer als von außen zu vermuten war. Eine dunkel gebeizte Holzdecke aus mächtigen Eichenbalken, die von ebensolchen Pfosten getragen wurde, gab dem Raum das urtümliche Aussehen einer mittelalterlichen Ritterstube. Links, gleich nach der Türe, stand die kurze Theke mit dem säulenartigen Bierausschank. Dahinter nahm ein mächtiger, grün gekachelter Ofen fast ein Drittel der Raumbreite ein. Hinter dem Ofen war eine große Nische erkennbar, durch ein kunstvoll aus gedrechseltem Holz gefertigtes Gitter vom übrigen Raum abgetrennt. Dort war, wie Leo später erfuhr, der Stammtisch für die dörflichen Honoratioren. Die übrigen Tische und die Stühle waren ebenso wuchtig wie die Decke. Den Wänden entlang liefen gepolsterte Bänke, während die Stühle keine Polsterung hatten.

Nur zwei Tische der Gaststube waren besetzt. An dem einen saßen drei Handwerker und verzehrten schweigend ihr Essen. Am anderen blätterte ein gut gekleideter Mann in den

Papieren seiner ausgebreiteten Schreibmappe, offensichtlich ein Vertreter. Hinter der Theke stand die Wirtin, eine große, rothaarige Frau mittleren Alters mit mächtigem Busen und breiten Hüften.

»Grüß Gott, Herr Lehrer«, begrüßte sie Hennermann mit einer ganz hellen Stimme, die gar nicht zu ihrem Aussehen passte. Neugierig betrachtete sie Leo und fragte, noch bevor sich die beiden für einen Tisch entschieden hatten, was sie ihnen bringen könne.

»Wir würden gerne essen, was gibt es denn heute?«, fragte Leos Begleiter zurück. Die Wirtin zählte einige Gerichte auf. Der Lehrer sah Leo fragend an, und als der nichts sagte, entschied er sich für den aufgezählten Eintopf.

»Den nehme ich auch«, nickte Leo im Gedenken an den niederen Preis und seinen schmalen Geldbeutel. Der Lehrer bestellte ein Bier und Leo entschied sich für ein Mineralwasser.

Nach dem Essen ließ sich Hennermann von der Wirtin eine dünne Zigarre bringen, die er umständlich anzündete und dann schweigend und mit zufriedenem Gesicht paffte. Ob er regelmäßig im Gasthaus esse, unterbrach Leo die eingetretene Stille.

»Nein, nein«, entgegnete der Lehrer, »was denken Sie, einmal wäre mir das zu teuer und zum anderen müsste ich womöglich auch dort noch den Chef ertragen und das wäre mir dann doch zu viel.« Er esse manchmal bei der Besitzerin seiner kleinen Behausung, aber oft auch allein. »Wissen Sie«, erklärte er, »wenn ich den ganzen Vormittag die Rotznasen der Schüler ertragen habe, dann brauche ich am Mittag meine Ruhe. Ich kann zwar nicht richtig kochen, aber das bisschen, was ich brauche, das krieg ich immer zusammen, man wird ja anspruchslos.«

Nachdem er sein Bier ausgetrunken und die Zigarre aufgeraucht hatte, rief Hennermann die Wirtin, die hinter der Theke Gläser spülte, aber immer wieder neugierig zu ihnen hinübersah, um zu zahlen. Leo kramte eilfertig nach seinem

Geldbeutel, aber der Lehrer winkte ab: »Lassen Sie das, heut sind Sie mein Gast. Ich weiß doch, wie klein das Budget bei einem Seminaristen ist, das war bei mir nicht anders.« Als Leo anstandshalber widersprechen wollte, winkte er nochmals energisch ab.

Als die Wirtin kassiert hatte, brach ihre Neugierde durch. »Schön, dass Sie einmal Besuch haben, Herr Lehrer«, sagte sie scheinheilig.

»Das ist kein Besuch«, entgegnete Hennermann barsch, »das ist ein neuer Kollege, den werden Sie zukünftig noch öfter sehen und die Schüler können sich auf einiges gefasst machen.«

Schnell sprach sich im Adler die Neuigkeit vom neuen Lehrer herum, dass der zwar noch ganz jung, aber anscheinend ein ganz strenger sei.

Auf dem Weg zu Leos Wohnung, den auch Hennermann zu seiner Hütte, wie er seine Behausung nannte, nehmen musste, plauderten sie angeregt. Leo wollte von ihm wissen, was die Tochter der Frau Zeitler mache. Sie sei fünfzehn, hörte er, und gehe zur Zeit auf die Handelsschule in der Kreisstadt. »Sie ist ein hübsches Kind, nicht wahr?«, schloss Hennermann seinen Bericht und sah dabei belustigt auf die Reaktion seines Begleiters.

»Ja«, bestätigte Leo, »sie ist hübsch und auch lustig, aber ihre Mutter wirkt so streng.«

»Ach, wissen Sie«, erklärte Hennermann, »die Frau hat auch schon viel durchgemacht. Vor zehn Jahren ist der Sohn mit acht Jahren tödlich verunglückt und dann ist ja vor Kurzem auch der Mann gestorben. Ich glaube auch, dass es finanziell nicht so gut aussieht. Zuletzt hat der Schlosser doch kaum noch größere Aufträge machen können, und jetzt hat sie nur noch den kleinen Haushaltswarenladen. Aber die Franziska wird ihren Weg schon gehen.«

Auch als Leo nach den ersten zwei Wochen über Pfingsten das erste Mal heimfuhr, ging ihm Franziska nicht aus dem Kopf. Auf der langen Zugfahrt stellte er sich vor, wie er sie nach der Schule an der Bushaltestelle abholen und ihr die Tasche abnehmen würde, und sah sich dann, wie er ihr bei einer schwierigen Hausaufgabe helfen würde. Erst als der Zug in seinen Bahnhof einfuhr und mit quietschenden Bremsen zum Stehen kam, schreckte Leo aus seinem Wachtraum auf.

Wie betäubt stieg er aus und überquerte die Straße, ohne auf die anderen Menschen zu achten. Auf der gegenüberliegenden Seite wartete bereits der Bus zur Abfahrt in das heimatliche Dorf.

Am Sonntagmorgen war im Schreinerhaus die ganze Familie versammelt. Beim Morgenessen musste Leo von der Schule und seiner neuen Unterkunft erzählen. Er schilderte kurz das Zimmer bei der Witwe Zeitler, wie es eingerichtet sei und was es koste. Erst auf Nachfrage von Luise fügte er hinzu, dass außer der Witwe auch noch deren Tochter im Hause sei. Aus Angst, man könnte ihm seine Gefühle am Gesicht ablesen, erzählte er aber nicht mehr von ihr, sondern berichtete stattdessen von dem Essen im Adler und belustigte die Geschwister mit einer übertriebenen Schilderung der neugierigen Wirtin.

Auch Friedrich kam am Vormittag. Er hatte seine Ausbildung abgeschlossen und wollte jetzt für einige Zeit in die Zentrale seiner Versicherung in der Hauptstadt wechseln, vorher aber noch einmal einen Tag mit Luise zusammen sein. Seit er bei der Beerdigung von Gottfried Schildweg mit der Familie am Grab gestanden hatte, galt er im Dorf als fester Freund der Schreinerstochter. Wegen seines kleinen Wuchses, dem immer noch leicht hinkenden Gang und seiner etwas schiefen Kopfhaltung zerrissen sich die Tratschweiber das Maul, und die jungen Burschen, die gerne etwas mit Luise angefangen hätten, hielten ihren Spott nicht zurück.

Willi, der sich insgeheim immer noch die Schuld am Tod des Vaters gab, mied seither die Wirtschaft, und wenn er im Dorf mit anderen zusammentraf, war er einsilbig. Von seiner aufschneiderischen Art war nichts geblieben. Auch die anderen vermieden jedes Gespräch über das Geschehene.

Aus Karl war in den Wochen seit dem Tod des Vaters ein ernster, schmaler Mann geworden, dem die Verantwortung, die er für die Familie übernommen hatte, ins Gesicht geschrieben stand. Zwischen den Augen hatten sich zwei senkrechte Falten gebildet, die den Anschein erweckten, als müsse er ständig über ein schwieriges Problem nachdenken. Die blassen Wangen wirkten um den Mund wie eingesogen und in dem mageren Gesicht traten die Augen groß und dunkel hervor. Die Schultern waren schmal geworden und auf dem Rücken zeichneten sich die Schulterblätter ab. Auch er hatte seine Zusatzausbildung schon vor längerer Zeit abgeschlossen, seitdem aber eine verantwortungsvollere Stelle übernommen, die viel Arbeit mit sich brachte.

Beim Gottesdienst wurden die Schreinersleute immer noch mit heimlicher Neugier betrachtet. Der Selbstmord von Gottfried Schildweg war für viele Dorfbewohner eine zwar traurige, aber gleichwohl willkommene Abwechslung. Nur wenige gingen unbefangen damit um. Zu ihnen gehörte der Müller, der vor dem Eingang zur Kirche betont ungezwungen auf Klara zuging und sie nach ihrem Ergehen fragte. Bei Karl und Willi erkundigte er sich nach deren Arbeit, sprach mit Friedrich über Neuigkeiten aus dem Städtchen und lobte Luise für ihre Gartenarbeit. Seine Frau sage immer wieder, der Schreinersgarten sei der schönste im Dorf.

Leo legte er seine schwere Hand auf die Schulter und sagte: »Ja, mein Lieber, jetzt ist der richtige Ernst des Lebens da. Jetzt musst du diesen Hinterwäldlern hinter dem Berg Kultur beibringen.« Er lachte.

Leos Befürchtung, er spreche womöglich wieder das Darlehen an, waren umsonst, so etwas machte der kluge Mann nie vor anderen Leuten. Allerdings mahnte er, Leo müsse ihm so bald wie möglich erzählen, wie es dort in der Schule zugehe.

Nach dem Gottesdienst wollten die Kinder auf den Friedhof, um das Grab des Vaters zu besuchen. Klara aber drängte heim. Sie müsse doch das Mittagessen machen, gab sie vor. In Wirklichkeit aber scheute sie das Zusammentreffen mit den Dorfleuten. Karl, dem es darauf ankam, die Geschlossenheit der Familie zu zeigen, wollte sie nicht gehen lassen, aber die Stiefmutter ließ sich nicht aufhalten. »Dann gehen wir heut Abend noch einmal hin«, bestimmte Karl.

Beim Mittagessen musste Leo über seine erste Lehrerstelle berichten. Ausgiebig schilderte er das Dorf Kleinbergheim, das Zusammentreffen mit den beiden Lehrern und charakterisierte dabei treffend den Kollegen Hennermann mit seinem schiefen Lächeln.

Plötzlich unterbrach Luise die Harmonie. »Ach, wie schön wär es«, sagte sie unvermittelt, »wenn der Vater noch dabei sein könnt, so schöne Tage hat er bei uns nur selten erlebt. Viel zu oft hat er doch nur Ärger und Sorgen gehabt.«

Klara, die bisher still dabei gesessen hatte, stand ruckartig auf. »Ich weiß, jetzt meinst du mich!«, sagte sie und ihre Stimme hatte wieder die alte Schärfe. »Meinst du vielleicht, es war für mich immer leicht? Ich hab mich um so Vieles kümmern müssen, weil der Gottfried manchmal so gleichgültig war.« Unvermittelt ließ sie sich wieder auf ihren Stuhl fallen und vergrub das Gesicht in den Händen.

»Aber nein!«, rief Luise, die ihr gegenüber saß und die Hände rang. »Ich geb dir doch keine Schuld, wir alle haben es dem Vater nicht leicht gemacht. Wir wissen doch, dass du immer gewollt hast, dass es bei uns irgendwie weitergeht. Wir dürfen doch nicht schon wieder streiten!« Sie begann zu schluchzen.

Leo und Willi sahen erwartungsvoll zu Karl hinüber. Der stand auf, trat zu Klara und legte ihr den Arm auf die Schulter: »Komm, Mutter, du hast überhaupt keine Schuld, wir wissen alle, wie schwierig es manchmal mit dem Vater war. Komm, es wird alles wieder gut.«

Es war das erste Mal, dass Klara von ihren angeheirateten Kindern so eindeutig das Wort »Mutter« hörte. Es wirkte wie ein Zauberwort. Sie stand auf, drehte sich um und umarmte ihren ältesten Stiefsohn. Noch nie zuvor hatte die strenge, harte Frau jemanden von sich aus in den Arm genommen.

Auch Luise kam um den Tisch dazu und legte den Arm um Klaras Schulter: »Ich wollt dir bestimmt nicht wehtun, ich hab doch nur an den toten Vater gedacht.«

Emil, der schon immer nach Zuneigung und Harmonie verlangt hatte, drängte sich ebenfalls dazu. Die anderen blieben sitzen. An ihren Gesichtern war Erleichterung abzulesen. Leo war froh, dass die Harmonie wiederhergestellt war. Trotzdem konnte er für die Stiefmutter niemals das Gleiche empfinden wie für die eigene Mutter.

Friedrich fuhr bereits am frühen Abend zurück in die Stadt. Karl, Leo und Willi blieben noch bis zum Pfingstmontag. Bevor auch sie sich am Nachmittag wieder auf den Weg machten, nahm Karl Leo auf die Seite und schärfte ihm ein, bei seinem Einstieg als Lehrer gegenüber seinen Vorgesetzten nicht unterwürfig, aber doch bereit zu sein, ihren Anweisungen zu folgen, auch wenn deren Sinn nicht gleich einzusehen war. Der Ältere wusste nur zu gut, wie widerspenstig und getroffen Leo sein konnte, wenn er sich ungerecht behandelt fühlte. Außerdem mahnte Karl seinen Bruder, in dem neuen Dorf keine Mädchengeschichten und schon gar nicht mit Schülerinnen anzufangen, denn dann sei seine Lehrerkarriere schnell wieder zu Ende. Leo hörte sich alles stumm an, nickte immer wieder zustimmend, dachte aber schon wieder an das Mädchengesicht mit den lockigen hellblonden Haaren und den dunklen Augen.

An einem Tag Mitte Juni wollte Leo nach dem Nachmittagsunterricht nicht auf sein heißes Zimmer. Er stellte dort nur seine Mappe ab und verließ das Haus gleich wieder. Unschlüssig, ob er ins Dorf hinunter oder den Berg hoch zum Waldrand gehen solle, blieb er stehen. Einige Männer in mit Sägemehl bestäubten Arbeitshosen kamen mit müden Schritten den Weg herauf. Sie grüßten, hatten aber nur einen kurzen Blick für ihn. Er grüßte zurück und ging dann zum Dorfplatz hinab.

Als er dort ankam, sah er gerade noch seinen Schulleiter im Adler verschwinden und war froh, ihm nicht begegnet zu sein. Er überquerte den fast menschenleeren Platz und schlug den schmalen Pfad hinunter zu dem von Erlen umsäumten Flüsschen ein, das hier, kurz nach seinem Ursprung, nur ein kleiner Bach war.

Er wandte sich nach rechts, in Richtung des immer noch lärmenden Sägewerks. Auf den Wiesen auf der anderen Seite des Flusses brachten Frauen mit ihren Kuhfuhrwerken das Heu ein. Die Mütter standen auf dem Wagen und die älteren Kinder reichten ihnen mit langen Gabeln das Heu, das sie mit ausgebreiteten Armen aufnahmen und auf den Wagen stapelten. Männer waren fast keine zu sehen. Sie kamen erst später von ihrer Arbeit auf den Baustellen oder im Sägewerk dazu. Leo fühlte sich an daheim erinnert.

Als er etwa einen halben Kilometer gegangen war und die Geräusche des Sägewerks immer lauter wurden, öffnete sich der schmale Pfad plötzlich zu einem breiten, gepflasterten Platz, um den herum einige kleine einstöckige Häuser, größere Schuppen und ein zweistöckiger Backsteinbau standen. Das war, wie er später erfuhr, die im Dorf spöttisch als »Vorstadt« bezeichnete Siedlung, die früher ein zur Mühle gehörender Bauernhof mit seinen Nebengebäuden gewesen war. Inzwischen waren aus den Ställen und Scheunen Arbeiterwohnungen geworden und im Obergeschoss des Backsteingebäudes war das Büro des Sägewerks untergebracht. Über der breiten Tür im Erdgeschoss stand auf einem blauen Schild mit weißer Schrift das Wort *Kantine*. Entgegen dieser Bezeichnung handelte es sich aber keineswegs um eine Einrichtung zur Verköstigung der Sägewerkbeschäftigten, sondern um eine ganz gewöhnliche Gastwirtschaft.

Vor der Kantine lehnten mehrere Fahrräder, daneben standen einige Motorräder und sogar ein großes, geländegängiges Auto, das dem Sägewerksbesitzer gehörte und mit dem er zum Holzeinkauf oder zur Jagd fuhr.

Aus dem Innern des Gebäudes hörte Leo Schlagermusik, Männerlachen und das klackende Geräusch eines Tischfußballs, der erst vor Kurzem in Mode gekommen war.

Plötzlich öffnete sich die Tür und eine Gruppe junger Männer kam heraus, unter ihnen Leos Helfer am Einzugstag, Willi Reuschling. »Hallo«, rief der, als er den Spaziergänger erkannte, und kam auf ihn zu. »Da ist ja unser neuer Lehrer und ich hab seinen Namen schon wieder vergessen ...«

Leo nannte seinen vollen Namen und gab Reuschling die Hand: »Wie geht es Ihnen?«

Der Angesprochene schüttelte den Kopf. »Ich bin der Willi und zu mir sagt man du, und wenn's recht ist, bist du für mich der Leo und ich sag auch du zu dir.«

Leo blieb nichts anderes übrig, als nickend zuzustimmen. Die anderen kamen dazu und alle gaben ihm die Hand. Dennoch war Leo die Begegnung peinlich. Jetzt werde er womöglich im Dorf in aller Öffentlichkeit und vor den Lehrerkollegen geduzt, ging es ihm durch den Kopf. Dabei war er im Institut doch davor gewarnt worden, sich bei der Bevölkerung am Schulort anzubiedern oder sich anbiedern zu lassen. Auf der anderen Seite war er froh, mit Gleichaltrigen in Kontakt zu kommen.

»Wir gehen jetzt zum Fußball, kommst du mit?«, riss Willi ihn aus seinen Gedanken.

Leo nickte. »Ja, ich schau euch mal zu.«

Willi machte eine abwehrende Handbewegung. »Nichts da, nur zuschauen, das gibt es nicht. Du spielst mit.«

Leo wies auf seine leichten Sandalen: »Nein, nein, mit den Schuhen kann ich nicht spielen und ich hab überhaupt noch nie richtig Fußball gespielt.«

»Na gut«, erwiderte Willi, »dann schaust du halt heut ausnahmsweise nur zu und ziehst dir für das nächste Mal andere Schuhe an.«

Gemeinsam zog die Gruppe auf eine Wiese hinter der Kantine, auf der behelfsmäßig zwei Tore aufgestellt waren. Da sie aber nur zu siebt waren, wurde mit viel Geschrei und Gelächter auf nur ein Tor gespielt. Leo war anfangs der einzige Zuschauer, später kamen einige Kinder dazu.

Nach etwa einer Stunde hatten die Vorstädtler genug. »Wir gehen noch mal in die Kantine und trinken ein Bier«, sagte Willi zu Leo. »Du kommst doch mit?«

Obwohl Leo nach diesem heißen Nachmittag tatsächlich Durst hatte, schüttelte er den Kopf. »Nein, nein, ich muss ich mich für morgen noch ein wenig vorbereiten.«

»Ach komm«, entgegnete Willi, »nur ein Bier!«

Aber Leo wies ihn erneut zurück und sein neuer Freund ließ ihn gehen.

Als er ins Zeitlerhaus zurückkam, war dort alles still. Nachdem er das aus Frau Zeitlers Kühlschrank geholte karge Abendessen ohne großen Appetit verzehrt hatte, saß er noch lange untätig vor den Schulbüchern und überdachte den Nachmittag. Vielleicht waren die von der Kantine doch nicht der richtige Umgang für einen Lehrer? Andererseits hatte er sich noch an keinem anderen Nachmittag in Kleinbergheim so wohlgefühlt wie heute in der Vorstadt.

Am nächsten Tag erhob sich Hennermann am Ende der Rechenstunde in der Unterklasse, als die Schüler schon gegangen waren, mühsam von seinem Stuhl am Pult, auf dem er fast den ganzen Vormittag lesend und manchmal dösend zugebracht hatte, und sagte zu Leo: »Wenn Sie heute Nachmittag nichts Besseres zu tun haben, dann besuchen Sie mich doch einmal in meiner Klause. Sie müssen nur die Gasse am Haus der Zeitler vorbei ganz hinaufgehen, dann finden Sie mich.« Leo sagte zu.

Beim Mittagessen, das Leo wie immer bei Frau Zeitler in der Küche einnahm, war auch Franziska da. Sie fragte wieder nach seinem Vormittag in der Schule, und Leo berichtete nicht ohne Stolz, dass er den ganzen Unterricht in der Unterklasse allein durchgeführt habe.

»Ja, bei dem Hennermann«, dämpfte sie seine Euphorie, »da ist es leicht, der ist froh, wenn er den Unterricht nicht selber machen muss.«

Leo wollte wissen, wie Franziska zu der Jugendgruppe um Willi Reuschling stand, deshalb erzählte er, wie er am Vortag zufällig zur Kantine gelangt war und dort den jungen Männern beim Fußball zugesehen hatte.

»Jaja, der Willi und seine Gesellen«, erwiderte das Mädchen und verzog geringschätzig den Mund, »die hocken immer in der Vorstadt und machen Unfug, die sind im Dorf nicht gerade beliebt.«

»Auch bei Ihnen nicht?«, fragte Leo.

»Ach«, antwortete sie, »mit denen hab ich ja gar nichts zu tun, ich kenn die gar nicht alle. Im Jugendkreis ist keiner von denen.«

Jugendkreis, so etwas gab es in Leos Heimatort nicht. Er wusste nur, dass es etwas mit der Kirche zu tun hatte. Neugierig fragte er nach Einzelheiten und erfuhr, dass sich im Jugendkreis junge Leute im Alter zwischen fünfzehn und Anfang zwanzig trafen, um gemeinsam zu spielen, Musik zu machen, zu diskutieren und manchmal auch Ausflüge zu unternehmen. Alles werde von dem jungen Pfarrer organisiert, der erst vor zwei Jahren nach Kleinbergheim gekommen sei.

»Kommen Sie doch einfach mal dazu«, lud ihn Franziska ein. »Wir treffen uns jeden Samstag.«

Leo war skeptisch. Schon im Gymnasium hatte er sich nicht gerne in Gruppen einbinden lassen, und mit der Kirche wollte er auch möglichst wenig zu tun haben. »Samstag ist schlecht für mich«, antwortete er deshalb ausweichend, »da möchte ich öfters heimfahren, aber ich komm trotzdem gern einmal mit, wenn Sie mich mitnehmen.« Franziska nickte.

In der Stube unterm Dach brütete die Sommerhitze. Leo hatte sich halb ausgekleidet aufs Bett gelegt, konnte aber wegen der Hitze und den Gedanken an das Mädchen und die Schule nicht schlafen. Nach einer Stunde stand er wieder auf und machte sich auf den Weg zu Hennermann. Als er den Rand des Dorfes erreicht hatte und schon fast am Wald angekommen war, konnte er das in einer Mulde unter Obstbäumen versteckte Häuschen erst nach einigem Suchen entdecken. Im Näherkommen sah er Hennermann in einem Liegestuhl unter einem kleinen Vordach liegen. Der alte Lehrer hatte sich einen großen Strohhut tief ins Gesicht gezogen und schlief leise schnarchend. Unschlüssig blieb Leo stehen. Er wollte ihn nicht wecken und betrachtete zunächst das seltsame Anwesen. Zum Tal hin hatte das Häuschen neben dem Eingang ein einziges großes Fenster. Der hintere, fensterlose Teil war fast schon in den Hang hineingebaut. Seitlich des Häuschens befand sich ein Schuppen, der in ein umfangreiches Bienenhaus überging. Dort traute sich Leo nicht hin. Als Kind war er einmal von einer Biene ins Gesicht gestochen worden und hatte davon schlimmes Nesselfieber bekommen. Seither hatte er panische Angst vor Bienen und Wespen. Vorsichtig, um Hennermann nicht zu wecken, ging er auf die andere Seite des bescheidenen Anwesens. Dort, nach Südwesten gerichtet, war noch ein Fenster.

Er trat näher und spähte hinein. Es war Hennermanns Schlafzimmer. Links an der Wand stand ein altes Bett mit nachlässig zurückgeschlagener Decke. Auf der anderen Seite des Zimmers stand ein einfacher Waschtisch mit untergebautem Schränkchen. An der Stirnseite befand sich neben der Tür ein Kleiderschrank, dessen Tür halb offen stand. Auf einem Stuhl in der Mitte des Zimmers lagen Kleider. Das ganze Zimmer machte einen unordentlichen Eindruck. Es erinnerte Leo an die Kammer seines Bruders Willi.

Plötzlich hörte er hinter sich ein Husten. Schnell trat er zurück und drehte sich um. An der Ecke des Häuschens, noch im Schatten des Vordachs, stand Hennermann. »Na, wie gefällt Ihnen meine Klause?«, fragte er mit seinem schiefen Lächeln. »Sie hätten mich ruhig wecken können.«

Leo fühlte sich in seiner Neugier ertappt. »Sie haben so fest geschlafen«, sagte er schnell, »da wollte ich Sie nicht wecken, ich bin aber auch erst fünf Minuten da.«

Hennermann winkte ab und gähnte. »So ein Schläfchen tut einem alten Krieger wie mir gut, vor allem bei so einer Hitze. Kommen Sie, setzen wir uns in den Schatten, ich hole uns was zu trinken.« Er verschwand im Haus und Leo setzte sich in einen der alten Korbstühle unter dem Vordach.

Kurz darauf kam der Lehrer mit einem großen Tonkrug zurück und goss eine schwachgelbe Flüssigkeit in zwei Gläser. »Probieren Sie meinen Spezialtrunk«, forderte er Leo auf. »So etwas haben Sie vielleicht noch gar nie getrunken.«

Das Getränk schmeckte ein wenig süß mit einem seltsam bitteren Beigeschmack.

»Na?« Hennermann schaute Leo mit offener Neugier ins Gesicht. »Wie schmeckt es Ihnen und was glauben Sie, was das ist?«

Leo schüttelte den Kopf. »So etwas hab ich tatsächlich noch nie getrunken. Es schmeckt ein bisschen wie daheim der Most, aber doch auch wieder ganz anders.«

»Most«, sagte Hennermann empört. »So etwas Vulgäres hab ich überhaupt nicht in meinem kleinen Keller und das würde ich einem Kollegen auch niemals anbieten. Nein, mein Lieber, das ist Met und der Grundstoff, der kommt von meinen kleinen Helfern, den Bienen. Vom Honig kommt das Süße, und das Bittere, das machen die Kräuter, die ich draußen sammle. Ein bisschen Alkohol ist auch dabei, aber nicht so viel, dass Sie nachher betrunken zu der Frau Zeitler kommen.« Er lachte.

Es folgte ein halbstündiger Vortrag über die Herstellung von Met. Dass sich dazu am besten der Honig vom Frühjahr eigne, weil er die hellste Farbe habe, dass der Honig beim Verarbeiten unbedingt noch flüssig sein müsse und man für das Anrühren nur weiches Quellwasser verwenden dürfe. Nach kurzer Zeit schwirrte Leo der Kopf.

»Am besten schmeckt der Met mit Ingwer«, schloss Hennermann seinen Vortrag, »aber so etwas Feines gibt es ja hier in keinem Laden.« Dann erzählte er, wie er den Ingwer als Kriegsgefangener in Schottland kennengelernt habe. Dort werde das Bier mit Ingwer gewürzt und gebe ihm einen ganz besonderen Geschmack.

Dann wollte der alte Lehrer Leo seine besonderen Lieblinge, die Bienen, zeigen, aber mit dem Hinweis auf sein ungutes Kindheitserlebnis wehrte Leo mit erhobenen Händen ab.

»Aber nein«, sagte Hennermann, »meine Bienen müssen Sie nicht fürchten, die stechen nur, wenn sie sich wehren müssen, und Sie tun ihnen ja nichts.«

Trotzdem wagte sich Leo nicht ganz bis zum Bienenhaus. Von Weitem erklärte ihm Hennermann seine einzelnen Völker, wie stark sie seien, wie viel Honig er schon von ihnen geerntet habe, und er wies jedem Volk einen eigenen Charakter zu. »Wissen Sie, wenn mich ein Schüler oder unser Chef wieder mal geärgert haben, dann rede ich darüber mit meinen Bienen, und ob Sie es glauben oder nicht, ich hab manchmal den Eindruck, die verstehen mich.«

Bei einem weiteren Glas Met, der Leo mit jedem Schluck besser schmeckte, erzählte Hennermann seinen verschlungenen Lebensweg bis nach Kleinbergheim: Seine Heimat lag im Oderbruch, diesem erst im 18. Jahrhundert urbar gemachten Tiefland. Dort war sein Vater ebenfalls Dorflehrer gewesen und der Sohn sollte denselben Weg einschlagen. So war er wie Leo auf ein Lehrerseminar gegangen, aber dann kam der Erste Weltkrieg. Noch im letzten Kriegsjahr wurde der Siebzehnjährige Soldat und kam schwer verwundet in englische Gefangenschaft. Die Briten pflegten ihn gesund und ließen ihn dann in der Gärtnerei des Krankenhauses arbeiten. Dort lernte er das Ingwerbier und durch einen Gärtner, der nebenbei Bienen hielt, den Met und die Bienen kennen.

»Am liebsten wäre ich dort geblieben«, sagte er zu Leo. »Wissen Sie, die Engländer sind ein ganz anderes Volk, nicht so ruppig und so gewalttätig wie wir Deutschen. Selbst wenn sie wütend sind, bleiben sie noch freundlich und höflich.«

Gedankenverloren sah er zu seinen Bienen. Dass er in diesem englischen Krankenhaus auch seine erste Liebe, eine siebzehnjährige Krankenschwester, getroffen und deswegen seinen Posten in der Gärtnerei verloren hatte und dann auf einer Farm Kühe melken und Ochsen füttern musste, das mochte er an diesem Nachmittag nicht erzählen. Doch sein versonnener Blick und das nach innen gerichtete Lächeln verrieten, dass da mehr war als nur die Liebe zu den Bienen.

Nach kurzem Schweigen fand der Alte schnell wieder zu seiner leicht ironischen, jeder Selbstgefälligkeit baren Erzählweise zurück. Als er aus der englischen Gefangenschaft in die Heimat zurückkam, waren sein Dorf zerstört und die Eltern tot. Nichts zog ihn dorthin zurück. Weil er außer Unkrautjäten, Kühemelken und Ochsenfüttern nichts Praktisches gelernt hatte, ging er auf einen Bauernhof in Westfalen und machte dort das Gleiche wie auf der englischen Farm. Aber die schwere Bauernarbeit bekam ihm nicht. Seine zerschossene Hüfte machte sich mit unerträglichen Schmerzen bemerkbar, deshalb schickte ihn der westfälische Bauer schließlich weg.

Die Ärztekommission, die ihn untersuchte, meinte, eine Büroarbeit, bei der er nicht viel stehen müsse, sei ihm zuzumuten. So wurde er Schreiber in einem Werksbüro am Rhein. Als dort während der großen Wirtschaftskrise kaum noch etwas zu tun war, gehörte Hennermann zu den ersten Entlassenen. Die Flutwelle arbeitsloser, wohnungsloser und oft hungriger junger Menschen spülte ihn nach Süddeutschland. In einem Obdachlosenheim kam er mit einem anderen Kriegsveteranen zusammen, der wie er eine Lehrerausbildung begonnen hatte. Während Hennermann sich ohne Hoffnung treiben ließ, hatte dieser Freund das Ziel, Lehrer zu werden, noch nicht aufgegeben.

Von ihm kam eines Tages die Nachricht, dass ehemalige Kriegsteilnehmer die Berechtigung hätten, ihre Lehrerausbildung abzuschließen und eine Stelle anzutreten. So wiederholten die beiden Freunde zwei Jahre Seminar, legten ihre Prüfung ab und wurden dann als Junglehrer eingestellt, der Freund an einer Dorfschule und Hennermann in einer Stadt.

Dort wäre er auch geblieben, wenn ihm nicht nach einigen Jahren wieder die Liebe zum Verhängnis geworden wäre. Die junge Frau eines älteren Kollegen fand Gefallen an dem ledigen, mit englischer Höflichkeit auftretenden Lehrer und nahm ihn nicht nur in die Arme, sondern, als ihr Mann zu einer Fortbildungsveranstaltung außer Haus war, auch in ihr Bett. Der betrogene Ehemann drängte daraufhin auf seine Versetzung.

Auch diese Episode seines wechselhaften Lebens verschwieg Hennermann allerdings und erklärte bloß, nach einigen Jahren nach Kleinbergheim versetzt worden zu sein.

Vom Met leicht beschwingt, nahm Leo am späten Nachmittag Abschied und wanderte mit dem Gedanken, dass sein eigener Lebensweg eine andere Richtung als der des alten Lehrers nehmen müsse, ins Dorf zurück.

Enttäuschung

Das erhebende Gefühl, als Lehrer eine herausgehobene Stellung in der Gemeinschaft einzunehmen, stellte sich für Leo auch in den kommenden Wochen nicht ein. Obwohl er von Schulleiter Höfler nun häufiger in den Unterricht einbezogen wurde und hin und wieder sogar ganze Stunden in der Oberklasse alleine unterrichten durfte, kam es immer wieder zu demütigenden Zurechtweisungen, die von den Schülern teilweise mit hämischem, kaum verstecktem Grinsen und Tuscheln begleitet wurden. Nur in der Unterklasse fühlte er sich wohl, dort ließ ihm Hennermann bei der Gestaltung des Unterrichts weitgehend freie Hand und dort wurde er auch von den Buben und Mädchen geachtet.

Auch das Leben im Haus seiner Zimmerwirtin entwickelte sich nicht so, wie Leo es sich erträumt hatte. Oft saß er beim Mittagessen mit der Witwe allein am Tisch, und wenn Franziska da war, sprachen Mutter und Tochter meist über Alltäglichkeiten aus dem Dorf und bezogen Leo kaum in das Gespräch mit ein. Das Mädchen war zu ihm nicht anders als zu anderen, und er brachte es nicht fertig, ihr seine Zuneigung deutlich zu zeigen.

Zweimal hatte er sie zu ihrem Jugendkreis begleitet, wo Franziska, wie er schnell feststellte, sehr beliebt war. Zu dem jungen Pfarrer bestand ein vertrautes Verhältnis, das zwar keinesfalls über die Belange der Jugendgruppe hinausging, aber bei Leo Eifersucht schürte. An diesen beiden Abenden wurden im Jugendkreis religiöse und weltliche Texte vorgelesen und diskutiert, Volkstänze eingeübt und, vom Pfarrer an der Gitarre begleitet, Kirchen- und Wanderlieder gesungen.

Fast alle Jugendlichen waren einige Jahre jünger als Leo und er fühlte sich fremd in dieser Kinderschar. Franziska stellte ihn zwar vor, und viele kannten ihn auch von der Schule, aber er wurde keineswegs als besondere Respektsperson betrachtet, und auch Franziska hatte sich nicht weiter um ihn gekümmert. Auf dem Heimweg fragte sie ihn nicht einmal, ob es ihm gefallen habe, sondern erzählte ausschließlich, was sie mit der Gruppe schon alles unternommen habe, und immer wieder tauchte der Name des Pfarrers auf. Am Abend hatte Leo wieder enttäuscht in seinem Bett gelegen und war auf sich selbst wütend, weil es ihm nicht gelang, sich für Franziska interessant zu machen.

Die freien Nachmittage verbrachte er öfter bei Hennermann, dessen Erzählungen über seine Heimat oder seine Erlebnisse in England Leo gerne zuhörte. Immer wieder versuchte er auch, das Gespräch auf den Umgang mit dem schwierigen Schulleiter zu wenden und in Hennermanns Meinung Bestätigung für die eigene Abneigung zu finden, aber der alte Lehrer beließ es immer bei mildem Spott und dem Rat, nicht alles ernst zu nehmen und sich die Freiheit des eigenen Denkens zu bewahren.

Mehrere Male fand sich Leo auch in der Kantine bei der Gruppe um Willi Reuschling ein und beteiligte sich, mit seinen Wanderschuhen ausgerüstet, am Fußballspiel. Er setzte sich auch mit den anderen an den Biertisch in der Kantine und lachte über ihre derben Späße mit, auch wenn er sie nicht immer verstand. Obwohl ihn Willi immer wieder in die Gespräche einbezog, stellte sich auch dort kaum ein Gefühl der Zugehörigkeit ein.

Von den übrigen Dorfbewohnern wurde er ebenfalls ohne besondere Aufmerksamkeit behandelt. Man grüßte ihn, einige Frauen sprachen ihn beim Einkaufen auch kurz auf seine Tätigkeit an, wie es schien aber wohl eher aus Höflichkeit denn aus echtem Interesse.

Am Freitag der letzten Juniwoche holte Leo an dem kleinen Schalter der örtlichen Sparkasse sein erstes Lehrergehalt ab. Erstmals hatte er eigenes, selbst verdientes Geld in der Hand und das verschaffte ihm ein klein wenig die Befriedigung, die er in den Wochen vorher vermisst hatte. Als er am Abend sein Essen bei Frau Zeitler in der Küche abholte, legte er ihr exakt abgezählt die Miete auf den Tisch.

Sie bedankte sich und setzte hinzu: »Ich hoffe, dass Sie sich bei uns wohl fühlen, die erste Zeit ist es in der Fremde nicht einfach. Ich weiß das, ich musste auch von daheim fort und hatte so viel Heimweh.« Die sonst immer auf Distanz bedachte Frau trat zu ihm und legte ihm ihre Hand leicht auf den Arm.

»Ja, es gefällt mir gut bei Ihnen«, sagte Leo, der sein Heimweh nicht zeigen wollte, knapp, »aber morgen fahre ich wieder heim.«

Als er am nächsten Tag von der Bushaltestelle am Hausgarten vorbei zum Elternhaus ging, wurde er von Luise, die wie jeden Samstag den steinernen Vorplatz fegte, mit einer Neuigkeit empfangen: »Du, stell dir vor, ich hab eine Lehrstelle als Schneiderin in der Stadt, und die Klara hat gar nichts dagegen, dass ich weggeh.« Ihr Gesicht leuchtete und noch nie war sie Leo so schön vorgekommen. Er stellte seinen mit Wäsche vollgestopften Rucksack ab und fragte nach den anderen.

»Die sind noch auf dem Feld«, antwortete Luise, »aber komm doch erst einmal rein und erzähl, wie es bei dir geht.« Sie ging Leo voraus ins Haus.

Am Küchentisch berichtete er in knappen Worten, dass es ihm ganz gut gehe und er inzwischen sogar schon manchmal allein unterrichten dürfe.

Währenddessen fuhr draußen mit knirschenden Rädern ein Wagen in den Hof. Klara hatte für den Sonntag eine zweite Fuhre Gras gemäht, die Emil mit dem Kuhfuhrwerk abgeholt hatte. Der Bruder sprang eilfertig vom Wagen, um die Kühe auszuspannen, während Klara mit der Sense über der Schulter hinterherkam. Wie es sich gehörte, trug sie trotz der Hitze das dunkle Trauerkleid. Sie hängte die Sense unter dem Scheunenvordach an den Haken und sagte etwas zu Emil, was Leo vom Küchenfenster aus nicht verstand, aber er wunderte sich über die ruhige Art der beiden.

»Wie kommt ihr miteinander aus?«, fragte er Luise.

»Es geht viel besser als früher«, antwortete die Schwester und sah ebenfalls aus dem Fenster. »Nur manchmal schimpft sie noch, aber dann eigentlich nur noch mit dem Vieh und nicht mehr mit uns.«

Emil schien dem Bruder viel erwachsener als noch vor einem Monat. »Bleibst du länger da?«, fragte er, nachdem er Leo begrüßt hatte. »Dann kannst du morgen mit mir zum Bach runter, ich kann jetzt richtig schwimmen.«

Leo schüttelte den Kopf. »Ich muss morgen Mittag schon wieder zurück, aber vielleicht können wir heut Abend noch zum Bach.«

Jetzt kam auch Klara ins Haus, um sich für die Stallarbeit umzuziehen. Unter dem schwarzen Kopftuch war ihr volles Gesicht schmaler geworden, hatte aber die alte Strenge nicht verloren. Unter den Augen lagen dunkle Schatten. Sie gab dem Stiefsohn die Hand und lächelte mit einem wehmütigen Ausdruck. »Grüß Gott Leo, wie geht es dem jungen Lehrer? Es ist schön, wenn alle mal wieder da sind, der Karl kommt morgen auch.«

Auch ihr erstattete Leo nur kurz Bericht und fragte dann nach dem Stand der Feldarbeit. Klara winkte ab: »Ach Gott, wie's halt so geht, wenn man allein ist, aber der Emil ist schon ein richtiger Arbeiter geworden und hilft mir viel.« Sie verschwand in ihrer Schlafkammer und Leo ging die Stiege zur Bubenkammer hinauf, um sich ebenfalls umzuziehen.

Als er wieder in die Küche kam, richtete die Stiefmutter das Melkgeschirr. Gemeinsam gingen sie in den Stall. Leo warf den Kühen das Futter vor und Klara setzte sich zum Melken. Während sie in stiller Eintracht ihrer Arbeit nachgingen, dachte Leo an den Vater, der das nicht mehr erleben durfte.

Ganz bewusst sprach Leo beim Nachtessen Luises Ausbildung an. Die Stiefmutter sollte einbezogen sein. »Wenn Luise in die Lehre geht, wie geht es dann daheim weiter?«, fragte er und sah Klara an.

»Ich weiß es nicht«, entgegnete sie und ihre Mine bekam den finsteren Ausdruck von früher. »Aber sie will das und dann muss es halt gehen.«

Jetzt verfinsterte sich auch Luises Gesicht. »Fast alle Mädchen lernen heut einen Beruf, nur ich soll immer daheimbleiben und nichts lernen!«

»Aber was redest du da?«, erwiderte Klara. »Ich will dich doch gar nicht zurückhalten, ich hab doch selbst den Fehler gemacht und bin viel zu lang daheimgeblieben. Hätt ich damals auch einen Beruf gelernt, dann wär alles anders gekommen und ihr hättet euch nicht ständig über mich ärgern müssen.« Mit Tränen in den Augen schaute sie auf die Tischplatte.

Emil sah erschrocken auf die Stiefmutter und seine Geschwister, auch ihm steckte schon wieder das Weinen im Hals. Luise blickte schuldbewusst vor sich.

Leo, der an der Stirnseite des Tisches saß, stand auf, trat zu Klara und legte ihr beruhigend die Hand auf die Schulter. Noch vor wenigen Monaten wäre ihm diese Geste unvorstellbar gewesen. »Wir ärgern uns doch nicht über dich. Wir sind froh, dass du da bist. Ohne dich hätten wir doch gar keine Heimat mehr. Und wenn wir regelmäßig heimkommen und alle mit anpacken, dann schaffen wir das schon.«

Wenig später, als es draußen immer noch hell war, verließ Leo das Haus, um zum Müller zu gehen. Als er durch das breite Tor den stattlichen, von einer starken Mauer eingegrenzten Hof betrat, kam der Müller gerade über den Hof, klopfte sich den Mehlstaub von den Kleidern und wollte ins

Haus. »Aha«, rief er, als er Leo erblickte, »wir bekommen Besuch vom Herrn Lehrer! Komm nur mit herein, Leo, und erzähl.«

In der großen Amtsstube berichtete Leo kurz von seinem Zimmer, der Schule und dem Dorf an sich, ohne auf seine Enttäuschungen einzugehen. Trotzdem erkannte der Müller aus den Erzählungen über das Walddorf Kleinbergheim, dass diese Stelle nicht der große Wurf war. »Ich merk schon, dass du dort ein wenig ab vom Schuss bist«, sagte er, »aber du musst ja nicht ewig dortbleiben.«

»Aber deswegen bin ich ja nicht hier«, kam Leo auf den eigentlichen Grund seines Besuches zu sprechen.

»Na, weswegen sonst?«, tat der Müller überrascht, obwohl er den wahren Grund längst kannte. »Was gibt es sonst noch?«

»Ich will mit dem Abzahlen meiner Schulden anfangen«, sagte Leo gewichtig, zog seinen Geldbeutel aus der Tasche, entnahm ihm einen Hunderter und einen Fünfzigmarkschein und legte beide auf den Schreibtisch. Obwohl er mit dem übriggebliebenen Geld nur mühsam zurechtkommen würde, wollte er beim großmächtigen Müller nicht klein auftreten.

Der war ihm aber wieder einmal voraus: »Nein, mein Lieber, so geht das nicht, ich weiß doch, was ein Junglehrer verdient, und ich mach dich nicht zum Hungerleider.« Er stand auf, ging zu seiner privaten Kommode, schloss sie auf und kam mit einem Quittungsblock zurück. »Jetzt schreib ich dir eine Quittung über hundert Mark und die fünfzig hier, die nimmst du wieder mit. Wenn du eine Gehaltserhöhung bekommst, dann reden wir neu.«

Leo nahm den Schein zurück. Er wusste, dass jede Widerrede zwecklos war, außerdem war er erleichtert, die Geldsorge los zu sein.

Als er Leo zur Tür begleitete, fragte der Müller noch, wie es daheim gehe, obwohl er natürlich längst über die Vorgänge im Schreinerhaus Bescheid wusste. »Es geht ganz gut, glaub ich«, sagte Leo kurz.

Über Einzelheiten mochte er nicht reden, aber der Müller hakte ein: »Natürlich ist es nicht leicht, dass euer Vater nicht mehr da ist, aber es geht doch viel besser weiter, als wir alle geglaubt haben. Die Klara gibt sich viel Mühe.«

Am Sonntagvormittag ging die Familie wie immer in die Kirche. Obwohl niemand wagte, die Schreinersfamilie offen anzusprechen, wurde unter den Dorfbewohnern immer noch viel getuschelt: Der Leo, der ja, wie es hieß, ein fertiger Lehrer sei, wäre wohl endlich wieder einmal heimgekommen. Und der Willi, wegen dem so viel gestritten wurde, der sei auch diesmal nicht dabei. Der habe doch eigentlich den Selbstmord des Schreiners verschuldet und schäme sich wohl deshalb.

Gegen Mittag kam Karl. Leo erschrak, wie blass und schmal der Bruder geworden war. Sein Gesicht war eingefallen, zeigte aber eine bisher ungekannte Entschlusskraft. »Na, Bruder«, neckte er Leo, »was macht der Lehrerberuf? Jetzt weißt du endlich einmal mehr wie alle anderen.«

Beim Essen erzählte Karl, dass seine Firma ihm eine Stelle als Abteilungsleiter angeboten habe. »Jetzt geht es auch bei mir aufwärts«, sagte er zu Leo, »dann bist du nicht mehr der einzige im Haus, der es zu etwas gebracht hat.« Anschließend teilte Karl mit, dass er endlich einen Käufer für die Maschinen aus der Werkstatt des Vaters gefunden habe, und die anderen staunten über den guten Preis, den er ausgehandelt hatte.

Leo fragte nach Willi, der müsse doch auch mal wieder heimkommen. Luise schüttelte den Kopf. »Seit der Vater tot ist, ist er ganz anders geworden. Ich glaub manchmal, er gibt sich immer noch die Schuld.«

Am halben Nachmittag packten die beiden großen Brüder ihre von Luise gerichtete Wäsche ein, Leo in seinen Rucksack und Karl in seinen abgeschabten Kunstlederkoffer. Klara gab jedem zusätzlich ein großes, in Papier und einen Leinenbeutel verpacktes Esspaket mit. Als beide protestierten, das sei doch viel zu viel und sie könnten sich doch jetzt selbst etwas kaufen, wehrte sie ab: »Der Vater wollte auch, dass ihr immer gut versorgt seid. Vielleicht denkt ihr dann öfter mal an uns.«

Auf dem gemeinsamen Weg zur Bushaltestelle erzählte Karl, dass er später in eine große Handelsfirma an der Küste wechseln wolle, mit der seine Firma zusammenarbeite, dann könne er vielleicht nur alle Vierteljahre heimkommen. »Dann musst du dich darum kümmern, dass es daheim weitergeht.«

Auf der langen Fahrt fehlte Leo der Stoff, mit dem er sonst so häufig an seinen Zukunftsträumen strickte. Trotz des herrlichen Sommerwetters war seine Stimmung getrübt. Während Karl und nun auch Luise ihre Zukunft fest im Blick hatten, wurde er an der Schule von Höfler gedemütigt und deswegen wahrscheinlich auch von den größeren Schülern heimlich verspottet. Franziska hielt es lieber mit dem Pfarrer als mit ihm, und für die Burschen aus der Vorstadt war er auch kein vollwertiger Freund.

Als er auf dem Dorfplatz den Bus verließ, schallte ihm von der gegenüberliegenden Häuserreihe Gelächter entgegen. Vor dem Adler waren Tische ins Freie gestellt. An einem davon saßen die Vorstädtler. »He Leo«, rief Willi Reuschling, »komm, hier ist es lustig, komm und stell dein Gepäck ab.«

Leo zögerte. Eigentlich musste er erst auf sein Zimmer, um wenigstens das Essen zu versorgen, aber dann stellte er Rucksack und Esspaket doch einfach an der Tischecke ab und setzte sich. In seiner düsteren Stimmung mochte er nicht gleich in sein einsames, stickiges Zimmer gehen. Eine dunkelhaarige junge Bedienung trat an den Tisch, lachte ihn an und sagte: »Grüß Gott, Herr Lehrer! Was darf ich Ihnen bringen?«

Über diese Anrede brach am Tisch erneut Gelächter aus. Einer der Burschen stand auf, verneigte sich theatralisch in Leos Richtung, wiederholte den Gruß und lachte schallend.

Das Mädchen wies den Burschen, der im Sägewerk Zimmermann lernte, zurecht: »Da gibt's gar nichts zu lachen, Lehrer ist Lehrer und Lehrling ist halt Lehrling.« Das Lachen verstummte.

Leo bestellte sich ein Bier und kurz darauf noch eins. Jedes Mal lachte ihn das Mädchen an, so als ob das nur ihm gelte, und mit jedem Schluck fiel ein Teil der Düsternis von ihm ab. Er lachte mit den anderen laut über deren Späße und stieß mit ihren Bierkrügen an. Dass die Passanten belustigt und teilweise auch empört zu ihnen hinübersahen und wenig später Schulleiter Höfler mit schweren Schritten aus dem Gasthaus kam und die lustige Schar kritisch musterte, bemerkte Leo nicht. Als er nach fast zwei Stunden schließlich seinen Rucksack schulterte und den Leinenbeutel nahm, war es schon fast ganz dunkel und er hatte Mühe, das Gleichgewicht zu halten.

Obwohl er so leise wie möglich das Haus betrat, hörte ihn Frau Zeitler auf der Stiege. Sie öffnete die Wohnzimmertüre, machte das Licht an und sagte: »Ach, Herr Schildweg, da sind Sie ja, ich hab schon gedacht, Sie kommen heute gar nicht mehr. Wollen Sie vielleicht noch etwas essen?«

Das Sprechen fiel Leo schwer, er musste sich konzentrieren. »Nein, nein, ich bin nicht hungrig, aber mein Essen –«, er wies auf den Leinenbeutel, »von dem sollte ich vielleicht etwas in den Kühlschrank tun.« Er stellte mit einiger Mühe seinen Rucksack ab, ging hinter Frau Zeitler in die Küche und stellte den Beutel auf den Tisch. »Ach Gott«, sagte sie erschrocken, als sie ihn öffnete, »die Butter ist ja ganz verlaufen, die hätte schon längst ausgepackt werden müssen.«

Leo wagte nicht zuzugeben, dass er zwei Stunden beim Adler gesessen war, deshalb sagte er nur: »In der Bahn und im Bus ist es halt sehr warm gewesen.«

Frau Zeitler nahm einen Teller aus dem Küchenschrank, nahm das zerlaufene Butterpäckchen vorsichtig und stülpte es auf den Teller. Dann nahm sie die von Klara eingepackte Wurst, wischte mit einem Papier die Butterreste ab und versorgte beides im Kühlschrank. Das Brot steckte sie in eine Tüte. »Den verschmierten Beutel können Sie so nicht mitnehmen, den muss ich waschen.« Leo bedankte sich kleinlaut, wünschte ihr eine gute Nacht und ging in seine Kammer.

Er schlief schlecht in dieser Nacht, nicht nur wegen der Wärme, sondern auch wegen des vielen ungewohnten Bieres, das seinen Kopf umnebelte. In seinem Traum lag er vor dem Adler auf dem Boden und die Zechbrüder von der Vorstadt standen um ihn herum und lachten gellend zu ihm hinab. Die Bedienung wollte ihm einen riesigen Bierkrug reichen, er streckte ihr die Arme entgegen, kam aber nicht an sie heran. Schweißnass und mit hämmerndem Kopf wachte er viel zu früh auf und konnte auch nicht mehr einschlafen. Er hielt seinen Kopf unter den laufenden Wasserhahn, bis ihn die Kälte schmerzte.

Lange vor der Aufstehzeit saß er am Tisch, den Kopf in die Hände gestützt, und versuchte, den vergangenen Abend zu rekonstruieren. Es gelang ihm nur mühsam. Er wusste nicht mehr, ob er drei oder gar vier Krüge Bier getrunken hatte und was er selbst und die anderen den ganzen Abend gesprochen hatten. Er wusste nur noch, dass er Mühe gehabt hatte, den steilen Weg zum Haus von Frau Zeitler hinaufzukommen und dass sie sich über seinen Beutel geärgert hatte. Hoffentlich hatte Franziska davon nichts mitbekommen.

Mit schmerzendem Kopf und voller Heimweh sah er zum Bild seiner Mutter. »Oh Mutter, warum geht es mir so schlecht«, jammerte er lautlos, »warum kann ich nicht so glücklich sein wie die andern, warum kann ich nicht so sein, warum mache ich's mir immer so schwer? Wenn du mir doch nur helfen könntest.« Er legte den Kopf auf die Tischplatte.

Um sieben Uhr brachte ihm Frau Zeitler das Frühstück wie immer. Zu dem Vorfall am Vorabend sagte sie nichts. Auch Leo wagte nicht, davon zu sprechen.

Von der Schulsekretärin erfuhr Leo, dass er die erste Stunde mit Rechnen in der Oberklasse übernehmen müsse. Schulleiter Höfler habe anrufen lassen, dass er verhindert sei. Oh Gott, dachte Leo erschreckt, und das mit meinem Kopf.

Rasch eilte er in die Unterklasse, wo er eigentlich vorgesehen war, um Hennermann die Planänderung mitzuteilen. »So so«, grinste der Alte schief, »er ist verhindert ... Ich kann mir schon denken, was ihn verhindert hat.«

Leo hätte gerne nachgefragt, was er damit meinte, aber er musste hoch in den Neubau. Bei dem Mädchen, das ihm an seinem ersten Tag in der Schule schon einmal geholfen hatte, erkundigte er sich nach dem Stand des Unterrichts und brachte die Stunde dann doch mit Anstand über die Zeit.

Erst kurz nach Beginn der zweiten Stunde kam Höfler ohne zu grüßen schwer atmend ins Klassenzimmer. Mit rauer Stimme sagte er von der Tür aus zu Leo: »Machen Sie auch die zweite Stunde, dazu sind Sie doch hoffentlich in der Lage, auch wenn Ihnen gestern das Bier vom Adler lieber war. Da sind Sie in der richtigen Gesellschaft.«

Einige Schüler lachten. Leo stieg das Blut in den Kopf: Klar, der Schulleiter war im Adler gewesen und hatte ihn gesehen.

Höfler setzte sich in eine der hinteren Bänke, breitete einige Schriftstücke aus und tat beschäftigt. Während der ganzen Stunde sagte er kein Wort mehr und blieb bei Beginn der großen Pause wie unbeteiligt sitzen. Leo ging zu ihm hin und fragte kurz, ob er jetzt wie vorgesehen in die Unterklasse gehen solle. Der Schulleiter antwortete, ohne aufzublicken: »Ja, gehen Sie nur zu den Kleinen.«

Unten erzählte er Hennermann vom Auftritt des Chefs, aber nicht von dessen Anspielung auf seinen eigenen Wirtschaftsbesuch. Der alte Lehrer verzog wie üblich das Gesicht und sagte nur: »Daran müssen Sie sich gewöhnen, dass der am Montag früh eine Vertretung braucht. Die Sitzung im Adler war halt wieder besonders anstrengend. Aber so kommen Sie doch am besten zum eigenen Unterricht.«

Am Mittag hatten sich der Bierdunst in Leos Kopf und der Ärger über den Schulleiter verzogen. Am Tisch in der Küche von Frau Zeitler war Franziska so zwanglos und unverbindlich wie immer. Sie erzählte ihrer Mutter von der Schule und Geschichten aus dem Dorf, bezog Leo aber, wie häufig in letzter Zeit, nicht in das Gespräch ein. Erst als das Essen bereits beendet war, sagte sie zu ihm: »Ich hab Sie gestern mit denen von der Vorstadt vor dem Adler gesehen, da ging es ja recht lustig zu.«

»Jaja«, stotterte Leo und wurde rot, »ich war von der Fahrt so durstig und hab da noch etwas getrunken.« Franziska lächelte nur seltsam und, wie er meinte, abwertend. Ihre Mutter sah kurz auf, sagte aber nichts und räumte den Tisch ab.

Als Leo zu Beginn der Sommerferien den Bus zur letzten Etappe der Heimfahrt bestieg, wurde er von den hinteren Sitzen aus gerufen. Es war Luise. Bevor sie nach den Ferien ihre Ausbildung zur Schneiderin anfangen sollte, war sie an diesem Tag in die Stadt gefahren, um sich um die Formalitäten zu kümmern. Mit seinem Koffer und einem vollgepackten Rucksack setzte Leo sich neben sie. Zwar besorgte seit Kurzem Frau Zeitler seine Wäsche, aber in den Ferien brauchte er ja etwas zum Anziehen.

»Ist das ein Glück, dass wir zusammen heimkommen«, freute Luise sich und erzählte sofort von ihrer zukünftigen Stelle: »Stell dir vor, die Meisterin hat mir heut die große Maschine gezeigt. Die geht elektrisch und du glaubst nicht, was die für wunderbar saubere Nähte macht.«

»Wie ist denn deine Meisterin?«, fragte Leo.

»Oh, das ist eine gute Frau. Sie hat mir heut alles ganz freundlich erklärt. Ich glaub, wir werden gut miteinander auskommen. Weißt du, ich bin so froh, dass ich das mit der Lehre geschafft hab, und morgen kommt auch der Friedrich, zusammen mit Karl. Dann sind wir wieder einmal alle beieinander.«

Sie hat es wohl besser getroffen als ich, dachte Leo mit leisem Neid.

Als sie mit dem Koffer und dem Rucksack beladen von der Haltestelle durchs Dorf gingen, wurden sie vom Briefträger, der ihnen entgegenkam, geneckt: »Na, ihr zwei, ihr kommt daher wie die Zigeuner beim Handel, aber gelt, daheim ist es doch am schönsten.«

Die sonst so schüchterne Luise lachte ihn an: »Ja, aber woanders ist es auch schön.«

Seine ersten Sommerferien als Lehrer brachte Leo fast ganz im Heimatdorf zu. Nachdem der Rübenacker von Unkraut befreit war, begann die Getreideernte und die war auf den kleinen schmalen Feldern im Tal immer noch mit viel Handarbeit verbunden. Als sich Leo mit der Sense und Klara mit der Sichel auch an das größte, mit Weizen bestellte Feld des Schreinerhofes machen wollten und er schon beim Anblick der scheinbar unendlichen Ährenflut keine Kraft mehr in den Armen spürte, kam der Müllerknecht mit dem Mähbinder am neu angeschafften Traktor vom eben abgeernteten Nachbaracker und verkündete, sein Chef habe ihn angewiesen, auch den Schreinersacker zu mähen. Klara wollte widersprechen, aber der Knecht lachte nur. Am meisten freute sich Emil, der bisher die Strohbänder legen musste. Er war schon öfter mit dem Müllerknecht auf dem Mähbinder mitgefahren und wusste, wie die Maschine zu bedienen war. Als Maschinist fühlte er sich großartig und zeigte dabei ein bisher ungeahntes technisches Verständnis. Am Abend war das Feld abgeerntet, Leo und Klara mussten nur noch die fertigen Garben zu Hocken zusammenstellen.

Beim Abendessen sagte die Stiefmutter, das mit dem Müller sei ihr gar nicht recht, sie wisse nicht, wie sie ihn für die Arbeit bezahlen solle: »Der macht das doch nicht umsonst!« Leo bot sich an, mit ihm zu reden, und sie nickte zustimmend.

Am folgenden Abend, als er seine nächste Rate bezahlte, bedankte sich Leo beim Müller für das Kornmähen. Die Stiefmutter habe ihm ausdrücklich aufgetragen, nach den Kosten zu fragen.

Der Müller schüttelte den Kopf. »Ach was, das ist doch nichts, der Otto ist sowieso viel lieber auf dem Traktor unterwegs als in der Mühle zu schaffen. Das ist erledigt und wir brauchen gar nicht mehr darüber zu reden.«

Als sich Klara damit nicht zufriedengeben wollte, erinnerte sie Leo daran, dass der Vater dem Müller damals für das verspätete Ackern den wertvollen Schreibtisch gegeben habe, und der sei schließlich viel mehr wert gewesen. Damit war die Stiefmutter dann einverstanden.

Als Leo nach den Ferien nach Kleinbergheim zurückkam, fragte ihn Franziska, ob er am Samstagabend zum Jugendkreis mitkommen wolle. Leo hatte den Verdacht, sie verstehe das vielleicht als Missionsaufgabe und wolle ihn vor den bösen Buben aus der Vorstadt retten. Trotzdem sagte er zu. Bei der obligatorischen Einstimmung durch den Pfarrer, der mit seiner weichen, eingängigen Stimme ein Beispiel aus einem aktuellen Film dazu benutzte, die Rettung der Jugend durch den rechten Glauben darzustellen, stellte Leo enttäuscht fest, wie Franziska zu dem Geistlichen aufschaute und regelrecht an seinen Lippen hing.

Nach einigen Geschicklichkeitsspielen, bei denen Leo nicht besonders gut abschnitt, wurde auf dem Plattenspieler des Pfarrhauses Tanzmusik aufgelegt. Viele der Jugendlichen hatten im Frühjahr ihren ersten Tanzkurs absolviert und zeigten nun ihr Können. Auch Franziska gehörte zu den guten Tänzerinnen. Leo selbst hatte aus Geldmangel auf den Tanzkurs im Gymnasium verzichtet, wollte sich nicht blamieren und schaute deshalb nur zu. Plötzlich aber stand Franziska vor ihm und forderte zum Tanz auf.

»Aber ich kann doch gar nicht tanzen«, wehrte er ab.

»Das werden wir gleich sehen«, entgegnete sie und zog ihn an der Hand zur Tanzfläche. Was er mit seiner Schwester Luise daheim in der Wohnstube geübt hatte, reichte für die grundlegenden Schritte und vorsichtige Drehungen.

»Sie können es doch«, stellte das Mädchen triumphierend fest und tatsächlich wurde es mit jedem Takt besser. Bald musste sich Leo nicht mehr nur auf die Musik und seine Schritte konzentrieren. Die heiße Hand von Franziska in seiner linken und ihre schmale, feste Taille unter seiner rechten Hand lösten bei ihm eine Hitzewelle nach der andern aus. Wenn er in ihr Gesicht sah, blickten ihre blauen Augen lachend zurück. Der Himmel öffnete sich.

Auf dem Heimweg wurden sie von anderen begleitet, dabei wäre Leo so gerne mit Franziska allein gewesen. Als die anderen zu ihren eigenen Häusern abgebogen waren, tastete er vorsichtig nach ihrer Hand, aber sie entzog sie ihm. Am Fuß der zweiten Treppe, als sie in den Flur zu ihrem Zimmer abbiegen wollte, hielt er sie an der Hand zurück und wollte sie umarmen. Sie drehte sich aber abrupt von ihm weg und flüsterte: »Nein, nein.« Lautlos lief sie zu ihrem Zimmer und war verschwunden. Der Himmel schloss sich wieder.

Die nächsten Tage war Franziska zu ihm so kalt wie zu einem Fremden. Saßen sie beim Mittagessen gemeinsam am Tisch, dann bezog sie ihn gar nicht mehr in ihre Gespräche ein. Sie fragte ihn auch nicht mehr nach der Schule und vergeblich wartete Leo auf eine weitere Einladung zum Jugendkreis. Um Gewissheit zu haben, lud er sie eine Woche später beim Mittagessen ganz offiziell zu einem Kinobesuch in die Stadt ein, aber sie lehnte mit einer fadenscheinigen Begründung ab. Dafür sah er sie ein paar Tage später mit einem Jungen aus dem Jugendkreis aus dem Bus steigen und versteckt Händchen haltend in der Gasse verschwinden.

Verletzt und aufgewühlt lag er wieder halbe Nächte lang schlaflos in seinem Bett und verfluchte diese Welt, die ihm keine Freuden gönnen wollte. Dem Bild der Mutter schwor er, sich zu ändern, künftig hart zu sein und endlich über den Dingen zu stehen.

Auch in der Schule wurde es eher schlechter als besser. Immer häufiger musste er in der Oberklasse unterrichten, war dabei aber fortgesetzt den Demütigungen des Schulleiters ausgesetzt. Besonders in den Rechenstunden, die Leo sowieso Mühe machten, griff Höfler immer wieder ein und machte ihn vor den Schülern lächerlich. So wurde er, ohne sich wehren zu können, zum Ziel des heimlichen Schülerspottes, der ihm keineswegs verborgen blieb. Er wusste nicht, wie er damit umgehen sollte, und nahm die Tuscheleien ohnmächtig hin. Eine Erholung waren die Stunden in der Unterklasse, wo ihn Hennermann gewähren ließ und die Schüler ihn gernhatten. Mit seinem musikalischen Talent brachte er den Kindern in der Musikstunde nicht nur bekannte Volkslieder, sondern auch mehrstimmig aktuelle Schlager bei, die sie mit großer Begeisterung sangen.

Gerne hätte er den Musikunterricht auch in der Oberklasse übernommen, aber Höfler lehnte mit der Begründung ab, dazu sei der Organist des Ortes, ein als Flüchtling aus dem Balkan nach Kleinbergheim gekommener ehemaliger Militärkapellmeister, verpflichtet. Außerdem müsse Leo zuerst in den anderen Fächern seine offensichtlichen Lücken schließen. »Lernen Sie erst einmal richtig, den Kindern die Kernfächer beizubringen, die ihnen im Leben nützlich sind, bevor Sie mit ihnen Liedchen singen«, fertigte er Leos Wunsch ab. Dabei mussten die Musikstunden des Organisten immer wieder ausfallen, weil der trunksüchtige Mann oft nicht in der Lage war, den Schulhügel zu erklimmen. In der Kirche schlief er manchmal am Organistenpult ein und musste vom Küster geweckt werden. Diese Eskapaden waren längst Stoff empörter Gespräche im Dorf, ohne dass sich etwas änderte. Versuche des jungen Pfarrers, den Säufer aus seinem Amt zu entfernen, liefen ins Leere.

Immer häufiger schloss sich Leo den Vorstädtlern an, nicht nur weil er sonst keine Zerstreuung fand, sondern auch geradezu aus Trotz, weil deren Treiben von Franziska, ihren Jugendkreisfreunden und den Honoratioren des Dorfes missbilligt wurde. Jeden Donnerstag beteiligte er sich an dem mit viel Gelächter und Geschrei ausgetragenen Fußballspiel und saß anschließend mit den andern lange am Biertisch der Kantine. An diesen Abenden verzichtete er auf das Essen bei der Witwe Zeitler, die das mit deutlich missbilligender Miene quittierte, und aß stattdessen eines der einfachen Kantinengerichte. Er wollte vor den anderen nicht als Hungerleider dastehen und bemühte sich, wie sie zu sein. Er lachte über ihre derben Witze und die großmäuligen Sprüche, erzählte selbst Geschichten aus dem Gymnasium und nahm es dabei mit der Wahrheit nicht sehr genau. Manchmal half der Alkohol über die dunkle Tiefe seines Gemüts hinweg, dann wurde er kindisch fröhlich und hätte am liebsten alle umarmt. Wenn er dann spätabends in sein Zimmer kam, hielt er vor dem Bild der Mutter lautlose Reden über eine schillernde Zukunft.

Wie geht es daheim weiter?

Als Leo und Luise an einem Samstag im Herbst gemeinsam mit dem Bus heimfuhren, war das Schreineranwesen wie verlassen. Doch noch bevor Luise den Schlüssel aus dem Versteck neben der Scheune holen konnte, kam ein Traktorgespann in den Hof. Es war der Müllersknecht mit einer Ladung Kartoffeln. Als er anhielt, stieg Klara mühsam vom Wagen und stützte mit der Hand den schmerzenden Rücken. »Ach, da seid ihr ja schon beide«, begrüßte sie die Geschwister. »Der Otto«, sie wies auf den Knecht, »hat unsere Kartoffeln mitgenommen, deshalb brauch ich nicht noch einmal raus. Leo, kannst du beim Abladen helfen?«

Im Vorraum unter der Treppe streifte sich Leo eine alte Jacke über und half dem Knecht, die schweren Kartoffelsäcke vom Wagen zum Hauseingang zu tragen. Von dort konnten die Kartoffeln über eine kleine Kelleröffnung und eine schräge Rutsche direkt auf ihren Lagerplatz befördert werden. »Bist du extra rausgefahren?«, fragte er den Knecht.

Der schüttelte den Kopf. »Wir haben doch die Kartoffeln im Nachbaracker, da macht mir das nichts aus. Die Klara hat es doch schon hart genug, wenn sie allein auf dem Acker steht. Nur mit einem Schulbub so eine Wirtschaft umzutreiben, das ist nicht einfach. Du kommst ja auch kaum noch heim.«

In Leo erwachte das schlechte Gewissen. Jetzt erst wurde ihm bewusst, wie schwer es die Stiefmutter tatsächlich hatte.

»Wo ist denn der Emil?«, fragte er, als er ins Haus kam.

»Der ist im Dorf, ein wenig Freiheit muss ich dem Buben doch lassen«, antwortete Klara. Mühsam erhob sie sich von der Küchenbank, um sich für die Stallarbeit herzurichten. Auch Leo zog sich schnell um, um ihr zu helfen.

Währenddessen machte Luise das Abendessen zurecht. Als sie an der offenen Tür zur Waschküche vorbeikam, stellte sie fest, dass dort einiges unerledigt war. Auch ihr ging auf, dass sie der Stiefmutter doch zu viel zumuteten.

Spät am Abend trafen Karl und Friedrich ein. Leo hatte den Freund seit Wochen nicht mehr gesehen und wunderte sich über sein gutes Aussehen. Sein ehemals weiches Kindergesicht mit den traurigen Augen war markanten Zügen und einem offenen Blick gewichen. Klare Entschlossenheit hatte die ängstliche Schüchternheit abgelöst. Die beim genauen Betrachten nach wie vor sichtbare Halsnarbe wurde durch länger gewachsene Haare recht gut verdeckt und die schiefe Kopfhaltung, die seiner Gestalt einen so erbarmungswürdigen Ausdruck verliehen hatte, war kaum noch zu erkennen. Er ist ein richtiger Herr geworden, dachte Leo für sich.

Vor den anderen nahm Friedrich Luise, die ihn mit glühendem Gesicht anstrahlte, in den Arm und küsste sie. Sie mussten ihre Liebe nicht mehr verstecken. Eifrig erzählte sie ihm von ihrer neuen Tätigkeit und wie gut sie es mit ihrer Chefin getroffen habe. Karl freute sich über das gute Los der Schwester und war darüber erleichtert. Lange hatte er mit dem Vorwurf gelebt, sich beim Vater nicht genug für die Schwester eingesetzt zu haben. Während Luise überschwänglich erzählte, blieb ihm aber auch nicht verborgen, wie sich Klara vom Küchentisch an den Spülstein zurückgezogen hatte und sich ihre Züge verhärteten. Sie musste sich neben den freudig erzählenden Stiefkindern ausgeschlossen und wie eine Fremde fühlen. Um das zu vermeiden, ging Karl zu ihr und fragte nach dem Stand der Feldarbeit.

Wie es ihre Art war, wollte Klara keine Schwäche zeigen. »Es geht ganz gut, mit den Kartoffeln sind wir jetzt fertig und nächste Woche geht's an die Rüben und das Obst. Der Herbst ist von der Arbeit her halt immer die schlimmste Zeit, aber wir werden das schon schaffen. Wenn der Vater halt noch da wär ...« Die Erschöpfung nach dem langen Arbeitstag und die Sorge, wie alles zu bewältigen sei, raubten ihr die Stimme. Mit einer resignierten Handbewegung stand sie auf und ging wortlos an den Spülstein. Nachdem sie mit dem Abwasch fertig war, setzte sie sich nur noch kurz zu den anderen und ging dann früh zu Bett.

Als sie gegangen war, sprach Karl die Situation im Schreinerhaus an. Luise zeigte sich erschrocken über die unerledigte Wäsche und die kaum zu übersehende Unordnung im Haus. »Mit dem Waschen und Putzen werd ich morgen früh nicht fertig«, klagte sie, »aber wir können ihr doch nicht alles liegen lassen.«

Emil berichtete, dass in einigen Nachbarhäusern schon Waschmaschinen angeschafft worden seien, dort müssten die Frauen inzwischen nicht mehr ganze Tage in der Waschküche stehen.

Friedrich, der sich bisher kaum am Gespräch beteiligt hatte, mischte sich ein: »Wir können doch auch eine Waschmaschine kaufen, ich geb gern Geld dazu. Luise kann das nicht alles erledigen, wenn sie am Wochenende heimkommt.«

Dankbar sah ihn das Mädchen an und legte den Kopf an seine Schulter. Auch Karl nickte. »Wir verdienen doch alle, wenn wir zusammenlegen, dann können wir eine Waschmaschine kaufen, in meiner Firma krieg ich sie auch billiger.«

Leo fühlte sich unbehaglich. Durch die Schulden beim Müller hatte er kein Geld übrig, das er dazugeben konnte. Gleichzeitig musste er sich aber eingestehen, dass er in der Kantine auch nicht wenig Geld ausgab. »Ich möchte schon etwas dazugeben«, sagte er verlegen, »aber ich muss halt auch die Schulden beim Müller bezahlen.«

»Ja, natürlich«, erwiderte Karl entschuldigend, »daran hab ich schon gar nicht mehr gedacht, behalt du dein Geld.«

Trotzdem wurde ausgemacht, dass Karl sich in seiner Firma nach den Kosten für eine Waschmaschine erkundigen sollte.

Am nächsten Morgen, als Karl mit Klara die Stallarbeit machte, ging Leo zur Mühle, um seine Rate zu zahlen. Der Müller, der noch beim Frühstück saß, empfing ihn wie immer in seiner jovialen Art: »Na, Leo, kannst du nicht mehr schlafen, dass du so früh dran bist? Komm, setz dich her und iss mit.«

Leo schüttelte den Kopf, er habe schon gegessen, setzte sich aber auf den angebotenen Stuhl. Auf die Frage des Müllers, wie es daheim gehe, erzählte er, dass Klara anscheinend kaum mit der Arbeit fertig werde, und wie gut es gewesen sei, dass sein Knecht die Kartoffeln mitgenommen habe.

»Ach was«, wehrte der Müller ab, »das ist doch nichts, wir helfen doch gern. Weißt du was, Leo, der Otto soll ihr mit dem Traktor auch die Äcker pflügen. Mit dem Kuhgespann kommt sie doch gar nicht rum. Sag ihr das, wenn du heimkommst, und dass ich nichts dafür will.«

Als Leo zurückkam, saßen die anderen beim Morgenessen. Entgegen seiner Erwartung freute sich die Stiefmutter nicht, als er ihr die Botschaft des Müllers überbrachte. »Das ist schon recht mit dem Pflügen, aber wie soll ich das wieder gutmachen? Und Almosen will ich nicht, das hab ich noch nie gebraucht.«

»Na, dann bring ihm halt einen Korb Eier«, erwiderte Leo. »Soviel ich weiß, hält die Müllerin keine Hühner mehr.«

Erst nach dem Mittagessen erzählte Karl, dass er eine neue Arbeitsstelle in einem großen Handelshaus in Hamburg gefunden habe und zum 1. Januar dort eintrete. Die Nachricht sollte eine Überraschung sein, aber niemand konnte sich so recht darüber freuen, war Karl doch für die Geschwister zum Vaterersatz geworden. Als erste sprach Luise aus, was auch die anderen dachten: »Wie soll das daheim gehen, wenn du so weit fort bist?«

Auch Klara machte ein erschrockenes Gesicht. Seit dem Tod ihres Mannes war Karl fast jedes Wochenende heimgekommen und ihr so zur wichtigsten Stütze geworden. »Das ist für mich keine gute Nachricht«, sagte sie und sah den Stiefsohn traurig an. »Aber ich verstehe das auch, du musst sehen, dass du weiterkommst. Wer jung ist, darf nicht irgendwo hocken bleiben.«

Als Karl, Leo, Friedrich und Luise sich wenig später bereits wieder für die Abfahrt rüsteten, war die Stimmung immer noch gedrückt. Für alle hatte Klara am Vormittag umfangreiche Esspakete gerichtet, die sie anstandshalber unter Protest, aber doch als willkommene Gabe aus der Heimat, mitnahmen.

In den Herbstferien Ende Oktober kam Leo für eine ganze Woche heim. In der Zwischenzeit hatte Karl mit Luises Hilfe die beschlossenen Vorhaben umgesetzt. In der Waschküche war eine Waschmaschine eingebaut, mit der Luise nun jeden Samstag die große Wäsche erledigte, und in der ausgeräumten Werkstatt hatte Karl Wäscheleinen gezogen, sodass die Wäsche auch dann trocknen konnte, wenn es draußen regnete. Die Rüben hatte Klara mit eiserner Disziplin innerhalb von zwei Wochen geerntet und mit dem von Emil dirigierten Kuhgespann abgefahren. Das Angebot des Müllerknechts, mit dem Traktor einzuspringen, hatte sie abgelehnt: »Wenn wir gar nichts mehr zu fahren haben, dann sind wir auch keine Bauern mehr. Ich bin schon dankbar, wenn du das Pflügen übernimmst.«

Als Leo eintraf, wurde er vom kleinen Bruder aufgeregt empfangen: »Am Montag müssen wir mosten, da musst du früh aufstehen.«

Noch am Abend wuchtete er mit Klara die in der Scheune abgestellten Äpfel- und Birnensäcke auf den Wagen und wunderte sich dabei wieder einmal über die Kraft und Ausdauer der Stiefmutter. Während er schon nach kurzer Zeit außer Atem war, arbeitete sie weiter, als ob das alles nichts wäre. Wie früher beim Vater bereitete es ihr sichtlich Vergnügen, einem Mann überlegen zu sein. Doch während sie das früher mit spöttischen Bemerkungen kommentiert hatte, lächelte sie nun nur still in sich hinein.

Als Emil und Leo am Montagmorgen in der Dorfmitte eintrafen, wo der Wirt die große Mosterei für das ganze Dorf unterhielt, war dort schon reger Betrieb. Ein Gespann reihte sich an das andere.

Es war üblich, dass die Wartenden den anderen an der Mühle und der Presse halfen. So musste auch Leo bei anderen einspringen, Säcke wuchten, Mahlgut schöpfen und Eimer entleeren. Die Kleinbauern und Handwerker machten sich einen Spaß daraus, den »Studierten«, der sich wohl wie etwas Besseres vorkam, die Mühsal der körperlichen Arbeit spüren zu lassen. »Na Leo«, spotteten sie, »so ein Sack ist halt doch schwerer als ein Bleistift«, und nahmen die Last beim gemeinsamen Tragen immer so auf, dass er den schwereren Teil zu stemmen hatte.

Leo wollte sich keine Schwäche anmerken lassen und arbeitete klaglos mit krummem Rücken und schmerzenden Armen. Als sie am Mittag endlich wieder daheim ankamen, und der frische Obstsaft in die Fässer des Hauskellers umgefüllt war, konnte er sich kaum noch bewegen und rühmte im Stillen die Entscheidung seines Vaters, aus ihm einen Lehrer statt eines Handwerkers zu machen.

Doch ihm blieb keine Zeit zum Verschnaufen, denn schon am Nachmittag galt es, den Weizen für die Herbstsaat herzurichten. Leo drehte die Kurbel der Putzmühle und Klara füllte mit einer großen Wanne den Trichter der Maschine immer aufs Neue. Voller Stolz erzählte sie während der ermüdenden Arbeit, wie gut die Ernte ausgefallen sei und dass sie von ihrem Bruder eine neue Weizensorte erhalten habe, die einen noch besseren Ertrag versprach: »So einen Weizen hat hier noch keiner, da werden die anderen schauen.«

Am Abend ging Leo zum Müller, den er auch diesmal in der Küche antraf. Vor sich einen Teller mit Wurst, Schinken, eingelegten Gurken und einen Brotlaib, von dem er dicke Scheiben abschnitt, lud der Bürgermeister den Schreinerssohn erneut zum Mithalten ein: »Komm, Leo, setz dich her, du hast doch bestimmt den ganzen Tag geschafft und bist hungrig. Eva«, er wandte sich an die Magd am Spülstein, »hol unserem Lehrer ein Besteck.« Diesmal wollte Leo, der sich nach der Arbeit nur schnell umgezogen, aber noch nichts gegessen hatte, nicht wieder ablehnen, sondern griff ordentlich zu.

Nach dem Essen wurde das finanzielle Geschäft wie immer im Amtszimmer des Bürgermeisters abgewickelt. Ohne Umstände strich der Müller die einhundert Mark ein und stellte wie immer eine handgeschriebene Quittung aus. »Was habt Ihr denn mit eurem Emil vor, wenn er im Frühjahr aus der Schule kommt?«, fragte er wie beiläufig. »Soll er daheimbleiben und Bauer werden?«

Leo zuckte mit den Schultern. »Wir haben noch gar nicht richtig darüber geredet. Die Klara«, das Wort »Mutter« brachte er noch immer nicht über die Lippen, »kann ihn schon daheim brauchen und eine Lehre außerhalb trau ich ihm auch noch nicht zu.«

Der Müller nickte zustimmend. »Ja, er ist schon noch ein richtiges Kind, aber immer kann er auch nicht daheimbleiben.« Nach kurzem Zögern sprach er weiter: »Weißt du, Leo, ich seh doch, wie gut der Bub mit den Maschinen umgehen kann, und der Otto will im übernächsten Jahr weggehen, da brauch ich einen Ersatz. Gebt den Emil doch zu mir, dann kann er bei mir in der Mühle lernen und nebenbei der Klara helfen. Dann hat er einen eigenen Verdienst und muss trotzdem nicht fort von daheim.«

Später am Abend, als Emil schon im Bett lag und Klara am Küchentisch Birnen schälte und zerteilte, um sie dann in der Darre neben dem Küchenherd zu trocknen, erzählte Leo vom Vorschlag des Müllers. »Was meinst du?«, fragte er die Stiefmutter. »Denkst du, der Emil könnt mit dem Geschäft in der Mühle umgehen? Oder wär es nicht besser, er bliebe einfach daheim? Du kannst ihn hier ja auch gut brauchen.«

Klara hielt kurz mit ihrer Arbeit inne und sah dem Stiefsohn offen ins Gesicht. »Leo, ich weiß doch, dass die kleine Landwirtschaft hier auf Dauer keine Zukunft hat. Davon kann keine Familie leben, und wenn es mit mir einmal aus ist, dann hört das hier wahrscheinlich ganz auf. Ich hab mich eigentlich darauf gefreut, ganz mit dem Emil zu wirtschaften, aber er braucht für später doch noch eine andere Arbeit. Wenn ihn der Müller nimmt und es ihm selbst auch passt, dann ist es wahrscheinlich das Beste. Ich mache mit den Äckern und dem Vieh so lange weiter, wie es geht. Ich kann doch von euch nicht verlangen, dass ihr euch auch immer noch um mich kümmert.«

Leo nickte nur, er wusste, dass Klara recht hatte. Trotzdem machte er sich Sorgen um den kleinen Bruder, der immer der Schwächste in der Familie gewesen war. Künftig würde auch er sich selbst behaupten müssen.

Auch im Schwarzwald hielt sich der milde, trockene Herbst bis spät in den Oktober. Dann aber setzte der Regen ein und ein kalter Wind zog von den Höhen herab. Oberhalb der Wiesen deckte jeden Morgen eine Nebelwand die bewaldeten Hänge zu. Auf dem Weg zur Schule schoss das Regenwasser zum Dorf hinab und sammelte sich an den flachen Ufern des Baches zu kleinen Teichen. Da Leo keinen Schirm besaß, kam er einige Male völlig durchnässt am Schultor an. Die Kapuze seiner alten Regenjacke hielt die Nässe nur notdürftig ab, und so stand er wie ein begossener Pudel vor den Schülern, die wieder einmal heimlich über ihn lachten. Daraufhin nahm er in seiner Schultasche ein Handtuch mit, um sich vor dem Unterricht wenigstens die Haare trocknen zu können. Den Schirm, den Frau Zeitler ihm anbot, lehnte er ab. Schon im Seminar war es als unmännlich betrachtet worden, wie die wasserscheuen Mädchen mit einem Schirm durch die Stadt zu gehen.

Als die Regentage vorbei waren, wurde es merklich kälter. Morgens lag nun dicker, glitzernder Reif auf den Talwiesen und die Pfützen unterhalb der Schule waren am Morgen mit einer dünnen Eisschicht bedeckt. Tagelang lag eine dichte Nebeldecke über dem Dorf, doch die Schüler, die von den höher gelegenen Höfen kamen, berichteten schadenfroh, dass bei ihnen zwar schon Schnee liege, aber den ganzen Tag die Sonne scheine.

Für Leo änderte sich in den ersten Wintermonaten wenig. Nach den Herbstferien hatte ihm Schulleiter Höfler in der Oberklasse feste Stunden zugeteilt, für die er auch den Unterrichtsstoff im Rahmen des Lehrplans selbst bestimmen konnte. Trotzdem hatte er Mühe, seine Autorität durchzusetzen, die auch immer wieder durch kritische Ausfälle von Höfler untergraben wurde. Eine Erholung blieben der Umgang mit Hennermann und der Unterricht in der Unterklasse. Es war auch der alte Lehrer, der gegen den Widerstand des Schulleiters dafür sorgte, dass der von Leo geleitete Kinderchor der Unterklasse am Volkstrauertag in der Kirche singen durfte. Bei den meisten Eltern trug ihm das Anerkennung ein, aber einige der älteren, glaubensstrengen Kirchgänger meinten, dass ein Lehrer, der an keinem Sonntag in der Kirche zu sehen sei, dort auch keinen Festauftritt leiten dürfe.

Seit jenem unglücklichen Abend nach den Sommerferien mied Leo den Jugendkreis, und auch die freundliche Einladung des jungen Pfarrers, der von seinem altershalber ausgeschiedenen Vorgänger den Religionsunterricht übernommen hatte, brachte ihn nicht dazu, dort wieder hinzugehen.

Geradezu aus Trotz hielt Leo an seinen Freunden aus der Vorstadt fest, über deren lautstarke Eskapaden die Dorfbewohner nur den Kopf schüttelten. Auch seine Hauswirtin gehörte zu den Kritikern. Als Leo an einem Mittag seine Kammer verließ, um zum Nachmittagsunterricht in die Schule zu gehen, hörte er im Untergeschoss Frau Zeitler mit einer Kundin sprechen, die in der Vorstadt wohnte. Am vorigen Abend sei es in der Kantine wieder sehr laut zugegangen, hörte er. »Und dass der neue Lehrer, der doch bei Ihnen wohnt, da mitmacht, das kann ich gar nicht verstehen«, empörte sich die Frau. »So jemand kann doch kein Vorbild für die Kinder sein, das sollten Sie ihm einmal sagen.« Frau Zeitler gab der Kundin recht: »Jaja, das ist kein richtiger Umgang für den Herrn Schildweg, aber was soll ich da machen? Meine Franziska wollte ihn ja mit in den Jugendkreis nehmen, aber da ist er nur ein paarmal mitgegangen. Dort wäre er schon besser aufgehoben.«

»Sie werden sehen«, lautete das abschließende Urteil der Frau, »der wird in Kleinbergheim nicht alt.«

Oben nickte Leo mit grimmigem Gesicht Zustimmung. »Hoffentlich werde ich bald versetzt«, sagte er lautlos, »dann seid ihr Betschwestern mich wieder los.« Erst als die Kundin gegangen und Frau Zeitler die Ladentüre geschlossen hatte, ging er die Treppe hinab und musste sich beeilen, um noch rechtzeitig zum Nachmittagsunterricht zu kommen.

Als Leo mit Beginn der Weihnachtsferien an einem Samstag heimkam, war es auch dort Winter geworden. Als er mit seinem wenigen Gepäck in den Hof des Anwesens kam, stand Klara gebückt im Hausgarten, um die Dahlienknollen auszugraben, die überwintert werden mussten. Als sie den Stiefsohn sah, reckte sie den schmerzenden Rücken. Ihr derbes, mittlerweile von tiefen Falten zwischen den Augen und an den Wangen zerfurchtes Gesicht zeigte Müdigkeit, aber auch den Ärger, der schon früher so oft ihr Antlitz geprägt hatte. »Gut, dass wieder einmal jemand nach uns sieht. Ich werde hier mit allem alleingelassen«, empfing sie den Stiefsohn. »Ihr glaubt wohl, das alles hier erledigt sich von selbst! Im Garten bin ich noch nicht fertig, das Haus sieht aus und im Stall brüllt das Vieh.«

»Ist denn die Luise noch nicht da?«, fragte Leo erschrocken. »Und wo sind Willi und Emil?«

»Die Luise hat ausrichten lassen, dass sie erst morgen kommt, den Willi hab ich schon drei Wochen nicht mehr gesehen und der Emil, der treibt sich im Dorf herum oder ist in der Mühle. Seit er weiß, dass er im Frühjahr zum Müller soll, hält er sich mehr dort auf als bei mir«, antwortete Klara und stach ihre Grabegabel ärgerlich neben sich in den Boden.

»Ich zieh mich nur kurz um«, sagte Leo schnell, »dann helf ich dir. Wo soll ich anfangen?«

Klara wies ihn an, die Stauden in die vor dem Frost sichere Werkstatt zu tragen, sie selbst werde einstweilen mit der Stallarbeit anfangen. Sie ging mit Leo ins Haus, stellte im Vorraum zum Keller ihre Werkzeuge ab und ging über den Hof zum Stall, wo die Rinder längst auf ihr Futter warteten. Als Leo kurz darauf in seinen Alltagskleidern in den Stall kam, hatte sie bereits mit dem Ausmisten begonnen.

»Lass das doch«, sagte er verärgert, »ich bin doch jetzt da, du weißt doch, dass ich das dann mache.« Er mochte es nicht, wenn sich die Stiefmutter in eine Märtyrerrolle hineinspielte, so wie sie es früher beim Vater oft getan hatte. Gleichzeitig wurde ihm aber auch bewusst, dass sie mit der Landwirtschaft und dem Hauswesen doch endgültig überlastet war. Die Idee, Emil zum Müller zu geben und trotzdem die Landwirtschaft zu halten, würde sich wohl nicht so einfach durchführen lassen. Aber wie sollte das alles geregelt werden, wenn Karl bald auch so weit fort wäre?

Die Stallarbeit war bereits erledigt, als Emil heimkam. Er freute sich, den Bruder zu sehen, wurde aber von Leo mit ärgerlicher Stimme empfangen: »Warum kommst du so spät? Du weißt doch, dass die Mutter nicht alles allein machen kann!«

Aber Emil hob nur gleichgültig die Schultern. »Ich kann doch nichts dafür, dass es so spät geworden ist. Wir haben Mehl ausgeliefert und der Müller ist beim Bäcker so lang sitzen geblieben. So ist das halt in so einem Geschäft«, fügte er altklug hinzu. Er fühlte sich schon ganz zur Mühle gehörig. Auch er löste sich vom Schreinerhaus.

Karl kam erst kurz vor Mitternacht. Einer seiner Kollegen, der bereits ein Auto besaß, hatte ihn mitgenommen. In der Firma Walter hatte es eine kleine Abschiedsfeier für ihn gegeben. Der sonst so ernste Bruder war vom Sekt, den sein Vorgesetzter spendiert hatte, leicht beschwipst und aufgekratzt. Seiner Stimme war aber auch eine leichte Wehmut anzumerken. »Jetzt geht es mir wie dir, jetzt muss ich auch neu anfangen und weiß gar nicht, ob das gut geht«, sagte er zu Leo.

Als Klara und Emil schon auf ihre Kammern gegangen waren, berichtete Leo dem Bruder später von Klaras verärgertem Auftreten am Nachmittag, der offensichtlichen Überforderung der Stiefmutter und seiner Befürchtung, dass mit Emils Hilfe daheim bald nicht mehr zu rechnen sei: »Der ist schon jetzt mehr beim Müller als hier und ich will auch nicht alle zwei Wochen heimkommen müssen.«

Wieder einmal war Karl der weitsichtige Realist. »Mit dem Willi kann man auch nichts mehr anfangen«, sagte er. »Und die Luise wird bald ganz zum Friedrich in die Stadt gehen wollen. Die Klara muss die Landwirtschaft aufgeben, anders geht es nicht.«

Noch lange in jener Nacht berieten die Brüder, wie der Plan zu bewältigen sei und der Stiefmutter ein Auskommen gesichert werden könne. Die Felder könnten gut verpachtet werden, war sich Karl sicher, und mit dem großen Garten und den beiden Obstwiesen hätte Klara noch genügend Arbeit. Auch den Hühnerstall könnte sie noch weiter betreiben, vielleicht könnten auch die Werkstatt und sogar die Scheune und der Stall vermietet werden. Mit dem, was aus Pacht und Vermietung zu erlösen sei, wäre ihr Auskommen gesichert. »Und wenn das nicht reicht«, schloss Karl, »dann muss man halt etwas verkaufen.«

Leo nickte. So weit hatte er noch nicht vorausgedacht.

Erst am späten Heiligabend kam Luise, und wenig später war auch Willi da, gekleidet wie ein Städter und auch schon mit dem ans Hochdeutsche angelehnten Dialekt der Stadt. Er hatte seine früher ganz auf Widerspruch und Aufsässigkeit angelegte Art aufgegeben, sprach wenig und ließ seine Familie merken, dass ihm das Dorf und das Leben im Elternhaus recht gleichgültig geworden waren. Auch Luise war anders geworden, stellte Leo fest. Sie redete nur noch von ihrer neuen Arbeit. Die Chefin habe für wichtige Kundinnen eine kleine Modenschau veranstaltet, begründete sie ihre späte Ankunft. Sie habe bei den Vorbereitungen mithelfen und sogar selbst einige Kleider vorführen müssen. »Ich bin mir schon wie ein Mannequin vorgekommen«, erzählte sie aufgeregt.

Beim Kaffee am ersten Weihnachtstag, für den Luise einen Kuchen gebacken hatte, sprach Karl die mit Leo überlegten Zukunftspläne an. »Mutter«, sagte er zu Klara, die ihm gegenübersaß, »wir sehen, dass die ganze Arbeit hier für dich zu viel ist, du kannst das auf Dauer nicht aushalten.«

Die Stiefmutter reckte den Kopf: »Wer sagt das? Bis jetzt bin ich immer noch mit allem fertig geworden, und wenn mir ein bisschen geholfen wird, dann geht das auch in Zukunft!« Ihr Gesicht verfinsterte sich und nahm wieder den alten hochmütigen Ausdruck an.

»Der Leo und ich haben vorgestern Abend lange darüber geredet«, fuhr Karl behutsam fort. »Wir wollen doch nur, dass du dich hier nicht kaputtmachst, wenn der Emil bald ganz beim Müller ist.«

Klara hob den Kopf. »Soso, ihr habt also schon über mich entschieden. Und was habt ihr mit mir vor?«

Jetzt bekam auch Karls Stimme einen ärgerlichen Ton: »Wir haben noch gar nichts entschieden, aber wir machen uns halt Gedanken, wie es weitergehen kann. Darüber wollen wir jetzt reden und dann mit dir zusammen entscheiden.«

Auch der kleine Emil mischte sich nun ein: »Wenn ich im Frühjahr zum Müller geh und dann der Otto bald nicht mehr da ist, dann hab ich auch keine Zeit mehr.«

Klara sah sich hilfesuchend zu den anderen um, aber Luise blickte stumm auf ihren Teller und Willi sah unbeteiligt aus dem Fenster. »Ja, wenn euch das Daheim nichts mehr wert ist, dann muss ich das für mich allein auch nicht zusammenhalten«, sagte sie bitter. »Dann kann ich auch fort.«

Luise erwachte aus ihrer Teilnahmslosigkeit. »Nein«, rief sie, »du darfst nicht fort, du gehörst doch zu uns und wir wollen doch auch immer wieder heimkommen können. Wir brauchen dich doch!«

Karl wurde wieder zum Familienoberhaupt. »Mutter«, sagte er begütigend, »du bist die Einzige, die uns die Heimat erhalten kann. Wir wollen, dass das noch lange so bleibt, und deshalb wollen wir dir die Arbeit leichter machen.« Vorsichtig erläuterte er die Pläne, die er mit Leo besprochen hatte. Die meiste Arbeit mache der Stall mit dem Melken. Deshalb wäre es am besten, die Kühe abzuschaffen. Weil er wusste, dass der Ackerbau Klaras größter Stolz war, hielt Karl den Plan einer Verpachtung zurück. Wenn der Müller sein Versprechen einhalte, sagte er, dann könne Emil die Feldarbeit mit dem Traktor der Mühle erledigen und dann habe man immer noch eigenes Getreide und eigene Kartoffeln. »Dann ändert sich doch auch gar nicht viel, aber du hast es trotzdem viel leichter«, schloss er und sah der Stiefmutter gespannt ins Gesicht.

Klara atmete tief durch. »Ja, das Melken fällt mir schon arg schwer«, gestand sie, »alle andern haben schon eine Melkmaschine, aber die lohnt sich bei uns nicht mehr. Ja, dann geben wir halt die Kühe und die Rinder her, aber erst im Frühjahr, wenn das Heu verfüttert ist. Dann muss ich im Sommer auch kein Futter mehr holen und kein Heu mehr machen. Aber die Hühner und die Schweine müsst ihr mir lassen, ich muss doch auch noch von etwas leben und das Eiergeld ist eine schöne Einnahme.«

So wurde es im Schreinerhaus doch noch ein ruhiges, friedliches Weihnachtsfest. Karl und Leo übernahmen bis auf das Melken die Stallarbeit und Luise das Kochen. An beiden Feiertagen erschien Klara inmitten ihrer Stiefkinder in der Kirche, und die Dörfler wunderten sich, wie einträchtig sie miteinander umgingen.

Christine

Über den Winter wurde Willi Reuschling, der als einziger der Vorstädtler schon eine gefestigte Persönlichkeit hatte und mit seinem praktischen Sinn herausstach, für Leo zum Freund. Bei ihm wusste Leo, dass der sich nicht an dem heimlichen Spott, der von manchen Schülern bis in die Vorstadt getragen wurde, beteiligte und dass er nicht deshalb freundlich zu ihm war, um ihn zu unbedachten Worten gegen den verhassten Schulleiter oder Aussagen über einzelne Schüler zu verführen, die dann weitererzählt werden konnten.

Als sich im Schwarzwald der Frühling ankündigte und in den Kleinbergheimer Vorgärten schon die Forsythien blühten, unternahm Leo mit Willi an einigen Sonntagen ausgedehnte Wanderungen in die Umgebung. Dann kehrten sie abends oft in eine der kleinen Wirtschaften des Waldes ein.

An einem anderen Abend überredete Leo den Freund zur Einkehr in den Adler. Die junge Bedienung, die ihn damals im Sommer so freundlich verteidigt hatte, ging ihm nicht aus dem Kopf. Einige Male war er bei seinen kleinen Besorgungen absichtlich an dem Gasthaus vorbeigegangen, um ihr vielleicht zu begegnen, und hatte sie auch durch die Fenster gesehen, wenn sie die Gäste bediente, wagte sich aber allein nicht hinein.

Jetzt setzten sich die Freunde an einen kleinen Tisch in der Ecke des Gastraumes. Die Dunkelhaarige mit dem schmalen Gesicht und den großen Augen bediente auch heute, Leo hatte sie sofort entdeckt. Wenig später kam sie an ihren Tisch.

»Grüß Gott, Herr Lehrer«, sagte sie wie beim letzten Mal und lächelte ihn an. »Was darf ich Ihnen bringen?«

»Hallo, Christine«, empörte sich Willi, »ich bin auch noch da! Oder verkehrst du nur noch mit Studierten?«

Sie lachte und schüttelte theatralisch den Kopf. »Nein, heut ausnahmsweise auch mit normalen Leuten. Grüß Gott, Herr Willi. Was darf es denn sein?«

Beide bestellten Bier.

Als sie gegangen war, fragte Leo: »Du kennst sie?«

»Natürlich«, antwortete Willi. »Die ist mit meinem Bruder in die Schule gegangen und kommt von einem Hof ganz droben im Wald. Die Christine ist in Ordnung, die lässt sich von niemandem was vormachen.«

»Geht die auch in den Jugendkreis?«, fragte Leo weiter. Bei seinen wenigen Besuchen dort hatte er sie zwar nicht gesehen, aber er wollte sicher sein.

Willi lachte. »Ach, was denkst du denn, die gehört nicht zu diesem frommen Club. Dazu hat sie auch gar keine Zeit. Wenn sie nicht im Adler ist, dann muss sie daheim helfen. Ihr Vater ist vor einem Jahr gestorben und der Bruder ist noch nicht verheiratet. Die haben es da oben nicht leicht.« Leo fragte nach dem Namen des Hofes. »Greuthof«, war die Antwort und lächelnd fragte Willi: »Willst du sie mal besuchen?«

»Nein, nein«, antwortete Leo schnell, »ich frag nur so aus Neugier.« Doch er machte sich bald auf den Weg.

Von der Schulsekretärin ließ er sich eine Landkarte des Kreises geben und suchte dort den Greuthof. Er fand ihn erst nach langem Suchen, keine offizielle Straße führte dorthin. Als er sich am Samstagnachmittag aufmachte, war auf den Höhen des Schwarzwaldes der Winter noch einmal zurückgekehrt. Nur an den steilen Südhängen war der Schnee fleckenweise abgetaut. Auf dem schmalen Sträßchen begegneten Leo nur ein Pferdegespann und wenige Autos. Hinweise zu den verstreut liegenden Höfen und Weilern wurden immer seltener. Immer wieder prüfte er auf der Karte den Weg.

Auf der Höhe angekommen, war er an einer Kreuzung mit seiner Kartenweisheit am Ende. Ein hölzerner Pfahl, der wohl einmal einen Wegweiser getragen hatte, gab keine Auskunft mehr. In einiger Entfernung erklangen Axtschläge. Zwei Waldarbeiter entasteten frisch gefällte Tannen. Als Leo nach dem Greuthof fragte, ging einer von ihnen mit ihm auf die Lichtung hinaus und zeigte auf eine steile Mulde, aus der gerade noch ein Dachfirst herausragte: »Dort, das ist der Greuthof. Aber was wollen Sie dort? Einkehren können Sie dort nicht.«

Leo schüttelte den Kopf. »Ich will mich hier oben nur ein bisschen umsehen, ein Freund hat mir von dem Hof erzählt.«

Der Weg, der zum Greuthof hinabführte, war ausgefahren, doch zwischen den Fahrspuren lag der Schnee noch knöchelhoch. Oberhalb des Hofes blieb Leo stehen und sah hinab. Das Anwesen bestand lediglich aus dem typischen großen Schwarzwaldhaus mit seinem tief herabgezogenen Dach und drei kleinen Nebengebäuden. Vom Weg aus führte eine Hocheinfahrt direkt in den oberen Stock der Scheune. Darunter waren die Fenster des Stalles zu erkennen und an der Giebelseite zum Tal hin die Veranda des Wohnteils. Die Gebäude waren alt, aber auf den ersten Blick in gutem Zustand. Keine Menschenseele war zu sehen. Im Stall brüllten ein paar Rinder und vor dem kleinen Hühnerstall gackerten Hühner und krähte ein Hahn.

Wenig später kam eine Frau mittleren Alters, deren Gesicht unter dem dunklen Kopftuch kaum zu erkennen war, aus dem Haus und streute den Hühnern in dem schon schneefreien Platz vor dem Stall Gemüsereste hin. Als sie gerade ins Haus zurückwollte und ihren Blick zur Höhe hinaufrichtete, sah sie Leo. Verwundert blieb sie stehen und rief ihm etwas zu, aber Leo konnte sie nicht verstehen und ging ihr deshalb entgegen.

»Wollen Sie zu uns?«, fragte die Bäuerin, als Leo vor ihr stand.

»Nein, nein«, antwortete er. »Ich mach nur eine Wanderung und bin von Kleinbergheim heraufgekommen.«

»Ja, dann, dann sind Sie ja schon eine gute Stunde unterwegs«, stellte die Frau fest. Unter dem Kopftuch hatte sie ein schmales Gesicht mit dunklen Augen und tief eingekerbten Falten. »Wollen Sie etwas trinken?«, fragte sie und wies auf den Brunnen, aus dessen Rohr es leise plätscherte, während im Trog noch eine dicke Eisschicht schwamm.

»Ja, ein wenig Wasser wär schon gut.« Leo war tatsächlich durstig.

»Soll ich Ihnen einen Becher bringen?«

Er schüttelte den Kopf. »Das geht auch so.« Wie von daheim gewohnt, beugte er den Kopf zum Brunnenrohr, ließ das eiskalte Wasser in die offene Hand fließen und schlürfte daraus.

Die Frau hatte seinen fremden Dialekt erkannt: »Sie sind nicht von hier, was machen Sie denn in Kleinbergheim?«

»Ich bin dort der neue Lehrer«, antwortete Leo.

»Und wie gefällt es Ihnen?«, fragte die Bäuerin weiter. »Das ist für junge Leute doch ein langweiliges Kaff.«

Leo staunte über ihre Ausdrucksweise und das harte Urteil. Auf dem einsamen Hof gab es schließlich noch weniger Unterhaltungsmöglichkeiten. »Ich bin halt hierher geschickt worden. Es ist meine erste Stelle, da kann man es sich nicht aussuchen.«

Die Frau nickte. »Und wo wohnen Sie?« Leo nannte die Frau Zeitler. »Ja, die kenne ich, die hat doch das Haushaltswarengeschäft und der ist doch der Mann erst vor gut einem Jahr gestorben, da hat sie's auch nicht leicht. Mein Mann ist noch nicht viel länger tot. Das ist schon ein Elend.«

Vom offenen Wesen der Frau ermutigt, wollte Leo gern mehr erfahren, aber vom Gehen und Stehen tat ihm der Rücken weh. Er sah sich nach einer Sitzgelegenheit um.

Die Bäuerin bemerkte es. »Setzen Sie sich doch ein wenig hin«, sagte sie und wies auf eine unter dem breiten Dachvorsprung geschützte Bank neben dem Hauseingang. »Da können Sie sich ein wenig ausruhen.« Er folgte ihrer Aufforderung und sie setzte sich ohne Umstände dazu.

»Wie viele Leute wohnen denn auf dem Hof?«, fragte er.

»Ach«, lachte die Frau, »da sind wir mit dem Zählen schnell fertig. Außer mir sind da noch mein Bub, der Knecht und meine Tochter, die Christine, aber die ist nicht immer da.«

Mehr konnte Leo nicht mehr fragen, denn ein Pferdegespann kam mit einer Fuhre Holz den Weg herab. Geleitet wurde es von einem mageren, aber groß gewachsenen jüngeren Mann und hinter dem Wagen kam ein gebückt gehender Älterer.

Die Frau stand schnell auf. »Jetzt muss ich aber etwas tun. Die zwei sind bestimmt hungrig. Gehen Sie doch mal in Kleinbergheim in den Adler, dort bedient meine Christine.« Sie verschwand im Haus.

Leo stand auf und wandte sich zum Gehen. Mit einem kräftigen »Oha« des Kutschers kam das Gespann im Hof zum Stehen. Neugierig sah der Mann auf Leo, spannte dabei aber gleichzeitig die Pferde aus. Der Ältere, sicher der Knecht, nahm währenddessen die Gerätschaften vom Wagen und beachtete den Unbekannten überhaupt nicht.

Leo hätte sich gerne nach einem abkürzenden Rückweg erkundigt, aber der Kutscher führte seine Pferde schon in den Stall und der Knecht verschwand im Schuppen auf der anderen Hofseite. So ging er den gleichen Weg zurück, den er gekommen war. Es war schon fast dunkel, als er in Kleinbergheim ankam, und Zeit, bei seiner Wirtin das Abendessen abzuholen. Franziska war nicht zu sehen, sie war wohl schon im Jugendkreis bei ihrem Pfarrer, dachte Leo. Gern wäre er noch am selben Abend in den Adler gegangen, um Christine zu sehen, aber ohne eine Begleitung wagte er sich doch nicht hin. Um nicht allein zu sein, ging er in die Kantine. Dort saßen die Vorstädter schon zusammen beim Bier und waren recht lustig. Willi Reuschling fragte, was er den ganzen Nachmittag gemacht habe. »Ich war beim alten Hennermann«, log Leo, »und hab dann noch Hausaufgaben korrigiert.« Dass er auf dem Greuthof gewesen war, mochte er nicht sagen.

An einem der ersten warmen Mainachmittage überredete Leo Hennermann, mit dem er gemächlich den Schulhang hinabging, mit ihm im Adler einzukehren, um bei einem Glas Bier den weiteren Unterricht zu besprechen. Sie wurden aber nicht von der jungen Christine vom Greuthof, sondern von der Adlerwirtin selbst bedient, und Leo wagte nicht nach dem Mädchen zu fragen.

Als sie auch bei einem weiteren Besuch mit Willi Reuschling nicht anzutreffen war, fragte der Freund nach ihr.

»Die muss daheim helfen«, sagte die Wirtin verärgert, »der Knecht hat sich den Fuß gebrochen und liegt im Krankenhaus. Ich weiß auch nicht, wann sie wiederkommt. Wenn es länger dauert, dann muss ich mich nach einer anderen umsehen.«

Als Leo nur wenige Tage später mit dem Bus aus der Stadt, wo er ein paar Besorgungen erledigt hatte, ins Dorf zurückfahren wollte, entdeckte er Christine an der Bushaltestelle.

»Grüß Gott, Herr Lehrer«, grüßte sie wieder.

Leo war diese Anrede vor den anderen Wartenden peinlich. Schnell sagte er: »Sie müssen nicht immer ›Herr Lehrer‹ zu mir sagen, ich heiße Leo.«

Sie protestierte lachend: »Aber ich kann doch nicht einfach du zu Ihnen sagen wie zu den anderen.«

Leo lachte zurück: »Doch das können Sie, wenn ich auch du zu Ihnen sagen darf.«

»Aber natürlich«, antwortete sie, »ich bin doch für alle nur die Christine und alle sagen du zu mir.«

Glücklich über diese gelungene Annäherung setzte sich Leo im Bus wie selbstverständlich neben sie.

»Ich weiß auch, dass du bei uns auf dem Hof gewesen bist«, sagte sie mit schelmischem Lächeln. »Wolltest du mich besuchen?«

»Nein, nein«, log Leo und wurde rot, »das war reiner Zufall, ich wusste doch gar nicht, dass du dort daheim bist. Erst als die Bäuerin sagte, dass ihre Tochter im Adler bediene, wusste ich, dass das dein Elternhaus ist.«

Leo erzählte vom Bericht der Adlerwirtin und fragte, wie es dem verunglückten Knecht gehe. Sie habe ihn im Krankenhaus besucht, berichtete Christine, er dürfe schon bald heim. Aber es werde schon noch einige Wochen dauern, bis er wieder richtig gehen könne.

»Kommen Sie dann wieder in den Adler?«, fragte Leo.

»He!«, antwortete das Mädchen und drohte mit dem Finger. »Wir sind beim du, hast du das schon wieder vergessen?«

Lachend schüttelte Leo den Kopf und erfuhr dann enttäuscht, dass sie vielleicht bis zum Sommer daheimbleiben müsse, um der Mutter und dem Bruder zu helfen.

»Aber du kannst mich ja einmal besuchen, den Weg kennst du ja«, sagte Christine noch schnell, bevor sie aussteigen mussten, und dann war sie auch schon im Adler verschwunden. Der Wirt würde sie mit seinem Auto heimbringen.

Noch nie hatte Leo so unbefangen mit einem Mädchen gesprochen, und ihre Aufforderung, sie zu besuchen, durchströmte ihn wie ein kostbares Versprechen. Wie einen Schatz wollte er es für sich allein behalten und sagte deshalb denen aus der Vorstadt nichts davon, als er am Abend in der Kantine saß. Auch seinem Freund Willi Reuschling erzählte er nur, dass er Christine im Bus getroffen habe und dass sie auch die nächsten Wochen nicht im Adler sein werde.

Der beglückende Satz ging Leo nicht aus dem Kopf. Entgegen allen Vorsätzen, sich nicht mehr von einem Mädchen den Kopf verdrehen zu lassen und sich keine falschen Hoffnungen mehr zu machen, malte er sich das Zusammentreffen mit Christine auf dem Greuthof in leuchtenden Farben aus.

Über Pfingsten war die Schule für eine Woche geschlossen, und am Sonntag fuhr Leo heim. Er war seit Ostern nicht mehr dort gewesen. Als er im Schreinerhaus ankam, saßen die Geschwister mit der Stiefmutter einträchtig beim Nachmittagskaffee in der Stube. Auch Friedrich war dabei und neben Willi saß eine fremde Frau.

»Das ist Maria, meine Freundin«, stellte er sie vor. Sie war sichtlich älter als er und hatte ein offenes, aber etwas biederes Gesicht. Es war seine Zimmerwirtin, wie Leo später von Karl erfuhr, der über Pfingsten ebenfalls heimgekommen war.

Klara erschien Leo in ihrem dunklen, hochgeschlossenen Kleid um die Schulter noch knochiger und im Gesicht schmaler als bei seinem letzten Besuch. Sie muss zu viel arbeiten, dachte er, gut, dass wenigstens das Vieh weg ist.

Luise sah in ihrem neuen dunklen Kleid mit dem weißen Kragen und den weißen Stulpen an den Ärmeln richtig vornehm aus. Sie hatte nichts mehr von einem Dorfmädchen. Auch Friedrich hatte in einem dunkelbraunen Anzug mit dazu passender Krawatte ein städtisches Aussehen.

Seit Karl seine neue Stelle in Hamburg angetreten hatte, sah auch er wieder deutlich gesünder aus. Die Seeluft schien ihm gutzutun. Er erzählte ausgiebig von der Stadt und seiner Arbeit und hatte es offensichtlich gut getroffen. Jetzt hatte er nicht mehr mit den mittelständischen Zulieferern der Firma Eisenwalter und als Kunden mit den ländlichen Handwerkern zu tun, sondern mit Handelshäusern im ganzen westlichen Europa. Gleich in den ersten Monaten hatte ihn sein Chef in andere Hauptstädte mitgenommen und er erzählte von Paris und Rom.

Was ich mir immer erträumt habe, das ist bei ihm Wirklichkeit geworden, dachte Leo mit leisem Neid. Auch er wurde nach seinem Ergehen gefragt, konnte aber nicht viel berichten. Dass sein neuestes Interesse einem abgelegenen Schwarzwaldhof, oder vielmehr dessen jüngster Bewohnerin, galt, darüber sagte er nichts.

Als ihn Luise fragte, ob das Auskommen mit seinem Schulleiter besser geworden sei, winkte er ab: »Da wird nichts mehr besser und das ist mir auch egal, in einem knappen Jahr bin ich da sowieso weg.«

Um von sich abzulenken, fragte er die Stiefmutter, wie der Viehverkauf abgelaufen sei. Stolz erzählte sie davon. Anfänglich hätten die Viehhändler wohl gedacht, mit der Schreinerswitwe ein leichtes Spiel zu haben. »Aber nicht mit mir«, sagte sie stolz. »Ich hab schon gewusst, was mein Vieh wert ist, und das habe ich auch bekommen.«

Zur üblichen Stallzeit wurde sie unruhig, die über viele Jahre eingefahrene Routine ließ sie nicht los. Jetzt tat es ihr leid, dass sie nur noch zwei Schweine und die Hühner zu versorgen hatte.

Als sie aus der Küche gegangen war, erzählte Friedrich, dass er und Luise bald zusammenziehen wollten.

»Aber vorher müssen wir heiraten«, fügte Luise hinzu, »damit wir überhaupt eine Wohnung bekommen.« Friedrich legte ihr den Arm um die Schulter und sie schmiegte sich an ihn.

Leo freute sich über das Glück der Schwester, auf das sie so lange hatte warten müssen.

»Dann kommt ihr ja bald alle gar nicht mehr heim«, sagte Emil plötzlich. »Dann muss ich mit der Klara alles allein machen.«

Leo beugte sich zu ihm. »Aber jetzt ist doch das Vieh weg, dann habt ihr nur noch die Hühner, die zwei Schweine und den Garten. Den Acker machst du doch sowieso vom Müller aus.«

Emil schaute trotzdem unzufrieden. »Aber wenn ihr dann alle weg seid, dann ist es hier nicht mehr schön. Kommst du wenigstens alle vierzehn Tage?« Bittend sah er seine Schwester an.

»Natürlich«, sagte sie, »aber die Klara sorgt doch gut für dich.«

»Ja, schon, aber sie redet so wenig mit mir und manchmal guckt sie so vor sich hin.«

Als Leo sagte, dass er schon am Dienstag wieder abfahren wolle, gab es einen kleinen Streit zwischen den Geschwistern. »Aber du hast doch Ferien«, sagte Luise, »da kannst du doch wenigstens noch ein paar Tage bleiben, draußen vor dem Schuppen liegt noch das Brennholz, das muss doch gemacht werden.«

Auch Karl wunderte sich. »Was hast du's denn so eilig, ihr Lehrer habt doch Freizeit genug?«

Jetzt ärgerte sich Leo. »Ja, die Sprüche kenn ich, aber dass wir stundenlang korrigieren müssen, daran denkt niemand. Ich hab noch einen ganzen Stoß Klassenarbeiten daheimliegen.« Dass es ihm in Wirklichkeit um etwas anderes ging, das sagte er immer noch nicht.

Acht Hände können mehr als sechs

Als Leo nach Kleinbergheim zurückkam, war das Wetter so schlecht, dass an eine Wanderung auf den Greuthof nicht zu denken war. Betrübt saß er auf seinem Zimmer und korrigierte tatsächlich die letzte Klassenarbeit der Oberklasse. Erst als die Schule wieder anfing, besserte sich das Wetter. Am Samstag wollte Leo der so vielversprechenden Einladung auf den Greuthof folgen. Bei Frau Zeitler meldete er sich zum Mittagessen ab. Er mache mit Freunden eine Wanderung und werde wohl auch erst abends spät zurückkommen. Nach der letzten Schulstunde eilte er inmitten der Schüler den Hügel hinab, warf in seiner Kammer die Mappe aufs Bett, zog rasch seine Wanderstiefel an und nahm, um vom Dorfplatz aus nicht gesehen zu werden, den Weg an der Kirche vorbei zu einem Feldweg, der auf der anderen Talseite den Berg hinauf in den Wald führte. Ein Gemeindearbeiter, der hin und wieder den Schulhof säuberte und von einem Hof oben im Wald stammte, hatte ihm diese Abkürzung gezeigt, die zwar steil und teilweise recht unwegsam war, aber die Wanderzeit zu den oberen Höfen um die Hälfte verkürzte.

Verschwitzt und außer Atem trat Leo nach dreiviertelstündigem Aufstieg aus dem Wald und sah auf der sanft geneigten Wiese den Greuthof vor sich, der ihm von der Talseite aus viel größer vorkam. Hell blitzten die Fenster in der Nachmittagssonne und die rot blühenden Geranien ließen die gesamte Ansicht wie ein Postkartenmotiv erscheinen. Um das hohe Gras nicht zu zertreten, nahm er nicht den direkten Weg über die Wiese, sondern den am Waldrand entlangführenden Fußweg. Auf dem Hof war zunächst niemand zu erkennen. Wie bei seinem ersten Besuch hörte er nur die gackernden Hühner und den krähenden Hahn, doch als er näherkam, sah er jemanden auf der Bank an der Giebelseite in der Sonne sitzen.

Es war der Knecht, der sein frisch verheiltes Bein von sich streckte, den Kopf tief gesenkt hielt und in der Sonnenwärme eingeschlafen war. Als sich Leo mit einem Räuspern bemerkbar machte, wachte der Alte auf, hob ruckartig den Kopf und sah den Eindringling feindselig an. »Zu wem wollen Sie?«, fragte er finster und setzte gleich hinzu: »Hier ist keine Wirtschaft.«

Weil Leo wusste, dass die Leute im Wald nichts von förmlichen Anreden hielten, fragte er einfach: »Ist die Christine daheim? Ich komm von Kleinbergheim herauf, ich kenn sie vom Adler.«

Der Knecht schüttelte den Kopf. »Sie ist auf der oberen Wiese beim Heumachen.« Er wies mit seinem Krückstock bergauf.

Leo ließ den Alten sitzen, ging um den Hof herum und stieg auf dem Weg, den er beim ersten Mal gekommen war, auf die Hochebene hinauf.

Als er dort ankam, sah er ein Pferdegespann vor einem halb beladenen Heuwagen, auf dem ein Mann stand, und daneben zwei Frauen, von denen eine das Heu mit der Gabel aufnahm und dem Lader auf dem Wagen reichte.

Der junge Bauer bemerkte Leo als Erster. »Wir bekommen Besuch«, sagte er.

Die ältere Frau blickte auf und erkannte Leo: »Das ist der junge Lehrer von Kleinbergheim. Christine, ich glaub, der will zu dir.«

Jetzt ließ auch die Tochter ihre Gabel sinken. »Ja, tatsächlich, das ist der Leo«, freute sie sich. »Grüß dich! Hast du gut zu uns heraufgefunden?« Der Mutter und dem Bruder, die sich über die vertraute Anrede wunderten, erklärte sie: »Wir kennen uns vom Adler und haben uns letztens zufällig im Bus getroffen.«

Sie wischte sich mit dem Unterarm den Schweiß von der Stirn und gab ihm die Hand. Er begrüßte auch die Mutter mit Handschlag und mit einer Handbewegung zum Wagen hinauf den Bruder.

»Acht Hände können mehr als sechs«, sagte das Mädchen und lachte ihn an. »Wenn du uns hilfst, dann sind wir eine halbe Stunde früher fertig, und du sollst es auch nicht umsonst tun, du bist ja bestimmt hungrig.«

Leo nickte und nahm ihr die Gabel aus der Hand. »Komm, ich lös dich ab.«

Die beiden Frauen schauten sich verwundert an. »Du, das Heugabeln ist nicht so einfach«, sagte Christine, »das lernt man nicht so leicht.«

Leo lachte sie an: »Ich hab schon öfter eine Heugabel in der Hand gehabt.«

Wie bei der Heuernte im vergangenen Jahr, als der Vater schon nicht mehr lebte und Klara auf dem Wagen stand, schob er das zu Schwaden zusammengerechte Heu mit der Gabel zusammen, stach noch einmal nach, wuchtete die Ladung in die Höhe und reichte sie dem jungen Bauern. Die beiden Frauen staunten.

»Alle Achtung«, sagte die Bäuerin, »man sieht, dass Sie das nicht zum ersten Mal machen.«

Christine holte eine zweite Gabel, die als Ersatz am Wiesenrand im Boden steckte. »Wenn das so gut geht«, meinte sie, »dann gabeln wir zu zweit und schnell ist die Wiese sauber.«

Es wurde fast ein Wettstreit zwischen den beiden. Die Bäuerin hatte Mühe, die liegen gebliebenen Halme aufzurechen, und auch dem Sohn stand vom raschen Arbeiten bald der Schweiß auf der Stirn. Als die Wiese leer und der Wagen voll war, atmete Leo tief durch. Seine Oberarme brannten und er war durchgeschwitzt, bemühte sich aber, seine Erschöpfung nicht zu zeigen.

Die Bäuerin holte einen Henkelkorb vom Wiesenrand, nahm einen großen Steingutkrug heraus und hielt ihn Leo hin. »Sie haben bestimmt Durst.« Ein wenig entschuldigend fügte sie hinzu: »Ich hab aber keinen Becher dabei.«

Leo griff bereitwillig zu. »Das macht nichts.« Er zog den Korken heraus, wischte die Öffnung mit der Hand ab und setzte den Krug an den Mund. Von anderen hätte er niemals aus dem gleichen Gefäß getrunken. Aber hier wollte er sich nicht zieren.

»Die meisten Lehrer können nicht mit einer Heugabel umgehen«, meinte die Bäuerin, als er ihr den Krug zurückgab. »Wieso können Sie das?«

Leo war froh, ein Gesprächsthema zu haben. Er erzählte von seiner Herkunft, dass seine Eltern neben der Schreinerei auch eine Landwirtschaft gehabt hätten und er dort immer beim Heu geholfen habe.

Während Christine mit dem Bruder den Wagen fertig machte, wollte die Bäuerin mehr wissen. Sie war kaum einmal aus dem Schwarzwald herausgekommen und kannte die Landwirtschaft im Unterland, wo Leo herkam, nicht. So musste Leo erzählen, welche Früchte dort angebaut werden, was für Vieh die Bauern hielten, und ob es dort auch Wein gebe, so wie weiter unten, am Rhein – am »Rhie«, wie sie in ihrem alemannischen Dialekt sagte. Er hätte gerne mit Christine gesprochen, aber die Mutter nahm ihn mit ihrer Neugier ganz in Beschlag.

Als sie fertig waren und Leo den Heustaub von seiner Hose klopfte, sagte Christine etwas belustigt: »Jetzt hast du dich womöglich auch noch dreckig gemacht, was wird da die Frau Zeitler sagen oder gar ihr feines Mädchen? So nimmt sie dich bestimmt nicht mit in den Jugendkreis ...«

Leo wurde rot. Sie wusste also von seinem Besuch bei dem frommen Jugendklub und womöglich auch von seinem Annäherungsversuch bei Franziska. »Ich bin da nur ein paarmal hingegangen«, sagte er schnell. »Aber ich kann mit denen nichts anfangen. Da geh ich lieber in die Kantine.«

Christine stichelte weiter: »Aber das ist auch nicht der richtige Umgang für einen Lehrer. Der sollte doch besser zum Pfarrer gehen.«

»Ich weiß, dass das manchen nicht passt, wenn ich in die Vorstadt geh«, erwiderte Leo, »aber das ist mir egal, in meiner freien Zeit kann ich machen, was ich will.«

Die Bäuerin kam noch einmal auf das Heumachen zurück: »So Leute wie Sie, die wissen, wo man hinlangen muss, die könnten wir öfters brauchen.«

»Ja, du hast doch jeden Samstagnachmittag frei«, setzte Christine hinzu, »dann kannst du wieder heraufkommen.«

Ihre Mutter winkte ab. »Er wird schon noch etwas anderes zu tun haben.« An Leo gewandt fügte sie hinzu: »Ich weiß noch gar nicht Ihren Namen, wie heißen Sie eigentlich?«

Leo nannte seinen vollen Namen, setzte aber schnell hinzu: »Sie können aber ruhig Leo zu mir sagen.«

Die Bäuerin schüttelte den Kopf. »Nein, nein, ein Lehrer ist eine Respektsperson, die nennt man nicht mit dem Vornamen. Das«, sie wies auf ihre Tochter, »machen nur die Mädchen, die keinen Respekt haben.«

Christine lachte. »Also, entschuldigen Sie, Herr Schildweg, wenn es Ihnen recht ist, würde ich Sie jetzt zum Abendessen einladen.« Mit übertriebener Geste verneigte sie sich und wies den Fußweg hinab zum Hof. Ihre Mutter schüttelte nur den Kopf.

Christines Bruder war mit dem Heuwagen bereits zum Hof und über die Hocheinfahrt direkt in die Scheune gefahren. Als die drei dort ankamen, war er schon dabei, die Ladung in die Tenne abzuwerfen. Christine half ihm, die Pferde abzuspannen und den leeren Wagen von Hand rückwärts aus der Scheune zu rangieren. Währenddessen ging die Bäuerin mit Leo ins Haus und in die große Stube mit ihrem mächtigen Tisch und dem Kruzifix im Herrgottswinkel. Gegenüber nahm ein großer, vom Gang aus beheizter Kachelofen fast die gesamte Zimmerbreite ein. Daneben stand ein altes, vom vielen Gebrauch durchgesessenes Ledersofa. Außer einigen gerahmten Familienfotos neben dem Herrgottswinkel enthielt das Zimmer keinen Schmuck. Durch die drei Fenster strömte das abendliche Sonnenlicht herein und zeichnete auf dem Holzfußboden die Schatten der Fensterkreuze ab.

Leo trat zunächst an die Fenster und sah auf das gewaltige Panorama der bewaldeten Hügel, aus denen die Dächer einzelner Höfe dunkel herausragten und hinter denen ganz in der Ferne schemenhaft die Höhenlinien der elsässischen Vogesen zu erkennen waren.

»Gelt, wir haben eine herrliche Aussicht«, sagte die Bäuerin, die mit einem Tablett aus der Küche gekommen war und den Tisch deckte, hinter ihm. »Aber leider können wir davon nicht leben. Wir haben eine gute Aussicht, aber ein schlechtes Einkommen.«

Kurz darauf kam Christine mit einem Krug und fünf Gläsern. Sie wies auf den gedeckten Tisch: »Leider können wir dir kein solches Festmenü bieten wie bei der Frau Zeitler. Dort wird dir wahrscheinlich von der schönen Tochter aufgetragen.«

Leo schüttelte den Kopf. »Ich ess immer für mich allein. Ich hab meine Sachen nur bei der Frau Zeitler im Kühlschrank.« Sollte sie womöglich auf Franziska eifersüchtig sein?, ging es ihm durch den Kopf.

Zum Essen aus frisch gebackenem Brot, selbst gemachter Butter und dem typischen Schwarzwälder Speck kam auch der Knecht. Stöhnend setzte er sich auf die Bank und würdigte Leo mit keinem Blick. Der junge Bauer wollte von Leo wissen, wie er mit dem Schulleiter zurechtkomme. Als Leo ihn überrascht ansah, sagte er erklärend: »Mit dem Höfler hat es doch keiner leicht, der hat noch jeden Junglehrer schikaniert. Das war bei uns schon so.«

Leo hätte gerne seinem angestauten Unmut über den Vorgesetzten Luft gemacht, aber er besann sich auf die Mahnung, mit anderen nicht über Vorgänge in der Schule zu reden, deshalb sagte er nur: »Ja, der Mann ist nicht einfach, aber ich hab sowieso mehr mit dem Herrn Hennermann zu tun.«

Christine nickte versonnen. »Ja, der Hennermann, das ist ein ganz lieber.« Zu Leo sagte sie: »Ich muss morgen auch ins Dorf und im Adler bedienen. Um zehn muss ich schon dort sein und deshalb ganz früh aufstehen.«

Ihre Mutter schaute auf und sagte nach kurzem Nachdenken: »Wegen mir kannst du auch schon heut Abend gehen. Ich werde morgen früh schon allein mit allem fertig. Dann musst du auch nicht allein ins Tal, sondern kannst gleich mit dem Herrn Schildweg gehen.«

Christine sah Leo mit gekünstelt ernster Miene an. »Nehmen Sie mich denn mit, Herr Lehrer?«, fragte sie.

Leo ging auf den Spaß ein: »Aber nur, wenn Sie ganz artig sind.«

Kaum war das Essen beendet, brachte Christine die Reste in die Küche und stand bald darauf umgezogen und mit einem kleinen Handköfferchen abmarschbereit in der Stube. Übernachten würde sie in einem der Angestelltenzimmer des Gasthauses.

In Leos Kopf fuhren die Gedanken Karussell: Fast eine Stunde würde er mit dem Mädchen ganz allein sein. Gleichzeitig warnte eine innere Stimme, sich nicht zu viel vorzumachen, um hinterher nicht wieder maßlos enttäuscht zu sein.

Aufgeregt bedankte er sich für das Essen bei der Bäuerin, die den Dank zurückgab: »Sie haben sich das Essen redlich verdient, und ich würd mich schon freuen, wenn Sie wieder einmal heraufkommen.« Sie drückte ihm ein kleines, in Papier eingewickeltes Paket in die Hand. »Es ist nur eine Kleinigkeit zu essen, damit Sie noch ab und zu ein wenig an uns hier oben denken.«

Leo wehrte ab: »Aber ich hab mich doch gerade richtig satt gegessen und so viel hab ich ja wirklich nicht geholfen.« Doch die Bäuerin bestand darauf, dass er das Paket mitnahm.

So vorlaut Christine auf dem Hof gewesen war, so still war sie beim Abstieg ins Tal. Dafür meinte Leo, sie unterhalten zu müssen. Er redete eifrig drauflos und erzählte Geschichten aus dem Seminar, die er ausgeschmückt schon bei den Vorstädtlern zum Besten gegeben hatte.

Plötzlich fasste sie ihn am Arm und unterbrach ihn. »Hörst du das?«, fragte sie und zeigte nach oben in Richtung des Hofes. Jetzt hörte auch Leo das helle Bimmeln einer Glocke. Fragend schaute er Christine an.

»Jeden Abend um diese Stunde läutet meine Mutter die Hofglocke. Um diese Uhrzeit ist nämlich unser Vater vor zwei Jahren im Wald von einem Baum erschlagen worden. So weiß er im Himmel, dass wir immer an ihn denken.«

Dieser einfache, kindliche Glaube beeindruckte Leo, dem Religion nie viel bedeutet hatte und der das fromme Gehabe der Pfarrer nicht mochte. Er wurde still. Erst nach einer Weile fragte er, wie das Unglück geschehen sei.

Der Vater habe mit dem Knecht Holz geschlagen, erzählte das Mädchen, und beim Fallen habe die große Tanne an einem anderen Baum den Wipfel abgerissen und der sei ihrem Vater senkrecht auf den Kopf gestürzt. Er war sofort tot. »Jetzt wird meine Mutter halt mit allem allein nicht mehr fertig und deshalb muss ich so viel daheim helfen. Dabei wär ich so gerne noch auf die Hotelfachschule gegangen, aber das geht halt jetzt nicht mehr.«

Leo schwieg betroffen. »Ich hab auch keinen Vater mehr«, sagte er dann plötzlich, obwohl er eigentlich mit niemandem über seine Familiengeschichte reden wollte. »Er ist vor einem Jahr gestorben.«

»Das ist aber schlimm«, antwortete Christine. »Wie geht es denn bei euch weiter? Ihr habt doch eine Schreinerei.«

»Die gibt es nicht mehr, von meinen Brüdern ist keiner Schreiner geworden und deshalb haben wir alle Maschinen verkauft. Daheim gibt es nur noch die kleine Landwirtschaft, die macht jetzt meine Stiefmutter allein.«

»Wann ist denn deine richtige Mutter gestorben?«, fragte Christine nach einer Weile.

»Als ich zehn war«, antwortete Leo. Mehr sagte er nicht. Christine spürte, dass er nicht darüber sprechen wollte und schwieg ebenfalls.

Kurz darauf erreichten sie die ersten Häuser des Dorfes. Einige Frauen kamen vom Kirchhof, wo sie die Familiengräber gepflegt hatten. Eine von ihnen sprach das Mädchen an: »Grüß dich, Christine. Bist du heut Abend schon da? Da wird sich der Wirt aber freuen, dann kannst du nachher gleich bedienen.«

Die Frau arbeite in der Küche des Adlers, erklärte Christine. Auf dem Dorfplatz gab sie Leo die Hand, lächelte ihn an und sagte: »Mit dir war es doch schöner, als allein den langen Weg zu gehen. Wenn du in den Adler kommst, dann spendier ich dir ein Bier.« Und dann neckte sie ihn noch einmal: »Aber vielleicht gehst du ja lieber in den Jugendkreis.« Leo lachte zurück und drohte ihr mit dem Finger. Dann war sie auch schon hinter der mächtigen Tür des Gasthauses verschwunden.

Leo überlegte, ob er in die Kantine zu den Freunden gehen sollte, aber er hatte keine Lust auf den lauten Trubel, die derben Späße und die Angebereien. So ging er leise, damit Frau Zeitler ihn nicht hörte, auf seine Stube. Dort packte er das kleine Esspaket der Greuthofbäuerin aus. Obwohl er eigentlich noch satt war, schnitt er von dem Schwarzwälder Speck mit dem vom Vater geerbten Taschenmesser einen kleinen Streifen ab und aß ihn zusammen mit dem dunklen Bauernbrot, das noch leicht nach dem Rauch des Holzofens schmeckte. Heimweh kam in ihm auf, ohne dass er hätte sagen können, warum. Es war dasselbe Sehnen, das ihn als Kind im Holzschuppen oder später im Gymnasium inmitten der in einem Dorfgasthaus lärmenden Mitschüler überfallen hatte, ein Sehnen nach dem kleinen Glück, das er bisher nicht gefunden hatte.

Und plötzlich wusste er, wo er an diesem späten Nachmittag ein wenig von diesem Glück gespürt hatte. Es war auf dem abschüssigen Waldweg gewesen, als er das leise Bimmeln der Hofglocke gehört und ihm das dunkelhaarige Mädchen mit dem schmalen Gesicht und den dunklen Augen den Grund dafür genannt hatte. Und es war das schweigende Mitgefühl in Christines Gesicht, als er ihr vom frühen Tod seiner Mutter erzählte.

Noch lange saß er am Tisch und sah gedankenverloren zum Fenster, vor dem sich der Himmel im Licht der untergehenden Sonne rot zu färben begann. In seinem Kopf spielten keine Zukunftsfantasien von großem Erfolg und Anerkennung, sondern dort wiederholten sich alle Einzelheiten dieses Nachmittags auf der Schwarzwaldwiese und in dem von der Vergangenheit und den gegenwärtigen Alltagssorgen geprägten Bauernhaus. Früh ging er zu Bett. Zum ersten Mal seit Langem waren der Ärger über die Demütigungen des Schulleiters und den heimlichen Spott mancher Schüler, aber auch über die Zurückweisung der Zeitlerstochter, von ihm abgefallen.

Am Sonntagmorgen entschloss er sich, zum Gottesdienst in die Kirche zu gehen. Er wollte seine Verpflichtung gegenüber der Gemeinde ernster nehmen. Als ihm Frau Zeitler das Frühstück brachte, und er anders als sonst bereits sonntäglich gekleidet war, fragte sie ihn verwundert, ob er verreisen wolle. Als er erklärte, er wolle in die Kirche gehen, sagte sie: »Ja, da geh ich nachher auch hin, wenn Sie möchten, können wir zusammen gehen.«

So trat die Witwe wenig später mit ihrem Zimmerherrn aus dem Haus. Die anderen Kirchgänger wunderten sich. Sie hatten die beiden noch nie zusammen im Dorf gesehen. Auch dass der junge Lehrer plötzlich, wie es sich gehörte, in die Kirche ging, wurde verwundert, aber anerkennend aufgenommen. Aufmerksam wurde er gegrüßt. Vor der Kirche ließ Frau Zeitler Leo allein zurück, um vor dem Gottesdienst das Grab ihres Mannes zu besuchen.

Von der Predigt des jungen Pfarrers hätte Leo hinterher keine zusammenhängende Inhaltsangabe machen können. Immer wieder wanderten seine Gedanken zurück auf die Wiese, in das Schwarzwaldhaus und auf den Fußweg. Erst das Orgelspiel des heimatvertriebenen, trunksüchtigen Organisten holte ihn in die Wirklichkeit zurück.

Die für Wochentage übliche Einladung an den Tisch seiner Hauswirtin galt für den Sonntag nicht. Trotzdem wartete Frau Zeitler auf dem Kirchplatz auf ihn und fragte, ob er mit zurückgehe und mit ihr und der Tochter essen wolle. Leo lehnte dankend ab. Er habe sich mit Freunden verabredet und wolle sich nur schnell umziehen. Als sie im Haus ankamen, war Franziska gerade dabei, den Tisch zu decken. Ihr berichtete die Mutter, dass sie Leo zum Essen eingeladen, er aber abgelehnt habe.

»Na ja, wenn er etwas Besseres vorhat«, sagte das Mädchen leichthin und, wie er meinte, mit hochmütigem Gesicht.

Kurz überlegte Leo, ob er in den Adler gehen solle. Die Aussicht, Christine wiederzusehen, war verlockend. Aber dann bedachte er, dass sein schnelles Auftauchen nach dem gestrigen Abschied von ihr so ausgelegt werden könne, als sei er nur hinter dem versprochenen Bier her. Außerdem würde er womöglich dem Schulleiter begegnen, den er nicht auch noch an seinem freien Tag sehen wollte. Und zuletzt dachte er auch an sein Geld. Schließlich war das Essen im Adler teuer und der Müller wartete auf die nächste Rate. So trieb es ihn wieder in die Kantine, wo er drei der Freunde aus der Vorstadt antraf, die wie er von auswärts kamen und keine Möglichkeit hatten, daheim zu essen.

Wie die anderen nahm er das billigste Gericht, ein Gulasch mit Nudeln, und trank ein Bier dazu. Das Gesprächsthema drehte sich wie so oft um Autos, Motorräder, Mädchen und die Arbeit. Seit immer mehr Autos die Straßen bevölkerten und sich auch Arbeiter gebrauchte oder kleine neue Wagen leisten konnten, wurden die Eigenschaften und Vorzüge der einzelnen Marken an den Wirtshaustischen ausgiebig diskutiert. Wer sich kein Auto leisten konnte, fuhr Motorrad oder neuerdings Motorroller. Seit dem vergangenen Sommer galt es als schick, mit der Freundin quer auf dem Sozius durchs Dorf, ins Kino oder zu den Aussichtspunkten des Waldes zu fahren. Und bei den Bauernsöhnen ging es nicht mehr wie früher um Pferde, sondern um Traktoren.

Ähnlich fachmännisch wie Autos, Traktoren oder Motorräder wurden in diesen Runden auch Mädchen beurteilt. Plötzlich tauchte bei dem Gespräch der Name Christine auf. Leo wurde hellhörig, wollte es genau wissen und fragte, wer denn gemeint sei.

»Na, die Bedienung vom Adler«, lautete die Antwort, »das ist eine Rassige, die musst du kennen, du als Lehrer hast vielleicht sogar Chancen bei ihr.«

Der nächste, ein breitschultriger, blonder Sägergehilfe, machte sich wichtig: »Hinter der sind viele her, aber die macht es keinem leicht. Ich war schon mal nah dran und irgendwann krieg ich sie auch, das versprech ich euch. Wenn's gilt, dann ist die auch nicht anders wie die andern. Wenn man lang genug dran bleibt, fallen sie alle um.« Seine beiden Kumpane lachten anerkennend.

Leo dagegen versetzte die hochmütige Behauptung des Sägers einen Stich in die Magengrube. Seine gute Sonntagsstimmung war dahin. Als die anderen zum Fußballplatz in die Stadt und dann in ein Café wollten, schützte er Vorbereitungen für den nächsten Schultag und dringendes Korrigieren von Klassenarbeiten vor. Auf dem Heimweg mied er den Dorfplatz und den Adler. Er wollte von dort nicht gesehen werden und auch nicht mehr durch die Fenster ins Innere blicken. Das schöne Bild vom Vortag war zerstört.

Aber er ging nicht auf sein Zimmer, sondern auf Umwegen am Haus der Frau Zeitler vorbei den Berg hinauf. Er hatte kein Ziel. Nichts konnte ihn trösten oder die Düsternis in seinem Gemüt beseitigen. In der Senke sah er das Häuschen seines Kollegen Hennermann und blieb unschlüssig stehen. Vielleicht sollte er ihn besuchen. Dessen gelassene Art und seine selbstironische Erzählweise wären sicher eine gute Ablenkung.

In diesem Moment bog der alte Lehrer vom Bienenhaus kommend um die Ecke seines Häuschens und blickte über die kleine Baumwiese zum Weg, auf dem Leo stand. »Hallo, Herr Kollege, haben Sie am Sonntag nichts Besseres zu tun, als in der Landschaft herumzusteigen?«, rief er herüber. »Kommen Sie, hier gibt es Kaffee oder Met, Sie können wählen.«

Auf der Veranda des Häuschens war es gemütlich. Leo setzte sich vorsichtig in einen der brüchigen Korbstühle, während Hennermann in seiner kleinen Küche hantierte. Er rief den Kollegen zu sich und bat ihn, das Kaffeegeschirr und Gläser nach draußen zu tragen. Während das Wasser im elektrischen Kochtopf brodelte, sagte er: »Kuchen habe ich keinen, bei mir müssen Sie sich mit einem Honigbrot begnügen, aber das ist gesünder und meine kleinen Haustiere freuen sich.«

Als der dünne Kaffee eingeschenkt und die Honigbrote gestrichen waren, wollte Hennermann wissen, wieso es Leo am Vortag nach dem Unterricht so eilig gehabt habe. »Sie sind ja wie ein junger Hirsch den Berg hinabgesprungen. Mussten Sie zum Bus oder zu einem Rendezvous?«

Leo lachte: »Weder das eine noch das andere. Ich wollte drüben den Wald hinauf zu den Höfen. Da war ich schon einmal und wollte mich nun noch mal genauer umsehen.«

»Auf welchem Hof waren Sie denn?«, fragte der Lehrer. »Die meisten davon kenne ich.«

Leo nannte wahrheitsgemäß den Greuthof und erzählte sogar, dass er bei der Heuernte geholfen habe und die Tochter dann mit ihm ins Dorf gegangen sei. »Die bedient im Adler«, schloss er seinen Bericht.

»Jaja«, sagte Hennermann, »das ist die Christine, die ist auch schon bei mir in die Schule gegangen. Die hatte einen sehr guten Abschluss und wollte nach zwei Jahren im Adler eigentlich auf die Hotelfachschule. Aber dann hatten die das große Unglück, als der Vater im Wald umgekommen ist, deshalb ist sie dageblieben, um daheim der Mutter zu helfen, und dann bedient sie auch immer noch im Adler.«

Leo erzählte, dass jetzt auch noch der Knecht das Bein gebrochen habe und nicht arbeiten könne. Deshalb müsse sie noch mehr daheim helfen als sonst und könne nur noch am Sonntag im Adler bedienen.

»Ach herrje«, sagte Hennermann, »manche haben das Unglück gepachtet. Um die Christine ist es wirklich schade, die hätte gut ein Hotel leiten können. Und jetzt vergeudet sie ihr Talent im Adler bei Leuten wie unserem Chef und muss sich von besoffenen Gästen dumm anreden lassen. Die kommt erst vom Hof weg, wenn der Bruder einmal heiratet, aber dann ist es für sie vielleicht zu spät, noch mal was Richtiges anzufangen.«

Nachdem der Sägergehilfe am Mittag so verächtlich über Christine gesprochen hatte, waren die Worte des Kollegen für Leo eine Wohltat. Als Hennermann ihn aufforderte, ruhig wieder einmal auf den Greuthof zu gehen, nickte er heftig.

»Die freuen sich, wenn Besuch kommt, die Mutter der Christine ist eine aufgeschlossene Frau und nicht so verstockt wie viele von den Waldbauern«, sagte Hennermann und fügte dann mit seinem schiefen Lächeln hinzu: »Und für Sie ist das auch besser als nur in der Vorstadt rumzuhängen. Dort geht es doch recht proletenmäßig zu.«

»Ja«, entgegnete Leo heftig, »aber da wird man wenigstens ernst genommen und gehört dazu. Für die andern im Dorf bleibt man doch ein Fremder. Vorn herum tun die freundlich und fromm, aber hinten herum reden sie schlecht und lachen über einen. Ich sehe das doch bei den Schülern: Wenn der Chef wieder einmal seinen Ärger an mir ausgelassen hat, dann grinsen die hinter meinem Rücken schadenfroh und meinen auch noch, ich bekäme das nicht mit.«

Vor dem alten Lehrer, der schweigend zuhörte und nur hin und wieder leicht mit dem Kopf nickte, ließ Leo seinem aufgestauten Ärger und seinen Selbstzweifeln freien Lauf: »Ich glaub, dass auch viele Eltern nichts von mir halten. Das seh ich denen doch schon an den Gesichtern an, wenn sie mir begegnen. Ist ja auch kein Wunder, wenn ihre Kinder daheim erzählen, wie mich der Höfler wieder fertiggemacht hat. Aber vielleicht bin ich auch wirklich kein guter Lehrer und werd auch keiner.« Mit finsterer Miene starrte er stumm in seine Kaffeetasse.

»Na, jetzt sind Sie aber ganz neben der Spur«, widersprach Hennermann. »Sie haben das Zeug zu einem guten Lehrer, das merk ich doch in der Unterklasse, dort mögen die Kinder Sie und das erzählen die auch daheim. Und was glauben Sie, was in den Häusern über unseren Alten geredet wird, wenn der wieder einmal kaum den Weg aus dem Adler findet? In diesem Kaff hier sind viele Duckmäuser daheim. Früher haben sie am Sonntag vor dem Kloster gekuscht und am Werktag den Mönchen das Holz gestohlen und heute kuschen sie am Tag vor jedem, der etwas zu sagen oder Geld hat, und am Abend schimpfen sie über dieselben Leute im Gasthaus. Nein, nein, mein Lieber, dieses Gewäsch dürfen Sie sich nicht zu Herzen nehmen. Lassen Sie doch den Alten wettern und die dummen Bengel grinsen. Sie müssen sich zuerst selbst etwas wert sein, dann sind Sie auch den anderen etwas wert.«

Während sie schweigend ihre Honigbrote kauten, dachte Leo über die Worte des Kollegen nach. Wie sollte man sich selbst etwas wert sein, wenn doch jeder schöne Traum in einer hässlichen Wirklichkeit endete und jede Hoffnung in einer weiteren Enttäuschung? Hatte er nicht dem Vater ein guter Sohn sein wollen, ihn dann aber alleingelassen? Hatte er nicht ein beliebter, von Freunden umringter Gymnasiast sein wollen, war dann aber zum Einzelgänger und Außenseiter geworden?

Der alte Lehrer schien seine Gedanken lesen zu können. »Ich kann Sie wohl nicht aufheitern«, sagte er. »Ich weiß schon, wie beschissen das Leben manchmal ist, das müssen Sie gerade mir ganz bestimmt nicht erklären, aber ich weiß auch, wie schön es sein kann. Das sind zwar immer nur Augenblicke, aber sie wiegen das Hässliche immer wieder auf. Doch man muss darauf warten können. Sie werden Ihr Glück vielleicht nicht an dieser Schule und wohl auch nicht in diesem Dorf oder da unten in der Kantine finden. Aber Sie werden an andere Schulen kommen und in eine andere Umgebung und Sie werden Menschen kennenlernen wie die auf dem Greuthof.«

Mit einem aufmunternden Lächeln stemmte sich Hennermann in seinem Korbsessel hoch: »Aber jetzt wird es mir zu kühl. Ich muss rein, sonst habe ich morgen wieder das Reißen, aber es war ein schöner Nachmittag.«

Auch Leo stand auf, half dem Kollegen, das Geschirr abzutragen, und ging dann ins Dorf hinab und auf sein Zimmer. Dort war es bereits schattig. Leo stellte sich vor, wie der Greuthof noch von der Sonne beschienen wurde und wie schön es dort jetzt sein müsste.

Christine bekam er die nächsten Wochen nicht zu Gesicht. Vor den Ferien lud ihm Höfler so viele Korrekturen der von ihm veranlassten Klassenarbeiten auf, dass er auch am Samstagnachmittag und manchmal am Sonntag zu tun hatte. Als Leo einmal seinen Unmut darüber nicht verbergen konnte, fuhr ihn der Schulleiter vor den Schülern an: »Sie brauchen gar nicht so mürrisch zu schauen, zum Lehren gehören auch die Korrekturen, und wenn Ihnen das zu viel ist, dann hätten Sie Fabrikarbeiter mit einem Achtstundentag werden sollen. Fragen Sie doch einmal im Sägewerk, die können immer noch Hilfsarbeiter gebrauchen.«

Weil er daheim an Pfingsten so schnell wieder abgereist war und einige Arbeiten unerledigt liegen gelassen hatte, wollte Leo das in den großen Ferien wieder gut machen und vor allem Luise nicht wieder enttäuschen. Wie er dann von Klara hörte, kam die Schwester längst nicht mehr regelmäßig heim. Ihre Chefin beschäftigte das fleißige Mädchen nicht nur an den Werktagen an der Nähmaschine und im Laden, sondern wollte sie, weil sie sich schnell die wichtigsten Sachkenntnisse angeeignet, ein gutes Auge für die zu den Kunden passende Kleidung hatte und außerdem mit ihrem bescheidenen Wesen bei den Kundinnen beliebt war, auch am Samstag im Verkaufsraum haben. Nachdem Friedrich ein Jahr lang in der Zentrale seiner Versicherung in der Hauptstadt gearbeitet hatte, war er vor Kurzem wieder in das Regionalbüro zurückgekehrt. Luise, die ein Zimmer in den oberen Stockwerken des Bekleidungshauses bewohnte, holte er oft nach Geschäftsschluss ab, um mit ihr ins Kino oder ins Café zu gehen.

Auch Willi ließ sich wochenlang nicht daheim sehen und wenn er da war, kümmerte er sich um nichts. Wenn ihn Klara nach seiner Arbeit auf dem Amt und nach seiner Freundin fragte, gab er nur dürre, nichtssagende Antworten. Schon vor seinem Umzug nach Hamburg hatte ihm Karl den Auftrag erteilt, sich nach einem Käufer für das im Schuppen lagernde Möbelholz umzusehen. Weil Willi aber bei den Schreinern der Umgebung wegen seiner abgebrochenen Lehre in einem schlechten Ruf stand, wagte er nicht, dort vorzusprechen. Schließlich hatte er in der Stadt einen Holzhändler ausfindig gemacht, der Interesse zeigte und den Vorrat auch besichtigte. Der von ihm gebotene Preis lag aber weit unter dem, was Karl als Mindesterlös angegeben hatte. »Dann kümmere dich doch selbst darum«, sagte Willi am Telefon verärgert zum Bruder und unternahm nichts mehr. In dem Schreiner, der damals Gottfried Schildweg in den selbstgefertigten Sarg gelegt hatte, fand Karl bei seinem nächsten Besuch schließlich einen Käufer für das Schuppenholz.

Wenn es nicht viel zu tun gebe, hatte Leo vor seiner Heimfahrt überlegt, könne er seinen Bruder vielleicht in Hamburg besuchen. Beim Umsteigen vom Bus in die Bahn hatte er sich in der Kreisstadt nach den Reisekosten erkundigt, um dann enttäuscht festzustellen, dass er sich das nicht leisten konnte.

Daheim war Klara die Arbeitserleichterung durch den Verkauf des Viehs deutlich anzusehen. Ihr immer noch strenges Gesicht hatte den früheren Anschein ständiger Verärgerung und wütender Selbstverteidigung verloren. Die wenigen Wiesen, für die es in dem viehlosen Stall keine Verwertung mehr gab, hatte der Müller übernommen. Sie überließ ihm den Ertrag und konnte damit die Hilfe bei der Ernte entgelten.

»Aber weißt du«, sagte sie an einem der ersten Ferientage zum Stiefsohn, »als ich mir ansehen musste, wie die anderen stolz mit ihren Heuwagen heimgefahren sind, dann hat es mir doch wehgetan.« Leo nickte mitfühlend. »Aber als es dann ins Heu geregnet hat«, fügte sie lächelnd hinzu, »da war ich auch froh, dass ich diese Sorge los bin.«

Obwohl es nichts mehr zu melken gab, kein Grünfutter mehr geholt werden musste und die beiden Schweine auch noch später gefüttert werden konnten, stand Klara wie gewohnt früh auf. Nach mehreren Jahrzehnten, in denen sie sich erst bei ihrem Bruder und dann im Schreinerhaus jeden Morgen um das Vieh hatte kümmern müssen, ließ sich die innere Uhr nicht mehr verstellen. So konnte sie Emil, dem jüngsten ihrer Stiefsöhne, in aller Ruhe das Morgenessen zubereiten.

Er nahm die Arbeit beim Müller sehr ernst. Im zweiten Mühlenknecht, der auch den Rindviehstall versorgte, hatte er einen verständigen Unterstützer. Alle im Dorf, die es für unmöglich gehalten hatten, dass der ängstliche und unselbstständige Schreinerssohn mit der Arbeit in der Mühle zurechtkäme, sahen sich eines Besseren belehrt.

Seit dem Verkauf der Kühe und Rinder waren die Eier aus dem Hühnerstall zu Klaras wichtigster regelmäßiger Einnahmequelle geworden. Als sie mit Leo in vorher nie gekannter Eintracht die Kartoffeln und dann das kleine Rübenfeld hackte, erzählte sie ihm von ihrem Plan, auch im alten Rinderstall Hühner zu halten. Leo stimmte ihr zu, meinte aber nach kurzer Überlegung, der ausgeräumte Schuppen wäre wesentlich besser geeignet. Dann hätten die Hühner im angrenzenden Grasgarten einen großen Auslauf.

Noch am selben Abend besichtigten sie zusammen den Schuppen. Nachdem das Holz ausgeräumt war, hatte er den Schrecken, der ihm seit Gottfrieds Tod innewohnte, für Leo verloren, aber auch den Zauber seiner Kindheitsträume. Mit ihrem praktischen Sinn wusste Klara rasch, wie aus diesem fensterlosen Raum ein zeitgemäßer Hühnerstall werden konnte. »Wir müssten einfach in die Giebelwände zwei große Fenster einbauen und in der anderen Seitenwand den Auslauf für die Hühner«, erklärte sie mit ausgreifenden Armbewegungen.

Der Nachbar Fritz, der früher als Zimmermann gearbeitet hatte und nun in Rente war, erklärte sich bereit, ihnen zu helfen und begann nur wenige Tage später mit dem Umbau. Mit der von seinem alten Meister ausgeliehenen elektrischen Säge schnitt Fritz die Fensteröffnungen aus der Bretterwand, baute dort mit den von Leo aus der Scheune herangeschafften Balken ein neues Fachwerk auf, sägte und hämmerte tagelang. Leo packte fleißig mit an und lernte als Handlanger mit Bauholz, Zimmermannshammer, Stecheisen und Bügelsäge umzugehen und gewann dabei doch noch die Freude am toten Holz, die sein Vater an ihm vermisst hatte.

Zwischendurch half er Klara und Emil, das Getreide einzubringen. Es war einfacher als in früheren Jahren. Erstmals fuhren auf den Getreidefeldern der Gegend die Mähdrescher, von denen das früher so langwierige und als staubige Winterarbeit verhasste Dreschen bereits auf dem Feld erledigt wurde. Auch der Müller ließ so eine Maschine kommen und damit auch die Äcker der Schreinerswitwe abernten. Mit dem Traktor und dem Wagen des Müllers fuhr Emil die vom Mähdrescher gefüllten Getreidesäcke und das ausgedroschene Stroh in die Scheune.

Als Leos Ferien in der ersten Septemberwoche zu Ende gingen, war der neue Hühnerstall bis auf einige Kleinigkeiten fertig. Für eine Fahrt nach Hamburg wäre gar keine Zeit gewesen. Leo freute sich darauf, bald wieder auf den Greuthof wandern zu können, hatte insgeheim aber Angst, dass sich Christine vielleicht auf den Sägergehilfen eingelassen hatte und nichts mehr von ihm wissen wollte.

Doch zunächst nahm ihn in Kleinbergheim die Schule voll in Beschlag. An einem der ersten Tage lief Schulleiter Höfler in einem Wutanfall über eine ungehörige Schülerantwort plötzlich blau an, sank auf den Stuhl hinter dem Pult und schnappte röchelnd nach Luft. Von einer der älteren Schülerinnen gerufen rannte Leo aus der Unterklasse die Stufen zum Neubau hinauf und stürzte in den Schulsaal. Dort hing Höfler immer noch schwer atmend auf dem Stuhl und war nicht fähig, sich zu erheben. Als ihm Leo unter die Arme greifen wollte, schlug er dessen Hand mit einem giftigen Blick zur Seite. Erst von zwei kräftigen Schülern ließ er sich aufhelfen, kam aber nicht bis zur Tür, sondern ließ sich schwer in eine der hinteren Bänke fallen. Eine halbe Stunde später kam der Krankenwagen, den die Schulsekretärin gerufen hatte, und brachte den Schulleiter in die Bezirksklinik. Wie sich herausstellte, hatte er einen leichten Herzinfarkt erlitten und musste zwei Wochen dort bleiben, um dann krankgeschrieben weitere zwei Wochen in seiner Wohnung herumzusitzen, aber fast in jeder Stunde kurz in der Oberklasse aufzutauchen und dort bellend an Leos Unterricht herumzumäkeln. Die Vorbereitungen auf die nächsten Stunden und die Korrekturen der Hausaufgaben nahmen beinahe Leos gesamte Freizeit in Anspruch. Die einzige Freude in diesen Spätsommertagen war die Nachricht von Willi Reuschling, die Christine vom Greuthof habe wieder einmal im Adler bedient und nach ihm gefragt. Voller Ungeduld wartete er auf die Herbstferien.

Holz auf dem Greuthof

Als er sich schließlich am Morgen des 31. Oktober auf den Weg zum Greuthof machte, lag bereits dicker Reif auf den Wiesen. Erst als er die halbe Höhe erstiegen hatte, brach die Sonne durch den Nebel und tauchte den Wald in ein goldenes Licht. Von weit her drang das stoßende Geräusch des Sägewerks zu ihm herauf. Eine bange Vorfreude begleitete ihn. Er war begierig, Christine wiederzusehen, fürchtete aber, sein Besuch könnte womöglich als plumpe Anbiederung ausgelegt werden. Vielleicht war sie ja auch gar nicht daheim oder sogar mit einem der Dorfburschen unterwegs.

Von der Höhe, etwa dort, wo der Greuthof liegen musste, waren Axtschläge zu hören. Als Leo aus dem Wald auf die Lichtung um den Hof trat, der zwischen den sich auflösenden Nebelschwaden wie unwirklich aussah, bemerkte er, dass die Geräusche vom Schuppen hinter dem Hof kamen. Dort waren zwei Personen mit dem Spalten von Brennholz beschäftigt. Nach wenigen Schritten wusste Leo, dass eine davon Christine war. Sie hatte Männerhosen und eine grobe Arbeitsjacke an, aber unter ihrem Kopftuch lugten ein paar dunkle Haarsträhnen hervor. Ihr Bruder schwang einen schweren Hammer und schlug damit einen Eisenkeil in einen Buchenstamm, der nach einigen Schlägen krachend in zwei Hälften auseinandersprang. Christine trennte mit einer Axt die letzten zähen Fasern ab. Der Bruder wechselte den Hammer gegen eine schwere Axt, mit der er die Stammhälften in einzelne schmale Scheite zerteilte. Daneben stand der Knecht, der die Scheite auf einen Schubkarren lud, um sie neben dem Schuppen zu stapeln.

Der Alte sah den Besuch als Erster. Mit einer Kopfbewegung machte er das Mädchen auf den Gast aufmerksam. Überrascht ließ Christine die Axt sinken. »Schau an, der Leo«, rief sie und lachte. Leo war froh, dass sie ihn nicht wieder »Herr Lehrer« nannte.

»Thomas«, sagte sie zum Bruder, der ebenfalls innehielt, »jetzt bekommen wir Hilfe und werden in der halben Zeit fertig.« Sie stieg über die zerteilten Scheite und gab Leo die Hand. Ihre Freude schien ehrlich zu sein. »Warum hast du dich so lange nicht sehen lassen?«, fragte sie. »Das Bier im Adler wartet immer noch auf dich.«

»Du warst ja auch schon lange nicht mehr im Dorf«, entgegnete Leo, »und in den ganzen Ferien war ich daheim.« Dass sie ihn erwartet hatte, machte ihn glücklich. Er nahm ihr die Axt aus der Hand.

»Nicht doch«, spöttelte sie wieder, »das darfst du doch gar nicht mit deinen feinen Lehrerhänden, dann kannst du am nächsten Tag keinen Bleistift mehr halten.«

Leo gab die Axt nicht zurück. »Ich hab mit diesen Händen schon öfter Holz gespalten«, sagte er und nickte dem Bruder zu: »Machen wir weiter.«

Der junge Bauer griff wieder zum schweren Hammer und setzte den Keil am nächsten Stamm an. Als die Hälften nicht gleich auseinanderspringen wollten, schlug Leo mit aller Kraft die Axt in den Spalt und vollendete das Werk. Heilfroh, dass er den Riss getroffen hatte, atmete er auf.

»Donnerwetter«, staunte Christine, »du kannst es tatsächlich. Aber komm, du bist doch nicht zum Schaffen heraufgestiegen.« Sie wollte ihm die Axt wieder abnehmen. »Geh ruhig ins Haus, die Mutter freut sich auch, wenn sie dich sieht.«

Leo schüttelte den Kopf. »Erst mach ich hier weiter, geh du nur hinein, ich komm dann nach.« Christine zuckte resigniert die Schultern und wandte sich zum Haus.

»Hol ihm wenigstens ein Paar Handschuhe«, rief ihr Thomas nach, »sonst sind die Hände nachher voller Blasen.«

Ohne weitere Worte zog Thomas mit dem Wendehaken das nächste Meterstück heran und setzte die Arbeit mit dem neuen Helfer fort. Nach einer knappen Stunde schmerzten Leo Arme, Schultern und Rücken und immer häufiger verfehlte er mit der Axt das Ziel. Der junge Bauer bemerkte, wie bei seinem Helfer die Kräfte nachließen, und ließ seinen Hammer sinken. »Machen wir eine Pause.«

Leo reckte sich und atmete tief durch: »Ich bin das Geschäft doch nicht mehr so gewohnt«, gab er zu, »aber das kommt auch schnell wieder.«

Thomas nickte. »Wenn ich das erste Mal wieder mit dem Holz zu tun hab, tut mir auch alles weh.«

Während sie über das unterschiedliche Wetter im Tal und auf den Höhen redeten und sich der alte Knecht abseits auf den angefangenen Holzstapel gesetzt hatte, kam die Bäuerin mit einem großen, blau bemalten Krug und drei Gläsern aus dem Haus. »Das geht aber nicht«, begrüßte sie Leo, »dass Sie immer nur zum Schaffen heraufkommen, und dann auch noch ausgerechnet zum Holzspalten, das ist doch keine Arbeit für einen Lehrer.«

Leo lachte: »Doch, doch, das ist schon richtig, dann weiß der Lehrer wenigstens, wie das richtige Leben aussieht.«

Die schlanke Frau mit dem schmalen, von Falten durchfurchten Gesicht unter dem straff gebundenen Kopftuch und den großen, freundlichen Augen gab jedem der drei ein Glas und schenkte aus dem Krug den hellgelben Apfelmost ein. »Wir freuen uns immer, wenn jemand aus dem Dorf heraufkommt«, sagte sie, »manchmal ist es hier heroben doch recht einsam, besonders auch für die Christine. Sie ist halt gern unter Leuten, aber jetzt gibt es grad im Adler nicht viel zu tun.«

Mit kräftigen Schlucken trank Leo den Apfelmost, den er zwar von daheim kannte, aber dort eigentlich nie recht gemocht hatte. Jetzt, durstig vom Aufstieg und der anstrengenden Holzarbeit, kam es ihm vor, als ob er noch nie etwas Köstlicheres getrunken habe. Er bedankte sich bei der Bäuerin, wollte ihr das Glas zurückgeben und griff mit der anderen Hand schon wieder nach der Axt, um die Arbeit fortzusetzen.

»Nein, nein«, wehrte die Frau ab, »Sie haben schon genug geschafft, jetzt gehen Sie mit mir ins Haus. Die Christine hat mir extra aufgetragen, dass ich Sie mit hineinbringe.«

Die Einladung war verlockend, aber Leo wollte den jungen Bauern, der schon wieder den Keil in den nächsten Stamm schlug und für das Spalten einen Partner brauchte, nicht alleine lassen. »Wir machen noch ein wenig weiter«, sagte er und fügte mit einem Blick auf die restlichen Stämme hinzu: »Vielleicht werden wir sogar fertig.«

Die Bäuerin schüttelte den Kopf. »Das glaub ich nicht und das muss auch nicht sein, aber eins weiß ich bestimmt: Das gibt bei Ihnen einen schönen Muskelkater.« Dem Sohn rief sie zu: »Gelt Thomas, in einer halben Stunde macht ihr Schluss, der Herr Schildweg wird auch hungrig sein.«

»Schildweg«, sagte der junge Bauer, »den Namen hab ich noch nie gehört.«

Leo schüttelte den Kopf. »Ich heiß Leo und du bist der Thomas, beim Schaffen sagt man doch du zueinander.«

Der andere lachte: »Ja, so ist mir das auch lieber.«

»So«, sagte Thomas nach der halben Stunde, »jetzt ist's genug.« Er wischte sich mit dem Ärmel den Schweiß von der Stirn. Leo richtete sich auf und atmete tief durch. Er meinte in den Armen und Schultern jeden Knochen zu spüren. So erschöpft war er schon lange nicht mehr gewesen. Dem Knecht, der seit Leos Ankunft kein einziges Wort gesagt hatte, rief Thomas zu, ebenfalls aufzuhören. Gemeinsam räumten sie die Werkzeuge in den Schuppen und gingen dann durch den Nebeneingang ins Haus. Aus dem Stall drang ein Schwall dunstiger Tierluft in den Vorraum zur Treppe. Dort zogen Thomas und der Knecht, der ebenfalls hereingekommen war, ihre Stiefel aus, um in die bereitstehenden Strohschuhe zu schlüpfen. Unschlüssig stand Leo daneben.

»Du kannst deine Schuhe anlassen, besondere Gäste dürfen bei uns mit den Schuhen in die Stube.« Christine war in die Tür getreten. Sie hatte jetzt einen geblümten Rock an und über dem Oberteil eine bestickte Weste. Gegen die dunkle Türe wurde ihr helles schmales Gesicht mit den lachenden dunklen Augen wie auf einem Gemälde herausgehoben. Noch nie hatte Leo ein schöneres Mädchen gesehen.

»Da bin ich aber froh«, lachte er glücklich zurück, »dass ich meine Schuhe nicht ausziehen muss, dann sieht man nämlich die Löcher in den Strümpfen nicht.«

In Christines Augen blitzte der Schalk. »Ja so was, lässt dich das Fräulein Zeitler so unter die Leute? Sag ihr, sie soll deine Socken stopfen, anstatt zum Pfarrer zu gehen.«

»Ich werd es ausrichten«, alberte Leo und ging hinter ihr die Treppe hinauf. »Im Jugendkreis können die dann einen Kurs fürs Strümpfestopfen durchführen und dich als Lehrmeisterin einladen.«

»Oje«, gab Christine zurück, »da wär ich die Richtige, ich kann es doch selber nicht.«

Als er vor ihr stand, fasste sie ihn an der Schulter: »Bestimmt tut dir nach der schweren Arbeit alles weh.« Sanft strich sie ihm über den Arm.

Für Leo war es wie eine Liebkosung und am liebsten hätte er sie umarmt, aber er musste den Bruder und den Knecht vorbei lassen, die hinter ihnen die Treppe hinaufkamen.

In der Stube war der Tisch bereits gedeckt. Der große Kachelofen verströmte eine wohlige Wärme. Die Bäuerin lud ihn ein, sich hinzusetzen: »Suchen Sie sich den besten Platz aus, Herr Schildweg.«

Die förmliche Anrede war Leo peinlich. »Sagen Sie doch Leo zu mir«, bat er, »ich fühle mich bei Ihnen doch schon richtig daheim.«

Die Frau nickte. »In Ordnung, Leo, aber dann musst du mich auch beim Vornamen nennen. Ich heiß eigentlich Theresa, aber alle sagen nur Resa zu mir.«

Thomas nahm an der Stirnseite des Tisches Platz und Leo setzte sich auf die Bank an der Fensterseite. Er sah sich nach dem Knecht um.

»Der Franz isst lieber in der Küche«, klärte ihn Christine auf, »der will seine Ruhe haben.«

»Ich glaub, der mag mich nicht«, sagte Leo.

Christine schüttelte den Kopf. »Nein, das hat nichts mit dir zu tun, der kann andere Leute grundsätzlich nicht leiden, den muss man nehmen, wie er ist, aber in Wirklichkeit ist er eine ganz treue Seele.«

Beim Essen fragte die Bäuerin nach der Schule und wie es mit dem Schulleiter gehe. Da habe sich nichts geändert, antwortete Leo, und da werde sich wohl auch nichts mehr ändern, aber zum Glück sei der Hennermann noch da. Ohne den könnte er es an der Schule gar nicht mehr aushalten. »Aber das Jahr werd ich schon rumbringen«, schloss er. »Dann lass ich mich versetzen und bin den Höfler los.«

Ob er dann in eine ganz andere Gegend wolle, fragte die Bäuerin.

»Ich kann mir da nicht viel aussuchen«, antwortete Leo, »das hängt vom Oberschulamt ab, und es kann schon sein, dass die mich ganz woanders hin schicken. Eigentlich wollt ich ja von vornherein an eine größere Schule, aber das hat leider nicht geklappt.«

»Ach, komm«, sagte Christine, »es gibt doch auch noch andere Leute hier außer dem Höfler – zum Beispiel uns.« Über den Tisch hinweg fasste sie seine Hand. »Bleib doch hier«, bat sie und diesmal schien das ohne Spott gemeint zu sein, »wer soll uns denn sonst beim Holzmachen helfen?«

Am Nachmittag arbeitete Leo mit Thomas und dem Knecht weiter am Holz, und als die Bäuerin zum Essen rief, waren sie tatsächlich fertig geworden.

Als das Essen mit Brot und Speck schon fast beendet war, sah Leo besorgt aus dem Fenster. Es wurde bereits dunkel. Wenn er jetzt nicht schnell aufbrach, dann kam er beim Rückweg ganz in die Nacht. Und am nächsten Tag musste er in die Kirche und in seiner Funktion als Lehrer anschließend bei der Feier zum Allerheiligentag anwesend sein. Schulleiter Höfler hatte eindringlich auf diese Pflicht hingewiesen.

Die Bäuerin bemerkte seinen Blick. »Leo«, fragte sie, »musst du unbedingt heut noch heim? Es wird doch schon Nacht.«

Leo nickte. »Ja, ich muss los, sonst find ich den Weg nicht mehr.«

»Aber er kann doch auch hierbleiben«, mischte sich Christine an ihre Mutter gewandt ein. »Er kann doch hier in der Stube auf dem Sofa schlafen oder oben in der zweiten Knechtskammer.«

Die Bäuerin nickte. »Natürlich geht das, wenn er heut nicht noch was Besseres vorhat. Aber im Dorf unten ist halt mehr los als bei uns da oben, ich kenn doch die jungen Leut.«

Alle schauten auf Leo. Er war unschlüssig. Er kannte das zwiespältige Verhalten aus der eigenen Familie. Wenn die Einladung nur aus reiner Höflichkeit ausgesprochen wurde, dann musste sie noch lange nicht ernst gemeint sein. Dann könnte eine vorschnelle Zusage womöglich so ausgelegt werden, als wolle er sich aufdrängen. Er stand auf und sah noch mal aus dem Fenster. »Vor hab ich nichts mehr«, sagte er zögernd, »die Frau Zeitler wartet nicht auf mich; wenn ich mein Essen nicht bis um sechs abgeholt hab, dann weiß sie, dass ich nicht mehr komm. Aber morgen früh muss ich in die Kirche und bei der Feier zu Allerheiligen dabei sein.«

Beim Namen Zeitler nahm Christines Gesicht erneut einen spöttischen Ausdruck an, aber die Mutter kam ihr zuvor: »Also, Leo«, sagte sie, »dann bleibst du da. Ich will morgen früh auch in die Kirche, dann können wir zusammen gehen. Das ist doch besser, als wenn du dich jetzt allein auf den Weg machst.«

»Und dich womöglich in der Dunkelheit verirrst«, fügte Christine schelmisch hinzu. »Also, bleibst du da?« Sie sah ihn gespannt an.

Er lächelte sie an und nickte. »Ich hab aber gar nichts für die Nacht dabei.«

Das Mädchen klatschte theatralisch in die Hände: »Ach Gott, was machen wir denn da? Dann musst du halt ein Nachthemd vom Großvater anziehen, von dem ist auch noch eine Schlafmütze da.«

Nach dem Essen stand Thomas als Erster auf. »Ich muss in den Stall, der Franz ist schon dort und ärgert sich, wenn ich nicht komm.« Auch die beiden Frauen blieben nicht länger sitzen.

»Du kannst hier bleiben«, sagte Resa zu Christine, »ich werd mit dem Melken allein fertig, dann kannst du dem Leo Gesellschaft leisten.«

Als sie wenig später mit umgebundenem Kopftuch noch einmal hereinschaute, fragte Leo, der etwas verloren am Tisch saß, ob er einmal in den Stall schauen dürfe, der sei viel größer als der daheim. Mit einer Handbewegung lud sie ihn ein, mitzukommen.

In dem Stall mit seiner alten, niedrigen und etwas durchgebogenen mächtigen Holzdecke standen rechts des breiten Mittelganges neun rotgefleckte Kühe, gegenüber die Rinder und in einem Verschlag etwas abseits zwei Kälber. Im hinteren Teil waren einige Schweinebuchten. Thomas schob den Kühen und Rindern das von der oberen Tenne abgeworfene Heu in den Trog, und der Knecht lud hinter den Tieren den Mist auf einen hölzernen Schubkarren.

Aus dem Vorraum erklang plötzlich lautes Brummen. Leo schaute Thomas fragend an.

»Das ist die Melkmaschine«, lachte der, »ganz altmodisch geht's auch bei uns nicht mehr zu.« Da kam auch schon Resa aus dem Vorraum, der gleichzeitig Melkkammer war, schloss den Schlauch an die über den Tieren verlaufende Saugleitung an und setzte der ersten Kuh die Zitzenbecher ans Euter. Das wär das Richtige für die Klara gewesen, dachte Leo.

Weil für ihn nichts zu tun und Thomas verschwunden war, ging er zurück ins Haus und schaute in die Küche, wo Christine mit dem Geschirr klapperte. »Na«, sagte sie, »jetzt hast du wenigstens einen schönen Duft mitgebracht, jetzt brauchst du kein Parfüm mehr.«

»Ja«, lachte Leo, »das kenn ich schon noch von daheim.« Er zog seine Jacke aus und hängte sie im Gang oberhalb der Treppe an einen Haken.

»Wenn du's dir gemütlich machen willst, dann zieh die Schuhe aus, ich bring dir ein Paar Finken, das sind die besten und wärmsten Hausschuhe. Er befolgte den Rat und entledigte sich seiner Wanderschuhe. Kurz darauf stand Christine mit einem Paar neuer Strohschuhe vor ihm. »Du hast gelogen«, stellte sie fest. Fragend sah er auf. »Du hast gar keine Löcher in den Strümpfen.« Sie zwinkerte ihm zu und ging wieder in die Küche.

Leo schlüpfte in die Strohschuhe. Sie waren tatsächlich warm und angenehm. Er sah sich in der Stube um und entdeckte über der Ofenbank ein kleines Regal mit einigen Büchern. Ein großformatiger Bildband interessierte ihn. Er griff danach, um sich das Foto auf dem Umschlag anzusehen.

»Das ist ein sehr schönes Buch, nimm es ruhig herunter«, sagte Christine, die plötzlich hinter ihm stand, »dann siehst du, wie schön es bei uns ist und willst vielleicht gar nicht mehr fort.«

Leo zog das Buch aus dem Regal und nahm es mit zum Tisch, um darin zu blättern. Die vorderen Seiten zeigten alte Schwarzwaldhöfe und die Arbeit der Bauern im vergangenen Jahrhundert. Die kurzen Texte beschrieben das mühselige Tun der Menschen.

Christine setzte sich neben ihn auf die Bank und beugte sich ebenfalls über das Buch. Eine Strähne ihrer dunklen Haare streifte Leos Gesicht. Erneut durchströmte ihn eine Welle des Glücks. So gerne hätte er seinen Arm um ihre Schultern gelegt, aber er traute sich nicht.

Das Mädchen bemerkte nichts davon. »Siehst du«, sagte sie und wies auf eines der alten Fotos, das die Bauern beim Heumachen an einem steilen Hang zeigte, »so mussten die sich früher abmühen. Zum Glück sind unsere Wiesen nicht so steil. Und dann die Frauen in ihren langen Röcken – ich kann mir gar nicht vorstellen, wie die sich überhaupt bewegen konnten.«

Sie wandte ihm ihr Gesicht zu und erzählte lebhaft, was ihr Vater immer von der alten Zeit erzählt hatte, und kam dann auf ihre Familie. Der Vater habe den Hof als Zweitgeborener eigentlich gar nicht bekommen sollen. Seine Mutter habe aus ihm einen Pfarrer machen wollen und dazu sei der Bub auch bereits in der Klosterschule gewesen. Aber dann sei der Bruder als Siebzehnjähriger an der spanischen Grippe gestorben und der Klosterschüler musste Bauer werden. Das sei ihm nicht leicht gefallen.

»Die Mutter sagt, das habe man ihm immer wieder angemerkt«, erzählte sie und sah gedankenverloren vor sich hin. »Ja, er war kein Bauer wie die andern. Wenn die am Sonntag ins Wirtshaus gegangen sind, dann hat er lieber daheim ein Buch gelesen oder Radio gehört. Und weißt du«, sie sah Leo ins Gesicht, »ich glaub, er wäre auch ein guter Lehrer geworden, der hat so viel gewusst und konnte so gut erzählen.«

»Lehrer wissen auch nicht alles«, schränkte Leo ein und lachte. »Aber sie wissen alles besser!«

Christine sah ihn treuherzig an und legte ihm die Hand auf den Arm. »Aber du bist nicht so, so viel kenn ich dich schon.« Leo war sich nicht sicher, ob das ernst gemeint war oder ob sie ihn doch bloß wieder neckte.

Sie waren immer noch in das Buch vertieft, als Resa vom Melken zurückkam und in der Küche zu rumoren begann. »Ach«, schreckte Christine auf, »ich bin noch nicht mit dem Spülen fertig und die Mutter ist schon aus dem Stall zurück.«

Rasch verschwand sie wieder in der Küche und Leo hörte durch die offene Tür, wie Mutter und Tochter über ein krankes Kalb sprachen, für das womöglich der Tierarzt geholt werden müsse. Auch solch sorgenvolle Gespräche kannte er von daheim.

Wenig später kam auch Thomas dazu. Er meinte, es würde wohl genügen, dem Kalb einen Kräutersud einzuflößen, das würde vielleicht ebenso gut helfen wie der Tierarzt, der nur viel Geld koste.

Das Thema interessierte Leo. Er ging zur offenen Küchentür und sah, wie Resa bereits einen Topf mit Wasser auf den Herd stellte und getrocknete Kräuter dazu gab.

»Wir müssen ein Kalb kurieren«, erklärte ihm Thomas, »dabei kannst du mir nachher helfen.« Leo nickte. Der junge Bauer sagte, wenn der Tierarzt aus dem Tal geholt werden müsse, sei das nur über das Telefon eines Hofes weiter oben möglich. »Es wird Zeit«, sagte er mit vorwurfsvollem Blick zur Mutter, »dass wir endlich einen Anschluss bekommen.«

Und Christine fügte hinzu: »Dann könnte der Adlerwirt auch bei uns direkt anrufen, wenn er mich braucht.«

Leo berichtete, dass seine Familie auch noch kein eigenes Telefon habe und man deshalb immer zur Poststelle laufen müsse. Über das Gespräch über Nutzen und Kosten von Telefonen war der Kräutersud für das Kalb fertig geworden. Die heiße Brühe wurde zum Abkühlen ins Freie gestellt und dann in eine Flasche gefüllt. Leo zog zur Mithilfe wieder Schuhe und Jacke an. Im Stall zeigte ihm Thomas das kranke Kalb, das einen aufgetriebenen Bauch und erkennbar Durchfall hatte. Der junge Bauer nahm den Kopf des Kalbes in den Arm, ließ sich die Flasche reichen und schob den Hals seitlich in das Maul des Tieres, das den warmen Trank gezwungenermaßen schluckte.

»Meinst du, das hilft?«, fragte Leo.

»Morgen früh wissen wir mehr«, antwortete Thomas. »Wenn es dann wieder nicht trinkt, dann brauchen wir den Tierarzt.«

Als sie umgezogen und mit den Finken an den Füßen in die Stube kamen, stand dort eine Flasche Wein mit vier Gläsern und einer Schale Gebäck auf dem Tisch.

»Nicht dass du glaubst, bei uns ginge es jeden Abend so vornehm zu«, sagte Christine, »das machen wir nur bei besonderen Gästen.« Wieder wusste Leo nicht, ob das Spott oder Ernst war. Aber dann setzte sie hinzu: »Aber vielleicht serviert dir das Fräulein Zeitler jeden Abend so was und dann ist es bei uns ja nichts Besonderes mehr.« Damit war der Spott offensichtlich.

Inzwischen fiel es Leo leicht, darauf einzugehen: »Nein, so weit ist es leider noch nicht, aber ich werd gleich am Montag darum bitten.«

»Was macht denn das junge Mädchen?«, fragte die Mutter.

Statt Leo antwortete Christine: »Sie geht auf die Handelsschule und wird ganz gewiss eine erfolgreiche Geschäftsfrau, und wenn es in der Schule Probleme gibt, dann gibt ihr der Leo abends Nachhilfeunterricht.« Die Mutter schaute fragend.

Leo schüttelte lachend den Kopf. »Ich hab die in der letzten Woche nur zweimal beim Mittagessen gesehen und abends bin ich noch so gut wie nie bei den Zeitlers gewesen. Ich weiß deswegen auch nicht, was die Franziska abends macht.«

Wieder mischte sich Christine ein: »Na, sie geht in den Jugendkreis, und während du abends in der Kantine in schlechter Gesellschaft bist, führt sie mit dem Pfarrer erbauliche Gespräche über den richtigen Lebenswandel. Kein Wunder, dass die frommen Kleinbergheimer über dich den Kopf schütteln.«

»Tun sie das denn?«, wollte die Bäuerin wissen.

Leo zuckte mit den Schultern. »Kann schon sein, aber das ist mir auch egal. Mir sind die in der Kantine lieber als die frommen Jugendkreisler, und wenn es dort manchmal ein wenig derb zugeht, dann ist es wenigstens lustig. In einem Jahr bin ich doch sowieso weg.«

»Wenn du dich anständig aufführen würdest, dann könntest du dableiben und nach dem Höfler Schulleiter werden«, stichelte Christine weiter. »Mit der Franziska hättest du da gute Chancen. Aber wenn ihr heiratet, dann bitte nicht im Adler, sonst muss ich euch womöglich noch die Suppe servieren.«

Der Bruder, der dem ganzen Disput vergnügt zugehört hatte, mischte sich nun ebenfalls ein. »Hör mal«, sagte er zu seiner Schwester, »kann es sein, dass du auf die Zeitlerstochter eifersüchtig bist?«

Christine wurde rot und schüttelte energisch den Kopf. »Wie kommst du denn da drauf? Die kann doch machen, was sie will, ich mag nur das fromme Getue nicht.« Aber auch ihre Mutter lächelte und in Leo stieg die Hoffnung auf Erfüllung seiner Träume.

Resa, die den Wein eingeschenkt hatte, wollte das Thema wechseln und fragte nach Leos Zeit im Gymnasium und nach dem ganzen Ausbildungsgang dort. »Weißt du, Leo, mein Mann sollte eigentlich Pfarrer werden, aber noch lieber wäre er Lehrer geworden. Doch dann musste er hier Bauer werden.«

»Ja«, erwiderte Leo, »Christine hat mir davon erzählt. Bei mir war es umgekehrt. Mein Vater hat mich zum Schreiner machen wollen, aber ich konnt mit dem Holz nicht so viel anfangen. Da hat unser Lehrer gemeint, ich soll aufs Gymnasium gehen, und so bin ich halt Lehrer geworden. Und vielleicht ist das schon das Richtige.«

»Das denke ich auch«, sagte die Bäuerin und hob ihr Glas: »Stoßen wir darauf an, dass aus dem Lehrer etwas wird und dass wenigstens die wichtigsten Wünsche von uns allen in Erfüllung gehen.«

Als Leo sein Glas Christine entgegen hob, um mit ihr anzustoßen, war in ihren Augen die Spottlust verschwunden. Ernst und eindringlich schaute sie ihn an. Beide sagten kein Wort.

Der Abend ging mit Gesprächen über die Winterarbeit auf dem Hof, die allgemeinen Sorgen der Schwarzwaldbauern, das Unglück, das manche Familien getroffen hatte, aber auch lustige Begebenheiten auf den Höfen zu Ende. Leo stellte fest, wie groß der Gegensatz zu den Gesprächen war, die abends im Schreinerhaus geführt wurden. Er erinnerte sich mit Wehmut, dass seine Mutter vor ihrem Tod abends vor dem Zubettgehen oft mit den Kindern gesungen und der Vater, der nicht singen konnte, mit stillem Lächeln zugehört hatte. Doch dann hatte die raue, herrische Stimme von Klara den Ton angegeben und der Vater fast gar nicht mehr geredet. Gesungen wurde nur noch, wenn die Kinder bei ihrer Arbeit draußen für sich waren, Luise ein Lied summte und er selbst mit dem richtigen Text einstimmte.

Als es Zeit wurde, schlafen zu gehen, und Thomas bereits in seine Kammer gegangen war, fragte die Bäuerin Leo, ob er lieber hier auf dem Sofa oder oben unter dem Dach in der Knechtskammer schlafen wolle.

Christine kam ihm zuvor: »Da oben ist es doch kalt und ungemütlich. Hier in der Stube ist es schöner.«

Die Mutter stimmte zu, sagte dann Gute Nacht und ging aus der Stube.

»Ich will euch aber keine Arbeit machen«, sagte Leo mit einem Blick auf das Sofa.

Christine winkte ab. »Du bekommst ein Leintuch, ein Kopfkissen und ein Deckbett, und wenn du es ganz komfortabel willst, dann kann ich dir sogar noch eine Bettflasche füllen. Dann kannst du selig von der Franziska träumen.«

»Ich träume lieber von dir«, erwiderte Leo und wunderte sich selbst über seine Keckheit. Er war auf eine spöttische Antwort gefasst.

Aber Christine sagte nichts, sondern sah ihm nochmals mit ernstem Blick in die Augen. Dann ging sie aus der Stube und brachte ein gefaltetes Leintuch, ein Kissen und ein Federbett. Mit geübten Griffen machte sie aus dem Sofa ein fertiges Bett. »Herrichten kannst du dich morgen früh in der Kammer neben der Küche«, erklärte sie. »So ein so komfortables Bad wie die Zeitlers haben wir halt nicht.«

Leo lachte: »Ich kenne kein Bad, ich hab in meiner Kammer nur ein Waschbecken.«

Resa, die Bäuerin, kam noch einmal in die Stube. Sie nahm Leos Hände in ihre und sagte: »Ich dank dir schön. Nicht nur, dass du geholfen hast, sondern dass du überhaupt gekommen bist. So ein neues Gesicht tut uns gut.«

Leo wurde verlegen. »Aber ich hab das doch gern gemacht und mir hat das auch gut getan. So einen schönen Tag hab ich schon lang nicht mehr gehabt.«

Dann war er wieder mit Christine allein. Sie strich noch einmal, obwohl sie es schon mehrfach getan hatte, die Bettdecke glatt und er stand verlegen daneben. Als sie sich dann zu ihm umdrehte, gab sie ihm die Hand, sagte leise: »Schlaf gut«, und strich ihm mit der anderen Hand sanft über den Arm.

Bevor Leo antworten konnte, war sie schon verschwunden und schloss leise die Stubentüre. Einen Augenblick stand er unbeweglich da und horchte auf die Schritte, die sich kaum hörbar die Treppe hoch entfernten. Er war glücklich und wusste doch nicht genau, warum.

Lange bevor es draußen dämmerte und in dem Schwarzwaldhaus die ersten Regungen des neuen Tages zu hören waren, wurde Leo wach. An seine Träume konnte er sich nur bruchstückhaft erinnern. Obwohl er es sich gewünscht hatte, kam Christine darin nicht vor. Es war etwas von daheim gewesen und dann von der Kantine mit ihrem Lärm. Laut war es zugegangen, aber die Dämonen, die ihm seit Kindertagen nachts immer wieder zusetzten, hatten ihn in Ruhe gelassen.

Die ersten menschlichen Laute kamen von Franz, dem Knecht, der in seinen Strohschuhen die knarrende Treppe herabschlurfte und unten liebevoll mit der Katze sprach, die im Vorraum in einem aus Stroh geflochtenen Korb ihren Schlafplatz hatte. »Der Franz schwätzt lieber mit den Viechern, als mit den Leuten«, so hatte Thomas schon am Vorabend die Verschlossenheit des alten Mannes erklärt.

Langsam erwachte das Haus zum Leben. Auch Christine war wohl schon auf, denn draußen vor der Küche hörte Leo unvermittelt zwei Frauenstimmen, aber den Inhalt ihres Gesprächs verstand er nicht. Dann wurde die Melkmaschine laut, deren Brummen im ganzen Haus zu hören war. Leo blieb noch eine kurze Weile liegen und überdachte den weiteren Tag. Er musste deutlich vor dem Gottesdienst und der anschließenden Feier im Dorf sein, um sich umziehen und herrichten zu können. Das hieße, er müsste eigentlich vor der Bäuerin losgehen, dabei hatte er sich schon auf den gemeinsamen Gang ins Tal gefreut. Vielleicht hätte er dann von der Mutter etwas über die Zukunft der Tochter erfahren können.

Leo hatte in Unterwäsche geschlafen. Vorsichtig zog er sich im Halbdunkeln an, fand vor dem Sofa die Strohschuhe und ging in ihnen leise zur Türe hinaus in den Gang. Gleich gegenüber wurde die Küchentüre geöffnet. Im hellen Licht der Lampe stand nicht, wie er erwartet hatte, Christine, sondern ihre Mutter.

»Na Leo«, sagte sie, »du bist ja schon auf, wahrscheinlich hast du auf dem alten Sofa nicht schlafen können.«

Er schüttelte den Kopf. »Nein, nein«, sagte er, obwohl ihm vom krummen Liegen der Rücken schmerzte und er in den Oberarmen den angekündigten Muskelkater spürte, »ich hab gut geschlafen und werd immer so früh wach, das bin ich von daheim und vom Seminar so gewohnt.«

»Die Christine ist im Stall«, erklärte Resa. »Sie übernimmt heut für mich das Melken, weil ich doch mit dir in die Kirche will. Wir müssen uns bald fertig machen, weil du dich ja sicher noch umziehen willst.«

Leo nickte. Sie hatte also genauso weit gedacht wie er und wollte trotz der Zeitknappheit mit ihm gehen. Resa öffnete die Tür neben der Küche. »Hier kannst du dich herrichten. Christine hat dir Waschsachen und ein Handtuch hingelegt.«

Kurze Zeit später war Leo fertig. Den Rest würde er in seinem Zimmer im Dorf nachholen.

In der Küche hatte Resa an einem kleinen Tisch schon das Frühstück gerichtet. Wie daheim standen große, geblümte

Tassen und Teller auf dem Tisch. Aber statt des Brotlaibs, von dem sich jeder seinem Bedarf entsprechend selbst abschnitt, stand hier ein Körbchen mit geschnittenem Brot. Eine Platte mit dünn geschnittenem Schinken und Wurstscheiben vervollständigten das Angebot. »Wir trinken normalerweise Malzkaffee«, erklärte Resa, »aber Christine hat mir richtigen Kaffee aufgetragen. Sie hat gemeint, das seist du sicher so gewohnt.«

Leo lachte. »Nein, nein, von der Frau Zeitler bekomme ich morgens nur einen dünnen Früchtetee. Richtigen Kaffee kann ich mir gar nicht leisten. Daheim hat es auch immer nur Malzkaffee gegeben und im Seminar jeden Tag Pfefferminztee.«

»Fang ruhig schon einmal mit dem Essen an«, forderte Resa ihn auf, »ich zieh mich schnell um, die Christine muss auch gleich kommen.«

Schon hörte er draußen ihre Stimme. Auch sie sprach mit der Katze, der sie aus dem Eimer der Melkmaschine etwas Milch in eine flache Schale goss. Auf dem Gang kam sie ihm mit Kopftuch und in einer alten Jacke entgegen. »Na«, lachte sie, »unser Hotelgast ist ja schon auf. Hast du auf dem komfortablen Himmelbett nicht mehr schlafen können oder hat die Melkmaschine dich geweckt?«

»Ja«, erwiderte Leo, »die hört man wirklich im ganzen Haus, aber da war ich schon lange wach. Geschlafen hab ich trotzdem gut.«

»Und«, fragte sie, »hast du von mir geträumt?«

Leo nickte und neckte zurück: »Aber was, das darf ich nicht sagen, sonst wird der Traum nicht wahr.«

Sie fasste ihn am Arm. »Komm, mir kannst du es doch sagen, ich verrat es auch niemandem.« Er griff nach ihrer Hand, aber sie entzog sie ihm. »Vorsicht, ich riech nach Stall und muss mich erst umziehen.« Schon war sie in der Tür gegenüber dem Elternschlafzimmer verschwunden.

Zum Morgenessen kamen auch Thomas und wenig später Franz in die Küche. Der Knecht schaute Leo wieder abweisend an und gab auch auf dessen Morgengruß keine Antwort. Auf

Leos Frage nach dem kranken Kalb winkte er nur ab, doch Thomas sagte, es gehe ihm besser, man brauche doch wohl keinen Tierarzt.

Resa nickte erleichtert. »Sonst wär ich heut nach der Kirche zu ihm gegangen, er hätt mir vielleicht ein Medikament mitgegeben.« Nach einem Blick auf die einfache Küchenuhr sagte sie: »Du, Leo, ich glaub, wir müssen gehen, sonst musst du in deinen alten Kleidern in die Kirche.«

»Dann hätten die Kleinbergheimer wenigstens wieder etwas zu reden«, sagte er, stand aber schnell auf und zog seine Jacke an.

Beim Abschied legte ihm Thomas die Hand auf die Schulter. »Ich dank dir schön, und wenn du wieder einmal Zeit hast: Wir haben noch mehr Holz im Wald.« Der Knecht nickte ihm nur kurz zu.

Draußen auf dem Gang drückte ihm Christine ein Paket in die Hand. »Damit du nicht verhungerst und auch ein wenig an uns denkst und bald wiederkommst.« Kurz zog sie ihn an der Hand zu sich und drückte ihm einen Kuss auf die Wange. Die Mutter, die daneben stand, schaute erstaunt, doch bevor Leo reagieren konnte, war Christine auch schon wieder in der Küche verschwunden.

Als Leo mit der Bäuerin das Haus verließ, begann es draußen hell zu werden. Von Osten her wurde der höher gelegene Waldsaum bereits in goldenes Licht getaucht, aber die Wiesen waren von dichten Reif wie mit Silber bedeckt. »Heut wird es noch einmal schön«, sagte die Bäuerin, »aber das wird bald das letzte Mal sein. Die Wochen vor dem richtigen Winter, die sind bei uns am schlimmsten. Dann stecken wir oft richtig in den Wolken und da kann man dann schon zipfelsinnig werden.«

Diesen Ausdruck hatte Leo im alemannischen Dialekt schon öfter gehört, aber jetzt erst traute er sich, nach der Bedeutung zu fragen.

»Ha«, lachte die Frau, »zipfelsinnig, das heißt einfach schwermütig oder traurig. Ich kenn das und deshalb fürcht ich mich auch immer vor dieser Zeit. Da bin ich dann froh, dass die Christine noch da ist. Um Weihnachten herum muss sie aber wieder in den Adler und dann bin ich viel allein. Der Thomas ist halt oft draußen und daheim wie sein Vater einer von den Stillen. Die Christine hat mehr von mir.« Plötzlich war ihr sonst so offenes und trotz der Jahre immer noch schönes Gesicht wie von einer dunklen Wolke überschattet.

Nebeneinander gingen die Bäuerin und der Lehrer über die Wiesen und dann durch den Wald ins Tal hinab. Resa erzählte von der Arbeit auf dem Hof. Seit ihr Mann gestorben sei, habe sie immer Angst vor der Arbeit im Wald. Jedes Mal wenn sie einen fallenden Baum höre, bleibe ihr das Herz stehen. Schlimm sei auch, dass der Franz in seinem Alter nicht mehr so gut arbeiten könne, und für den Thomas allein sei es einfach zu viel. Kurz blieb sie stehen und sah Leo ins Gesicht. »Ich glaub, mit einem wie dir würde er gern zusammenarbeiten. Schade, dass du ein Lehrer und kein Bauer geworden bist.«

»Ich hab daheim schon oft bei der Arbeit geholfen«, erwiderte Leo, »aber ich war doch froh, als ich aufs Gymnasium gekommen bin und von daheim fort konnte.«

»Ja«, sagte Resa im Weitergehen, »die Christine hat mir erzählt, dass du eine Stiefmutter hast und dich mit ihr nicht verstehst.«

Leo nickte nur, er wollte nicht die ganze traurige Familiengeschichte erzählen. Stattdessen fragte er, wie es dann auf dem Hof weitergehe, wenn der Franz gar nicht mehr arbeiten könne. »Ach Leo«, antwortete Resa, »ich weiß es doch auch nicht. Wenn der Thomas – mein Mann hieß auch so – noch da wär, dann ginge das alles normal weiter. Dann könnten wir Alten den Jungen helfen und dann wären auch bald schon wieder Kinder für die nächste Generation da. Jetzt aber braucht der Thomas erst mal eine Frau und da ist bisher noch keine in Aussicht. Wer geht denn heut noch auf so einen Hof?«

Dann erzählte sie, dass sie selbst eigentlich auch keine Bäuerin hatte werden wollen. Sie komme aus einer Handwerkerfamilie im Nachbartal und habe ihren Mann bei einer Chorfreizeit kennengelernt. »Mein Gott, der sah doch gar nicht aus wie ein Bauer und hatte auch eine ganz andere Art. Ich wollte es gar nicht glauben, als er mir damals erzählt hat, er käme von einem Hof. Dann aber«, sie lachte, »kam halt die Liebe und ich auf den Greuthof.«

Am Anfang sei es für sie gar nicht einfach gewesen. Sie habe Schneiderin gelernt und immer von einem Bekleidungsgeschäft geträumt und dann habe sie plötzlich in der Küche des Greuthofes gestanden. Zum Glück konnte ihr Mann bei seinen Eltern durchsetzen, dass sie nach der Hochzeit noch ein halbes Jahr in einer Landfrauenschule lernen konnte, was zu einer Bäuerin gehört.

»Ach, Leo«, schloss sie ihre Erzählung, »wir hatten so eine schöne Zeit und dann war plötzlich von heut auf morgen alles aus.« Sie senkte den Kopf.

Auch Leo schwieg. Was aus Christine werden sollte, mochte er jetzt nicht fragen.

Als der Fußweg, auf dem er das Dorf umgehen wollte, abzweigte, sagte Resa, sie werde bis zum Gottesdienst auf den Friedhof gehen und dann vor dem Eingang auf ihn warten.

Im Zeitlerhaus wollte er unbemerkt die Treppe hinauf, aber die Hauswirtin trat aus der Küche in den Flur. »Sie kommen jetzt erst heim, Herr Schildweg«, sagte sie mit vorwurfsvollem Ton. »Sie müssen mir das sagen, wenn Sie über Nacht wegbleiben! Ich hab heut Morgen Ihr Frühstück umsonst hinaufgetragen.«

Leo entschuldigte sich, es sei gestern bei einer Wanderung sehr spät geworden und deshalb habe er bei einem Bekannten übernachtet. Jetzt müsse er sich aber schnell für die Kirche umziehen. Im Eiltempo machte er sich fertig und hastete dann im Sonntagsstaat die Treppe hinab. Wieder wurde im ersten Stock die Türe geöffnet. Diesmal war es Franziska.

»Meine Mutter lässt fragen«, sagte sie, »ob Sie heute Mittag mit uns essen wollen. Der Herr Pfarrer kommt auch.«

Überrumpelt sagte Leo zu, ein Nein würde wohl vom Pfarrer, der ja über den Religionsunterricht inzwischen auch ein Schulkollege war, schlecht ausgelegt. Das Mädchen nickte nur und verschwand wieder in der Küche.

Vor der Kirchentüre drängten sich die Menschen. Resa stand in der Nähe des Eingangs und sprach mit der Adlerwirtin, die sich in ihrer Schwarzwälder Tracht herausgeputzt hatte. Ihr rotes Haar war unter dem flachen Hut verborgen. Die Bäuerin winkte Leo zu, damit er sie sah. »Leo«, sagte sie dann, »das ging aber schnell! Jetzt siehst du richtig vornehm aus.«

Die Adlerwirtin, die er nur mit einem einfachen »Guten Morgen« gegrüßt hatte, wunderte sich über die vertrauliche Anrede. »Der Herr Schildweg hat uns gestern auf dem Hof geholfen«, erklärte ihr Resa. »Er kennt uns über die Christine.«

Gemeinsam betraten sie die Kirche, mussten sich dann aber gleich wieder trennen. Resa setzte sich unten zu den Frauen, und Leo ging auf die Empore zu den Männern. Dort sah er in einer der vorderen Bänke seinen Kollegen Hennermann und neben ihm Schulleiter Höfler. Leo ging zu ihnen und begrüßte sie mit Handschlag. Hennermann sagte nichts, sondern lächelte bloß, aber Höfler empfing ihn schon wieder mit einer kleinen Rüge: »Sie kommen spät. Ich hab schon befürchtet, Sie lassen sich überhaupt nicht sehen. Die Feier nachher ist ein Pflichttermin.«

Als die Glocken den Beginn des Gottesdienstes einläuteten, war die Kirche bis auf den letzten Platz voll. Sogar einige aus der Kantine waren da. Nachher sammelten sich die Kirchgänger vor dem Denkmal für die in beiden Weltkriegen gefallenen Väter und Söhne der Gemeinde, einem aus Sandstein gehauenen, etwas plumpen Obelisken mit zwei Seitenflügeln, auf denen die Namen der Gefallenen und in Gefangenschaft Gestorbenen zu lesen waren. Leo stand mit seinen beiden Lehrerkollegen, dem Bürgermeister, den Gemeinderäten und der Leiterin des Kindergartens in der vorderen Reihe. Der Altersunterschied des Lehrertrios war beträchtlich. Leo hätte auch als einer ihrer Schüler durchgehen können.

Zur Einleitung des Festaktes spielte der Posaunenchor zwei Stücke, dann sprach der Bürgermeister von der Verpflichtung zum Frieden, der schon innerhalb der Familie und im Zusammenleben der Gemeinde beginnen müsse, anschließend sang der Kirchenchor das Lied vom guten Kameraden. Es ging einigen Kriegerwitwen so nahe, dass sie ihre Tränen abwischen mussten.

Als zum Abschluss der Feierlichkeiten die ganze Gemeinde einen Choral sang, den auch Leo gut kannte, fiel er mit kräftiger Stimme ein. Beim anschließenden Mittagessen fragte der Pfarrer ihn deshalb, ob er mit seiner guten Stimme nicht im Chor singen wolle. Leo versprach, es sich zu überlegen, allerdings müsse er sich an den Wochenenden auch oft um seine Geschwister daheim kümmern.

Von Christines Mutter hatte er sich nach der Feier nicht verabschieden können. Als es ihm endlich gelungen war, sich unauffällig aus dem Kreis der Honoratioren abzusetzen, war sie unter den vielen Kirchgängern nicht mehr zu sehen gewesen.

Weihnachten

Einige Wochen sah und hörte Leo nichts von den Bewohnern des Greuthofes. Mit steigender Verpflichtung an der Schule wurde die Zeit knapp. Der wiederhergestellte Höfler lud ihm so viele Korrekturen auf, dass er an vielen Samstagnachmittagen und oft auch noch am Sonntag in seinem Zimmer über Aufsätzen, Diktaten und Klassenarbeiten saß. Die Korrekturen musste er mit Bleistift vornehmen, damit Höfler sie anschließend mit roter Tinte übernehmen konnte. Da Höfler sich auch die Unterzeichnung der Arbeiten vorbehielt, drang von Leos Tätigkeit nur wenig nach außen.

Auch von Hennermann wurde er jetzt verstärkt in Beschlag genommen. Es war üblich, dass die Unterklasse an Weihnachten in der Kirche ein Krippenspiel aufführte, und das wollte der alte Lehrer in diesem Jahr ganz seinem jungen Kollegen überlassen. »Sie kennen doch die Kleinen inzwischen viel besser als ich«, sagte er. »Sie wissen am besten, wer sich für welche Rolle eignet.«

Aus einem großen Fundus von Krippenspielen suchte Leo im Schulsekretariat ein Stück aus, bei dem auch gesungen wurde. Er hatte längst gemerkt, dass den Kindern das Singen mit ihm besonders gut gefiel, und auch für ihn war es das liebste Unterrichtsfach. Während die Gesangsstücke im Unterricht eingeübt wurden, mussten die Proben für das Spiel am Samstagnachmittag stattfinden. Ein Samstagsausflug auf den Greuthof war nicht mehr möglich.

Auch in die Kantine kam Leo wenig. Er hatte dem Drängen des Pfarrers nachgegeben und war Mitte November dem Kirchenchor beigetreten, der jeden Dienstag probte und an Weihnachten den Gottesdienst musikalisch gestalten sollte. Die Mitglieder des Chores waren fast ausschließlich Männer und Frauen mittleren Alters. Leo kannte nur die näher, denen er beim Elternabend der Schule begegnet war. Sängerinnen und Sänger in seinem Alter waren an einer Hand abzuzählen. Von seinen Bekannten aus der Vorstadt war niemand dabei. Als er bei einem der selten gewordenen Abende in der Kantine von seinem Beitritt erzählte, wurde er von den Kumpanen ausgelacht und verspottet: »Jetzt geht der auch noch zu dem frommen Verein. Müssen wir jetzt alle ein Halleluja singen, bevor wir zusammen ein Bier trinken?«

Als Leo einige Wochen später vom Nachmittagsunterricht nach Hause kam, lag ein in fast kindlicher Jungmädchenschrift adressierter Brief vor seiner Tür. *Christine Hornberger* stand als Absender auf der Rückseite. Er warf seine Mappe aufs Bett, riss mit dem Daumen den Umschlag auf und las noch im Stehen: *Lieber Leo, jetzt sind es bald vier Wochen, dass wir nichts mehr von Dir gesehen und gehört haben. Hast Du uns vergessen, oder traust Du Dich im Schnee nicht herauf? Wenn Du an Weihnachten nicht zu Dir heim musst, dann möchten wir Dich zu uns einladen. Wir gehen am Heiligabend in die Kirche, dann könntest Du mit uns heraufkommen. Ich würde mich freuen.*

Dieser letzte Satz war zweimal unterstrichen. Als P.S. schrieb Christine außerdem, dass sie vielleicht am nächsten Wochenende im Adler bedienen müsse, dann könne er endlich sein Bier abholen.

Leo las den Brief noch einmal und lächelte über die Einladung zum Bier, aber am meisten freute er sich über die Unterstreichung. Am liebsten wäre er sofort zum Greuthof hinaufgestürmt und hätte zugesagt, aber dann fiel ihm ein, dass er an

Weihnachten von den Geschwistern daheim erwartet wurde. Noch nie war jemand aus der Familie an den Festtagen auswärts gewesen. Und da er am Heiligabend in der Christmette singen würde und am nächsten Morgen bei der Aufführung des Krippenspiels dabei sein musste, würde er sowieso schon verspätet daheim ankommen.

Am späten Nachmittag ging Leo in den Adler. Die rothaarige Wirtin schaute verdutzt vom Tresen auf, als sie ihn sah. Allein hatte sie den jungen Lehrer noch nie in ihrer Gaststube gesehen. Außerdem wusste sie von anderen Gästen, dass er in der Kantine fast schon zur Stammkundschaft zählte. Als sie zu ihm an den Tisch kam, bestellte Leo ein Bier und eine Kleinigkeit zu essen. Eigentlich hatte er keinen Hunger und bei Frau Zeitler wartete auch sein Abendessen, aber es schien ihm unschicklich, allein und nur bei einem Bier in der Wirtschaft zu sitzen. Als die Wirtin ihm das Essen brachte, fragte er, ob die Christine vom Greuthof am Samstag oder am Sonntag da sei.

Die Frau nickte. »Jaja, die muss am Samstag helfen. Gelt, Sie sind manchmal bei denen daheim.« Leo nickte nur.

Außer ihm saßen zu dieser Zeit nur einige Handwerker im Adler, die nach Feierabend und vor dem Heimgehen noch schnell ein Bier tranken. Sie beachteten ihn nicht weiter. Doch noch bevor er mit dem Essen fertig war, ging erneut die Tür und Schulleiter Höfler kam herein. Überrascht schaute er auf seinen jungen Kollegen und setzte sich dann zu Leos Erstaunen zu ihm an den Tisch.

»Nun«, fragte er, »wie kommen Sie mit dem Krippenspiel vorwärts? Hennermann hat mir gesagt, dass Sie eine ganz neue Art einüben.«

Nein, entgegnete Leo, so anders sei das gar nicht, es sei nur ein wenig Musik dabei und die Kinder der Unterklasse würden ja gerne singen.

»Na, da bin ich aber gespannt«, sagte Höfler und stand wieder auf. »Ich bekomme mein Abendessen an meinem Stammplatz, da ist es ruhiger als hier vorne.«

Am Samstagnachmittag wurde es bei der Probe zum Krippenspiel spät. Es war schon völlig dunkel, als Leo hinter den Kindern den Schulberg hinabging. Eigentlich wollte er erst noch auf sein Zimmer, um sich frisch zu machen, aber dann zog ihn die Aussicht, endlich Christine wiederzusehen, doch sofort in den Adler. Dort war es noch ruhig und nur die Wirtin stand hinter dem Tresen. Leo bestellte ein Bier.

»Die Christine muss noch in der Küche helfen«, sagte sie, noch bevor Leo nach ihr fragen konnte, »aber sie kommt bald. Soll ich ihr etwas sagen?«

Leo schüttelte den Kopf und tat gleichgültig. »Nein, nein, das hat Zeit.«

Er saß bereits etwas enttäuscht beim zweiten Glas, als Christine plötzlich vor ihm stand. »Hallo Leo, warum schaust du denn so traurig in dein Bier?«

»Ich hab schon gedacht, du kommst nicht mehr«, antwortete er und gab ihr die Hand. »Aber jetzt bist du da und dann geht es mir wieder gut.«

Sie strich ihm wieder sanft über den Arm und sagte so leise, dass es die neugierige Wirtin hinter dem Tresen nicht hören konnte: »Ich bin auch froh, dass du da bist. Ich hab schon Angst gehabt, du willst nichts mehr von uns wissen. Aber jetzt muss ich wieder was tun, die Chefin schaut schon die ganze Zeit her. Bleib noch ein bisschen da, dann hab ich mehr Zeit.«

Kurz darauf wurde es am Eingang laut. Einige Burschen aus der Vorstadt, die Leo von der Kantine kannte, darunter auch Willi Reuschling und der großmäulige blonde Sägergehilfe, drängten in die Gaststube. Sofort umringten sie Leos Tisch.

»Sieh an, da ist ja der neue Chorsänger, ist dir jetzt die Kantine nicht mehr gut genug?«

»Mir schon«, entgegnete Leo, »aber euch anscheinend nicht, sonst wärt ihr ja nicht hier.«

Der Säger sah sich in der Gaststube um und entdeckte Christine. »He«, rief er so laut, dass die anderen Gäste schauten, »da ist ja die Christine, mein Schatz.« Sofort war er bei ihr und wollte sie in den Arm nehmen.

Sie wehrte ihn mit ihrem Tablett ab, lachte aber dabei. Trotzdem legte er ihr die Hand um die Taille. »Komm, wir haben uns doch so lange nicht mehr gesehen.«

Sie entzog sich ihm und holte an der Theke die nächste Bestellung ab. Die Vorstädtler drängten Leo, sich mit ihnen an einen größeren Tisch zu setzen, an dem alle Platz hatten. Als Christine zu ihnen kam, versuchte der Säger schon wieder, sie an sich zu ziehen. Sie schlug ihm mit dem Tablett schmerzhaft auf die Hand: »Lass das, wir sind hier doch nicht im Kindergarten! Also, was wollt ihr trinken?«

Der schon etwas angetrunkene Bursche zog die Hand zurück und lachte, doch er hatte ein böses Funkeln in den Augen. »Wart nur, Mädchen, die Nacht ist noch jung.«

Leo hatte die Szene stumm beobachtet, hatte der Säger doch schon einmal damit geprahlt, dass er Christine irgendwann bekomme, und wie es jetzt schien, wollte er das auch tatsächlich erreichen.

Als sei nichts gewesen, nahm Christine ihre Bestellungen auf, und Leo schien es, als beachte sie ihn gar nicht.

Willi Reuschling, der sich neben ihn gesetzt hatte, lenkte ihn ab. Er fragte, wie es in der Schule gehe und wie es im Kirchenchor sei. Leo erzählte ihm von seinen Proben für das Krippenspiel und dass es im Kirchenchor eigentlich ganz gut sei. »Das wär doch auch etwas für dich«, sagte er, »komm doch einmal mit in die Probe.«

Willi lachte: »Ich kann doch gar nicht singen und dann auch noch bei den frommen Brüdern und Schwestern ...«

Leo wehrte ab: »Ach was, in dem Chor wird nur gesungen und das gefällt mir. Alles andere ist mir doch egal.«

Der Abend wurde länger, als Leo gedacht hatte. Die Vorstädtler konnten am nächsten Tag ausschlafen, blieben deshalb sitzen und redeten wie immer lautstark über Fußball, Autos, Kino und Mädchen. Noch nie zuvor war Leo aufgefallen, wie eintönig ihre Themen eigentlich waren. Er beteiligte sich wenig an den Gesprächen und sah dabei immer wieder zur Theke hinüber, wo Christine ihre Bestellungen aufgab und dann abholte. Sie hatte viel zu tun.

Als die Gaststube leerer wurde, und auch Leos Gruppe schon bezahlt hatte, stand der Säger auf, als wolle er auf die Toilette gehen, wobei er an der Theke und dem Seiteneingang zur Küche vorbei musste. Im Hintergrund des dunklen Toilettenganges wartete er, bis Christine leeres Geschirr zurückbrachte und die Teller in die Küche trug. Als sie mit dem leeren Tablett zurückkam, war er mit einem Satz bei ihr, zog sie in das Dunkel des Ganges und umarmte sie. Leo beobachtete die Szene. Einen Moment lang – Leo kam es vor wie eine Ewigkeit – schien es, als lasse Christine die Umarmung zu. Dann fiel das Tablett scheppernd auf den Boden. Christine hob es schnell auf, schüttelte den Kopf, strich sich das Haar zurück und die Schürze glatt.

Mit breitem Grinsen kam der Bursche an den Tisch zurück. »Na, was hab ich euch gesagt, die ist gar nicht so. Jetzt können wir gehen.«

Leo ging mit hinaus, dann aber unter dem Vorwand, er habe seine Tasche vergessen, noch einmal zurück. Christine räumte die Gläser von Tisch.

»Ich hab gedacht, du bist schon fort«, sagte sie. Enttäuschung und Ärger standen ihr ins Gesicht geschrieben. »Schöne Freunde hast du, die sollen in Zukunft in der Kantine bleiben!«

Leo schüttelte den Kopf. »Das sind nicht wirklich meine Freunde. Ich hab doch gar nicht gewusst, dass die heut hierherkommen.«

Sie setzte sich müde an den Tisch und atmete tief durch. »Hast du meinen Brief bekommen?«, fragte sie dann plötzlich.

»Ja, natürlich«, antwortete Leo. »Deshalb wollt ich doch mit dir reden: Ich kann an Weihnachten nicht zu euch. Ich muss am Heiligabend mit dem Kirchenchor singen, dann ist am nächsten Morgen das Krippenspiel mit den Kindern, bei dem ich dabei sein muss, und dann will ich zu meinen Geschwistern heim.«

Christine sah enttäuscht aus. »Schade«, sagte sie, »meine Mutter hätt sich auch gefreut. Aber natürlich, wenn du jetzt im Kirchenchor bist, dann hast du ganz neue Freunde und Freundinnen. Dann hast du für uns keine Zeit mehr.«

Leo machte eine abwehrende Geste. »Ach was, ich geh da doch nur zum Singen hin, die andern dort sind mir ganz egal. Und wenn ich nach Weihnachten wieder da bin, dann hab ich noch ein paar Tage Ferien, dann kann ich zu euch kommen, wenn dir das recht ist.«

Sie lächelte ihn müde an. »Ja, dann freuen wir uns. Aber jetzt muss ich Feierabend machen.« Im Weggehen drehte sie sich noch einmal um. »Ist die Franziska auch im Kirchenchor?« Er schüttelte den Kopf. Sie nickte, lächelte noch einmal und ging zur Theke.

Unsicher, wie er dieses Lächeln deuten sollte und vom Alkohol etwas benebelt, trottete Leo die Gasse hinauf zu seinem Zimmer. Immer wieder sah er den blonden Säger im halbdunklen Gang des Adler stehen und Christine im Arm halten. Eigentlich, so warf er sich vor, hätte er dazwischen gehen sollen, aber er hatte sich nicht getraut.

Am Heiligabend hoffte Leo, bei der Christmette Christine zu sehen. Aber als er die Kirche endlich zusammen mit den anderen Chorsängern verließ, konnte er die Greuthöfler unter den vielen Menschen nicht entdecken und kehrte einsam in seine Kammer zurück. »Wieder einmal«, sagte er resigniert zum Bild der Mutter auf seinem Nachttisch, »war ich zu dumm, das Richtige zur rechten Zeit zu tun.«

Das Krippenspiel am nächsten Tag war ein Erfolg, wie ihm nachher der alte Hennermann und auch die Eltern der beteiligten Kinder versicherten. Er selbst hatte bei dem Spiel als Souffleur in der ersten Bankreihe gesessen, das Textbuch in der Hand, musste aber nicht eingreifen. Auch die Gesangsteile hatte er von dort aus dirigiert, sodass es für viele Besucher schien, als würden die Kinder ganz von allein die richtigen Einsätze finden. Vom Greuthof konnte er unter den Kirchgängern an diesem Morgen niemanden entdecken.

Doch vor der Kirche wurde Leo plötzlich am Ärmel gefasst. Es war Resa, die Greuthofbäuerin. »Hallo, Leo«, sagte sie und gab ihm die Hand. »Ich wünsch dir schöne Weihnachten! Gut haben die Kinder gespielt, du bist ein richtiger Regisseur.«

Leo lachte, gab den Weihnachtsgruß zurück und fragte, ob sie alleine den Berg hinauf müsse.

Nein, antwortete sie, ein Nachbar von einem anderen Hof habe sie mit dem Auto mitgenommen. »Schade«, fügte sie noch hinzu, »dass du nicht mit kannst, aber die Christine hat ja gesagt, du kämst nach Weihnachten, dann freuen wir uns da drauf.« Dann musste sie zu ihrem Chauffeur, der schon ein wenig abseits mit seiner Frau wartete.

Als Leo am Abend daheim im Schreinerhaus ankam, saßen die Geschwister mit der Stiefmutter einträchtig beim Abendessen in der guten Stube. Auch Friedrich war dabei und Willi mit seiner Freundin. Als Leo sagte, er werde schon in drei Tagen wieder abreisen, waren ihren Gesichtern Enttäuschung und auch leichter Ärger abzulesen. Nachdem Leo aber in den Sommerferien so viel geholfen hatte, wollte niemand widersprechen.

Am nächsten Morgen gingen die Kinder gemeinsam mit Klara in die Kirche, nur Willi und seine Freundin wollten daheimbleiben. Mit seinem Habitus eines Hamburger Geschäftsmannes rief Karl bei den Kirchgängern einige Verwunderung hervor. Dass er trotz der großstädtischen Erscheinung immer noch den heimischen Dialekt sprach, auf alle zuging und ihnen frohe Weihnachten wünschte, wurde ihm hoch angerechnet. Schon vorher hatte er sich mit der geräuschlosen Regelung des väterlichen Nachlasses viel Achtung erworben. Viele hatten damals erwartet, dass es dabei zu lautstarken Auseinandersetzungen kommen würde und die als herrisch verschriene Klara das Haus räumen müsse.

Ebenso wie über den erstaunlichen Werdegang von Karl wunderten sie sich über die Entwicklung von Luise zur selbstbewussten, gutaussehenden und vornehm gekleideten Frau. An ihrer Seite sorgte der einst als halber Krüppel betrachtete und jetzt als gute Erscheinung bezeichnete Friedrich für Gesprächsstoff. Leo erschien dagegen in seiner einfachen Aufmachung immer noch wie der ehemalige Seminarist. Dass er in einem versteckten Schwarzwalddorf Lehrer geworden war, ließ nicht auf eine verheißungsvolle Karriere schließen. Wer gewusst hätte, dass er von allen Schreinerskindern am sparsamsten mit seinem Geld umgehen musste, hätte sich nicht gewundert. Nur der Müller, der schon seit dem Herbst die fällige Rate jeden Monat überwiesen bekam, ahnte die finanzielle Enge, redete aber mit niemandem darüber.

Über die Feiertage hatte es auf den Schwarzwaldhöhen nochmals geschneit. Deshalb konnte Leo nicht den üblichen Fußweg zum Greuthof nehmen, sondern musste über die Fahrstraße, was ihn eine Stunde kosten würde. Auf halber Höhe hielt plötzlich ein Auto neben ihm. Es war der Sägewerksbesitzer, der mit den Heuballen auf der Pritsche seines Geländewagens die Futterstelle seines Jagdreviers versorgen wollte. »Wo wollen Sie denn hin, kann ich Sie mitnehmen?«

Leo nannte die Dreihöfekreuzung, von der der Weg zum Greuthof abging.

Als er im Wagen saß, sagte der Sägewerksbesitzer in seinem die österreichische Herkunft verratenden Dialekt: »Sie sind doch der junge Lehrer, ich hab Sie schon mal in der Kantine gesehen. Das gefällt mir, wenn sich die Honoratioren auch dort mal sehen lassen, wo es nicht so vornehm zugeht.« Als sie wenig später die Kreuzung erreichten, fragte er: »Zu welchem Hof wollen Sie denn? Ich fahr Sie ganz hin.«

Leo wehrte ab. »Ich muss nur zum Greuthof, da komm ich leicht zu Fuß hin.« Er nahm seinen Rucksack, bedankte sich und stieg aus.

Der Fahrweg zum Hof war nur schmal geräumt. Ein Fußweg genügte ja, um die Milchkannen jeden Morgen zur Kreuzung zu bringen, wo sie von der Molkerei abgeholt wurden. Auf dem mächtigen, weit herabgezogenen Dach lastete dick der Schnee. Dünner Rauch stieg aus dem Schornstein. Bis auf leises Muhen aus dem Stall war es still. Beim Näherkommen entdeckte Leo den Knecht, der vor dem Schuppen den Schnee zur Seite schaufelte. Er sah erst auf, als Leo vor ihm stand und Hallo sagte.

Er brummte einen Gruß und wies zum Haus: »Die sind alle drin.«

Leo klopfte den Schnee von den Stiefeln und öffnete die Tür zum Wohnteil. Oberhalb der kurzen Treppe waren Frauenstimmen zu hören. Bevor er sich entscheiden konnte, ob er seine Stiefel wie üblich gleich hier unten ausziehen sollte, wurde oben die Türe geöffnet. Es war Resa. »Hab ich doch richtig gehört.« Sie drehte sich um und rief ins Haus: »Christine, wir bekommen Besuch.« Dann wandte sie sich wieder zu Leo. »Heut Morgen hab ich noch gesagt, wenn der Leo daheim ist, dann lassen die ihn doch nicht so schnell wieder fort und jetzt bist du schon da.« Sie gab ihm ihre schmale, vom vielen Arbeiten schwielige Hand. »Schön, dass du da bist.«

Christine erschien mit Strohfinken in der Hand. Strahlend lachte sie ihn an. »Ich hab doch gewusst, dass du mich nicht anlügst. Komm, zieh deine Stiefel aus, in der Stube ist es warm.« Sie kam die wenigen Stufen herab und wollte ihm die Finken reichen, dann aber schlang sie, mit den Schuhen in der Hand, die Arme um seinen Hals und drückte ihn. »Jetzt ist richtig Weihnachten.«

Er war völlig überrascht, und noch bevor er reagieren konnte, hatte sie sich schon wieder von ihm gelöst und lief die Treppe hinauf.

Oben in der Stube, wo der Christbaum aus dem eigenen Wald stand, zeigte sie fragend auf Leos vollgepackten Rucksack: »Bist du der Nikolaus?«

Leo nickte und packte aus. Zuerst sein Waschzeug, ein zweites Hemd, einen Pullover und zuletzt einen Schlafanzug.

»Das sieht nicht so aus, als ob du heut Abend schon wieder ins Tal gingst.« Trotzdem schien sie ein wenig enttäuscht, dass er nur Sachen für sich dabei hatte.

Leo richtete sich auf. »Ich hab mir halt gedacht, dass du heut Abend nicht wieder nach dem Nachthemd vom Großvater suchen musst.«

Tatsächlich war aber noch etwas im Rucksack. Erst bei der Rückfahrt war ihm eingefallen, dass er gar keine Geschenke hatte. Vor dem Umsteigen auf den Bus blieb ihm aber nur wenig Zeit und viel ausgeben konnte er ja auch nicht. So kaufte er in einem Schmuckgeschäft eine Kette mit einem einfachen Silberanhänger mit einem roten Schmuckstein, von dem er dachte, er könne gut zu Christines schwarzem Pullover passen, den sie zuletzt im Adler getragen hatte. Für die Mutter nahm er aus einem kleinen Wollgeschäft noch schnell ein einfaches Halstuch.

»Ach Gott, ich hab ja noch etwas vergessen«, sagte er etwas theatralisch, griff noch einmal in den Rucksack und überreichte dann die kleinen Päckchen. Christine wurde rot vor Freude. Er hatte doch an sie gedacht.

»Pack es aus«, forderte Leo. Sie löste das Schmuckpapier vorsichtig ab, öffnete die schmale Schachtel und hielt den Anhänger an der Kette ins Licht. Mit strahlenden Augen schaute sie ihn stumm an, war dann mit einem Schritt bei ihm, nahm ihn lange in den Arm und drückte ihm einen festen Kuss auf die Wange. Dieses Mal erwiderte er die Umarmung. Ein nie gekanntes Glücksgefühl durchrieselte seinen Körper.

Auch Resa gefiel der Anhänger. Sie hängte ihn der Tochter um und die beschaute sich draußen im Spiegel. »Er passt gut zu meinem schwarzen Pullover«, sagte Christine, und Leo war stolz, das Richtige getroffen zu haben. Ihre Mutter schlang das Tuch um und lobte Leos Geschmack. Schon lange hatte sie kein Geschenk mehr von einem Mann bekommen. Sie erkannte schon, dass weder das Schmuckstück, noch ihr Geschenk wertvoll waren, aber dass der junge Lehrer so viel Anhänglichkeit zeigte, freute sie.

Als Thomas dazukam, der in der Futtertenne das Rinderfutter für die nächsten Tage gerichtet hatte, zeigte Christine auch ihm Leos Geschenk und er wunderte sich über ihre kindliche Freude. Bisher hatte die Schwester noch nie ein lobendes Wort über die Burschen gefunden, die sich um sie bemühten, und nach dem vorweihnachtlichen Abend im Adler hatte sie besonders abfällig über die Gruppe aus der Vorstadt gesprochen.

Beim Abendessen fragte Resa, wie es daheim über Weihnachten gegangen und ob die ganze Familie dagewesen sei.

»Ich hab ja gar keine ganze Familie mehr«, eröffnete Leo die Geschichte, über die er sonst nur so ungern sprach: »Meine eigene Mutter ist ja schon lange tot und seit knapp zwei Jahren hab ich auch keinen Vater mehr.«

»Woran ist dein Vater denn gestorben?«, fragte Resa.

Leo sah ihr offen ins Gesicht. »Er hat sich das Leben genommen.« Die Frauen schwiegen betroffen. Jetzt wollte Leo alles loswerden und erzählte von dem ständigen Streit ums Geld, vom schlechten Geschäftsgang der Schreinerei, von der Verachtung, die der Bruder dem Vater entgegenbrachte, und zuletzt von den vernichtenden Worten der Stiefmutter. Den Blick zum Boden gerichtet, erzählte er stockend: »Ein Versager sei er, ein Nichts, hat sie ihn angeschrien, das hat er einfach nicht mehr ausgehalten.« Leo senkte den Kopf noch tiefer, die anderen sollten seine Tränen nicht sehen.

Die Bäuerin trat zu ihm und legte ihm den Arm um die Schultern. »Da hast du viel mitgemacht. Das ist fast noch schlimmer als der Tod von unserem Vater, wir hatten wenigstens bis dahin ein gutes Leben. Aber dir soll es jetzt auch wieder gut gehen.«

Auch Christine hatte Tränen in den Augen. Sie fasste nach seiner Hand und hielt sie lange fest.

Dann musste Leo von seinen Geschwistern erzählen. Beim Bericht über Karl, der jetzt in Hamburg Karriere machte, von Luise, die endlich die langersehnte Schneiderinnenlehre machte und bald seinen Freund Friedrich heiraten werde, dann schließlich über den kleinen Emil, der beim Müller ein so stolzer Traktorfahrer geworden sei, und über Willi, über den er allerdings nur wenige Worte verlor, löste sich die traurige Anspannung wieder, die das Los von Gottfried Schildweg in die Stube gebracht hatte.

Als Leo erzählte, dass ihn der Sägewerksbesitzer bis zur Kreuzung mitgenommen habe, verzog Thomas das Gesicht. »Der füttert nicht nur sein Wild«, sagte er geringschätzig, »der sucht schon nach den nächsten Tannen, die er den Bauern billig abkaufen kann. Der hat doch bei uns schon alle kleinen Sägen in den Bankrott getrieben und kann jetzt den Holzpreis so gut wie allein bestimmen. Was sollen denn die kleinen Bauern mit ihren wenigen Stämmen machen? Die sind doch auf den angewiesen.«

Resa verteidigte den Mann. Wenn sich die Bauern zusammentäten, dann könnten sie ihr Holz in großen Partien auch an andere Abnehmer verkaufen. Ihr Mann habe das immer schon gewollt, aber bei den Waldbauern habe jeder seinen eigenen Kopf. »Weißt du«, sagte sie zu Leo, »auf den abgelegenen Höfen, da gibt es ganz eigene Menschen. Wenn man daheim immer der Herr ist und die eigenen Leute herumkommandieren kann, dann meint man, das müsse auch draußen so sein, und wenn man dann auf Widerstand stößt, dann sind die anderen immer die Bösen.«

Dass die »Wälder«, wie sie von den Talbewohnern etwas abfällig genannt wurden, ein besonderer Menschenschlag waren, hatte Leo schon von Hennermann gehört.

Als es Zeit zum Schlafengehen wurde und sich Thomas schon auf seine Kammer unter dem Dach verabschiedet hatte, sagte Christine zu Leo: »Heut Nacht musst du nicht auf dem Sofa schlafen, ich hab dir droben in der Kammer das Bett gerichtet. Da hast du es bequemer, und warm ist es auch.« Schon am Nachmittag hatte sie den Warmluftschacht des Kachelofens geöffnet, über den die einzelnen Zimmer im Haus geheizt werden konnten.

Leo nahm seinen Rucksack und stieg hinter Christine die schmale Treppe hinauf. Die Kammer hatte ein großes altertümliches Bett mit einem hohen Kopfteil und am Fußende gedrechselten Aufsätzen, die zwei große Tannenzapfen darstellten. Der schmale Schrank und der kleine Tisch mit dem einfachen Stuhl erinnerten Leo an die Zimmer im Seminar. Das kleine Fenster war nach Osten gerichtet. Christine zeigte darauf: »Wenn du lange genug im Bett bleibst, hast du morgen früh als erster die Sonne.«

Leo stellte seinen Rucksack ab und stand etwas verlegen in der Kammer. Christine strich das Bett glatt. Herrichten könne er sich am Morgen wieder unten neben der Küche, sagte sie und stand für einen Moment ebenfalls unschlüssig da. Dann aber gab sie ihm einfach die Hand, wünschte eine gute Nacht und schloss die Tür hinter sich.

Leo war enttäuscht. Als er unter dem dicken Federbett lag, ärgerte er sich über sich selbst: Er hätte sie doch in den Arm nehmen und küssen sollen. Aber so hatte er es sich wieder selbst verdorben.

Plötzlich klopfte es leise an die Tür und Christine schlüpfte herein. »Ich wollte dir noch einen Gutenachtkuss geben, damit du gut schlafen kannst«, flüsterte sie, nahm seinen Kopf in beide Hände und küsste ihn fest auf den Mund. Bevor er sie umarmen konnte, war sie auch schon wieder verschwunden. Noch lange lag er wach und meinte, Christines warme Lippen auf seinen zu spüren.

Als er am nächsten Morgen nach unten kam, empfingen ihn Mutter und Tochter, als sei er längst ein festes Familienmitglied. Christine drückte ihm ein Küsschen auf die Wange und ihre Mutter fasste ihn an beiden Händen und sagte: »Ich hätt immer so gern noch einen zweiten Buben gehabt.«

Als er beim Frühstück Thomas fragte, was denn zu tun sei, sagte der lachend: »Der Besuch hat bei uns eigentlich frei, aber wenn du wieder beim Holz helfen willst, hab ich auch nichts dagegen.« Zum Knecht gewandt, der wieder stumm und verschlossen am Tisch saß, fügte er hinzu: »Gelt Franz, zu dritt ist besser als nur zu zweit.« Der Alte nickte nur.

Bis zum Mittag spalteten sie wie bei Leos letztem Besuch Brennholz, und am Nachmittag holte Thomas das Pferdegespann aus dem Stall, um zwei schon im Herbst gefällte Tannenstämme aus dem Wald zu schleppen. Das sei jetzt, da der Schnee noch locker liege, die richtige Zeit und die Pferde müssten dringend bewegt werden. Leo musste mit dem schweren Sappie das Stammende anheben, damit Thomas die Zugkette unterschieben und später am Lagerplatz mit dem gleichen nützlichen Gerät den Stamm an die richtige Stelle wuchten konnte.

Thomas stellte zufrieden fest, der Lehrer wisse doch schnell, wo es anzupacken gelte. »Man meint grad«, sagte er, »du hättst schon immer im Wald geschafft, so wie du dich anstellst.«

Leo freute sich über das Lob. »Ab und zu hab ich dem Vater geholfen, die für die Schreinerei gekauften Stämme zur Sägerei zu schaffen.«

Zweimal übernachtete Leo auf dem Greuthof. Außer einem kleinen Gutenachtküsschen am Fuß der Treppe gab es zu seiner Enttäuschung keine weiteren Zärtlichkeiten. Den Mut zu eigenen Initiativen brachte er noch immer nicht auf und fand auch gar keine Gelegenheit dazu. Am Abend des dritten Tages, einem Mittwoch, wurde Christine überraschend vom Adlerwirt mit dem Auto abgeholt. »Ausgerechnet morgen, an Silvester, kann die Marianne nicht kommen und bedienen, du musst unbedingt aushelfen«, sagte er zu dem überraschten Mädchen und für die Bäuerin fügte er hinzu: »Es wird Zeit, dass du dir ein Telefon einrichten lässt, dann kann ich das vorher melden.« Als Resa fragte, ob auch Leo mitfahren könne, nickte der Wirt, wunderte sich aber, dass der junge Lehrer auf dem Greuthof anscheinend schon zur Familie gehörte.

Einsam saß Leo an den restlichen drei Ferientagen in seinem Zimmer bei Frau Zeitler, um die liegen gebliebenen Klassenarbeiten und Aufsätze zu korrigieren und sich auf den eigenen Unterricht vorzubereiten. In der Oberklasse, wo Schulleiter Höfler zwar nichts aus der Hand gab, galt es, genau über den Unterrichtsstoff Bescheid zu wissen, um nicht in die Fallen des Chefs zu tappen, mit denen er seinen Lehrling voller Genugtuung vor den Schülern bloßstellte. In der Unterklasse ließ ihm Hennermann fast vollkommen freie Hand. Dort konnte Leo die im Seminar gelernten Unterrichtsmethoden anwenden, die der Chef bloß als theoretische und weltfremde Gehirnakrobatik abtat.

Während er allein in dem stillen Haus saß, vermisste er nicht nur die menschliche, sondern auch die tatsächliche Wärme des Schwarzwaldhauses. Frau Zeitlers verstorbener Mann hatte als Installateur sein Haus zwar mit einer modernen Zentralheizung ausgestattet, die musste aber mit Kohlen befeuert werden. Deren Einkauf belastete den nach dem Tod des Gatten schmal gewordenen Geldbeutel der Witwe. Frau Zeitler brachte die Nachmittage an kalten Tagen in der Küche zu, die durch den mit Holz befeuerten Herd leicht warmzuhalten war. Dabei versäumte sie unbewusst oder, wie Leo vermutete, auch gewollt das Nachfeuern des Heizkessels. Nur wenn die Tochter daheim war, hatte es Leo unter dem Dach ebenfalls warm. Ihrem Augapfel ließ es die Witwe an nichts fehlen.

Gehen oder bleiben?

Über die kalten, schneereichen Januarwochen kam Leo nicht mehr auf den Greuthof. Der Kirchenchor, dessen Proben für ihn inzwischen zu einer willkommenen Unterbrechung des grauen Schulalltags geworden waren, nahmen ihn nun auch an den Wochenenden in Anspruch. Am Ende des Monats fand im Saal des Gemeindehauses die Winterfeier des Chors statt, die alljährlich vor der Fastnachtszeit die Hauptattraktion des Dorfes war. Üblicherweise führte der Chor ein Theaterstück auf, das an beiden Aufführungstagen restlos ausverkauft war. Diesmal wollte der ehrgeizige Pfarrer ein Singspiel auf die Bühne bringen und gedachte dabei Leo, dessen musikalisches Talent er schnell erkannt hatte, eine besondere Aufgabe zu: Während er selbst sich dem gesprochenen Teil des Stückes widmen wollte, sollte Leo wie schon beim Krippenspiel mit den Kindern die musikalischen Passagen einüben. Das war eine Aufgabe, die Leos Möglichkeiten fast überstieg. Er musste zusammen mit dem Pfarrer die für Solostücke geeigneten Sänger und Sängerinnen aussuchen und mit ihnen den jeweiligen Part einüben. Manchen Abend brachten ihn die bescheidenen Gesangsqualitäten der Akteure fast zur Verzweiflung. Auch das Zusammenspiel von gesprochenen und gesungenen Passagen klappte lange nicht. Die älteren Sänger und Schauspieler, die schon oft auf der heimischen Bühne gestanden hatten, wollten sich von dem jungen Neuling, der noch keine zwei Jahre im Dorf war, nichts sagen lassen, und

Leo fehlte das diplomatische Geschick, um es allen recht zu machen.

Nur die Versicherung des Pfarrers, die vielen kleinen Fehler würden dem Laienpublikum gar nicht auffallen und sowieso von der deftigen, auf Lacherfolge ausgerichteten Handlung überdeckt, brachten Leo dazu, weiterzumachen. Christine sah er in dieser Zeit nur zweimal. Mehrfach hatte er freitags im Adler nachgefragt, ob sie am Samstag oder Sonntag käme, und zweimal hatte die Adlerwirtin ihm mit einem wissenden Lächeln eine positive Auskunft erteilt. Als er dann aber aufgrund der Theaterproben erst spät und einmal auch nur in Begleitung der anderen Chormitglieder in den Adler kam, hatte Christine viel zu tun und nur Zeit für ein kurzes Gespräch am Tresen.

»Warum bist du nicht mehr gekommen?«, fragte sie. »Wir haben jeden Samstag auf dich gewartet.«

Leos Entschuldigung, die Proben für das Theaterstück nähmen eben viel Zeit in Anspruch, quittierte sie beim Blick auf die Theaterrunde an seinem Tisch, zu der auch einige Frauen gehörten, mit einem misstrauischen Lächeln.

Noch in derselben Nacht setzte sich Leo in seiner kalten Kammer an den Tisch und schrieb Christine einen Brief. Doch es wurde kein Liebesbrief. Aus seiner alten Furcht, er könne sich lächerlich machen, wenn er seine Gefühle offen zeigte, gelang es ihm nicht, seine Sehnsucht auszudrücken. So bedauerte er in sachlichem Ton, dass sie beide keine Gelegenheit gefunden hatten, ausführlicher zu sprechen, und führte als Entschuldigung nochmals die bevorstehende Theateraufführung an. *Ich würde mich sehr freuen*, schrieb er, *wenn ihr zu der Aufführung kommen würdet und ich mit euch meinen Erfolg oder Misserfolg feiern könnte.* Zuletzt gelang es ihm doch noch, seine Gefühle zu zeigen: *Auch wenn ich hier so viel Trubel um mich hab, fühle ich mich doch allein. Bei euch ist es viel schöner.*

Beide Theaterabende wurden ein großer Erfolg und Leo dadurch in der Gemeinde weit mehr bekannt als durch seine

Lehrertätigkeit. Da Christine an beiden Abenden im Adler bedienen musste, konnte sie nicht ins Gemeindehaus kommen. Aber als Leo bei der zweiten Aufführung von seinem Souffleurposten hinter den Kulissen aus die Besucherschar absuchte, entdeckte er Resa und Thomas. Nachdem nach den Schauspielern auch er und der Pfarrer sich als die »Regisseure«, wie sie vom Vereinsvorsitzenden bezeichnet wurden, vor dem Publikum verneigt hatten und der Beifall schließlich abgeebbt war, konnte er die beiden aber nicht mehr entdecken. Er drängte sich zum Ausgang und traf sie im Vorraum, schon in den Mänteln. Resa beglückwünschte und umarmte ihn, was von den Umstehenden aufmerksam und teilweise abschätzig vermerkt wurde. Vielleicht könne er nachher noch in den Adler gehen, sagte sie, Christine würde sich sicher freuen. Als er aber nach dem unvermeidlichen Zusammensitzen mit der Theatergruppe spät zum Adler kam, war das Gasthaus bereits geschlossen.

Bei seinen Kollegen an der Schule, die für den ersten Abend Ehrenkarten erhalten hatten, brachte ihm diese Nebentätigkeit keine Lorbeeren ein. Hennermann grinste und sagte: »Da haben Sie sich ja für eine schöne Klamotte hergegeben.«

Und Höfler kritisierte ihn bei einer Unterrichtspanne mit den Worten: »Damit eines klar ist, Herr Kollege, wir sind hier auf einer Schule und nicht im Theater. Es wird Zeit, dass Sie sich wieder auf ihre eigentliche Aufgabe besinnen.«

Auch während der Fastnachtszeit, in der in Kleinbergheim und der Umgebung eine närrische Veranstaltung der anderen folgte, war Christine viel im Adler beschäftigt. Sie wurde oft schon donnerstags vom Wirt abgeholt und erst am Montag zurückgebracht. Das Angebot, auch die restlichen Tage im Dorf zu bleiben, im Adler gebe es genug zu tun, lehnte sie ab. Sie könne ihre Mutter nicht so lange allein lassen.

Wann immer er die Zeit fand, ging Leo in den Adler, um sie zu sehen. Längst hatte er die Scheu verloren, dort als Einzelgänger betrachtet zu werden, und seit dem Theaterspiel war er so bekannt, dass er schnell Tischgenossen hatte. Immer hatte er dabei einen Blick für Christine, die eilig mit Essen und Getränken unterwegs war, mit allen freundlich sprach und trotzdem von manchen Gästen wie eine Magd behandelt wurde. Im Vorbeigehen warf sie ihm innige Blicke zu, aber mehr war nicht möglich.

»Wann hast du einmal Zeit?«, fragte er an einem Abend, als er wie zufällig an der Theke vorbeiging.

»Komm doch nächstes Mal ein wenig früher, dann ist es noch leer«, gab sie schnell zur Antwort.

Leo befolgte den Rat, und die wenigen Handwerker, die im Winter kaum Arbeit hatten und dann im Adler Karten spielten, wunderten sich, dass der Lehrer schon am halben Nachmittag in die Wirtschaft kam. Christine setzte sich zu ihm und erzählte ihm vom Hof, der jetzt fast ganz eingeschneit sei, dass Thomas im Schuppen mit dem Schnapsbrennen begonnen habe und ihm die Mutter helfen müsse. Leo kannte diese typische Winterarbeit nicht.

»Bei uns daheim hat nur der Wirt Schnaps gebrannt, mich interessiert schon, wie das geht«, sagte er.

»Du musst halt wieder einmal kommen«, entgegnete sie, »dann siehst du's, aber dir ist das Theaterspielen mit den Frauen vom Kirchenchor ja wichtiger gewesen.«

Leo ging auf die Stichelei nicht ein und Christine sprach weiter: »Wenn du nicht auf dem Hof bist, dann ist es dort nur halb so schön, das weißt du doch.« Über den Tisch fasste er nach ihrer Hand. Sie zog die seine herab, ließ sie aber unter dem Tisch nicht los.

»Ich wär auch viel lieber mit dir oben auf dem Hof als hier, wo jeder meint, er könne nach mir pfeifen. Das hier unten ist schon ein besonderes Volk.« Missbilligend schaute sie zu den Handwerkern hinüber, die immer wieder neugierig herüberlinsten.

»Christine, bring noch ein Bier, oder hast du beim Lehrer Nachhilfeunterricht?«, rief ein ungeschlachter Bauarbeiter. »Ich kann dir auch zeigen, wie's geht.« Lautes Gelächter folgte.

Sie stand auf. »Ich glaub eher, du brauchst Nachhilfe, und zwar in gutem Benehmen!« Jetzt hatte sie die Lacher auf ihrer Seite.

Eine Woche später, im Tal war der Schnee schon fast vollständig weggetaut, kämpfte sich Leo durch den Wald zum Greuthof hinauf. Auch Christine hatte an diesem Wochenende frei.

Aus dem Kamin des Schuppens stieg dichter Rauch auf, und als Leo näherkam, roch er ein Gemisch aus Holzfeuer und vergorenem Obst. Die Türe stand offen. Drinnen hantierte Thomas mit mehreren Eimern, mit denen er die Maische aus den großen, offenen Holzfässern im Hauskeller geschöpft und über den Hof getragen hatte. Unter dem Kessel der Brennerei knisterte das Holzfeuer und aus dem geöffneten Kessel stieg eine Dampfwolke.

»Hallo, Brennmeister«, grüßte Leo.

Thomas sah überrascht auf. »Grüß dich, Leo, lässt du dich auch wieder mal sehen. Geh nur rüber ins Haus.«

Christine hatte ihn schon vom Küchenfenster aus gesehen. Als er in den düsteren Vorraum vor der Treppe trat, überraschte sie ihn mit einer heftigen Umarmung und einem langen Kuss. »Endlich hab ich dich mal wieder allein«, flüsterte sie an seinem Ohr. »Ich hab schon so lang darauf gewartet.«

Leo zog sie noch ein wenig fester an sich. »Ich bleib auch immer hier«, flüsterte er zurück. »Soll Schule halten, wer will.«

Oben ging eine Tür.

»Der Leo ist gekommen«, rief Christine.

Auch Resa nahm ihn zur Begrüßung kurz in den Arm. »Na, da ist ja mein zweiter Bub, komm, zieh die nassen Stiefel aus.«

Leo wollte aber erst zu Thomas, um sich den Brennvorgang erklären zu lassen.

Die Maische war jetzt eingefüllt und der Kessel wieder geschlossen. Thomas legte Holz nach und aus der offenen Feuertür loderten die Flammen. »Komm, setz dich her, jetzt ist eingefüllt und da gibt's erst mal nichts zu tun«, sagte er. Dann zeigte und erklärte er Leo den hutförmigen Aufbau über dem Kessel. Noch war das trichterförmige Ablaufrohr, aus dem das einem Thermometer ähnelnde Alkoholmeter ragte, trocken. Der Kesselinhalt müsse erst eine Stunde kochen, bevor der Schnaps zu laufen beginne, erklärte Thomas.

Die beiden unterhielten sich über die Vorgänge im Dorf und Thomas lachte über den Theaterspektakel. »Du hast den Kirchenchor anscheinend gut im Griff.«

Leo wehrte ab: »Nein, nein, ich bin doch nicht der Dirigent, ich bin da nur für die Solostimmen zuständig gewesen, aber ich bin froh, dass es vorbei ist.«

»Wenn du noch ein wenig Zeit hast«, sagte Thomas, »dann kannst du dich um das Feuer kümmern, und ich fang schon mal im Stall an, damit der Franz zufrieden ist.« Leo blieb sitzen und hörte auf das Brausen und Singen im Brennkessel. Dann öffnete er die Feuertür, hinter der das Tannenholz krachte und knisterte und legte einige Scheite nach. In den alten Korbsessel zurückgelehnt fühlte er sich zufrieden wie schon lange nicht mehr. Die ganze Last des Schulalltags und der Ärger mit dem Schulleiter fielen von ihm ab. Er wusste plötzlich, dass er hier oben auf dem einsamen Schwarzwaldhof das gefunden hatte, wonach er sich in seinen Kinderträumen immer gesehnt hatte. Erst das laute Brummen der Melkmaschine ließ ihn aus diesen Gedanken hochschrecken.

Auch beim Abendessen war die Theateraufführung noch einmal ein Thema. Resa zeigte sich ebenfalls erstaunt über die Fähigkeiten der Solosänger und darüber, wie gut Leo die einzelnen Stimmen einstudiert hatte. Daran zeige sich sein musikalisches Talent, meinte sie. Amüsiert war sie über die plumpe Handlung des Stücks, und wie einfach so ein Publikum zu begeistern wäre. »Ich kann mir nicht denken«, sagte sie zu Leo, »dass so was nach deinem Geschmack ist.«

Er schüttelte den Kopf. »Ich hab mir am Anfang, als der Pfarrer mir davon erzählt hat, schon was Besseres vorgestellt, aber dann hab ich halt mitgemacht.«

Christine sprang ihm zur Seite: »Du hast es doch gut gemacht, das haben alle im Adler gesagt.«

Nach dem förmlichen »Gute Nacht« und einem zarten Küsschen auf die Wange lag Leo in seiner Knechtsstube wach und wartete gespannt darauf, ob Christine auch an diesem Abend kommen würde. Diesmal würde er sie nicht einfach gehen lassen, nahm er sich vor. Lange hörte er die beiden Frauen unten noch halblaut miteinander sprechen, dann gingen zwei Türen und es war still. Als er schon die Hoffnung aufgeben wollte, kam doch noch das leise Klopfen und Christine schlüpfte in die Kammer. Er richtete sich auf, aber sie drückte ihn wieder in das Kissen und küsste ihn wie beim ersten Mal schnell auf den Mund. Er schlang ihr zärtlich die Arme um den Hals und wollte sie an sich ziehen, aber sie wich zurück.

»Nein, Leo, bitte nicht«, flüsterte sie fast flehend. »Ich mag dich doch und bleib auch immer bei dir, aber lass mir noch ein wenig Zeit.« Noch einmal küsste sie ihn, er ließ sie los und sie war fort.

Lange lag er noch wach, und obwohl Christine ihn zurückgewiesen hatte, war er nicht enttäuscht oder fühlte sich als Versager. Ihr Versprechen, »ich bleib immer bei dir«, durchströmte ihn wie eine wohlige Wärme.

Mit dem näherrückenden Ende des Schuljahres waren die Tage mit dem Korrigieren von Klassenarbeiten, Aufsätzen und Diktaten und dem Vorbereiten der Unterrichtsstunden ausgefüllt. Von den wenigen freien Stunden brachte Leo viele in dem Häuschen des Kollegen Hennermann zu. Er ließ sich von ihm den Umgang mit den Bienen zeigen und verlor die alte Angst vor ihren Stichen. Met oder Kaffee trinkend saßen sie in der mit Büchern und allerlei Krimskrams vollgestopften Wohnstube. Oft fragte Hennermann nach dem Greuthof und seiner ehemaligen Schülerin Christine.

Sie hatte mit der Bedienung, die sonst unter der Woche im Adler bediente, die Tage getauscht und musste nur noch an wenigen Wochenenden einspringen. So brachte Leo fast jedes Wochenende auf dem Schwarzwaldhof zu.

Wenn er seinem Kollegen von den Arbeiten auf dem Hof erzählte, hörte sich das an, als sei Leo dort mehr daheim als in der Schule. Mit stiller Freude hörte der alte Lehrer diese Erzählungen, die so oft den Namen Christine enthielten und aus denen unschwer herauszuhören war, dass zwischen den beiden eine junge Liebe heranwuchs.

Wenn Christine im Adler war, dann war oft auch Leo dort. Er kam am späten Nachmittag, setzte sich allein an einen Tisch oder zu Gästen, die er kannte, und wenn sie nichts zu tun hatte, setzte Christine sich unbefangen dazu. Bald war im Dorf allgemein bekannt, dass der junge Lehrer und das Mädchen vom Greuthof »miteinander gingen«.

In die Kantine kam Leo nur noch, wenn er mit seinen Kumpanen aus der Anfangszeit hin und wieder Fußball spielte. Ende Februar kam es dort zu einer heftigen Auseinandersetzung, als der blonde Sägergehilfe, der immer noch glaubte, Christine bekommen zu können, Leo, den er im Adler mit ihr gesehen hatte, den dringenden Rat gab, die Finger von ihr zu lassen. »Glaubst du, die will so einen Tintenkleckser und Kreidefresser wie dich?«, schrie er.

»Zumindest will sie ganz bestimmt keinen, der nur Sägmehl im Kopf hat«, gab Leo zurück und konnte einem Faustschlag gerade noch ausweichen. Während sich einige der Biertrinker schon auf eine Schlägerei und eine Abreibung für den zugereisten Lehrer freuten, ging Willi Reuschling dazwischen und hielt den Schläger zurück. »Lass den Leo zufrieden«, sagte er ruhig, »der geht mit der Christine und damit ist es gut.«

Wütend kippte der andere sein Bier hinunter und stürmte mit einer letzten Drohung aus der Kantine.

Dem Kirchenchor blieb Leo treu. Die Proben und das Singen auf Hochzeiten, Taufen und bei Beerdigungen machte er gerne mit. Seit der Theateraufführung hatte er im Chor eine herausgehobene Position. Wenn der junge Pfarrer verhindert war, musste er dirigieren, und die zum Teil weit älteren Sängerinnen und Sänger folgten bereitwillig seinen Anweisungen.

Als Leo Anfang März das erste Mal nach Weihnachten heimkam, war von seinen Geschwistern nur Emil da. Auch als Fünfzehnjähriger hatte er immer noch ein rundes, kindliches Gesicht, aus dem zwei dunkle Augen immer etwas schreckhaft schauten. Doch seit er beim Müller eine feste Stelle hatte und einen eigenen Lohn bezog, war sein früher spärliches Selbstbewusstsein erheblich gewachsen. Sein Vorgänger Otto, mit dem er oft beim Mehlausfahren unterwegs gewesen war, hatte beim Müller aufgehört und sich als Rentner ganz auf seine kleine Landwirtschaft zurückgezogen. Jetzt fuhr der Müller sein Mehl selbst mit dem kleinen Lastwagen aus. Obwohl Emil noch nicht alt genug war, um den Führerschein zu machen, ließ er ihn sogar schon ans Steuer des Traktors.

Als Leo am Sonntagabend zurück nach Kleinbergheim kam, lag auf dem Tisch in seinem Zimmer ein Brief von der Schulbehörde. In umständlichem Beamtendeutsch wurde ihm mitgeteilt, dass er zum Beginn des neuen Schuljahres an die Grundschule in die Stadt Wertheim ganz im Norden des Bundeslandes versetzt werde. Er wurde aufgefordert, spätestens Anfang April mit der dortigen Schulleitung einen Termin für das Vorstellungsgespräch zu vereinbaren.

Einen solchen Brief hatte Leo eigentlich längst erwartet, trotzdem war er nun überrascht. Immer wieder tief durchatmend las er das Schreiben ein zweites und ein drittes Mal. Die Freude, mit der er noch vor wenigen Monaten eine solche Nachricht aufgenommen hätte, wollte sich nicht einstellen. Hätte er vor zwei Jahren, nach der bestandenen Prüfung, dieselbe Nachricht erhalten, hätte er gejubelt. Eine Stelle an einer großen Schule weit entfernt von daheim, in einer Stadt mit guten Verkehrsanbindungen an die Welt, das war das, was er sich als Seminarist immer vorgestellt und erträumt hatte. Jetzt aber, wo er oben auf dem Schwarzwaldhof endlich eine Heimat gefunden hatte, und wo jeden Samstag ein Mädchen auf ihn wartete, war er traurig und verunsichert.

Jetzt sollte er das alles hinter sich lassen, jetzt sollte er eine gute Tagesreise entfernt neu anfangen, wieder allein in einer Kammer sitzen, wieder die Launen eines misstrauischen Schulleiters ertragen müssen, erneut dem Spott bösartiger Schüler ausgesetzt sein und sich das Vertrauen von Kollegen und Schülereltern erwerben müssen. Diese Vorstellung machte ihm Angst. Von seiner alten Kindersehnsucht nach unbekannten Abenteuern war nichts mehr geblieben.

Obwohl ihm vor der Chorprobe kaum noch Zeit blieb, ging er in den Adler hinüber und sah sich nach Christine um. »Du, ich hab Post bekommen ...«, sagte er an der Theke im Adler zu Christine, noch bevor er sie überhaupt begrüßt hatte. »Vom Oberschulamt: Ich werd versetzt.«

Christine sah ihn erschrocken an. »Wohin?«

Die Stadt Wertheim war groß genug, um auch im Schwarzwald bekannt zu sein.

»So weit fort«, klagte sie, »das sind ja mindestens Zweihundert Kilometer.« Dann fragte sie leise: »Freust du dich darüber?«

»Nein«, flüsterte er tonlos zurück, »aber ich weiß nicht, was ich machen soll.«

In den nächsten Tagen dachte er ununterbrochen an diese Versetzung. Sollte er Widerspruch einlegen und darum bitten, in Kleinbergheim bleiben zu können oder doch wenigstens an eine Schule in der Nähe versetzt zu werden? Aber als ein Beamter des Oberschulamtes im Vorjahr in Kleinbergheim gewesen war, hatte er ja ausdrücklich eine städtische Schule in einer ganz anderen Gegend gewünscht. Damals war er noch voller Wut auf den Schulleiter und den Dorftratsch gewesen und hatte weder den Greuthof noch seine Bewohner gekannt.

Am Samstag bat er Hennermann, ihm nach der ersten Stunde in der Unterklasse freizugeben. Er müsse mit Christine über seine Versetzung reden. Seit er ihr von dem Schreiben berichtet hatte, hatte er sie nicht mehr gesehen.

Den neuen Schulort hatte er dem alten Lehrer bereits mitgeteilt, und Hennermann ahnte, was es da zu regeln gab. Zweihundert Kilometer Entfernung waren eine schlechte Voraussetzung für eine junge Liebe.

Als Leo den steilen Weg zum Greuthof hinaufstieg, drehten sich seine Gedanken erneut unablässig um die Versetzung. Er kannte weder die Stadt Wertheim noch die neue Schule, aber er hasste sie schon jetzt.

Als er aus dem Wald trat und vor sich den heimeligen Greuthof liegen sah, war ihm zum Heulen zumute. Das Heimweh, mit dem er sich hierher zurücksehnen würde, war schon jetzt kaum auszuhalten.

Christine sah ihn vom Küchenfenster aus über den Hof kommen. Sie legte das Spültuch zur Seite, streifte schnell die Schürze ab und war schon unten an der Treppe, als er ins Haus kam. Sie fiel ihm um den Hals und küsste ihn, als wäre es das letzte Mal. »Du gehst nicht fort«, flüsterte sie.

Er sah sie ratlos an. »Ich weiß doch auch nicht, was ich machen soll, sag du's mir.«

Sie setzte sich auf die unterste Treppenstufe und zog ihn an der Hand neben sich. »Du sagst denen einfach, du kannst hier nicht weg. Der Höfler muss dir bestätigen, dass du dich so gut eingearbeitet hast, dass er auf dich nicht mehr verzichten kann, und auch die vom Kirchenchor können eine Eingabe machen, dass sie dich brauchen.«

Leo verzog das Gesicht. »Der Höfler ist doch froh, wenn er mich los ist, der will einen neuen, den er wieder von vorn schikanieren kann, und die vom Kirchenchor, die haben doch keine Stimme beim Oberschulamt.«

»Ich hab mir das schon so schön vorgestellt«, sagte sie traurig. »Wenn du richtig verdienst und ich mein Geld vom Wirt aufheb, dann könnten wir hier auf dem Hof ein Café einrichten. Im Sommer sind so viele Wanderer unterwegs, die einkehren wollen, und hier oben ist doch noch nichts. Dann können wir auf dem Hof bleiben, und wenn dann am Samstag und Sonntag viele Besucher kommen, dann machst du den Wirt, die Mutter ist in der Küche und ich bedien, das wär doch schön. Aber jetzt gehst du in die fremde Stadt und dann vergisst du mich.« Tränen rollten ihr über die Wangen und tropften auf seine Hand, mit der er ihre umfasst hielt.

Leo schüttelte energisch den Kopf. »Aber was sagst du da, wie sollte ich dich denn vergessen, wo ich den ganzen Tag doch nichts anderes im Kopf hab! Wie soll ich es bloß ohne dich aushalten? Zweihundert Kilometer sind so weit, da kann ich ja höchstens alle zwei Wochen einmal heimkommen.« Auch ihm standen die Tränen in den Augen.

Draußen im Hof waren Pferdegetrappel und das Knirschen von Wagenrädern zu hören. Die anderen kehrten mit dem Gespann vom Wald heim, wo sie die Äste der im Herbst gefällten Fichten aufgeladen hatten. Als die Bäuerin die Haustüre öffnete, standen die beiden von der Treppe auf.

»Leo, Christine, was ist denn?«, fragte sie erschrocken, als sie das verweinte Gesicht ihrer Tochter und das traurige von Leo sah. »Ist etwas Schlimmes passiert?«

Weil sie es nicht wahrhaben wollte, hatte Christine ihrer Mutter noch nichts von der Versetzung gesagt. »Der Leo muss fort«, sagte sie nun mit tränenerstickter Stimme.

»Ich werd nach den Ferien versetzt«, erklärte Leo traurig. »Die neue Schule ist in Wertheim, bis dahin sind es gut zweihundert Kilometer.«

Resa nickte. »Ja, in dem großen Atlas den wir droben haben, ist ein großes Bild davon, das muss eine große und schöne Stadt sein.«

»Ja«, empörte sich Christine, »mach du ihm auch noch den Mund richtig wässrig, und ich sitz dann allein da!«

Leo sah die beiden Frauen mit entschlossener Miene an. »Nein, du bist nicht allein, ich geh einfach nicht fort.« Resa nahm Leo ganz ruhig bei der Hand und legte Christine einen

Arm um die Schulter. »Kommt«, sagte sie, »wir reden später alle zusammen weiter.«

Die beiden Frauen gingen in die Küche und Leo auf seine Kammer hinauf, um sich umzuziehen. Schon seit Wochen bewahrte er seine Arbeitskleider dort auf. Dann ging er in den Hof hinaus, um Thomas beim Abladen des Holzes zu helfen. Das Mittagessen verlief schweigsam. Niemand traute sich, das Thema anzuschneiden.

Am Nachmittag verrieb Thomas mit dem Pferdegespann vor der Wiesenegge den im Spätherbst ausgefahrenen Mist. Christine und Leo zogen das übrig gebliebene Stroh zusammen, um es im Stall erneut als Streu verwenden zu können. Beide hingen stumm ihren Gedanken über die Zukunft nach.

Plötzlich blieb Christine stehen und wies auf den Hof hinab: »Komm, schau mal.« Sie legte Leo den Arm um die Schultern. »Dort unten vor dem Haus könnten wir eine Terrasse anlegen und dort Gäste bewirten. Bei schlechtem Wetter könnten sie in der Stube sitzen und wir könnten sie immer leicht von der Küche aus versorgen.«

»Ja, das kann ich mir gut vorstellen«, sagte Leo und lächelte dünn. »Ich seh dich schon vor mir mit deiner Servierschürze und einem vollen Tablett, aber«, sein Lächeln erstarb, »wir haben doch überhaupt kein Geld.« Nach einer kurzen Pause fügte er hinzu: »Ich hab sogar Schulden.«

Christine drehte sich überrascht zu ihm. »Du hast Schulden? Aber du hast doch jeden Monat dein Gehalt und sparsam bist du doch auch.«

Stockend und umständlich erklärte ihr Leo, dass das Geld für seine Ausbildung im Seminar vom Müller geliehen war und er es immer noch nicht ganz zurückgezahlt habe. Er schämte sich und beschäftigte sich deshalb wieder mit dem Stroh.

Dann fragte Christine leise: »Wie viel ist es noch?«

Leo nannte den klein gewordenen Betrag.

Sie fasste ihn an der Hand: »So viel ist es doch gar nicht, ich hab mehr auf dem Sparbuch.«

Am Abend stand nach dem Essen wieder eine Flasche Wein auf dem Stubentisch.

»Gibt es was zu feiern?«, fragte Thomas erstaunt.

»Nein«, sagte Resa, »aber wir müssen über wichtige Sachen reden, über den Hof und wie's mit uns allen weitergeht, und da braucht man auch was Gutes dazu.« Sie hatte sich den ganzen Tag über viele Gedanken gemacht. Wenn Leo so weit weg versetzt wurde und Christine womöglich mit ihm ging, dann würde sie mit Thomas allein den Hof nicht halten können.

»Der Leo ist vielleicht nicht mehr lange bei uns«, erklärte sie Thomas, »er wird versetzt.«

Arglos fragte Thomas: »Wohin denn?«

Christine nannte die Stadt und sagte heftig: »Stell dir vor, das sind über zweihundert Kilometer, da kann er vielleicht einmal im Monat kommen.«

Der Bruder zuckte mit den Schultern. »Na ja, er kann sich doch dann wieder versetzen lassen.«

Christine funkelte ihn wütend an. »Jaja, und dann am besten noch weiter weg ...«

»Ich geh da nicht hin«, unterbrach Leo sie entschlossen. »Entweder geben die mir eine Stelle in der Nähe oder ich hör ganz auf.«

Resa stimmte zu. »Wenn du zum Amt gehst, dann haben die vielleicht ein Einsehen.«

Dieses Einsehen gab es nicht. Er habe doch ausdrücklich darum gebeten, wurde Leo von dem zuständigen Beamten kühl erklärt, an eine städtische Schule und möglichst weit weg versetzt zu werden. Man habe seinem Wunsch entsprochen und da gebe es jetzt auch kein Zurück mehr. Dann fragte der Beamte aber doch noch nach den Gründen des Sinneswandels.

»Meine Freundin, die ich heiraten will, ist hier auf einem Schwarzwaldhof«, sagte Leo.

Der Mann lachte. »Mein lieber junger Freund, jetzt sehen Sie erst einmal zu, dass Sie in Ihrem Beruf richtig Fuß fassen, bevor Sie ans Heiraten denken. Wo kommen wir denn hin, wenn wir auch noch auf die Freundinnen Rücksicht nehmen müssen?«

Noch am selben Abend ging Leo in den Adler. »Der hat mich richtig ausgelacht«, berichtete er empört, »sie könnten nicht auch noch auf eine Freundin Rücksicht nehmen.«

Christine klang resigniert: »Dann musst du halt doch nach Wertheim.«

Leo schüttelte energisch den Kopf. »Nein, ich geh da nicht hin.« Aber Christine hatte schon wieder Tränen in den Augen.

Unsicher wie er war, wollte Leo seine Versetzung unbedingt mit seinem Bruder Karl besprechen. Dessen Rat war immer der richtige gewesen. Aber vor den Osterferien würde Karl sicher nicht mehr heimfahren. Deshalb rief Leo in Karls Firma an, teilte ihm die Versetzung mit und fragte, ob er nicht herkommen könne, es gehe um viel mehr als nur um die Versetzung und das könne er nicht am Telefon besprechen.

Karl wunderte sich, Leo hatte doch den Schulwechsel geradezu herbeigesehnt. Nach kurzer Überlegung sagte er: »Ich muss demnächst sowieso zu meiner alten Firma. Ich zieh das auf nächste Woche vor und dann treffen wir uns dort.«

Mit der Begründung, er müsse den Schulwechsel regeln, bat Leo um einen Tag Urlaub. Wie vor fast fünf Jahren trafen sich die beiden Brüder vorm Eisenwalter. Bei einem Gang durch den nahen Park erzählte Leo Karl von seinen Schwierigkeiten an der Schule, den Schikanen durch Höfler, dem heimlichen Spott der Schüler, und dass er sich eigentlich gewünscht hatte, möglichst schnell dort wegzukommen. »Jetzt aber«, sagte er leise, »jetzt, wo ich versetzt werden soll, will ich nur noch dort bleiben.«

Karl blieb stehen. »Du hast dort ein Mädchen, nicht wahr? Ich hab mir schon länger so etwas gedacht.«

Leo drehte sich zu ihm. »Ja, aber es ist viel mehr, die Christine kommt von einem Schwarzwaldhof und dort, Karl, dort auf dem Hof mit ihrer Mutter und ihrem Bruder, dort ist es so schön, glaub mir, dort bin ich zum ersten Mal in meinem Leben richtig daheim.«

Karl kannte seinen Bruder in den letzten Jahren nur als kühlen, distanzierten Berichterstatter. Noch nie hatte Leo so offen seine Gefühle gezeigt. Ihm wurde jetzt erst richtig bewusst, dass der Bruder seit dem Tod der Mutter tatsächlich keine Heimat mehr gehabt hatte. »Was willst du jetzt machen?«, fragte er im Weitergehen.

»Die Christine würd dort auf dem Hof gerne ein Café einrichten und den Hof mit dem Bruder, der gar nicht heiraten will, weiter betreiben. Davon könnten wir, glaub ich, schon leben.«

Karl blieb wieder stehen. »Aber dann könntest du ja nicht mehr als Lehrer arbeiten, sondern müsstest ein Bauer werden.«

Leo nickte. »Ich weiß, aber ich bin eigentlich gar kein guter Lehrer und die Arbeit auf dem Hof gefällt mir.«

Sie gingen weiter, jeder in seine Gedanken vertieft. »Da ist noch was«, sagte Leo dann. »Wenn ich als Lehrer aufhör, dann kann ich meine Schulden beim Müller kaum noch zahlen.«

Karl sah seinen Bruder an. An die Schulden hatte er gar nicht mehr gedacht. »Wie viel ist es denn noch?«, fragte er und sagte dann, als Leo geantwortet hatte: »Weißt du was, das Geld zahl ich. Für mich hat der Vater damals seinen schönsten Schreibtisch dem Eisenwarenhändler gegeben und der war mehr wert. Ich geb dir das Geld und du zahlst damit den Müller aus, dann kannst du immer noch entscheiden, wie es weitergehen soll.«

Mitten auf dem Parkweg umarmte Leo seinen Bruder.

Als Leo am Nachmittag nach Kleinbergheim zurückkam, machte er sich direkt auf den Weg zum Greuthof.

Alle zusammen saßen sie am Abend um den Stubentisch. Christines Augen strahlten. Gleich nach seiner Ankunft hatte

Leo ihr seine Entscheidung dazubleiben, mitgeteilt, und auch dass sein Bruder die Schulden beim Müller bezahle. Jetzt würde er immer bei ihr sein. Sofort hatte sie angefangen, Pläne für die Einrichtung des Cafés zu schmieden und beim Herrichten des Essens der Mutter davon erzählt, die allerdings nur schweigend genickt hatte.

»Thomas«, sagte sie nun zu ihrem Sohn, »die zwei haben Neuigkeiten: Der Leo will mit dir hier oben Bauer sein und die Christine will ein Café einrichten. Was sagst du dazu?«

Erstaunt blickte Thomas auf den Lehrer. »Mit dir schaff ich gern«, sagte er, »und ich kann mir das auf Dauer auch gut vorstellen. Aber hast du dir das auch gut überlegt, hier oben beim Sauwetter auf dem Acker oder im Wald schaffen, während es in der Schule so schön trocken und warm ist?«

Leo lachte. »Glaub mir Thomas, in der Schule kann sogar ein Sauwetter sein, wenn draußen die Sonne scheint, ich wär oft lieber beim Sauwetter hier oben.«

Thomas lachte zurück. »Ja, dann komm doch ganz rauf, dann musst du nicht jeden Samstag den Weg machen, dann ist endlich wieder Leben im Haus und niemand wartet mehr darauf, dass ich eine Bäuerin auf den Hof bring, dann haben wir nämlich schon eine junge Bäuerin und auch noch einen jungen Bauern.«

Christine sprang auf und umarmte den Bruder. Sie hatte sich vor seiner Ablehnung gefürchtet.

Leo sah zu Resa hinüber. »Ist dir das auch recht?«

Die Bäuerin nickte, lächelte aber etwas wehmütig. »Ach Kinder«, sagte sie und seufzte, »das geht alles so schnell, dass ich Angst hab, es könnte vielleicht gar nicht wahr sein, aber es wird schon recht werden.«

Noch lange saßen sie zusammen. Christine malte ihre Cafépläne in allen Einzelheiten aus und hielt dabei Leos Hand fest in ihrer.

Resa nickte immer wieder, freute sich auf die Zukunft und hatte doch eine stille Angst davor. Würde der manchmal so in sich gekehrte Leo das ständige Zusammensein ertragen? Und wie sollten die schönen Pläne von Christine bezahlt werden?

Wie in den Monaten zuvor stieg Leo spätabends allein in seine Kammer hinauf. Hellwach lag er im Bett. Während er über alles nachdachte und ebenfalls schon die Schatten der zukünftigen Sorgen ahnte, klopfte es leise an seine Tür. Christine kam herein, nahm seinen Kopf zwischen die Hände und küsste ihn. Er schlang die Arme um sie, und anders als an allen vorigen Abenden blieb sie die ganze Nacht.

Epilog

Als Leo der Schulbehörde und seinem Schulleiter das Ende seiner Lehrerkarriere mitteilte, erntete er bei der Behörde Kopfschütteln und bei Höfler ein Achselzucken.

»Es ist wohl besser so, ich hab Ihnen doch nicht die richtige Begeisterung zum Lehrerberuf mitgeben können«, gab er ihm noch eine letzte Rüge mit.

Hennermann dagegen gratulierte ihm, dass er das Glück festhielt, das ihm selbst immer wieder entglitten war.

Frau Zeitler konnte den Entschluss nicht fassen, sagte aber nichts. Ihre Tochter schüttelte den Kopf. »Wie kann man Bauer werden, wenn man schon fast ein fertiger Lehrer ist?« Sie hatte das Verhalten des Herrn Schildweg nie verstanden.

An Ostern traf sich die Familie, allerdings ohne Karl und Willi, im Schreinerhaus. Leo war nicht allein gekommen. Christine wurde mit ihrer herzlichen, offenen Art sogar von Klara freundlich aufgenommen. Luise freute sich, eine Schwägerin zu bekommen, und Emil bewunderte die Schwarzwälderin. Erst beim Kaffee in der guten Stube teilte Leo seinen Entschluss vom Ende seiner Lehrerkarriere mit. Luise saß wie erstarrt. Jetzt, so kurz vor dem Ziel, sollte auf einmal alles umsonst gewesen sein? Auch Klara gingen ähnliche Gedanken durch den Kopf. Aber das Leuchten in Leos und Christines Augen, als sie von dem schönen Hof und den Caféplänen erzählten, ließen sie schweigen.

Am letzten Tag vor den Ferien packte Leo seine wenigen Sachen, die nicht schon vorher auf den Greuthof gewandert waren, in seinen alten Rucksack und sagte Frau Zeitler Adieu.

Im Juli heirateten Leo und Christine und der Kirchenchor sang dazu bei der Trauung das Ave verum. Der Adlerwirt ließ es sich nicht nehmen, seiner Servierchefin, wie er sie nannte, in seinem Haus das Fest auszurichten. Unter den Gästen sorgte der elegante Hamburger Kaufmann Karl Schildweg für einiges Aufsehen, ebenso auch die elegant gekleidete Schwester des Bräutigams. Der Lehrer, der über zwei Jahre in ihrer Dachkammer gehaust hatte, komme anscheinend doch aus einer recht vornehmen Familie, sagte Franziska Zeitler, die die Hochzeitsgesellschaft vom Fenster aus gesehen hatte, zu ihrer Mutter. Klara, die Stiefmutter, zeigte nach außen wie fast immer eine verschlossene Miene, doch auch sie freute sich über das Glück des Stiefsohns.

Noch im Herbst wurde mit dem Umbau des Schwarzwaldhauses zu einem Café begonnen. Dabei stellten Leo und Thomas ihre handwerklichen Fähigkeiten unter Beweis.

Christine ging immer noch in den Adler, um dort die Gäste zu bedienen. Für einige der jungen Männer, auch für die aus der Vorstadt, hatte sie schon seit ihrer offiziellen Verlobung mit Leo allerdings viel von ihrer Anziehungskraft verloren.

An einem sonnigen Maiwochenende des Folgejahres eröffnete das Café. So wie es Christine ein Jahr zuvor auf der Wiese oberhalb des Hofes vorausgesagt hatte, stand Leo hinter dem Tresen, Resa in der Küche und sie selbst eilte in ihrer weißen Servierschürze durch die Tischreihen und bediente die Gäste. Als sie am Abend die Einnahmen zählten, kam viel mehr heraus, als Leo und Christine erwartet hatten. Glücklich und müde saßen die Bewohner des Greuthofes bei einer Flasche Wein um den Stubentisch.

Thomas, von dem das junge Paar gefürchtet hatte, ihm werde der Trubel auf dem Hof schnell zu viel, erwies sich als Freund der neuen Hofwirtschaft. Er hatte sich zu den Gästen gesetzt, von denen er viele kannte, und genoss es sichtlich, zur Geselligkeit nicht mehr aus dem Haus zu müssen. Resa war erschöpft, aber glücklich, weil sie nicht mehr fürchten musste, an den dunklen Wintertagen der Trauer über ihr so plötzlich zerbrochenes Eheglück ausgeliefert zu sein. Nach wie vor läutete sie zur Todesstunde ihres Mannes die Hofglocke. Den Gästen, die nach dem Grund fragten, wurde dies als Feierabendsignal erklärt.

Freilich folgten auch trübe, neblige Tage, an denen nur wenige Gäste kamen. Besonders im Winter führten die spärlichen Einnahmen zu den von Resa befürchteten Geldsorgen.

Erlösung kam unerwartet vom Schreinerhaus. Als Leo und Christine dort im Frühjahr zu Besuch waren, fragte die der Realität verhaftete Klara unumwunden nach der finanziellen Lage des jungen Unternehmens. So ein Café zu eröffnen, koste doch einiges Geld.

Stockend gestand Leo, dass es nicht immer einfach sei, die Verpflichtungen gegenüber der Bank, bei der sie für den Umbau einen Kredit aufgenommen hatten, zu erfüllen.

Das sei doch ganz natürlich, dass der Anfang schwierig sei, antwortete Klara, aber sie bewundere die beiden für ihren Mut, und der müsse auch belohnt werden. Auf den Bauernhöfen sei es üblich, sagte sie, dass jedes Familienmitglied bei seiner Hochzeit sein Erbteil bekomme, und daran wolle sie festhalten. Sie habe bei ihrem Bruder endlich die Auszahlung des über viele Jahre zurückgehaltenen Heiratsgutes durchgesetzt und sei jetzt in der Lage, die Stiefkinder auszuzahlen. Mit großer Geste öffnete sie den von Gottfried Schildweg als Gesellenstück angefertigten Sekretär aus Kirschbaumholz, entnahm dem obersten Schubfach ein schmales Heft, trennte ein Blatt heraus und überreichte Leo den Scheck. Der Betrag war deutlich höher, als er je zu träumen gewagt hätte, und als er Christine den Scheck zeigte, überflog zuerst ehrliches Staunen und dann strahlende Freude ihr schönes Gesicht. Mit generöser Pose nahm die Schreinerswitwe ihren Dank entgegen.

Im Jahr darauf kehrte Leo doch wieder an die Schule von Kleinbergheim zurück. Der trunksüchtige Organist und Musiklehrer war seiner Krankheit erlegen und eine volle dritte Lehrerstelle wollte das Oberschulamt nicht genehmigen. Vom Pfarrer kam darauf der Vorschlag, man könne doch Leo Schildweg stundenweise als Musik- und Aushilfslehrer einstellen. Schließlich habe er die erste Staatsprüfung abgelegt und seine pädagogische Eignung zur Genüge bewiesen.

Gegen den anfänglichen Widerstand von Schulleiter Höfler, aber massiv unterstützt von Leos ehemaligem Kollegen Hennermann, der inzwischen kurz vor der Pensionierung stand, setzte der Pfarrer bei der Gemeinde seinen Vorschlag durch, und das Oberschulamt stimmte zu. So kam er wieder zweimal in der Woche als Musiklehrer, und als Aushilfe manchmal auch öfter, an die Schule zurück, an der sich seine Fantasie von einer großartigen Lehrerkarriere durch die Schikanen seines Vorgesetzten, aber noch mehr durch die Liebe zu einem entlegenen Schwarzwaldhof und dessen Bewohnern, verflüchtigt hatte.

Bibliografische Information der Deutschen Nationalbibliothek
Die Deutsche Nationalbibliothek verzeichnet diese Publikation in der Deutschen Nationalbibliografie; detaillierte bibliografische Daten sind im Internet über http://dnb.d-nb.de abrufbar.

Wollgrasweg 41, 70599 Stuttgart (Hohenheim)
E-Mail: info@ulmer.de
Internet: www.ulmer.de
Lektorat: Nele Thiemann
Herstellung: Gabriele Wieczorek
Titelgestaltung: red.sign, Anette Vogt, Stuttgart
Titelfoto: Landesmedienzentrum Baden-Württemberg, Stuttgart
Satz: r&p digitale medien, Echterdingen
Druck und Bindung: CPI books GmbH, Ulm
Printed in Germany

ISBN 978-3-8001-7851-3